La Tribu:

Un nuevo mundo

A.J. PENN

CUMULUS PUBLISHING LIMITED

Copyright

This Spanish language edition first published in April 2015 by Cumulus Publishing Limited (this reprint first published in 2021).

Translated from English to Spanish by Pere Bordera

The catalogue record for this book is available from the National Library of New Zealand

Published in 2021 by Cumulus Publishing Limited

Original English language version first published 2011.

ISBN: 978-0-473-32181-9 (paperback)
ISBN: 978-0-473-32182-6 (Epub)
ISBN: 978-0-473-32183-3 (Kindle)
ISBN: 978-0-473-32184-0 (Apple iBooks)

Visit The Tribe's website at **www.tribeworld.com**

Contact addresses for Cumulus Publishing Limited and companies within the Cloud 9 Screen Entertainment group can be found at www.entercloud9.com

Dedicatoria

Dedicado a ti, lector.
Y al espíritu de los Mall Rats
y todos quienes lo comparten.

PREFACIO

Amber caminaba con elegancia hacia el altar. Bray estaba embelesado, absorto en ella. Iba preciosa. El vestido de novia de un blanco impecable reflejaba el sol que brillaba a través de las vidrieras de la pequeña iglesia.

Se había concentrado tanto en su futura esposa que, por un momento, Bray casi olvida que había allí otras personas reunidas para la boda.

Sentados a ambos lados del pasillo por el que avanzaba Amber había rostros que Bray conocía muy bien. Sus abuelos. Sus tíos y tías. Familiares. Muchos de otras partes del mundo, que habían venido a presenciar aquel día especial.

Pero, lo más importante, Bray cruzó una mirada con sus padres. Su padre asintió a modo de comprensión y apoyo. Estaban fantásticos. Sanos de nuevo. La madre de Bray se frotó el ojo con un pañuelo, emocionada y orgullosa por el día en que su hijo mayor se casaría y comenzaría un nuevo capítulo en su vida.

—¿Nervioso? —susurró Martin al oído de Bray.

Bray se giró hacia su hermano pequeño, inmaculado con su esmoquin negro.

—¡Martin! ¡¿Qué haces tú aquí?!

—Soy tu padrino, ¿recuerdas?

—¡No! —respondió Bray.

—¡Claro que sí, hermano! —Martin sonrió fríamente mientras le arreglaba la corbata a Bray, ajustándola hasta la perfección, con un matiz de malicia en el tono de su voz.

A pesar de lo sorprendido que estaba de ver a Martin, la atención de Bray volvió a recaer en la novia cuando Martin señaló que Amber se aproximaba al altar, cada vez más cerca.

Con cada paso de ella, el corazón de Bray parecía tambalearse. La situación lo superaba. Su amor hacia Amber, el monumental día de la boda... y el hecho de que tantos seres queridos, Martin incluido, estuvieran de algún modo allí para vivirlo con él.

Detrás de Amber estaban las dos damas de honor, que sostenían en las manos la larga cola del vestido de novia. Con un par de sonrisas radiantes, Patsy y Cloe estaban encantadas de tomar parte en el día especial del compromiso de Amber y Bray.

Y entonces la tuvo a su lado. Amber alzó la vista hacia Bray mientras él retiraba el fino velo de su cara para que ella pudiese mirar a los ojos a su futuro marido. Todos podían apreciar claramente la alegría en el rostro de Amber.

Era su sonrisa lo que siempre había cautivado a Bray. Con aquella mirada de anhelo, los ojos de ella fijos en los suyos con una expresión de satisfacción, paz, unión. Si fuese capaz de congelar un momento en el tiempo para siempre, sería este. Su atenta mirada y su sonrisa lo decían todo acerca del amor que ella sentía por él, y le aseguraban que siempre estarían juntos. No importaba qué sucediese en este mundo dejado de la mano de Dios. Todo iría siempre bien.

—Este es un día que será recordado durante mucho tiempo —comunicó Tai San en voz alta a los allí presentes.

Bray observó distraídamente a Tai San, sorprendido de verla a ella también allí, presidiendo la ceremonia. Pero allí estaba, como su hermano Martin, sus padres, sus queridos amigos y familiares que estaban a su alrededor. Ella era del todo real, ¿no? ¿Su memoria lo había traicionado? ¿Estaba perdiendo la cabeza? Ciertamente comenzaba a dudar de sus sentidos. Pensaba que muchas de esas personas habían fallecido, que habían muerto. ¿Acaso estaba en el cielo?

—No pasa nada —le susurró Amber suavemente mientras le estrechaba las manos para tranquilizarlo.

Sintiéndose un poco mejor, Bray volvió a concentrarse en Amber y depositó su confianza en ella. Como siempre había hecho.

—Estamos hoy aquí reunidos para presenciar la unión de Amber y Bray —continuó Tai San—. Dos espíritus hechos el uno para el otro. Destinados a estar juntos eternamente.

Bray echó otro vistazo a Tai San. A pesar de su sonrisa, se dio cuenta de que sus ojos parecían fríos, vacíos.

—Amber, ¿quieres a Bray como tu legítimo esposo? —preguntó Tai San.

—Sí, quiero —dijo Amber mientras le lanzaba otra mirada de anhelo a Bray.

—Y, Bray, ¿quieres a Amber como tu legítima esposa?

Amber esperó la respuesta de Bray, las palabras que obviamente deseaba tanto escuchar, que ansiaba en su corazón, desde lo más profundo de su alma.

Las dudas sobre qué estaba sucediendo realmente volvieron a aflorar en la cabeza de Bray. Había visto a Dal sentado entre los asistentes. El mejor amigo de Amber desde antes de que los adultos fuesen borrados de la faz de la Tierra. Dal también había tenido un final prematuro. ¿Qué estaba haciendo él en la boda?

—¿Te encuentras bien, hermano? —preguntó Martin en voz baja, para que el resto de los allí presentes no pudiera oírlo.

—¿Quieres a Amber como tu legítima esposa? —repitió Tai San una vez más con monotonía. Su voz era casi robótica. Desde luego, no era la Tai San espiritual y emocional que Bray había conocido en el pasado.

—¡Contéstale, Bray! —gritó Martin, que lo agarró del brazo.

Mientras se retorcía para liberarse del férreo apretón de Martin, Bray se horrorizó al darse cuenta de que este ya no llevaba el inmaculado esmoquin de antes, sino que se había transformado en la viva imagen de Zoot, incluida la chaqueta de cuero, las gafas de buceo reposadas sobre la gorra negra, el pelo largo y desaliñado, y los ojos ardientes en una intensidad maníaca.

—¿Quieres o no quieres a Amber como tu legítima esposa? —volvió a preguntar Tai San, denotando algo de impaciencia y amenaza en su tono.

—¡Suéltame! —chilló Bray, desesperado por escapar de la atadura de su joven pero poderoso hermano. Zoot se aferraba fuerte, limitando con su firme apretón a Bray, que luchaba por liberarse.

—¡No te irás! ¡Te vas a quedar ahí quieto, hermano! —vociferó Zoot con desdén.

—¡¿Y bien?! —demandó Tai San intentando contener su ira.

—¡Hazlo! —gritó Zoot.

¿Pensaban ponerle el anillo a la fuerza?

Incapaz de liberarse, Bray se sentía impotente mientras miraba a Amber, a Tai San, a los seres queridos que observaban desde la capilla sin inmutarse, ignorando sus súplicas de ayuda, de auxilio.

Amber metió la mano en su vestido de novia y, en vez de mostrar un anillo, sostenía ahora una larga jeringuilla en la mano.

—Oh, sí quiero. Sí quiero, sí quiero, sí quiero —repitió Amber mientras movía con cuidado la jeringuilla por encima del brazo de Bray—. ¡Hasta que la muerte nos separe!

—¡Poder y Caos! —rugió Zoot para animar a Amber, con una mirada de completa locura en sus penetrantes ojos, llenos de una energía feroz.

—¡Amber, no! —gritó Bray.

Pero no sirvió de nada. De repente, Amber hundió la aguja en el brazo extendido de Bray. Él chillaba de intenso dolor a medida que la jeringuilla penetraba profundamente en sus venas.

—¡¡Por favor, ayúdame!! ¡¡¡Amber!!! —gritó Bray a la desesperada.

Con tranquilidad, Amber retiró la parte superior de la jeringuilla, y la aguja comenzó a extraer sangre.

Aterrorizado por lo que estaba experimentando, Bray sintió que se le aceleraba el corazón, y le entraron náuseas al ver cómo Amber tomaba la muestra de sangre de su brazo, examinándola fríamente a medida que la jeringuilla se iba llenando.

—¡Amber! —la llamó Bray para intentar hacer contacto, llegar hasta ella.

Fue inútil. Amber ignoró sus súplicas, concentrada en la jeringuilla.

—¡Martin, ayúdame! —suplicó Bray mirando ahora a su hermano, para ver si él podía ayudarlo a salir de aquella pesadilla.

Pero Zoot seguía sujetando a Bray con firmeza, negándose a ceder.

—No pares —insistió Zoot a Amber al tiempo que más y más sangre salía del brazo de Bray y entraba en la jeringuilla.

—¿Por qué? —gritó Bray, mientras los ojos se le llenaban de lágrimas ante la naturaleza fría y calculadora de la situación.

La falta de ayuda por parte de todo el mundo. La brutalidad a la que lo estaban sometiendo aquellos que más le importaban, sus amigos y familiares, Amber, los seres queridos que no parecían sentir lo mismo por él y que lo estaban destrozando.

Bray se sentía débil, cada vez más mareado. Aun así, luchaba por mantener la conciencia, para escuchar la explicación de su hermano al macabro giro de los acontecimientos.

—Tú eres yo, Bray —continuó Zoot—. Y yo soy tú. ¡Somos uno!

—Tiene la frecuencia cardíaca elevada —dijo Judd con calma. Sin embargo, su tono de voz dejaba claro que estaba preocupado por la salud de su paciente.

Bray estaba tumbado en la mesa de operaciones de un quirófano, con un visor de realidad virtual conectado a su rostro.

Aunque se encontraba atado con correas, su cuerpo se convulsionaba, temblaba. Los impulsos nerviosos causaban que sus dedos se moviesen con rapidez mientras fuerzas invisibles le movían la cabeza de lado a lado. Estaba conectado a un grupo de monitores que presentaban sus signos vitales: frecuencia cardíaca, temperatura y presión sanguínea.

Dos muchachas, situadas cerca de él, llevaban visores de realidad virtual. La más baja de las dos sujetaba una larga jeringuilla en las manos y retiraba más y más sangre del brazo de Bray.

—¡Esto se está poniendo peligroso! —insistió Judd. Vestido de blanco, Judd era una especie de científico loco. Observó con la mirada el complejo instrumental a su alrededor mientras se alejaba de Bray para examinar la lectura de los monitores.

—Es suficiente. Por ahora —la más alta de las muchachas, Eloise, estuvo de acuerdo; era reticente a terminar el procedimiento, pero cedió ante el consejo de Judd.

Eloise se quitó el visor de realidad virtual y sacudió la cabeza para adaptarse a estar de vuelta en la realidad. Los fríos ojos azules inspeccionaron a Bray. Había sido una sesión intensa. Esta vez habían conseguido llegar a su interior. Satisfecha por sus esfuerzos, Eloise sonrió al tiempo que le acariciaba el pelo a Bray con veneración.

La muchacha más baja se quitó también el visor de realidad virtual y le pasó con cuidado la jeringuilla llena de sangre a Eloise. Hizo una reverencia en respeto a su líder, y al contenido color rojo oscuro de la jeringuilla.

Judd comenzó a desabrocharle el visor de realidad virtual a Bray, mientras este murmuraba confuso y dolorido.

—¡Hermanos y hermanas! —gritó de repente Eloise hacia el mirador del quirófano.

La mesa de operaciones en la que reposaba Bray estaba situada en mitad de un quirófano, con luces brillantes en el centro que iluminaban al paciente para que todos lo vieran.

En el mirador (que más bien era un cuarto cerrado dividido por un cristal) había unos veinte observadores, casi todos de la misma edad que Bray. No obstante, todos tenían algo en común que los unía. Todos y cada uno de ellos llevaban gorras como la de Zoot, con gafas de buceo incluidas. Y miraban a Eloise entusiasmados, con un aire de tensión y anticipación colectiva mientras esta levantaba con una mano la jeringuilla hacia la luz.

—La sangre de Bray, ¡y de Zoot! —lanzó Eloise fascinada, como si sujetase un artefacto de inmenso valor.

Judd acababa de desatar a Bray de la cama, quien apenas estaba consciente.

Ayudado por la muchacha más baja, los dos sostuvieron a Bray, con sus brazos sobre los hombros, y comenzaron a llevarlo a rastras hacia las puertas de salida.

—Martin... Amber... —murmuró en voz baja Bray para sí mismo, desolado, devastado, con lágrimas recorriéndole el rostro.

Eloise le dio la espalda a Bray y se colocó de cara al mirador de los observadores.

—Hemos estado en comunión con el Todopoderoso —dijo—. Hemos visitado su reino, ese otro plano de existencia.

—Zoot nos guiará, nosotros obedeceremos —coreó la sala al unísono, en respuesta.

Eloise vació la sangre en un frasco de cristal, que sostuvo para que todos pudieran verlo.

—La sangre del hermano. ¡La sangre de Zoot! —entonó Eloise mientras contemplaba el frasco con intensidad en los ojos azules, fascinada.

—Somos de la misma sangre. Somos uno con Zoot —coreó la sala al unísono, en respuesta. Todos se encontraban ahora observando con veneración.

—Él nos guiará, ¡nosotros le seguiremos! —chilló Eloise.

Cerca ya de la puerta de salida, la conciencia de Bray iba y venía. Su cuerpo estaba débil, no tenía ánimos, estaba confundido, todo era difuso.

Repugnado por el surrealismo de todo aquello, Bray tuvo energía suficiente para girar la cabeza a un lado y mirar hacia atrás.

Para su espanto, vio cómo Eloise daba un sorbo del frasco y la sangre se le derramaba por los labios.

La sala estalló en cánticos altos y rítmicos que resonaban en la sala de operaciones como si estuviesen sacudiendo los cimientos del propio edificio.

Lo último de lo que se dio cuenta Bray fue el continuo cántico del nombre de su hermano por parte de la sala antes de perder la conciencia...

—¡Zoot! ¡¡Zoot!! ¡¡¡Zoot!!!

Al otro lado del mirador, en un observatorio privado, una figura se encontraba de pie entre las sombras, rodeado de los miembros de su consejo.

Todos vestían largas túnicas azules.

El Guardián observaba los procedimientos con atención. Y lentamente estalló en una sonrisa maníaca.

CAPÍTULO UNO

La pequeña embarcación se mecía arriba y abajo a medida que las olas del océano la transportaban hacia delante. "Pero, ¿hacia dónde?", se preguntaba Amber, mientras la espuma a un lado del barco le salpicaba en la cara.

Se encontraba en la popa, contemplando el infinito horizonte de agua que los rodeaba en todas direcciones. Siempre le había gustado el mar. Cuando era pequeña, su padre la había llevado muchas veces a la playa, y sentía aprecio por la belleza de la naturaleza, respetaba su increíble poder. La naturaleza siempre conseguía darle perspectiva a las cosas.

Si las circunstancias hubiesen sido otras, Amber habría estado aprovechando la experiencia, disfrutando cada momento. El sonido de las olas. El sol que brillaba y la bañaba con su calor. El océano, reflexionó Amber, no había cambiado en miles de años. Pese a la pérdida del viejo mundo, la extinción de los adultos, esta era una constante. Y consiguió reconfortarse al pensar que había una cosa que no había cambiado en un mundo que había cambiado por completo.

Los pensamientos de Amber se dirigieron al aprieto en el que ahora se encontraban ella y los demás. Necesitaba estar apartada de ellos por un tiempo. Un momento para tomar en consideración todo lo que les había sucedido desde que se marcharon de la ciudad que había sido su salvación.

¿Cuántos días llevaban en el mar? ¿Y dónde estaban?, se preguntaba Amber. Jack había intentado mantener la cuenta del número de días de su viaje, pero con el paso del tiempo se rindió.

Aquel espacio tan reducido había terminado por ponerlos nerviosos. Eran diecinueve, apretujados en un pequeño barco de pesca destinado a una tripulación de ocho personas.

Amber sabía que la situación era nefasta, pero Jay y ella intentaban mantener los ánimos de todos. Aunque era más fácil decirlo que hacerlo. Una sensación de inquietud se había instalado en el navío. De inutilidad. Desesperación. Surgían discusiones por asuntos de la menor importancia. Todos sacaban a los demás de quicio. Con toda esa discordia, no había sido fácil que Jack se concentrase, y, a pesar de sus esfuerzos, no había progresado en la tarea de averiguar dónde se encontraban exactamente.

El plan original era dirigirse a las islas en la parte exterior de la Zona 4, las cuales calculaban que se encontrarían a más de 1.500 kilómetros de su anterior hogar en la ciudad. Jack había trazado una guía para el trayecto. Incluso si se movían a unos cinco kilómetros por hora, con fortuna deberían haber llegado a tierra en diez o quince días.

Sin embargo, su supervivencia estaba en juego en estos momentos. Qué ironía. Estar en un barco pesquero, pero sin pescado y casi nada que comer. Habían saqueado las redes del bote hacía tiempo. Y el resto del equipamiento. Salene, Jack y Ram habían intentado crear juntos líneas de pesca manuales pero, sin cebo, no habían picado hasta el momento.

Su única comida la guardaba en el barco Zak, el comerciante a quien pertenecía el barco en la ciudad. Zak era uno de los contactos de May. Alguien a quien podía recurrir si necesitaba cualquier tipo de suministros. Y gracias al barco de Zak, Amber y los demás consiguieron un medio en el que embarcarse en su viaje.

La llave del compartimento de la comida se la dieron a Amber, a quien los demás votaron líder (o "capitana" del barco), y ella había estado racionando cuidadosamente las pequeñas cantidades de comida y de agua embotellada que Zak había acumulado. Pero los suministros estaban peligrosamente cerca de acabarse.

Jack había intentado arreglar el problema del agua potable montando un dispositivo de recolección de agua utilizando una andrajosa lona de plástico. Sin embargo, no había podido comprobar la habilidad de su invento para recoger el agua, pues no había llovido.

Agua, agua por todas partes... y ni una gota para beber. Amber recordó el verso del famoso poema de Samuel Taylor Coleridge sobre un barco maldito, y agitó la cabeza al pensar en lo cruel que podía ser el destino al ponerlos en un apuro semejante.

La salud física de todos corría todavía más peligro dado que el único baño que había en el barco se había atascado y ya no funcionaba. Un olor horrible y putrefacto había comenzado a impregnar el aire en los apretados camarotes inferiores. La mayor parte de la tribu había comenzado a dormir en las cubiertas exteriores.

El asunto de hacia dónde iban había causado muchas discusiones. Al principio de escapar, Ram quería dirigirse a mar abierto para alejarse de la pandemia que creían había infectado la ciudad, y mantenerse al margen. Pero Amber y los demás sabían que su única oportunidad de sobrevivir era intentar instalarse en una nueva tierra.

Un par de días después de comenzar el viaje, se hizo evidente que Zak no les sería de gran ayuda en términos prácticos de navegación. Había admitido, con timidez, que no sabía nada del océano o de cómo navegar. Originalmente, el barco ni siquiera era suyo. Como siempre, Zak tenía la habilidad de "conseguir" cosas. Objetos, e incluso personas. Era puro milagro que hubiese habido una pequeña cantidad de combustible en el motor, que no hubiese sido vaciado por los Locos o por alguna otra tribu de la ciudad. Zak era comerciante, no marinero; y, aunque el barco había sido su hogar, no les resultaría de utilidad para encontrar el camino a la tribu de los Mall Rats, las "ratas de ciudad".

Ram se regodeaba de ello. Estaba seguro de que su plan era mejor. Si hubiesen echado el ancla a una distancia segura lejos de la costa, podrían haber evaluado la situación. Puede que incluso explorar la zona costera. Había explicado su preocupación de que, allí fuera en el océano, una corriente pudiese atraparlos y hacer que se perdieran.

Los demás estuvieron de acuerdo con Amber en que quedarse en la región era sinónimo de suicidarse.

Además, ella no se fiaba del todo de Ram. Y nunca estaba segura de cuáles eran sus intenciones.

Algunos del grupo, Lex en especial, culpaban a Ram de lo ocurrido. Si él no hubiese creado el programa de ordenador que se había conectado al equipo químico de Mega, la tribu de los Mall Rats (y todas las demás tribus de la zona) habrían tenido una oportunidad, aunque pequeña, de construir un nuevo mundo. Ahora no tenían más remedio que buscar otro lugar en el que instalarse.

Cuando ya era evidente que el pequeño barco estaba perdido, Ram no tardó en decir "os lo dije" y en buscarles las cosquillas a los demás, irritándolos de forma deliberada. Y, claramente, esperaba poder convencerlos para regresar. Sin una brújula ni un GPS, ni nadie que supiera guiarse por las estrellas (aunque Jack estaba intentando enseñarse) iban sin rumbo, a la deriva. La única pregunta era: ¿hacia dónde?

El mantra de Amber había sido mantenerse en dirección al norte. Su propósito era usar el sol, al salir cada día, como brújula. Así es como Amber había logrado orientarse cuando estaba en la tribu de los Ecos y vivía en el bosque. Calculaba dónde se encontraría el este o el oeste para identificar la hora del día con la ayuda de la posición del sol.

El timón aún funcionaba. Así que, al menos, podían dirigir el barco. Jack creyó oportuno ahorrar el poco combustible que tenían. Amber estuvo de acuerdo, y dejaron el motor apagado a los pocos días de comenzar el viaje.

Los demás la consideraban una líder porque, muy a menudo, tenía la idea adecuada en el momento adecuado, una solución para cada problema al que se enfrentaban en este mundo sin adultos. Pero, ahora, Amber se dio cuenta de que no tenía solución. Estaba tan asustada como los demás. Allí estaban, atrapados en mitad de la nada mientras se quedaban sin suministros y sin ánimos. Pero no tenían otra opción. Y estaba decidida a sobrevivir. De algún modo. En algún lugar.

—¿Amber? —preguntó Jay, al tiempo que le envolvía cariñosamente un brazo alrededor de los hombros. Acababa de salir desde el camarote hacia la cubierta exterior de la parte de atrás de la embarcación. —. ¿Te encuentras bien?

—Sí, estoy bien. Necesitaba algo de espacio.

—Pase lo que pase, superaremos esto. Te lo prometo —la animó Jay, que le dio un beso tierno en la mejilla.

Pero sus palabras parecían más convencidas que su aspecto. Los dos se quedaron abrazados por un momento, contemplando la expansión sin fin del océano a su alrededor, enfrentándolo, como si nunca pensasen echarse atrás fuese cual fuese el desafío.

* * *

En la proa del barco, May golpeaba la espalda de Zak. Se encontraba inclinado sobre el lateral del barco mientras tosía y farfullaba, vomitando en el mar. Una y otra y otra vez. Llevaba ya días enfermo.

—Eso es, sácalo todo —lo animó May, que intentaba ayudar a Zak. Sin embargo, encontrarse tan cerca de alguien que estaba vomitando le era muy desagradable, y su cara se retorcía en un gesto de disgusto por el desagradable olor y el ruido de las arcadas provenientes de Zak.

May había conocido a Zak en la ciudad, y lo respetaba por sus habilidades de supervivencia. Era un granuja, de la calle. Como ella en muchos sentidos. Un tipo persuasivo y con recursos que, de algún modo, era capaz de hacer tratos con los demás y conseguir comida, pilas u otros objetos de valor. Era un negociador duro, y vendería hasta su alma si sacase beneficio.

Pero a May le gustaba, no podía evitarlo. A excepción de Pride, siempre le habían atraído los chicos que no eran lo que se podía decir trigo limpio. Y sabía que, dentro de la mente imperfecta de Zak, sí había lugar para los sentimientos. Estaba claro que a él le gustaba May.

—¿Tiene el virus? —gritó Gel con fuerza mientras contemplaba a Zak y May desde la parte delantera del camarote interior.

—Más le vale que no, o se largará de aquí —amenazó Lex, que trataba de ignorar la proximidad de Zak y de su mareo.

Gel estaba sentada en el banco interior hecho de fibra de carbono; Lex estaba tumbado con la cabeza apoyada en su regazo, a modo de una improvisada almohada.

—Supongo que lo bueno de no comer es que pierdes peso —dijo Gel de repente, a causa del rugido de su estómago.

Ella, al igual que los demás, siempre tenía hambre, e intentaban apañárselas con la pequeña cantidad racionada por Amber.

—Al menos tengo la figura más delgada —añadió, y dio un vistazo de admiración a su constitución, más esbelta que nunca.

—Sí, bueno, lo malo de no comer es que te mueres —se burló Lex.

Sammy, al igual que los demás, también observaba cómo May trataba de consolar a Zak.

Aquello le provocó arcadas, y vomitó por todo el suelo.

—¡Tío, qué asco! —dijo Darryl, mirando como si también fuese a vomitar—. Si vas a ponerte malo, sal ahí fuera con ellos. ¡No lo hagas aquí!

Trudy contempló fijamente el charco de náuseas que se esparcía por la cubierta. Y de repente se lanzó y se echó un poco a la boca, forzándolo hacia el interior mientras degustaba su sabor como si se tratase de un gran festín.

Ram estalló en una risa incontrolable, mientras los otros observaron con una mezcla de incredulidad y asco.

—¡¿Qué demonios estás haciendo?! —preguntó Lex.

—Intentar sobrevivir. Y no me importa cómo hacerlo. ¡Esto es mío, todo mío! Lo he visto yo primero —farfulló Trudy.

Tenía la boca llena, y el vómito se le derramaba por la boca y le babeaba por la cara. Lo forzó de nuevo al interior y se chupó los dedos.

—¡Todo tuyo! —dijo Lex, y miró hacia Zak, que se encontraba vomitando de nuevo—. ¡Eh, guarda un poco para Trudy! Está hambrienta.

—¡Que te den! —gritó May.

—¡No, que te den a ti! —replicó Ram con impaciencia—. ¿Por qué no le dices a tu amorcito que si tiene aparatos tecnológicos, aunque sea un barco, debería al menos haber aprendido a usarlos?

—Ya vale, Ram —contestó May—. Si no fuese por Zak y su barco, ¿dónde estaríamos ahora?

—Cualquier sitio sería mejor que estar atrapado aquí. En un barco lleno de idiotas —suspiró Ram para sí mismo.

—Eso puede resolverse fácilmente, Ram —contestó Lex—. Si te tiramos por la borda, habrá una boca menos que alimentar.

Ram contempló a Lex y se dio cuenta de que era bastante capaz de llevar a cabo su amenaza.

—Si te aburres, Ram —le recriminó May—, ponte a provocar en otra parte. ¡Estoy segura de que a los tiburones les gustaría que los molestases!

—¿Ram tocándole los huevos a alguien? Vaya, qué sorpresa —bromeó Jay para intentar animar a todos al entrar al interior del camarote, junto a Amber.

Amber miró a Trudy, que se encontraba chupando el suelo.

—Trudy, ¿se puede saber qué estás haciendo?

—Va por el segundo plato. De vómito —dijo Gel, asqueada.

Amber ayudó a Trudy a levantarse y la sentó de nuevo en el banco.

—Sé cómo debes sentirte, Trudy. Pero esta no es la solución. Tranquilízate, todo saldrá bien. Tendremos suficiente comida y agua para todos, mientras sigamos con el racionamiento.

—Si no... Tendremos que buscar otras "cosas" en el menú —sugirió Lex mientras miraba de forma amenazante a Ram, que lo ignoró. Aunque, en el fondo, no le sorprendería que Lex recurriese al canibalismo.

Con los labios secos, un dolor de cabeza de caballo, pero un empeño de acero por no rendirse, Amber había congregado a la tribu a una reunión. Cada pocos días, el grupo se reunía para valorar su situación y ver si alguien tenía ideas para mejorarla. Amber estaba sobre todo preocupada porque, con el desacuerdo por parte de Ram, pudiese encontrarse con un motín entre manos. Quería mantener a todos concentrados, y en calma. En especial a Trudy. Nunca había sido del tipo de gente que necesitase un gran empujón para entrar en pánico, con todo su histrionismo.

Le pidieron a Sammy que fuese con Lottie, quien ya había tomado a la hija de Trudy, Brady, y al bebé de Amber al camarote inferior para que el resto de la tribu pudiese reunirse, a pesar de las protestas de éste acerca de actuar como niñero.

—Siento llegar tarde —dijo Ebony al llegar al final de las escaleras que llevaban a la zona del camarote principal. Slade la seguía. Había un aire frío y tenso entre ellos.

—Poneos... cómodos —dijo Jack, con un tono algo cómico.

Estaban todos tan apelotonados, situados unos contra otros en el pequeño camarote, que había muy poco espacio para todos.

—¿Te importa que me siente aquí? —preguntó Ebony a Slade, y se colocó a su lado.

—Haz lo que quieras. Me da igual —respondió Slade con frialdad.

Los demás podían ver que su relación seguía estancada y que debían haber estado discutiendo.

La reunión siguió adelante. Y, una vez más, Ram afirmó que deberían girar el barco y volver por la dirección en la que habían venido, empeñado como siempre en volver a su viejo hogar en la ciudad.

Ram perdió la votación. La gran mayoría escogió seguir la recomendación de Amber, seguros de que al final llegarían a tierra.

—Para entonces puede que estemos muertos —advirtió Ram.

—Eres muy sutil con todo lo que dices —lo regañó Salene mientras observaba discretamente a Trudy, que miraba en la distancia con la mirada perdida y lágrimas en los ojos.

—No me encuentro bien —dijo con la voz en un susurro frágil y ronco.

Salene se sentó a su lado para intentar darle apoyo emocional. Últimamente, Trudy había pasado por un torbellino anímico. Amber y los demás eran conscientes de su estado vulnerable y sus cambios de humor, incluso en el mejor de los tiempos. Amber sospechaba que, probablemente, sufría depresión clínica. Había atravesado muchas experiencias traumáticas durante su joven vida. Y siempre le había costado hacerles frente.

—Necesita beber —sugirió Ellie.

—Todos necesitamos beber —dijo Lex—. A mí desde luego me vendría bien un chupito de Jack Daniels.

—Lo mismo digo, pequeño Lexy —bromeó Ram, ansioso porque Lex lo tuviese en buena consideración—. Lo que Trudy necesita es... un psiquiatra.

—Ya basta, Ram —dijo Amber, que dio un paso adelante y le ofreció a Trudy su reducida ración de agua.

Salene sostuvo la botella sobre los labios de Trudy, pero ella no parecía percatarse. Estaba perdida, como en una visión de otro mundo. Con los ojos quietos.

—¿Qué le pasa? —preguntó Gel a nadie en particular mientras Trudy comenzaba a llorar de forma descontrolada y los hombros le temblaban.

—Deberíamos llevarla abajo —dijo Amber, que estaba preocupada por el bienestar de Trudy y pensaba que quizás se sentiría mejor después de descansar un poco.

Salene intentó animar a Trudy para que se levantase, y Ellie se situó al otro lado para ayudarla.

—¡Quitadme las manos de encima! —gimió Trudy de forma histérica.

—Trudy, no pasa nada —susurró Salene.

—Vamos, Trudy. Intenta mantener la calma —dijo Amber—. Todo saldrá bien.

—De eso nada. ¡Lo sé yo y lo sabéis vosotros! —gritó Trudy—. ¡Estamos condenados! ¡Todos nosotros! ¡Vamos a morir todos!

CAPÍTULO DOS

Con los ojos bien cerrados, Bray se imaginó a sí mismo en otro lugar. En un tiempo distinto. Su imaginación era el único refugio que tenía en ese momento. La única forma que tenía de escapar del aprieto en el que había terminado.

Sus pensamientos giraban de nuevo en torno a Amber y su vida juntos en la ciudad. La amaba con cada fibra de su ser y el dolor por estar separados le llegaba muy adentro. Podía verla, e imaginar que le devolvía la mirada con ojos enamorados. Ella era la persona más buena, amable y honesta que había conocido. Pensaba que estaban destinados a estar juntos, amantes malditos con un final de cuento de hadas que vivirían juntos para siempre.

Sin embargo, ¿todos esos preciados recuerdos de Amber, eran reales? ¿Su vida pasada con ella había sucedido realmente? ¿O era todo parte de algún programa de realidad virtual? ¿Estaba realmente sentado, encerrado en una celda de aislamiento, como parecía que estaba?

Habían sometido a Bray a tantas simulaciones que empezaba a dudar de su propia mente y a perder la noción de qué era real y qué una ilusión.

Corría peligro, incluso, de perderse a sí mismo, su sentido de identidad, su propio ser. El amasijo de información al que lo habían sometido, la simulación sensorial, los mundos virtuales en los que había estado atrapado, los experimentos que había sufrido... Ahora podía sentir las consecuencias. Sentía que le habían mermado el espíritu, y que no sería capaz de seguir adelante durante mucho más.

Pero debía intentarlo. Ahora, Bray se aferraba conscientemente a la poca dignidad y esencia que le quedaba. No cedería, ni se rendiría. De algún modo, si tuviese tiempo de pensar, de separar lo real de lo ilusorio, esperaba poder descubrir alguna forma de atravesar esa pesadilla viviente que el destino le había arrojado.

Bray estaba tan inmerso en sus pensamientos que no se dio cuenta de que los guardias entraban en su celda, provocando que la puerta de hierro chirriase mientras la abrían.

Contemplaron al prisionero. Bray estaba tumbado en el suelo, cubierto de suciedad, con barro por todo el cabello castaño. Hacía mucho tiempo que no lo lavaban.

Uno de los guardias intentó no respirar el hedor de su cuerpo mientras se acercaba con cautela y colocaba una bandeja en el suelo, junto al prisionero.

—El desayuno —susurró el guardia, sarcástico, mientras contemplaba a Bray con desprecio.

Bray salió de su ensueño y volvió a la realidad del oscuro infierno en el que se encontraba. Observó el plato del "desayuno". Un bol de gachas frías lleno de moscas que deambulaban y zumbaban sobre la repugnante comida podrida.

La mirada de Bray se cruzó con la del guardia, con ojos obstinados.

—¡Come! —le ordenó el guardia, con ganas de ver a Bray consumir la desagradable comida.

—No tengo hambre —mintió Bray. Estaba hambriento. Pero se dio cuenta de que aquello era casi una lucha de poder entre él y sus captores, y estaba decidido a no dar satisfacción alguna a sus celadores.

De repente, el guardia levantó el bol y le restregó el contenido a Bray por la cara. Intentó resistirse, pero, con los pies y las manos atados, no pudo hacer mucho. Se encontró atragantándose, tragando las gachas sin darse cuenta, mientras las moscas le entraban por la nariz y la boca.

—¡Ya basta! —gruñó la voz familiar al entrar una muchacha alta en la celda.

Los guardias bajaron la cabeza como gesto de respeto. Tenía aproximadamente la misma edad que Bray. Y él reconocía su voz. Le había atormentado desde la primera vez que había llegado a aquellas instalaciones. Sintió un escalofrío involuntario cuando ella se acercó con resueltas zancadas hacia él, mientras sus penetrantes ojos azules lo estudiaban.

Era alta y con una melena morena que le llegaba más allá de los hombros. Eloise tenía un aspecto imponente, era una figura de superioridad que rebosaba una autoridad y carisma naturales. El uniforme negro se le adhería al cuerpo, y ella se contoneaba de forma seductora al inspeccionar al prisionero más importante, mientras el fornido guardia junto a ella se apartaba para dejarle espacio. Ella era consciente de su atractivo y, en un cuartel lleno de guardias y prisioneros masculinos, siempre se sentía satisfecha de poder usar sus encantos naturales para salirse con la suya. Sin embargo, al tener el control total de las instalaciones, no le hacía faltar contar con nada más que con su posición. Y su poder.

—¡Dejadnos! —ordenó Eloise a los guardias.

El enorme celador asintió a su líder con respeto y acompañó a sus compañeros al exterior de la celda. La gruesa puerta de metal se cerró tras ellos.

Cada día estaba lleno de muchas pruebas, y Bray se preguntaba qué le tenían preparado en aquella ocasión.

Eloise sonrió, mostrando los impecables dientes blancos a medida que se agachaba junto a él y comenzaba a acariciarle el cabello con suavidad, retirándole manchas de gachas derramadas, y mostraba su descontento al ver a Bray de aquélla forma.

—¿Cómo te encuentras? —le preguntó preocupada, aunque Bray sabía que su tono no era, obviamente, tan sincero o verdadero como fingía serlo.

—¿Tú qué crees? —Bray escupió un trozo de gacha que fue a parar al hombro de Eloise.

Eloise se deshizo de las gachas sin molestarse.

—Creo que eres un ser humano muy testarudo. Pero aprenderás... que no eres tan testarudo como yo. Así que, ¿por qué no nos aliamos, tú y yo? Podríamos hacer grandes cosas juntos —Eloise hizo pucheros de forma seductora.

Bray le devolvió la mirada. Claramente, reflexionó, Eloise era un individuo inteligente y le gustaban los juegos mentales. Pero él no tenía intención de jugar. Ni ahora, ni nunca. Él no se rendiría.

—Vamos —lo animó Eloise mientras le dedicaba una tímida mirada a Bray, jugando a tentarlo—. No seas así. No creo que te haga daño a la vista, ¿no? ¿No me encuentras, aunque sea, un poco atractiva?

Bray se daba cuenta de la obvia belleza externa de Eloise, con esos ojos azules que miraban fijamente los suyos. Desde luego, era atractiva. Pero causaba repulsa por la clase de persona que era. Sabía perfectamente que ella estaba a cargo de su encarcelación y que habría sido ella quien ordenó a los guardias actuar con tan poca piedad, sin contar que lo había sometido a muchísimos experimentos de realidad virtual.

—Déjame en paz —pidió Bray.

—Mi querido Bray, no hablarás en serio... —dijo Eloise con tono burlón—. Es decir. Míranos, a ti y a mí. Aquí juntos. Somos uno con Zoot, ¿no es así?

—¿Qué quieres de mí? —saltó Bray, furioso porque hubiese mencionado a Zoot.

Él nunca había estado de acuerdo con el camino que había tomado su hermano. Pero aún se sentía molesto con cualquiera que manipulase el nombre y reputación de Zoot, que distorsionase la vida y el legado de su hermano.

—Te quiero a ti. Por una noche. Eso es todo. Que pasemos una noche juntos —sonrió Eloise de forma irresistible.

—¡Estás loca! —se burló Bray.

—Loca por ti, querrás decir. ¡Alabado sea Zoot! —añadió Eloise, mencionando alegremente el nombre de Zoot una vez más.

—¡Prefiero morir antes que pasar una noche contigo, Eloise!

—Puedo conseguir ambas cosas —le advirtió Eloise—. Si te portas bien conmigo, yo me portaré bien contigo. Pero si no...

De forma inesperada, Eloise le dio una fuerte bofetada a Bray en la cara.

—¿Crees que me importas realmente? ¿O tu estúpido hermano, Zoot? ¿Los "Zootistas"? ¿Todo eso? Si es así, estás muy pero que muy equivocado. No eres nada más que una propiedad valiosa, Bray. Me vales más vivo que muerto. Siempre que puedas concebir hijos. Un hijo mío, claro. Ya sea por voluntad propia, o quizás... ¡en nuestro próximo viaje a la realidad virtual!

—¡Estás chalada! protestó Bray.

Eloise agarró a Bray por la mandíbula y le presionó ambos lados de la cara con las manos, clavándole las uñas en las mejillas, con los ojos azules llenos de intensidad, a centímetros del rostro de Bray.

—Una noche, Bray. Y un hijo, eso es todo. No decepciones a todos los que depositaron su fe en "Zoot". ¡Démosles algo real a lo que adorar! Mi bebé... ¡nuestro hijo!

Tras eso, Eloise lo besó apasionadamente. Bray se retorcía para evitarla, pero no fue capaz debido a las ataduras.

—Piénsatelo —dijo Eloise, que se alejó de Bray y se puso de pie.

Con un chasquido de dedos en dirección a los guardias, la puerta de hierro se abrió chirriando, y Bray se preocupó al ver entrar a los guardias.

—Soy paciente, ¡pero no te daré todo el tiempo del mundo, Bray! —dijo Eloise.

Tras dar media vuelta, Eloise se dirigió al exterior de la celda y un guardia cerró la puerta tras ella.

—Mostradle lo que sucede cuando se me acaba la paciencia —comentó a los guardias que quedaban en la celda.

Desafiante hasta el final, Bray apretó los dientes cuando los guardias se abalanzaron sobre él con los puños apretados.

CAPÍTULO TRES

Aunque pensaba que la situación no podía empeorar más, Amber se dio cuenta de que estaban entrando en un estado todavía más complicado que antes.

Aquella mañana se había acabado el último suministro de comida. Amber racionó cuidadosamente una lata pequeña de pudin dc arroz y dio la mayor partc a los más pcqucños, Brady y Bray Jr. Había hecho lo posible por estirar las raciones al máximo durante el viaje, pero había demasiadas bocas que alimentar y poca comida. Y ahora, no había nada de comida.

También habían terminado las últimas botellas de agua potable a primera hora del día, pero afortunadamente el barco había atravesado una borrasca de agua durante la noche. El recolector de agua improvisado de Jack había hecho bien su trabajo y la lluvia había creado una pequeña piscina sobre la lona, que Jack estaba intentando vaciar con cuidado en las botellas vacías.

Amber tenía los labios secos. Se le seguían abriendo y, como resultado, tenía pequeños cortes que sangraban de vez en cuando. Su condición física estaba empeorando, igual que la de los demás, y se preguntaba si comenzaban a padecer escorbuto, o Dios sabe qué otra enfermedad. Amber pensó que así debieron sentirse los marineros en tiempos antiguos. Había estudiado los viajes europeos del "descubrimiento" en las clases de historia de la escuela, y se sentía conectada de algún modo a los exploradores, era afín a ellos. Después de todo, ella también se encontraba en su propia aventura épica. Excepto que los marineros, al menos, sabían lo que se hacían; mientras que Amber y su tribu tenían pocas habilidades náuticas. Y estaban completamente perdidos. La esperanza se estaba acabando.

Bray Jr. se durmió en brazos de Amber. Ella lo acunaba de forma protectora e intentaba mantener la calma. Sabía que entrar en pánico era lo último que necesitaban ahora mismo. Pero era difícil mantener la cabeza serena con la tensión constante que se respiraba en el ambiente y la ansiedad de todos los demás. El estrés de su pésima situación estaba acabando con todos.

Amber se concentró en su bebé. Era hermoso. Puro e inocente. Pero estaba hambriento. Y sin más comida... Amber temía pensar en eso.

La mayor parte de la tribu estaba sentada en las cubiertas exteriores. Últimamente hacía demasiado calor y humedad para estar abajo. El aire no circulaba y se estaba más cómodo, relativamente.

La gente reaccionaba de manera distinta a la situación. La única rutina era que no había rutina. Cada día era como el anterior. Con el barco a la deriva. Estaban entrando casi en un delirio colectivo. Algunos estaban aburridos, otros intentaban buscar formas de pasar el rato. Pero todos estaban preocupados por qué les aguardaría el futuro.

—Veo, veo... una cosita que empieza por la letra M —dijo Gel a Lottie y Sammy alegremente, por enésima vez.

—Mar —soltó Lottie sin entusiasmo.

—Al menos podrías intentar disfrutar —se quejó Gel.

—Veo algo que empieza por I... de idiota —se burló Ram de Gel con desprecio, mientras caminaba adelante y atrás.

Lex se puso de pie de inmediato y estampó a Ram contra la pared, agarrándolo por la garganta.

—Y yo veo algo que empieza por P, ¡un perdedor a punto de irse por la borda! —amenazó Lex con mirada fulminante.

—Suéltalo, Lex —exigió Amber, interponiéndose entre ellos—. Vamos. No empeoremos las cosas.

Slade y Jay se acercaron a Ram y Lex y los separaron.

—Atrás, Lex. Ahora no es el momento —dijo Jay.

Lex soltó a Ram, pero observó con furia cómo Jay y Slade se lo llevaban.

—No me pierdas de vista, colega. Lo digo en serio —lo amenazó Lex—. Ni siquiera eres un Mall Rat. Y después de todo lo que hiciste en el pasado, no tienes derecho a hablar siquiera.

—Ahora todos estamos en la misma situación, Lex —dijo Salene con tono amable—. Y hemos de cuidarnos mutuamente.

—¿Y qué tal si nos lanzamos todos por la borda? ¡Y acabamos de una vez! —sugirió Trudy.

—No pierdas la esperanza, Trudy —dijo Amber de modo alentador mientras intercambiaba una mirada de preocupación con Salene.

Amber les había mencionado anteriormente a todos que necesitaban vigilar con especial atención a Trudy. Si perdía la esperanza, con su bajo estado de ánimo, quién sabe qué podría pasar. Podría intentar hacerse daño. Amber esperaba que sus sospechas fuesen infundadas. Pero, en el fondo, pensaba que sería sensato supervisarla por riesgo a que intentase suicidarse.

En la proa, May y Zak hablaban sentados uno junto al otro. Cogidos de la mano. Habían estado hablando durante toda la mañana. A pesar de que se conocían en la ciudad desde hacía mucho tiempo, estaban estrechando lazos durante el viaje.

May nunca había tenido suerte en el amor. Todos aquellos de los que se había enamorado antes bien estaban enamorados de otra persona, como Pride de Salene, o bien había sucedido algo que le había impedido mantener una relación más cercana. Quizás esta vez fuese diferente. Si conseguían sobrevivir, claro está.

En la cubierta superior, Ebony trataba de encontrar algo de sombra y aire fresco. Contempló a Ruby y Slade, que estaban cerca de ella, absortos en su conversación, recordando la gente y las aventuras que compartieron en el pasado en el pueblo de

Liberty, donde ambos habían pasado una cantidad de tiempo considerable.

Ese mismo día, más temprano, Ebony había intentado reconciliarse con Slade tras su última discusión. Sin embargo, Slade no aceptaba las disculpas de Ebony, y quería que se mantuviese alejada de él. Tan lejos como fuese posible dentro de los límites de la diminuta embarcación.

No podía perdonarle las cosas que había dicho sobre su hermano, Mega, y la falta de sensibilidad que había mostrado en relación con su muerte. Sí, era cierto que Mega había sido responsable de muchas cosas horribles como líder de la tribu de los Tecnos y que fue clave en la propagación del virus que les obligó a abandonar la ciudad. Slade seguía intentando aclarar sus ideas y le era difícil conciliar las acciones de Mega con el sentimiento de pérdida que sentía por la muerte de su hermano.

Pero lo que de verdad le dolía era el hecho de que Ebony parecía tener una moral muy selectiva. Era la última persona en lanzar críticas contra nadie. Él sabía que no era ningún ángel, pues en el pasado había sido la líder de los Locos. Y esa hipocresía le causaba repulsa. Necesitaba tiempo para repasar todo lo sucedido en su cabeza. Pero, sobre todo, necesitaba estar alejado de Ebony.

A Ebony le parecía que Slade pasaba demasiado tiempo con Ruby, en vez de pasar tiempo a solas para llorar la pérdida de su hermano y analizar las cosas, como su deteriorada relación. Quizás estaba siendo paranoica, y se preguntaba si Ruby y Slade no estarían simplemente hablando. ¿O estaba con Ruby a propósito, enfrente de Ebony, para darle algún tipo de lección y demostrarle algo?

Fuese lo que fuese, Ebony sentía oleadas de celos amargos. Estaba enfadada con Slade y resentida con Ruby. Esta era una superviviente y aprovechaba las oportunidades al máximo. Ebony no confiaba en ella. Puso la mente en marcha y comenzó a preguntarse la mejor manera de recuperar a su hombre.

Después del altercado entre Lex y Ram, Salene se desplazó por la cubierta para colgar un improvisado sedal en el agua. Su padre la llevaba a pescar muchas veces de pequeña, pero hasta el momento no había conseguido pescar nada. Como si el océano estuviese completamente vacío y sin peces.

—¿De veras piensas que conseguirás pescar algo? —preguntó Darryl al sentarse al lado de Salene, y miró por la borda.

—Si no lo intento, nunca lo sabré, ¿no crees? —respondió Salene, concentrada en el sedal. Había atado un poco de arroz con leche seco al final de la cuerda. Salene esperaba que mordiese algo, aunque la idea de que un pez comiese arroz con leche le parecía bastante ridícula. ¿Qué habría pensado su padre acerca de utilizar aquello como cebo?

Darryl se acercó más a Salene y sonrió con elegancia.

—Hay muchos peces en el mar.

—¿A qué te refieres con eso? —preguntó Salene, que sospechaba que Darryl no estaba interesado solamente en la pesca.

—Bueno, ya sabes. Tú estás soltera. Yo estoy soltero. Aquí, casi todos los demás son pareja. Están Jack y Ellie. Amber y Jay. Ruby, o Ebony, y Slade. May y Zak parece que se llevan muy bien. Gel cree que Lex y ella están juntos. Y, bueno, es una pena estar solos. No sé, ¿qué tal si tú y yo...?

Salene se puso nerviosa, sin saber qué responder, y suspiró.

—Eso es muy bonito, Darryl. Y tú eres muy dulce...

—Tú también —soltó Darryl rápidamente.

—Pero mi respuesta es no. No te ofendas, pero... este no es momento para esas cosas. Y tú no eres mi tipo.

—Oh, venga ya. Una chica atractiva como tú, un chico atractivo como yo... —insistió Darryl.

—En estos momentos preferiría darle un beso a un pescado atractivo. Lo siento, pero no, Darryl.

La cuerda se le tensó en la mano.

—¡Tengo uno! ¡Tengo uno!

De repente tropezó cuando el motor de la embarcación lanzó un rugido al despertarse y el pequeño barco se arqueó peligrosamente, dando un giro de unos 180 grados.

—¿Qué demonios? —gritó Jay mientras intentaba mantener el equilibrio junto a Amber, allí cerca.

—¿Dónde está Ram? —preguntó Amber bruscamente, al darse cuenta de que Ram ya no seguía allí.

Jay y Amber se apresuraron a la cabina de mandos superior, donde Ram se encontraba girando el timón como un poseso, determinado y con los dientes apretados.

—¡Ram! ¿Qué estás haciendo? —gritó Jay.

—¡Salvarnos! —respondió Ram—. ¡Volvemos a casa!

—¡Apaga el motor! —rugió Amber.

Era consciente de que estaban utilizando el poco y preciado combustible que les quedaba. Se acercó a la llave de contacto, pero Ram la apartó de un empujón y continuó sujetando el timón con firmeza.

La embarcación ladeó a un ángulo más inclinado y provocó que todos gritaran de pánico y se preguntasen qué estaba sucediendo, con el horizonte yendo de arriba abajo mientras Ram giraba el timón y se desternillaba de risa, como un loco.

Jay y Amber agarraron a Ram y le apartaron las manos del timón a la fuerza, alejándolo de un estirón. Amber corrigió el rumbo y la embarcación volvió a nivelarse poco a poco.

—¡Bruja! —bufó Ram—. ¿No lo veis? Unos cuantos días más y todos estaremos con los ángeles.

—En tu caso, Ram, creo que tienes una cita con el diablo —dijo Amber.

Ram la fulminó con la mirada.

—Debimos volver a la ciudad cuando os lo dije. Ahora estamos condenados. Todos moriremos. ¿Y sabes una cosa, Amber? ¡Es todo culpa tuya!

* * *

En la parte delantera de la pequeña embarcación, Amber contemplaba maravillada las estrellas que brillaban ante ella. Era una noche mágica. Había una sensación de paz. Incluso el océano estaba en calma, liso como el vidrio, sin apenas ondas. Las olas lamían el lateral del barco con delicadeza. La luna creciente brillaba con fuerza y se reflejaba en la superficie del agua.

Habían llegado muy lejos, pensó Amber. En la ciudad, en los días posteriores al virus, Amber y los demás lucharon para traer el orden, para crear una nueva sociedad y superar muchos obstáculos, desde Zoot y sus Locos hasta los fanáticos religiosos de los Elegidos y la invasión de los Tecnos. Y ahora, atrapados ahí fuera, varados en el barco, no parecía justo. Pero Amber sabía que la vida no siempre era justa. ¿Se dirigían a la deriva hacia su perdición, como decía Ram? Y de ser así, ¿era ella responsable?

—¿No puedes dormir? —preguntó Jay en voz baja al acercarse y situarse junto a Amber.

—No.

—¿Por los ronquidos de Lex?

—Ojalá. Y pensaba que eran insoportables cuando vivíamos en el centro comercial —reflexionó Amber sobre los ronquidos de Lex, que de hecho eran muy altos y el origen de muchas noches sin dormir para los demás—. Más bien pensaba en Ram.

—Ha sido un día movido, ¿verdad? —Jay suspiró, maravillado al contemplar el imponente cielo estrellado.

Amber asintió.

—Picaron cuatro peces. Doy gracias por las habilidades de pesca de Salene. Y, veamos,... seis peleas,... una posible crisis nerviosa de Trudy,... un amago de vuelco por culpa de Ram,... un grave motín... —Amber contaba con los dedos.

—Al menos Ram se ha relajado. Debió de pasarse demasiado tiempo al sol. Algo le afectó.

—¿Quieres decir... yo?

—No le daría importancia a lo que dijo, Amber. Todo esto... no es culpa tuya.

—Es que no entiendo por qué está empeñado en intentar volver. No tiene sentido. Él sabe que no teníamos elección. Lo conoces mejor que nadie, ¿alguna idea?

—Ninguna. Si tiene intenciones ocultas, no es de los que lo dejan caer. Lo único que alguien puede saber con certeza sobre Ram, Amber, es que es una persona de extremos. Un verdadero enigma.

—No hace falta que me lo recuerdes —respondió Amber con amargura.

En el pasado, Ram fue una pesadilla para Amber y toda la tribu. Para toda la ciudad. Causó mucho dolor y problemas. Aunque mantenía que era inocente y no sabía cómo explicar la desaparición de Bray, Amber no podía evitar dudar de él. Se sentía recelosa.

Las circunstancias los hicieron trabajar juntos para intentar acabar con la tiranía de Mega, pero Ram y Amber nunca habían sido amigos ni habían estrechado lazos. Eran aliados por conveniencia. Y ahora que no tenían ningún enemigo en común, Amber se sentía intranquila al pensar que de todas las personas con las que estaba atrapada, en un barco a la deriva en mitad de ninguna parte, una de ellas era Ram.

Pasó un momento en el que Amber y Jay se quedaron inspeccionando las estrellas, con el único sonido del agua lamiendo el barco.

—Es hermoso, ¿verdad? —dijo Amber sin aliento, maravillada por las vistas—. Te hace pensar. Aquí estamos. Un pequeño barco dentro de un vasto océano. En un pequeño planeta a su vez. Somos solamente un punto en el universo, ¿no es así? Es decir, ¿qué sentido tiene todo?

—¿Quién sabe? —respondió Jay—. Supongo que ese es el misterio de la vida. Lo que la hace interesante. Que no lo sabemos.

—¿Crees que hay algo mayor ahí fuera?

—¿Como Dios, o algo así?

—Mmm... —Amber asintió—. Mi madre... era religiosa. Pero yo nunca pude comprender que, si existía un Dios, ¿por qué había tanto dolor y sufrimiento en el mundo? ¿Cómo era posible? ¿Cómo pudo permitir que pasase lo que les pasó a los adultos?

—Desde luego, había muchos problemas en el mundo cuando estaban los adultos. Y ahora nos toca a nosotros, ¿no? ¿Cómo crees que nos ha ido hasta ahora? ¿Es el mundo un lugar mejor? —preguntó Jay.

—Para nosotros no, hasta ahora. Pero hemos de intentarlo, ¿verdad? —contestó Amber, completamente convencida— ¿Si nosotros no intentamos crear un mundo mejor, quién lo hará? ¿Cómo podemos esperar que lo hagan otros? Hemos de hacerlo lo mejor posible.

—Antiguamente, nuestros antepasados buscaban las respuestas en el cielo nocturno —comentó Jay—. ¿Es lo que estás haciendo?

—Supongo. Tengo muchas preguntas. Como, ¿por qué estamos en este barco? ¿Qué pasará con nosotros? ¿Conseguiremos salir de aquí con vida? ¿Qué pasará con mi hijo? ¿Qué futuro nos aguarda? Por el momento, no ha llegado ninguna respuesta ni solución dando brincos.

—Has estado increíble, Amber. Y lo estás haciendo muy bien. Si no fuese porque estás intentando ayudar a todos, puede que no hubiésemos llegado tan lejos.

Amber sonrió tímidamente, conmovida por las palabras de Jay.

—No sé si nosotros decidimos nuestro propio destino —continuó Jay—, o si nuestro destino ya está decidido. Lo que tenga que ser, será. Pero si sé una cosa es que te quiero, Amber. Y pase lo que pase hoy o mañana, no podría ser más feliz que aquí contigo. No hay ningún otro lugar ni otra persona con quien prefiriese estar.

A Amber se le llenaron los ojos de lágrimas. No esperaba esas palabras cuando salió aquella noche a contemplar el cielo. Las palabras de Jay y su honestidad la emocionaron. Era un momento mágico, bajo el cielo nocturno.

¿Ella preferiría estar con alguna otra persona? En el pasado habría pensado en Bray. Pero tras su desaparición, y su supuesta muerte, Amber estaba feliz por haber encontrado a Jay y haberse enamorado de él. No había elegido olvidarse de Bray, y de haber vivido le habría sido siempre fiel. Pero allí estaban, Jay y ella, bajo las estrellas. Puede que se tratase del destino, después de todo, ajeno a su control.

Sin saber qué decir, se acercó y besó a Jay con ternura, lo rodeó con los brazos y le dio un fuerte abrazo. Los dos estaban juntos y solos, mientras millones de estrellas brillaban y centelleaban arriba.

Fuese cual fuese su destino, Amber estaba contenta de corazón de que Jay fuese parte de su vida... Sin contar el tiempo que le quedase por vivir, sin contar lo que les deparase el futuro.

CAPÍTULO CUATRO

—Pese a todo lo que has pasado, pareces estar en muy buena forma —dijo Judd mientras le tomaba el pulso a Bray.

Estaban en la sala de operaciones y Judd había estado comprobando la condición de su preciado paciente para asegurarse de que el cuerpo de Bray estuviese listo para el estrés y la dureza de una nueva conexión a la realidad virtual planeada por Eloise.

—Tus pulsaciones son estables, la presión sanguínea es buena. Desearía poder hacer algo más por ti —dijo Judd mirando con compasión a Bray, que estaba tumbado en la cama de la sala de operaciones. Estaba aturdido, con la mirada perdida.

—Gracias por cuidar de mí. Eres el único que ha hecho algo por mí aquí —respondió Bray con voz baja y débil.

—Si te digo la verdad, no estoy enteramente de acuerdo con todo lo que aquí sucede —declaró Judd—. Una cosa es la ciencia y avances médicos. Pero los experimentos con humanos no son algo que yo apruebe.

—Entonces haz algo al respecto, Judd.

—¿Como qué? Soy científico. No un luchador, Bray. No soy un guerrero como tú.

—Mi querido Bray —lo llamó Eloise, entrando con pasos largos a la sala de operaciones, con aires de gran anticipación—. ¿Estará nuestro huésped listo para la iniciación de esta noche, Judd?

—Su cuerpo está listo. Algo muy diferente es si lo está su mente.

—Es una pena que no colaborase más —dijo Eloise a medida que acariciaba la mejilla de Bray con los dedos.

—Bueno, ya puedo marcharme —sugirió Judd.

Judd inclinó la cabeza como gesto de respeto hacia Eloise y se alejó. Los guardias flanqueaban la entrada a la puerta principal de la sala de operaciones mientras el científico salía.

Bray echó una mirada cuidadosa a Eloise, cuyos ojos azules le examinaban las facciones cansadas y magulladas. Se preguntaba cómo reaccionaría a lo que estaba a punto de decirle.

Esperaba que Amber no se sintiese decepcionada con él. No había mantenido muchas relaciones en su vida. Mantuvo una estrecha relación con Danni. Pero Amber era diferente. Su verdadera alma gemela. Nunca le sería infiel a propósito. Ni la deshonraría. Pero no le quedaba otra opción, y se le acababa el tiempo. Y la esperanza. No tenía elección. Al menos eso quería hacer creer a Eloise.

—Tú ganas, Eloise —dijo Bray en un suspiro.

—¿Cómo has dicho?

Los ojos de Eloise se estrecharon y se concentraron sobre él. ¿Acababa de decir realmente lo que creía haber oído?

—Estoy derrotado. Haré lo que quieras de mí. Todo lo que me pidas...

—¿Todo lo que quiera de ti?

—Todo —admitió Bray a regañadientes. Se giró avergonzado para mirar a la conquistadora que tenía ante él.

Eloise mostró una amplia sonrisa. No podía controlar la emoción que sentía en su interior. Si Bray iba en serio, si le daba lo que deseaba, conseguiría elevarse a un nuevo nivel. Su autoridad para con los "Zootistas", su influencia como la madre que continuaba la estirpe de Zoot, la colocarían en una posición fantástica para conseguir el poder absoluto con aquellos que tenían autoridad. Después de que Bray se hubiese resistido tan tercamente, por fin conseguiría salir victoriosa. Y se sentía espléndida.

—Has hecho la elección correcta, Bray. Será para mí... un honor tener a tu hijo. Juntos podemos conseguir muchas cosas. Puede que mucho más de lo que ninguno de los dos pueda imaginar.

Los ojos de Eloise estaban vivos y bailaban con energía, emocionados con la promesa de lo que traería aquella noche mientras contemplaba el cuerpo de Bray con anticipación. Por fin. Era completamente suyo.

Eloise llamó a sus guardias.

—Lavadlo. Limpiadlo. Y traed a Bray a mis aposentos. Esta noche, él y yo... ¡haremos historia!

* * *

Dos guardias, flanqueados a cada lado de Bray, lo escoltaron desde la celda hasta los habitáculos del recinto. Las pesadas botas hacían eco en el suelo metálico.

Bray esperaba saber lo que estaba haciendo.

Se habían ocupado de las heridas que había recibido por los golpes. Y lo habían duchado. Unos guardias incluso vistieron a Bray con un traje de gala, y casi se sentía como si se dirigiese a una cita en un baile de instituto. Era muy surrealista y, por un momento, se preguntó si se trataría de otro programa de realidad virtual.

Ahora que estaba limpio y presentable, Bray se sentía casi humano de nuevo en el exterior. Pero dentro se sentía vacío, utilizado y explotado. Como un trozo de carne andante. Una propiedad, sin control sobre sí mismo o sobre su vida.

Llegaron a una puerta doble. Uno de los guardias llamó educadamente.

—Hacedlo pasar, ¡y luego dejadnos solos! —la voz de Eloise resonaba desde el otro lado de las puertas.

La puerta se abrió. Empujaron a Bray al interior y cerraron rápidamente la puerta tras él.

El cuarto de Eloise era espléndido. Había una enorme chimenea con troncos ardiendo que proporcionaba luz ambiental. Había un buffet de comida sobre la mesa. Cuencos con fruta fresca. Vino tinto en decantadores. O lo que a Bray le parecía vino. Una gruesa alfombra de pelo extendida en el suelo. Y el aire estaba matizado por un rico perfume.

Era extraño contemplar tales comodidades después de las pobres condiciones por las que tanto tiempo había pasado en la celda. Bray se imaginaba que Eloise vivía bien,... pero no tan bien.

Y allí, mirando fijamente su reflejo en el espejo, estaba Eloise.

Se estaba rociando el cuello con perfume, pero realmente no le hacía falta nada para reforzar su atractivo.

Bray se quedó embelesado. Estaba preciosa, de eso no había duda. Con la melena morena peinada con cuidado sobre los hombros y el maquillaje adecuado. Llevaba un vestido de seda pero, bajo la luz, Bray no pudo evitar distinguir el contorno desnudo de su cuerpo, la tentadora silueta que se revelaba a través de la fina seda.

Era Afrodita. Una Diosa.

Era suya. Y él de ella.

—Ha llegado el momento —susurró Eloise, dejando el perfume a un lado y extendiendo la mano mientras caminaba hacia Bray.

—Estás deslumbrante —admitió Bray con la boca seca.

—Tú también —Eloise sonrió de forma seductora.

Bray tenía las manos bien atadas, pero Eloise comenzó a deshacer los nudos para desatarlo; las largas uñas repiqueteaban mientras lo liberaba de su restricción.

Estaba tan cerca de él, que Bray no podía negar la atracción física que sentía de forma natural hacia Eloise.

—Ya está. Así mejor, ¿no? —susurró Eloise.

Con el último nudo deshecho, las cuerdas que Bray llevaba alrededor de las muñecas cayeron al suelo.

—Y ahora esto.

Eloise dejó caer su vestido. La seda ligera se desplomó en el suelo y reveló las formas naturales de Eloise.

Guio a Bray con las manos a la gran cama que había allí cerca, en el centro de su cuarto, y comenzó a desnudarlo. Primero la chaqueta, luego la corbata.

Tenía una expresión de deseo y, para su deleite, Bray comenzó a besarla suavemente por el cuello. Eloise cerró los ojos por el completo gozo que sentía ante lo que estaba aconteciendo.

—Oh, esto será un auténtico placer —murmuró Eloise con admiración.

—Completamente. Un verdadero placer —dijo Bray, y le agarró los brazos con fuerza.

Eloise retrocedió sorprendida al darse cuenta de que Bray estaba utilizando la cuerda que antes lo tenía amarrado para atarle las manos a ella tras la espalda.

Forcejeó para liberarse, pero no sirvió de nada, pues Bray le apretó las cuerdas alrededor de los brazos con firmeza.

—Siento lo de esta noche. Pero yo ya estoy pillado —dijo Bray como si nada, y colocó el vestido sobre el cuerpo desnudo de Eloise, cubriéndola para proteger su dignidad. Pese a todo lo malo que le había hecho, seguía siendo un caballero.

—¡Guardias! —gritó Eloise con fuerza, enfurecida por el engaño de Bray.

Las puertas dobles se abrieron de golpe, y dos guardias entraron rápidamente al cuarto de Eloise.

Al principio, se sorprendieron por ver a Eloise desparramada en la cama. No estaban acostumbrados a verla con nada que no fuese su uniforme. Pero suprimieron su deseo, conscientes de las consecuencias.

La distracción que sin querer les proporcionó era la oportunidad que Bray necesitaba. Entró en acción, golpeando a uno de los guardias con un fuerte puñetazo. El enorme guardia cayó al suelo, noqueado por completo.

El otro guardia saltó sobre Bray. Este se movió para golpear al guardia, que levantó el brazo para bloquearlo antes de que Bray diese una vuelta sobre sus talones en una finta y le descargase un rápido golpe en la entrepierna. El guardia se desplomó en el suelo con dolor.

De reojo, Bray vio que Eloise se apresuraba a un panel de control y, contra una pared, se ajustó las ataduras para presionar una serie de botones.

De repente, una alarma rítmica y penetrante empezó a hacer eco mientras Bray salía corriendo por las puertas y salía al pasillo metálico del exterior del cuarto.

Ahora tenía una oportunidad, aunque fuese pequeña. Y necesitaba tomarla.

* * *

En el ala de maternidad, las discípulas que se encontraban en mitad del parto, quejándose de dolor en el punto álgido del alumbramiento, se observaban con pánico, al igual que el equipo médico de blanco, y miraban alrededor, preocupados por el sonido de la alarma y las luces centelleantes.

Los guardias entraron de inmediato en acción, muy alerta, y salieron corriendo de la sala.

En el ala infantil, cientos de recién nacidos comenzaron a llorar tras ser despertados por la alarma. Sus cuidadores intercambiaron miradas preocupadas de confusión, viendo cómo más guardias reaccionaban y se marchaban a toda prisa.

Mientras se apresuraba por los pasillos metálicos, Bray se dio cuenta de que el complejo en el que lo habían retenido era enorme. Y, una vez más, se preguntó si todo era real o si estaba atrapado en un mundo virtual. Tras el ruido de las alarmas, estaba seguro de estar escuchando el sonido de bebés llorando, cuya angustia hacía eco a través del cavernoso recinto.

Desconocía la geografía del lugar. O qué otros macabros sucesos habrían tenido lugar en el complejo. Tan sólo había visto la sala de operaciones, la celda en la que lo mantenían y las habitaciones donde realizaban las pruebas de realidad virtual.

Sin tener ni idea de hacia dónde se dirigía, Bray corría por puro instinto, esperando encontrar la salida. Había tomado buena nota antes, durante el camino desde su celda al cuarto de Eloise. Pero había muchísimos pasillos, y no estaba seguro de cómo volver sobre sus pasos.

Sabía por lo que hablaban otros esclavos y discípulos que ningún prisionero había escapado nunca del recinto. Nadie lo había intentado siquiera. Al girar una esquina precipitadamente, casi se dio de bruces con Judd.

—¡Sabía que la alarma tendría algo que ver contigo! —dijo Judd, señalándolo—. Ve por ahí, hasta el final, encontrarás otro pasillo que gira a la derecha. Y unas puertas de emergencia. Más te vale ponerte en marcha. En unos segundos esta zona estará llena de soldados.

—Esta puede ser tu oportunidad también, Judd. Si quieres tomarla.

De repente, dos guardias se acercaron.

Judd apuntó a Bray con el dedo.

—¡Atrapadlo!

Los guardias se enfrentaron a Bray, que intercambió golpes con ellos.

Judd sacó una aguja del bolsillo de su bata de laboratorio y se la inyectó a uno de los guardias en el cuello. Segundos después, el guardia se desplomó inconsciente en el suelo, mientras Bray le lanzaba un golpe al estómago al otro guardia, provocando que se doblegase.

—¡Sígueme! —chilló Judd.

Corrieron a máxima velocidad a medida que más y más guardias aparecían por otros pasillos, persiguiendo a Bray y Judd, que desaparecieron a través de la salida de emergencia.

* * *

Bray respiró el frío aire nocturno de la montaña con agradecimiento. Estaba encantado de volver a estar en el exterior. Con Judd junto a él, ambos corrieron a toda velocidad hacia el frondoso bosque que rodeaba el recinto.

Tras ellos, el sonido de perros guardianes ladrando y lanzando gañidos comenzó a acompañar de repente a la distante alarma. Bray podía oír a los guardias gritando y se dio cuenta de que había focos barriendo el terreno e iluminando la zona.

Durante un segundo, Bray se preguntó una vez más si todo estaba sucediendo realmente. Si no estaría de nuevo dentro de una de las fantasías de realidad virtual de Eloise, sin tan siquiera saberlo.

—Esto es real, ¿verdad? —preguntó Bray a Judd. Los dos iban en desbandada en dirección al denso follaje.

—¿Crees que el aire virtual huele así de bien? —contestó Judd, jadeante por la carrera—. Esto es real, Bray. Créetelo. Has conseguido volver al mundo real. Y yo también. Gracias, te debo una.

El brillante resplandor del foco dibujó de repente las siluetas de Bray y Judd, y atrapó momentáneamente sus sombras en su haz de luz.

Esforzándose por mantenerse alejados de los perseguidores que les iban a la zaga, y llenos de adrenalina, Bray y Judd perdieron rápidamente al foco, alejándose en carrera y desapareciendo más y más en el bosque. En la noche.

CAPÍTULO CINCO

No había soplado brisa durante días. El pequeño barco no tenía movimiento alguno, y no había corriente visible que lo empujase adelante. Por todas partes, el océano estaba sin vida. No había olas, ni ninguno de los movimientos arriba y abajo del barco, que hasta entonces habían sido una parte importante de su viaje. Había un silencio inquietante. Ningún sonido. Ni siquiera de las aguas calmadas que los rodeaban. Excepto el sonido de las interferencias.

En el interior de la embarcación, Jack se agachó junto a la radio de la timonera y le dio vueltas a los canales, concentrado mientras escuchaba con atención. Cada día, Jack encendía la radio durante unos minutos, esperando reservar las pilas durante el mayor tiempo posible. Pero hoy, al igual que todas las veces anteriores que lo había intentado, todo lo que obtuvo como respuesta fue el sonido de la radio en silencio.

—¿Qué pretendes encontrar? ¿El Top 10 de éxitos? ¿La previsión del tiempo? No hay nada, Jack —dijo Ellie mientras se sentaba junto a Jack sin energías, con la voz ronca y seca.

—Ha de haber algo ahí fuera. Alguien que todavía transmita. ¿Un barco...? —insistió Jack, aunque parecía menos convencido a medida que cada frecuencia que probaba resultaba en interferencias chirriantes—. Debe haber alguien más. Debe haber tierra en alguna parte.

—Tú no te rindes, ¿eh? —dijo Ellie con admiración, y le dio un beso a Jack en la mejilla con los labios agrietados y deshidratados.

Estaban abatidos. El calor que emanaba del abrasador sol de mediodía brillaba con furia sobre el barco. El resto de la tribu tomó refugio de la mejor manera posible, colocándose a la sombra para conservar la energía.

Aparte de Jack y Ellie, en la timonera, los demás se estaban refugiando en la cabina superior.

Darryl intentaba entretener a Lottie, Sammy y Brady con imitaciones de adultos famosos del pasado, a quienes Darryl admiraba en sus sueños de convertirse en actor. Aunque Lottie, Sammy y Brady no sabían a quién imitaba Darryl, pues eran demasiado jóvenes para recordar a los adultos famosos del pasado, se entretenían con las voces raras que hacía y las extrañas expresiones que ponía. Les era difícil concentrarse en su estado. Y la interpretación de Darryl no tenía ningún entusiasmo. Parecía no tener la energía suficiente. Sus expresiones enrevesadas se volvieron un elemento surrealista y aterrador, con los ojos vacíos de esperanza y casi de vida.

May y Zak estaban medio dormidos, apoyados uno sobre el otro para estar cómodos. May estaba eufórica, al pensar que podría haber encontrado por fin a su alma gemela, aunque desearía que hubiese sucedido en otro lugar, en otro momento, en el que pudiese haber disfrutado más de su incipiente relación.

Slade descansaba un brazo sobre Ruby, y ella apoyaba la cabeza sobre su pecho mientras dormía. Slade le acariciaba el pelo con ternura. Estaba disfrutando la renovación de su amistad con Ruby desde que embarcaran en el barco.

Ebony y él no habían vuelto a hablar aún de su discusión sobre la muerte de Mega. Ninguno de los dos tenía energía ni ganas para ello por miedo a entrar en conflicto con el otro, especialmente delante de los demás miembros de la tribu. Y con su propia supervivencia en juego, tampoco era el momento.

Todos estaban concentrados en conservar su preciada energía vital.

Ruby le había hecho compañía a Slade desde hacía un par de días. No decía demasiado, sencillamente estaba a su lado. Para eso estaban los amigos, ¿no es así? ¿Se trataba solo de eso, amistad? ¿Y nada más? Slade no podía evitar sentir que, por su parte, podría haber algo más que amistad. Sin embargo, sus pensamientos estaban dominados por la reciente pérdida de su hermano, y por la incógnita de si él mismo estaba a punto de enfrentarse a su propia mortalidad.

Gel parecía estar medio dormida, entre el sueño y la vigilia.

Lex vigilaba a Ram, el cual estaba preocupado, perdido en algún pensamiento secreto.

Ebony dormía profundamente.

Pero Trudy, al mirarla, se preguntó si en realidad Ebony estaba muerta.

Temblando por la ansiedad, Trudy se apartó las lágrimas de los ojos. Estaba muy preocupada por Brady, pero intentaba mantenerse tranquila, controlar sus emociones. No quería que Brady la viese tan alterada. Los demás intentaban mantener a Trudy animada y apoyarla, pero ella sabía que nadie podía hacer nada para ayudar. Trudy estaba preocupada porque su situación fuese como la de los días en que los adultos desaparecieron. Esta vez, sin embargo, estaba segura de que eran ellos los que se enfrentarían a su destino.

Parte de ella esperaba que pudiese sucumbir antes que Brady. Otra parte no podía soportar la idea de que Brady se quedase sola. Quizás sería mejor que el final de Brady llegase primero. Dentro de su frágil estado mental, Trudy comenzaba a considerar si era su deber como madre arrebatar la vida que le había dado a su hija y acabar con su sufrimiento.

En la cubierta exterior, Salene volvió a recoger la cuerda de pescar del agua. No habían pescado ningún pez desde hacía un par de días. No se veía ningún pez en el silencioso océano, parecía que hasta los peces los habían abandonado y los habían dejado recluidos. Excepto por unos cuantos tiburones que le seguían el rastro al pequeño barco. Salene parecía demasiado débil para fijarse en las aletas que sobresalían en la superficie.

Hacía tiempo que no llovía. Aquella mañana habían usado lo que quedaba del agua que había recogido la lona de Jack, colocada sobre el techo del barco.

Sin comida ni agua, estaban atravesando el momento más difícil del viaje desde que dejaron tierra. Todos estaban hambrientos, con quemaduras por el sol, deshidratados. Era cuestión de tiempo. Sin duda les quedaban solo un par de días.

Todos lo sabían, aunque nadie hablaba de ello. Sin embargo, era como si toda la tribu se estuviese preparando mentalmente y aceptando la posibilidad de que pudiesen estar experimentando los últimos días de su vida. Ninguno quería rendirse, no estaban listos para el final. Pero se enfrentaban a hechos fuera de su alcance. Si no conseguían comida o agua pronto, sabían que pronto todos perecerían.

Todos estaban en la misma situación, unidos ante la adversidad. Sus destinos estaban enlazados. Las disputas y desacuerdos que habían caracterizado el viaje habían parado. Las pocas conversaciones que tenían eran breves y contenían palabras de ánimo. No de conflicto, sino de apoyo. La cruel situación a la que se enfrentaban los estaba uniendo a todos. Puede que no tuviesen mucha esperanza, pero se tenían unos a otros.

Aun así, Ram seguía siendo una fuente de irritaciones, algo que se ganaba a pulso. Nunca podría entenderse con los Mall Rats, tenía una ideología diferente.

Amber contempló al pequeño Bray, que dormía plácidamente, acunado en los brazos de Jay, quien también dormía profundamente en la cubierta de la embarcación. Al igual que Trudy, Amber se preocupaba enormemente por el futuro de su propio hijo. Como madres, Trudy y Amber tenían una perspectiva que nadie más podía apreciar del todo. Sin embargo, aunque Trudy era madre soltera, Amber estaba feliz de tener a Jay a su lado.

Con su supervivencia y la de su hijo en peligro, Amber volvió a pensar en Bray una vez más. El padre de su hijo. ¿Estaba muerto realmente? ¿O estaba ahí fuera, en alguna parte, y había sobrevivido? Quizás había conocido a otra persona, como le había pasado a ella con Jay, y había comenzado una nueva vida. Fuese cual fuese la situación, él siempre permanecería como un preciado recuerdo en su mente, en todo su ser. Siempre se preocuparía de mantener su recuerdo, pero Jay era el presente de Amber. Y su futuro. Si es que sobrevivían para verlo.

Ram comenzó a desternillarse él solo. Intentaba contener sus risotadas pero, a pesar de sus esfuerzos, no pudo evitar estallar en una risa maniática.

—¿Qué es tan divertido? —preguntó Amber.

—Estaba pensando... que los hombres muertos no cuentan historias —dijo Ram.

—¿Qué demonios quieres decir con eso? —saltó Lex.

—No sé tú, pequeño Lexy, pero parece que todos mis secretos se irán conmigo a la tumba. Y también todos vosotros.

—¡Eres patético! —exclamó Amber.

De repente, Amber vio de reojo algo que captó su atención.

Se giró para ver el océano y, por un momento, creyó estar imaginándose cosas. Puede que se tratase de una visión a causa de su debilitado estado físico.

Amber se quedó mirando con los ojos bien abiertos para asegurarse de que lo que veía era real.

—¡Dios mío! —chilló Amber con la boca seca, emocionada.

—¿Qué pasa? —Jay se despertó al momento, levantándose con cuidado con el niño de Amber en brazos.

—¡Venid todos a ver esto! —gritó Amber loca de alegría mientras apuntaba al océano.

Y allí lejos, en el horizonte, se dibujaba la silueta de un enorme barco carguero.

CAPÍTULO SEIS

Bray corría por su vida, aterrorizado, llevado por el pánico. Se precipitaba a través del grueso sotobosque, intentando mantener el equilibrio mientras corría a toda velocidad y tropezaba con la enredada maraña de ramas y raíces de árbol que estaba atravesando.

A lo lejos podía oír a los hombres de Eloise persiguiéndolo. Lo llamaban a gritos y le daban caza.

Bray y Judd se habían dispersado poco después de dejar las instalaciones, pues pensaban que tendrían más posibilidades de escapar separándose, y esperaban dividir a los guardias que les seguían la pista. Bray se preguntaba cómo le iría a Judd mientras se agachaba bajo la gruesa rama de un árbol, en la que por poco se deja la cabeza al pasar a toda prisa.

Bray se dio cuenta de que Eloise debía estar furiosa por su huida. La conocía poco, pero le inquietaban sus ansias de venganza y su brutalidad. No entendía cómo un ser humano podía explotar a otro y tratarlo con tanta crueldad. Si lo capturaban, no esperaba encontrar piedad. Hecho que era un aliciente más a la adrenalina que corría por su cuerpo mientras intentaba superar el cansancio y la falta de aliento, que amenazaban con detener su incesante marcha.

En la ciudad, Bray estaba acostumbrado a ser perseguido. Ya fuese por los Locos, los Perros Salvajes, los Elegidos, o toda una horda de tribus peligrosas.

Pero allí, en el bosque, Bray estaba en terreno desconocido. No tenía conocimientos geográficos sobre dónde se situaban exactamente las instalaciones de Eloise. Corría tan rápido como podía, pero no tenía ni idea de los peligros que podía haber más adelante. Fuese lo que fuese, Bray esperaba que resultase una alternativa mejor a la amenaza que suponían Eloise y los guardias que lo perseguían sin descanso.

* * *

A sus órdenes, los guardias se separaron en varios grupos. Eloise sabía que conseguirían cazar a su presa. No había nada que pudiesen hacer Bray o Judd, el traidor, para escapar de su destino.

Eloise y algunos guardias iban montados en quads, con el peligro de chocarse con el sotobosque a toda velocidad mientras escudriñaban el terreno en busca de alguna señal de Bray o Judd.

Por delante de Eloise, otro grupo de guardias de seguridad utilizaba perros rastreadores para seguirles el rastro.

Y por todas partes, los adeptos a los Zootistas se desperdigaron por el bosque en busca de Bray, su "semi-Dios". Todos eran guerreros cualificados, transformados a imagen de su maestro. Todos habían sido elegidos por sus habilidades en batalla. La visión de tantas figuras semejantes a Zoot uniéndose a la caza era un escalofriante recordatorio de las "investigaciones" que se llevaban a cabo en aquellas instalaciones.

Eloise se prometió que, peinando el terreno con la ayuda del personal extra de los Zootistas, obsesionados con Bray y con la leyenda de su hermano, era solo cuestión de tiempo. Y haría que Bray le pagase su engaño.

Si resultasen no tener éxito, Eloise, calculadora como siempre, ya había previsto una excusa enrevesada que dar a sus superiores. Culparía a Judd sin dudarlo. Pero lo adornaría diciendo que este y Bray la habían atacado durante la huida. Aún podía reproducir la línea sanguínea y el ADN de Bray, aunque significase quedarse embarazada de otro. ¿Quién lo iba a saber?

* * *

Más adelante, Bray se fijó en que un grupo de guardias le estaba dando alcance. Podía oír cómo se quebraban las ramas y los tallos al acercarse sus perseguidores. Y alcanzaba a escuchar el sonido de los "Zootistas" coreando su nombre y el nombre de su hermano, Zoot.

Bray estaba consumido por la adrenalina y el miedo. Aquello era una locura, era demencial.

El sonido de los perros rastreadores, que aullaban y ladraban exaltados, cada vez más y más cerca, significaba que Bray no tenía mucho tiempo antes de que su olor lo delatase.

Bray tenía una sola oportunidad...

* * *

Judd estaba exhausto. Sentía que las piernas no le podrían llevar más lejos. Pero debía continuar. Sabía que no tolerarían que hubiese ayudado a Bray a escapar. Castigarían su traición. Se exigió a sí mismo seguir adelante y no parar.

Tras él, los acelerones del motor de los quads se oían cada vez más, y Judd sabía que necesitaba un milagro para evitar ser capturado.

En una decisión del momento, comenzó a trepar por un árbol alto, esperando que este le ofreciese algún tipo de protección, un lugar donde esconderse. Quizás los perseguidores estarían tan ocupados mirando alrededor que no mirarían hacia arriba.

* * *

En otro lugar del bosque, los guardias que llevaban perros rastreadores sonrieron con suspicacia. Los perros iban tras la pista; movían la cola con entusiasmo mientras la caza proseguía, cerca ya del final.

—¡Lo tenemos! —gritó uno de los guardias después de que uno de los perros rastreadores comenzase a ladrar en dirección a un árbol y sobresaltase a su amo.

La partida de caza se dispuso en círculo alrededor de la base del tronco.

—¡Eres nuestro! —gritó el líder de los guardias mientras los perros lanzaban gañidos con los dientes apretados.

Otro guardia apuntó al avistar algo sobre una de las ramas.

El líder de los guardias miró en la dirección señalada, esperando encontrarse la expresión aterrorizada de Bray, o de Judd.

Soltó un rugido, frustrado.

En vez de uno de ellos, el líder de los guardias pudo ver, atada a una rama, la camisa de Bray, que se mecía con la brisa.

* * *

Bray estaba lo bastante cerca como para escuchar los gritos y maldiciones de los guardias tras el chasco. Se alegraba de haber pensado con rapidez y haber dejado un rastro de su olor como señuelo para los perros rastreadores.

Siguió corriendo adelante mientras se preguntaba hasta dónde llegaría el bosque, qué habría más allá. Al menos el bosque le ofrecía algo de protección visual; el grueso follaje confundía la silueta de Bray y lo mantenía oculto de sus perseguidores.

* * *

Eloise paró su vehículo en seco; aparecieron ramas volando y una nube de polvo cuando las ruedas derraparon sobre el terreno.

—¡Uno de ellos anda por aquí, en alguna parte! —gritó. Los ojos de azul gélido estaban frenéticos, obsesionados con la venganza, al darse cuenta de que los perros rastreadores habían encontrado algo.

Eloise sonrió. Lo tenía. La pregunta era: ¿a cuál de los dos?

Más arriba, en el árbol, Judd contempló a Eloise. No se atrevía a respirar, a hacer sonido alguno, y su pecho jadeaba por el esfuerzo. Cerró los ojos al aferrarse a la rama sobre la que estaba sentado, esperando mezclarse con el propio árbol, hacerse invisible, mientras el corazón le latía con terror.

Al levantar la mirada sobre el enorme árbol, Eloise se sintió entusiasmada por lo que vio.

—Vaya, vaya, vaya… —soltó una risita de júbilo.

Judd sintió que se encontraba contemplando la personificación de todas sus pesadillas, ahora hechas realidad.

—Ha sido un buen intento de fuga, Judd —gritó Eloise para felicitarlo, mientras los guardias a su alrededor se bajaban de los quads y se preparaban para atrapar a su presa.

Eloise señaló. Uno de los guardias lanzó al aire una AK-47, que ella agarró.

—¡Me rindo! —gritó Judd cada vez más aterrado.

—Ay, me parece que no, Judd. ¡Imposible!

Eloise le quitó el seguro al arma y la apuntó en dirección a Judd, como si estuviese fijando el objetivo con una pistola electrónica de los juegos de disparos a los que solía jugar de niña, en los recreativos.

Sonrió y apuntó con atención.

—¡Nooooooooo! —gritó Judd

—¡Sí! Esta bala tiene tu nombre escrito. ¡Fin del juego, Judd!

* * *

Bray dejó de correr, distraído por el explosivo y repentino sonido de disparos y los gritos agonizantes de Judd a lo lejos.

El bosque explosionó cuando varias bandadas de pájaros salieron volando; batían rápidamente las alas al cruzar el cielo y graznaban en protesta por haber sido molestados.

Bray dijo una oración silenciosa por Judd. Esperaba que su final hubiese sido rápido, que no hubiese sufrido. Que Judd estuviese ahora en paz.

El sonido de los motores acelerando de forma ominosa señalaba que la caza estaba lejos de terminar.

Bray sabía muy bien que no contaba con mucho tiempo, y corrió con todas sus fuerzas; cada zancada renovaba la sensación de apremio. Debía seguir corriendo, pero, ¿hacia dónde?

CAPÍTULO SIETE

Ellie alzó la mirada. Era enorme. El vasto volumen del barco de carga que Amber había descubierto proyectaba su sombra sobre el pequeño barco que habían considerado su hogar durante tanto tiempo, mientras Jack intentaba maniobrar la embarcación de la mejor manera posible para acercarla al lado del gigante navío.

—¡Te amo! —gritó Ellie a Jack, echándole un último vistazo antes de que llegase su turno. Si esas eran las últimas palabras que decía, parecían apropiadas y le proporcionaban consuelo así como coraje.

Jack se atrevió a apartar la mirada del carguero durante un fugaz segundo para asentir con la cabeza a Ellie y entregarle una sonrisa de ánimo.

—¡Te veré allí! —gritó desde la cabina de mandos.

Ellie se preparó, con confianzas renovadas tras la promesa de Jack, mientras él dirigía con cuidado la embarcación unos centímetros más cerca para cerrar el hueco entre esta y el barco carguero. Ellie trepó al tejado de la cabina de mandos donde se encontraba Darryl agachado, balanceándose con los movimientos. Se había ofrecido voluntario para quedarse a ayudar a los demás a mantener el equilibrio. La elevación de la cabina de mandos proporcionaba una mejor "plataforma de salto" para salvar la diferencia de altura entre el tejado de la embarcación y la cubierta abierta del carguero.

Ellie respiró hondo y saltó.

La tribu había decidido dirigirse al barco de carga para ver si alguien podía ayudarlos. Utilizaron el combustible que les quedaba, y el motor de la pequeña embarcación carraspeó y crepitó cuando Jack dirigió el barco hacia el misterioso navío. Aunque habían pedido ayuda a gritos mientras los dos barcos se mecían uno al lado del otro, parecía que el barco de carga estaba desierto. Nadie respondió a sus gritos.

Al darse cuenta de que no podrían permanecer en la embarcación para siempre, ahora que la comida y el agua se habían acabado (y posiblemente también el combustible), la tribu decidió rápidamente que tenían que probar suerte con el barco carguero. Con suerte, tendrían más oportunidades de sobrevivir en él que en el barquito.

Ellie se aferró a la barandilla de seguridad del descomunal navío de carga.

Slade y Lex agarraron a Ellie por los brazos y la arrastraron a la cubierta abierta.

—Vaya, mira lo que hemos pescado —bromeó Lex.

—Gracias —Ellie sonrió, agradecida.

Hasta el momento, casi toda la tribu había conseguido pasar. Jay fue el primero en dar el salto de fe, y colocó algunas cuerdas como protección extra para que los demás pudiesen agarrarse en caso de no alcanzar la barandilla.

Amber estaba muy aliviada al ver que el destino había jugado una carta tan oportuna. Sentía terror al pensar cómo habría cruzado la tribu el hueco desde la embarcación al barco de carga si las olas hubiesen sido más bruscas. Por suerte, pese a que el viento había empezado a levantarse, no había afectado a la evacuación de la embarcación hasta el momento.

Ya era lo suficientemente difícil para Jack maniobrar el pequeño barco junto al descomunal navío. No tenían escaleras para hacer la transición. Sólo podían contar con sus cuerpos cansados y exhaustos para cruzar la distancia física entre la embarcación y el carguero, y abordar la cubierta abierta. La idea de marcharse de la embarcación les había dado a todos nuevas esperanzas, una fuente de energía. Casi todos estaban a salvo, pensó Amber, solo faltaban dos.

—Te veré al otro lado —gritó Darryl a Jack, que luchaba por mantener los dos barcos lo bastante cerca y hacía el máximo esfuerzo por minimizar la distancia entre ellos. Jack se preguntó si Darryl se refería al más allá en vez de al enorme navío.

Darryl saltó, y llegó por los pelos. Slade y Lex estiraron los brazos con dolor al subir a Darryl sobre la barandilla de seguridad y a la cubierta, que tenía enormes contenedores de metal apilados por todas partes.

Ya solo falta uno, pensó Amber con nervios, mientras el estómago se le agitaba por la tensión.

Amber sintió que había sido un milagro que, hasta el momento, todos hubiesen podido cruzar. El mayor desafío había tenido que ver con Brady y el pequeño Bray. Trudy se había puesto histérica al levantar a Brady, la había empujado con todas sus fuerzas a los brazos seguros de los que ya habían cruzado, que los estiraron para alcanzar a la niña desde la cubierta del carguero.

Y Amber sintió una ansiedad tremenda cuando realizó su salto, mientras su niño se aferraba a ella. Habían enrollado una cuerda de seguridad alrededor de los pequeños como precaución extra por si caían. Sujetaron también al pequeño Bray a Amber con un improvisado arnés hecho a partir de la lona que sirvió a Jack como recolector de agua. Hasta el momento, todos estaban a salvo. Pero ahora era el turno de Jack, y Ellie no soportaba mirar. Sammy, que la estaba consolando, se fijó en la borrosa figura en el agua de lo que sabía que era un tiburón, y giró a Ellie hacia otro lado, esperando que no lo viese.

Dentro de la pequeña embarcación, Jack contaba con poco tiempo. Se dio cuenta, al mirar hacia el final del barco, con el motor carraspeando y jadeando, de que el preciado combustible se estaba terminando. Jack se había ofrecido voluntario para ser el último, pues sentía que era el mejor timonel de todos, dadas sus innatas habilidades técnicas. Esperaba haber tomado la decisión correcta. Sin embargo, toda la tribu confiaba en él.

Siempre había sido el "solucionador" de la tribu, capaz de echar un cable con cualquier tema mecánico.

Una vez más, pensó Jack, que puso a ralentí el motor de la embarcación para conseguir un último empujón de energía que lo ayudó a dirigir el pequeño barco, y lo movió más y más cerca del carguero. Los dos navíos casi se tocaban.

—Vamos, barquito —instó Jack, entrando en sintonía con la embarcación. Los objetos mecánicos, así como los ordenadores, casi tenían para Jack personalidad propia, y le suplicó a la embarcación que no lo abandonase, no ahora, después de haber pasado por tanto juntos.

Tras juzgar que el barco estaba tan cerca como era posible sin provocar una colisión, Jack soltó el timón y trepó al tejado.

Desde el barco de carga, Ellie saltaba arriba y abajo nerviosa, sin tener apenas fuerzas para mirar en dirección a su amado. Y los demás contemplaban sin aliento.

La embarcación comenzó entonces a alejarse poco a poco del carguero, ya sin nadie que la dirigiese y mantuviese en equilibrio.

Jack apretó los dientes. Iba a tener que darlo todo. Se echó unos pasos atrás y luego corrió a toda prisa, dio un gran salto y comenzó a volar sobre la separación, disparado desde la pequeña embarcación hacia el descomunal navío carguero. Parecía que todo fuese a cámara lenta, como si estuviese volando. Era bien consciente del creciente hueco que se había abierto. Sacudió los brazos para alcanzar el navío mientras sentía que la distancia se incrementaba, como si una fuerza invisible intentase tirarlo hacia abajo, hacia el implacable océano.

Ellie gritó. Jack no lo lograría.

Jack sintió cómo descendía, estaba seguro de que había saltado a destiempo. Mientras alargaba los brazos desesperadamente, en un instante, supo que lo había hecho mal, que era demasiado tarde.

Y entonces todo terminó.

El brazo de Jack casi se rompe al sentir el fuerte apretón que rápidamente revirtió el impulso. Jack retumbó contra el lado del barco, el dolor le recorrió todo el cuerpo mientras todo el peso se le concentraba en el hombro, con los pies colgando y la gravedad intentando tirarlo hacia el abismo marino.

Slade dejó salir un primitivo rugido de furia para obligarse a aferrarse mientras se inclinaba sobre un lado de la barandilla. Cada tendón de su cuerpo le dolía y luchaba por mantener agarrado el brazo de Jack.

Lex y Jay agarraban las piernas de Slade para impedir que él mismo cayese por la borda del navío.

A Ellie le caían lágrimas por el rostro. No aguantaba la angustia, y los demás apenas podían soportar mirar.

Jack consiguió encontrar apoyo en las cuerdas de seguridad que Jay había colocado, y se propulsó hacia arriba.

De un poderoso empujón, Lex y Jay tiraron de Slade hacia ellos, mientras Slade seguía bramando, determinado.

Y allí, en los fuertes brazos de Slade, Ellie y los demás pudieron ver que este había salvado a Jack, quien estaba ahora sobre la cubierta, temblando de miedo. Ellie corrió hasta él para darle un abrazo.

—¿Siempre... se te dio tan bien la captura? —fue la ocurrencia de Jack a Slade para intentar quitarle importancia al asunto, aunque estaba visiblemente impactado por su salvación en el último momento.

—Ay, Jack, gracias a Dios que estás bien —dijo Ellie aliviada.

—Gracias a Slade, querrás decir —respondió Jack mientras lo miraba con total sinceridad y se agarraba el brazo que Slade había sujetado. Esperaba que no se le hubiese dislocado.

—Todos te lo debemos, Jack. De no ser porque tú dirigiste la embarcación, ninguno de nosotros habría llegado hasta aquí —respondió Slade.

Jack miró a su alrededor, a la tribu, que lo contemplaba con una mezcla de preocupación, gratitud y alivio.

—Así que soy un héroe —sonrió Jack, fingiendo adoración propia.

—Mi héroe —dijo Ellie entre lágrimas, y besó cariñosamente a Jack en los labios.

Amber estaba muy agradecida de que todos hubiesen llegado a salvo. Por poco. Pero, ¿a dónde habían llegado? ¿Qué era exactamente este barco?

Contempló la pequeña embarcación alejarse con la corriente, llevándose todos los recuerdos de lo que habían experimentado. Ahora había muchas preguntas que necesitaban respuesta.

* * *

La tribu decidió separarse en dos grupos para explorar el enorme barco que el destino había puesto en su camino. Habían abordado, más o menos, por la mitad del navío, con más de cien metros de casco en cada dirección.

Amber sugirió que un grupo fuese a la proa para examinar la cubierta y los contenedores de metal apilados, mientras el segundo grupo se dirigía a una elevada estructura en la popa del barco que ella sospechaba era el lugar donde residía la tripulación y donde, sin duda, estaría situado en lo alto el puente de mando, bajo los platos de satélite y el radar en forma de pelota de golf visibles en el tejado.

¿Pero qué hacía aquel navío allí, en mitad de ninguna parte? ¿Habría alguien a bordo? Y, de ser así, ¿serían amistosos u hostiles? ¿Habría comida, suministros útiles que pudiesen utilizar?

El viento había comenzado a alzarse y rugía en la parte delantera del barco, aullando como una *banshee*, mientras el primer grupo caminaba con cautela entre las altas pilas de contenedores a su alrededor.

—Es como estar en un laberinto enorme —susurró May, dejando hablar a su mente mientras inspeccionaba los contenedores de cerca.

—¿Te imaginas qué debe haber dentro? —preguntó Zak, y le dio una palmada a uno de ellos.

Algunos tenían dibujado el logo de las Naciones Unidas. ¿Qué cargamento tendrían en su interior?

Slade estaba en tensión, pisaba con cuidado por si se encontraban con alguien. Estaba seguro de que la tripulación del barco, si es que la había, no se tomaría bien que los Mall Rats se hubiesen invitado a subir a bordo por sí solos.

—Relájate, Slade —insistió Ruby, que colocó una mano sobre el fuerte brazo de Slade—. Me parece que somos los únicos que hay aquí.

—Es mejor ser prudentes —argumentó él, con ojos vigilantes ante cualquier movimiento o señales de vida.

Slade y Ruby giraron una esquina, mirando hacia delante, mientras el viento silbaba entre los contenedores de metal.

—¡Esperad! —dijo Ram en voz baja, con un dedo sobre la boca en señal de silencio para los demás—. Se escucha algo —continuó, con una mirada de pánico en el rostro.

* * *

En la parte posterior del barco de carga, Amber y Jay lideraban al otro grupo a medida que avanzaban con cuidado hacia el edificio de alojamiento principal, dando pasos cautos por el camino de peatones situado entre los contenedores de metal apilados a cada lado.

—¿Creéis que habrá alguien aquí? —preguntó Salene, que miró a su alrededor nerviosa.

El viento incrementó su fuerza y la hizo temblar de frío, y también de miedo.

—Lo descubriremos, de un modo u otro —contestó Jay.

El casco del barco gruñó y rechinó al montar sobre las olas. El océano cogía fuerza, y arrojaba al barco arriba y abajo como si fuese un péndulo enorme.

—De momento vamos bien —dijo Ebony mientras examinaba la alta estructura a la que habían llegado.

Debía de tener cuatro o cinco plantas por encima de la cubierta exterior.

—¿Holaaa? —gritó Gel mientras contemplaba también el cuartel de la tripulación.

—¡Cállate, Gel! —ordenó Ebony—. ¡No sabemos quién puede haber ahí!

—Tampoco sabemos si es que hay alguien —replicó Lex—. Y nadie manda callar a Gel, excepto yo.

—¡Capullo! —espetó Gel a Lex, y le sacó la lengua mientras ponía caras.

—Por favor, ¡dejadlo ya! —rogó Amber, deseando que los demás se centrasen.

—Mirad,... ahí arriba —dijo Trudy mientras entornaba los ojos, distraída por el sol que se reflejaba en las ventanas del cuartel que se alzaba ante ellos—. Creo... que veo a alguien.

* * *

En la parte delantera del carguero, Ram estaba absolutamente aterrorizado. Se quedó plantado, intentando esconderse tras una de las pilas de contenedores de metal. Los demás se quedaron helados, con los ojos abiertos, y se preguntaban qué (o a quién) había visto Ram.

Slade se puso tenso, con la expectación de que alguien saltaría de detrás de uno de los contenedores en cualquier momento. Si iba a tener lugar una pelea, estaría listo.

El viento chilló, el acero chirriante del casco del carguero reverberó al chocar las olas contra la proa. El grupo entero sentía la adrenalina corriendo por las venas, sujetos por la preocupación, con los sentidos agudizados.

—¡¡¡Buuuuuu!!! —gritó Ram de repente, que saltó hacia delante y provocó que a los demás casi se les saliese el corazón por la boca.

—Ram, imbécil, ¡¿qué coño estás haciendo?! —gritó Ruby, jadeante.

—¡Casi me das un infarto! —protestó May.

Ram empezó a reír a carcajadas, disfrutando de su pequeña broma.

—¡Os he pillado, a todos! ¡Deberíais haberos visto las caras!

—¿Él siempre es así? —Zak contempló con desprecio a Ram, que seguía desternillándose de forma maníaca tras su inocentada.

—Los días buenos. Los días malos puede ser peor. Mucho peor —May negó con la cabeza, en gesto de descontento.

—¿Era eso necesario? —preguntó Slade, que estaba claramente tan irritado como todos los demás.

—Venga, pequeño Slade. ¡Admite que ha sido gracioso!

—Ram sonrió alegremente.

Slade se quedó mirando a Ram a los ojos.

—Bien hecho, Ram. Si hay alguien más a bordo, más te vale que a ellos también se lo haya parecido. Porque tu bromita podría haber alertado a todos de nuestra presencia.

Las risitas de Ram se apagaron al valorar las palabras de Slade, y se dio cuenta de que quizás acababa de cometer un grave error.

* * *

A unos quince metros sobre la cubierta exterior, Amber se agarraba con fuerza a la barandilla de la escalera de incendios por la que habían ascendido y que les había llevado a la planta superior de la torre principal. Ahora que las olas zarandeaban el barco, se sentía mareada, envuelta en una sensación de vértigo, mientras miraba en dirección a Darryl y Salene, mucho más abajo, que se habían quedado cuidando de los pequeños mientras el resto ascendía hasta la parte superior de la escalera de incendios.

Habían llegado al puente de mando. Era difícil ver el interior debido al ángulo en que brillaba el sol. Un reflejo blanquecino de luz deslumbraba sobre las ventanas, pero eso no impidió que Trudy, en especial, se quedase mirando el interior del puente de mando, segura de que había alguien dentro.

Jay intentó abrir la puerta que llevaba al puente de mando desde la escalera de incendios, pero no cedía.

—Está cerrada —señaló mientras volvía a probar con el pomo.

—Déjamelo a mí —sugirió Lex, que dio un paso hacia atrás sobre la escalera de incendios—. Siempre viajo con mis "llaves".

De repente, Lex dio una embestida de toro, golpeó la puerta con todas sus fuerzas y consiguió abrirla. Luego cayó de bruces contra el suelo debido al impulso.

Jay tomó posición de combate y saltó a través de la entrada. Amber siguió a Trudy hacia el interior.

Trudy se detuvo tan pronto pasó por la entrada, con los ojos abiertos de puro terror. Y lanzó un grito, petrificada.

* * *

Slade y el resto de su grupo oyeron los gritos de Trudy y corrieron hacia la parte posterior del barco tan rápido como pudieron. Los demás tenían problemas, y necesitaban ayuda.

—¡Ahí arriba! —Salene señaló la parte superior de la torre principal, Slade pasó corriendo y trepó por la escalera de incendios. Salene y Darryl mantuvieron su posición en la cubierta junto al hijo de Amber y la hija de Trudy. Le habían prometido a Amber que no se moverían en caso de que ella y los demás tuviesen problemas en el puente de mando. Salene retorcía la cara, preocupada. Se preguntaba qué estaría sucediendo ahí arriba, pero se esforzaba por consolar a Brady, que lloraba sobre su hombro, preocupada al oír el desconsolado grito de su madre.

Slade se apresuró por la entrada del puente, con Jack y los demás no muy lejos de él.

Dio un derrape al detenerse, y lo primero que vio fue a Trudy desmayada en el suelo del puente de mando.

Al mirar a su alrededor con inquietud, Slade vio que Amber, Jay y Lex estaban sorprendidos y vacilantes. Se apartaban de aquello que había visto Trudy.

Allí, frente a ellos, se encontraba la tripulación adulta del carguero. O, al menos, lo que quedaba de sus restos esqueléticos y podridos.

CAPÍTULO OCHO

Bray notaba dolor en los pies y en las piernas a medida que estos golpeaban el suelo y el corazón le latía con rapidez. Todo su cuerpo parecía estar a punto de rendirse debido al cansancio, pero su fuerza de voluntad lo mantenía en marcha, corriendo hacia delante, forzándolo a seguir más y más.

Se preguntaba si Eloise todavía lo estaría persiguiendo. No había notado la presencia de guardias que lo siguieran, ni había oído los quads o el sonido de los perros rastreadores ni de los "Zootistas" desde hacía rato.

El bosque que estaba atravesando era muy vasto, y el sotobosque espeso. Quién sabía qué podía estar acechando en cada esquina, después de cada grupo de árboles. Se encontraba en vigilancia constante, siempre atento al menor sonido o señal visual que indicase que se acercaba un peligro.

Bray no había dormido durante un par de noches. Creía que lo peor que podía hacer era dejar de correr y acampar en alguna parte. Si se dormía, estaba tan cansado que le preocupaba no despertar y no darse cuenta de que los guardias de Eloise se aproximaban, si es que de hecho seguían dándole caza todavía. No podía tomar ese riesgo. Detenerse no era una opción.

Estaba sucio, ya que se había cubierto anteriormente de mugre frotándose con plantas y barro por todo el cuerpo.

Esperaba que el cruce de olores consiguiese distraer a los perros rastreadores de su pista.

Cansado y hambriento, Bray apenas sobrevivía con nada más que un puñado de bayas que conseguía de las plantas. Miraba a su alrededor esperando encontrar algo que comer.

De repente, el bosque comenzó a clarear. Había menos árboles, y Bray dejó de correr en cuanto llegó a los límites.

El terreno se abría. Más adelante no había nada más que tierras áridas y un paisaje desolado, sin nada que lo ayudase a esconderse.

¿Había sufrido aquélla zona algún fenómeno natural? ¿O algún tipo de desastre? Desde luego, era lo que parecía, pues los únicos restos del lugar eran tocones carbonizados. ¿Hubo un incendio? ¿O fue el hombre quien despejó la zona en algún momento de la historia? Y, de ser así, ¿por qué?

Enfrentado por la decisión de volver al bosque o probar suerte en el terreno salvaje frente a él, Bray decidió que lo mejor que podía hacer era poner tanta distancia como fuese posible entre el bosque y él.

Después de tomar unos preciados segundos para recobrar el aliento, Bray se apresuró hacia aquella tierra árida y comenzó a cubrir terreno mucho más rápido que antes, al no haber esta vez bosque ni un sinfín de árboles que ralentizasen su avance.

Se preguntaba dónde debía encontrarse exactamente. Qué habría más adelante. Y si el peligro de Eloise y su grupo seguiría acechando tras él. Mientras luchaba contra una fatiga abrumadora, Bray esperaba poder avanzar lo suficiente como para no descubrirlo.

* * *

Lejos, desde el bosque, Eloise contempló a Bray a través de la mira de sus prismáticos. Podía ver que caminaba a trompicones. Parecía débil, en un estado terrible.

—¿Debemos seguirlo? —preguntó uno de los guardias, casi temeroso de hacer preguntas a Eloise o de anticiparse a sus órdenes; pero, claramente, también intranquilo y temeroso de seguir con la búsqueda.

—No será necesario. Ha entrado en el páramo —respondió Eloise.

Los Zootistas y los guardias se reunieron junto a ella, contemplándola con atención mientras se alejaba los prismáticos de los ojos.

Estaba preocupada, muy pensativa, y los ojos azules le brillaban al sol.

—¡Parece que nuestro maestro, Bray, ha ido a reunirse con su hermano, Zoot, en la otra vida! —gritó Eloise.

—¡Zoot, Zoot, Zoot! —los Zootistas estallaron en un cántico frenético al oír la noticia y rodearon a Eloise. Algunos hacían reverencias para ofrecerle su fidelidad y mostrarle su lealtad.

Regocijada por aquella adulación, Eloise se acercó los prismáticos a los ojos para echar un último vistazo a su antiguo prisionero, que corría a través de la tierra baldía. Debía estar, al menos, a dos o tres horas de distancia.

—Hasta la vista, querido Bray —dijo Eloise para sí misma con suficiencia.

Se planteó que, quizás, la venganza podía llegar de distintas formas, y que así es como debía ser. Ahí fuera, en el páramo, Eloise sabía que Bray no tenía posibilidades. No si se contaminaba. El sufrimiento de Bray sería lento y prolongado. Delicioso. Había algunos castigos mucho peores de lo que ella podía concebir. Y lo mejor de todo, concluyó, era que Bray ni siquiera sabía dónde se estaba metiendo. No tenía ninguna oportunidad de sobrevivir.

CAPÍTULO NUEVE

Los Mall Rats se encontraban en la cubierta exterior del barco carguero, rodeados de los enormes contenedores de metal apilados, cuyo contenido seguía siendo un misterio, como lo era qué le había sucedido a la tripulación del barco y por qué habían fallecido.

Colocaron a la tripulación sobre la cubierta. Y cubrieron sus restos con sábanas y mantas que habían encontrado en los armarios y camarotes de la torre principal.

Amber pensó repentinamente en Bray. Desearía que estuviese allí. Él era muy sabio y filosófico. Habría sabido qué decir en aquella situación. Pero ahora le tocaba a Amber presidir el funeral de la tripulación del barco.

Tras el espantoso descubrimiento en el puente de mando, exploraron el resto de la vivienda y Amber y los demás estaban convencidos de que no había nadie vivo a bordo del barco más que ellos mismos.

Encontraron unos cuantos cuerpos más, tumbados en sus camas dentro de los camarotes, y otro en las cocinas. No podían dejar los cuerpos allí para siempre, así que en parte era una decisión práctica dar sepultura a los muertos. Más que eso, Amber sentía que se lo debían a la tripulación, fuesen quien fuesen; que debían darle una despedida digna y ofrecer sus respetos.

Algunos miraban a Amber, esperando a que hablase, mientras que el resto contemplaba los cuerpos amortajados ante ellos, perdidos en sus pensamientos.

Salene rodeaba a Trudy con un brazo para darle un abrazo alentador. Trudy peleaba por retener las lágrimas. Descubrir a los muertos la horrorizó. La aterrorizó. Le recordó muchísimo a los viejos tiempos, cuando los adultos fallecieron. Muchos recuerdos, dolorosos hasta lo más profundo de su ser, regresaron mientras contemplaba los restos cubiertos de la tripulación; imágenes de sus padres y sus familiares pasaban ante ella. Aunque estaba mostrando signos visibles de estrés emocional, no estaba sola, pues todos se sentían como ella y tenían pensamientos similares; se encontraban con los fantasmas del pasado.

—Estamos aquí para ofrecer nuestros respetos a aquellos que se han marchado —comenzó Amber—. No sabemos quiénes eran, de dónde eran. Pero una cosa es segura. Debían ser hijos o hijas de alguien. Puede que incluso padres. Hermanos, hermanas. Fuese lo que fuese lo que les pasó, esperamos que ahora estén en paz. Os pediría a todos que os unieseis a mí en un minuto de silencio antes de entregar sus almas.

El viento que llegaba desde el océano comenzó a alzarse, aullando a rachas a través de los huecos de los contenedores de metal apilados por todo el descomunal navío. Parecía como si el barco estuviese encantado por una presencia desconocida, lo que provocaba que Trudy lanzase miradas a su alrededor. Y no era la única. Algunos de los demás, incluido Lex, estaban igual de incómodos.

Aquel era un lugar inusual donde celebrar un funeral, pensó Amber mientras esperaba que el viento amainase antes de continuar. Todos habían sufrido pérdidas y se habían despedido de sus seres queridos, en lugares muy distintos de su ciudad de origen. Y ahora volvían a hacerlo. Amber no esperaba encontrar adultos. Ahora, de algún modo, debían enterrar el pasado una vez más.

—Todo tiene un comienzo y un final —prosiguió Amber—. La vida no es distinta. Todos nacemos. Y todos, algún día, encontraremos nuestro final. Pero vivimos para siempre en la memoria. Y aunque no conocíamos a la tripulación de este barco... ellos nos han conmovido y nos han recordado que nunca debemos olvidar a los adultos. A todos aquellos de nuestro pasado que eran especiales para nosotros. Y que siempre serán una parte de nosotros. De las ruinas del viejo mundo, crearemos un nuevo futuro. Se lo debemos a ellos, a los que se marcharon antes. Pero, sobre todo, nos lo debemos a nosotros mismos...

Amber miró a su hijo, un símbolo de esperanza para el futuro, mientras Jay lo acunaba entre sus fuertes brazos.

—La vida continuará. Siempre perdurará. Encontraremos desafíos, pero nos enfrentaremos a ellos. Con la cabeza bien alta. Os lo prometemos, fueseis quienes fueseis —Amber se dirigió a los miembros de la tripulación, cubiertos en sábanas—. Vuestra muerte no habrá sido en vano. Los viejos tiempos, los adultos... No olvidaremos nada de ello. Las historias del pasado serán el legado que dejaremos a nuestros hijos. Nos aseguraremos de que exista un futuro, de algún modo. La humanidad sobrevivirá. Que Dios os bendiga. Y estoy segura de que hablo en nombre de todos cuando digo que esperamos que descanséis en paz.

Amber asintió a los demás. Uno a uno, descendieron con cuidado los cadáveres cubiertos por un lado del barco y los dejaron caer al océano.

Amber se ofreció voluntaria para ayudar a levantar al último de los miembros de la tripulación, agarrando las mortajas con fuerza. Pensó en las otras personas a las que había enterrado en el pasado. Sus padres. Su mejor amigo, Dal. Y su corazón le dolió por aquellos a los que había perdido. Como su amor, Bray.

La vida era muy valiosa y hermosa. Cuando entregaron al último miembro de la tripulación por la borda, Amber se prometió que, de algún modo, por el bien de su hijo y de los demás, por ella, superarían aquello. Que sobrevivirían. Haría todo lo posible para asegurarse de ello, y haría su mayor esfuerzo para que no acabasen sufriendo la misma suerte que la tripulación. Su destino no sería terminar sus días en el enorme carguero.

O, al menos, eso esperaba.

* * *

La tribu tardaría varios días en explorar cada centímetro del barco de cargamento, pues era realmente inmenso. Habían comprobado cada camarote, despensa y casi todos los compartimentos de todos los pisos, pero necesitaban comprobar todos los contenedores y su contenido, para asegurarse de que, en efecto, no había nadie más que ellos en el barco.

Iban a necesitar trazar una especie de plan. Y ver si Jack, y puede que Ram, podía averiguar una forma de dirigir el navío hacia algún destino, fuese cual fuese aquel destino.

El problema ahora era acostumbrarse a la vida diaria en su nuevo hogar. Al principio les resultó extraño. La vivienda principal, en la torre de alojamiento de cinco plantas, conservaba las pertenencias personales de la tripulación. Todo permanecía en el mismo estado en que lo habían dejado por última vez. Era como el Marie Celeste, el buque fantasma: ver las sillas, la cubertería, con platos por la cocina... y la ropa colgada de los armarios, como si el tiempo se hubiese detenido desde la época de los adultos sin que nada hubiese cambiado.

Comparado con la pequeña embarcación en la que la tribu había sobrevivido durante tantas semanas, el enorme barco carguero era como un palacio flotante. Ahora todos tenían su propia cama. Había más camarotes que suficientes para ir de aquí para allá, muchísimo espacio.

May y Zak se encontraban acomodándose en su camarote, colocando su toque personal a aquel nuevo hogar temporal. Zak hacía las camas mientras May estaba en el baño privado.

No era ningún secreto cuál era su prioridad: estar solos. Ahora eran pareja. Así que en vez de tener cada uno un camarote individual, lo compartirían.

May pensó que estaba hecha un desastre mientras contemplaba su reflejo en el espejo del baño. Ninguno se había lavado desde hacía semanas. Todos apestaban, tenían porquería por todas partes y el pelo mugriento. May apenas soportaba mirarse. Pero se consoló con saber que despertaba algo en Zak. No solo de forma sexual. Estaba claro que también le interesaba como persona.

Al girar el grifo de la ducha, May esperó que, por algún milagro, el barco tuviese agua corriente. Escuchó cómo las cañerías conectadas al baño chirriaban y rechinaban. Nada. No salió ni una gota de la ducha.

—¿Es normal que hagas tanto ruido cuando vas al baño?

—bromeó Zak a toda voz desde la habitación mientras hacia las camas.

—Ja, ja. No soy yo —May sonrió y siguió girando el grifo de la ducha en dirección de las agujas del reloj.

La decepción se reflejó en su rostro a medida que se frustraban sus esperanzas.

De repente, de la alcachofa de la ducha salió agua disparada que golpeó en la cara a May, la cual soltó un chillido.

Zak se apresuró para ver a May saltando arriba y abajo en la ducha llena de felicidad, mientras el agua fría y cristalina fluía por todas partes.

—Tampoco me habías dicho que te duchabas vestida —Zak sonrió mientras lanzaba una mirada de admiración a las prendas mojadas que colgaban de su torneado cuerpo.

* * *

La moral de la tribu subió como la espuma con el descubrimiento de que todavía había agua corriente en el gigantesco barco. Todos se sintieron mucho mejor después de tomar un baño y lavar su ropa.

Y no se trataba solo del agua. En la cocina descubrieron que las despensas estaban llenas de latas con comida en conserva.

—¡Esto parece Navidad! —dijo Ellie eufórica mientras abría una lata con emoción.

La mayoría de las latas tenían letras chinas en las etiquetas, así que nadie sabía exactamente qué había dentro. Ellie soltó un gritito de placer al descubrir que era un bote de melocotones.

—¡Fruta! ¡Ay, Dios! ¡Fruta!

—Al menos no nos entrará hambre —Ebony suspiró con agradecimiento mientras sostenía una lata ante los demás—. ¿A alguien le gusta el pescado?

—¿Cómo lo has sabido? —preguntó Darryl con admiración—. No sabía que hablabas chino.

—Hay muchas cosas que no sabes de mí, Darryl —dijo Ebony con indiferencia, y señaló la enorme imagen de un pescado en la lata que sujetaba mientras le daba golpecitos—. ¿Tú qué dirías que hay dentro, plátanos?

—No hace falta ser sarcástica —Darryl se encogió de hombros, con el orgullo herido.

—He oído que hay algo de comida por aquí —dijo Slade al entrar en la cocina. Ruby le seguía de cerca.

Estaba claro que Ruby y Slade acababan de ducharse en sus respectivos camarotes y se habían limpiado. Ruby jugaba con su pelo. Fue coincidencia que los dos llegasen más o menos al mismo tiempo desde distintas partes del barco.

Ebony se preguntaba si habrían tomado algún "aperitivo" antes de venir a por el plato principal.

Slade y ella no habían tenido oportunidad de reconciliarse tras el encontronazo que tuvieron por la muerte del hermano de Slade.

—Tenemos montones de comida —farfulló Lottie mientras le daba bocados a un plato de espaguetis enlatados, con la cara llena de salsa de tomate.

—No sabéis lo hambrienta que estoy —Ruby sonrió.

—Apuesto a que sí —se burló Ebony con una mirada despectiva.

—¡Está delicioso! —dijo Sammy mientras se embutía chocolate líquido en la boca.

Pero Ebony los ignoraba a todos. Era demasiado consciente de la mecánica entre hombre y mujer como para no darse cuenta de las señales de coqueteo entre Ruby y Slade, que se encontraba dándole a Ruby una cucharada de un postre de chocolate.

Ebony gruñó al lanzarle el bote de pescado a Darryl.

—¡Se me ha quitado el hambre de repente!

Y salió de la cocina hecha una furia.

* * *

Afuera, en la cubierta exterior, Salene ayudaba a Amber, Lex, Gel y Jay a intentar resolver el misterio de qué cargamento transportaba el carguero. Habían encontrado palancas y las estaban utilizando para abrir las puertas de los contenedores de metal.

Anteriormente habían descubierto que unos cuantos contenedores guardaban suministros médicos en su interior, con una cantidad incalculable de vendas, gasas, antisépticos, paracetamol y otros analgésicos.

Parecía que la providencia les había proporcionado un botín, algo que pudiese ayudarles en tiempos de necesidad, pensó Amber. Le conmovió también la ironía de que las medicinas no hubiesen bastado para ayudar a la tripulación de adultos que hubo a bordo originalmente.

Gel estaba eufórica. Había sido ella personalmente quien había descubierto un contenedor lleno de artículos de aseo, con miles de botellas de champú, jabón líquido y geles.

—¡Me parece que he muerto y estoy en el cielo! —dijo Gel.

—Ve para atrás o puede que así sea si se te cae la puerta sobre ese precioso cuerpecito —le ordenó Lex mientras se preparaba, con la palanca colocada en un hueco del contenedor de metal al tiempo que Gel se paseaba frívolamente a su alrededor.

—¿Cómo crees que debería llevar el pelo? —preguntó de forma soñadora mientras imaginaba todas las formas de impresionar a Lex y estar guapa.

—Sería buena idea intentar mantenerlo sobre tu cabeza

—respondió Lex mientras hacía palanca para abrir el contenedor.

Dentro estaba lleno hasta el tope de más comida en conserva, con cajas apiladas y sin que sobrase apenas espacio. Debía haber miles de latas de comida solamente en aquél contenedor.

—Tan solo hay un problema... Decidir qué vamos a cenar —dijo Lex.

—¿Es que nunca piensas en nada que no sea comida? —se burló Gel.

—Ah, no sé. Se me ocurre otra cosa que quizás me interese esta noche —Lex le guiñó un ojo a Gel.

—Pues iré a ponerme más guapa —Gel sonrió y salió disparada hacia la torre principal, donde estaban los camarotes, con los brazos cargados de artículos de aseo.

Lex la vio marchar y sonrió. Desde luego, estaba atontada. Pero la encontraba lo suficientemente atractiva. Y quizás le ayudase a pasar el tiempo en vez de tener que enfrentarse a una noche larga y solitaria.

Sin embargo, en lo único en lo que pensaba en aquellos momentos era en los misterios que ocultaba el barco carguero. Hasta el momento habían descubierto comida y suministros para toda una vida. Pero, ¿por qué? ¿Hacia dónde se dirigía el barco? ¿Dónde se encontraban ahora? ¿Y qué había matado a la tripulación?

Amber y Jay compartían aquellas mismas preocupaciones. Había muchísimas preguntas. Y esperaban poder conseguir respuestas.

* * *

Una hora después, Jay entró al puente de mando cargado con una bandeja llena de carne en lata, judías frías y vegetales en conserva colocados en tres platos.

—Os he traído la comida, un plato para cada uno —dijo Jay mientras dejaba la bandeja sobre una de las sillas giratorias, que estaba vacía—. No es mucho, pero es lo mejor que se me ha ocurrido.

—¿No es mucho? Es un festín —Amber sonrió y se acercó a mirar la comida de cerca de forma agradecida.

Había ido al puente de mando a reunirse con Jack y Ram, que se encontraban examinando los controles y la instrumentación.

—¿Te has lavado las manos? —preguntó Ram con cautela.

—Por ti, Ram, siempre —contestó Jay, bien consciente de la fobia que sentía Ram hacia los gérmenes.

—Gracias —dijo Jack, y se metió una cucharada de sopa de maíz fría en la boca que le cayó por la camisa y lo distrajo.

—Bueno, ¿cómo va todo? —preguntó Jay.

—Todo parece muy complicado —respondió Jack entre bocados—. Es como si estuviéramos en el puente de una nave extraterrestre. Aún estamos tratando de averiguar qué significa cada símbolo, ninguno está en nuestro idioma.

—Toda mi fe está depositada en ti, Jack —dijo Amber.

—¿Y yo qué? —intervino Ram, claramente ofendido.

—Eso depende de los resultados, y de cómo puedas contribuir.

Cada una de las pantallas y paneles de control del puente estaban escritas en chino. Jack explicó que, comparado con la pequeña embarcación y su sencillo timón y las marchas para acelerar o desacelerar el motor, esto resultaba mucho más complicado. Había muchísimas pantallas y símbolos, y no tenía ni idea de para qué servían exactamente.

—Pero, ¿crees que conseguirás averiguarlo? —preguntó Amber con claras dudas.

—No sé Jack, pero yo... Arr, soy un pillastre. Que me parta un rayo. Ram saldrá victorioso. ¡Y partiremos a casa antes de que os lo oláis! —dijo Ram.

—Puede que no queramos regresar, ¿recuerdas, Ram? —señaló Amber.

—Cómo olvidarlo —se mofó Ram—. Pero os lo advierto, no estoy acostumbrado a acatar órdenes de nadie, y menos de marineros de agua dulce que me obliguen a vivir en alta mar.

—Por favor, Ram... Deja la jerga de piratas —suplicó Jack.

Ram sabía que aquello irritaba a los demás y siempre le parecía un buen momento para mimar a su lado travieso.

—Pues pasemos a la jerga friki —contempló a Jack como lanzándole el guante.

—Eres de lo que no hay, Ram. De verdad —dijo Amber—. No hay tiempo para luchas de poder ni rivalidades.

—Con mi cerebro —contestó Ram con una confianza suprema en sus gestos al señalar su cabeza—, este cerebro especial, y la ayuda de Jack, lograremos averiguarlo. Pero hemos de ser cuidadosos. No queremos pulsar el botón equivocado y echar el ancla o algo. O nos podríamos quedar en la misma situación que teníamos en la barcaza, atrapados en mitad del vasto océano sin ningún lugar a donde ir.

La última frase era una pulla muy clara hacia Amber.

Ella no picó, pero decidió que podría venirles bien alentar el espíritu competitivo entre Jack y Ram. Era consciente de las habilidades naturales de Jack. Y, por mucho que le asquease Ram, también sabía que, mientras a Jack se le daba bien todo lo relacionado con la mecánica así como los ordenadores, Ram era un programador con experiencia y talento. Desde luego, entre los dos conseguirían llegar a entender los sistemas del puente de mando.

—Podía navegar con la barcaza, pero esto... —Jack señaló a su alrededor—. Es decir, mirad qué tamaño tiene. Es un nivel completamente distinto.

Jay y Amber comprendían la dificultad de la tarea, la descomunal longitud del barco contenedor se extendía desde las ventanas frontales del puente de mando hasta decenas de metros más allá.

—Esta debe ser la pantalla que muestra la velocidad del viento, compañero tripulante —dijo Ram mientras señalaba uno de los paneles de control.

—Me parece que no solo es la velocidad del viento. Creo que tiene más que ver con la fuerza de las corrientes —dijo Jack.

—No cuestiones mi inteligencia —saltó Ram.

—Ah, y tú sí que puedes cuestionar la mía, supongo. Nunca pensé que podrías ser tan imbécil —contestó Jack.

Jay miró a Amber y sonrió levemente. El razonamiento de enfrentar a Jack y Ram en una batalla tecnológica podía haberlos motivado a los dos a conseguir un resultado más rápido y entender todos los gráficos, mapas e instrumentación en el puente de mando; pero, si no tenían cuidado, quizás impulsarían una discusión acalorada que los enemistase.

—No os alteréis, chicos —dijo Jay—. Debéis intentar trabajar juntos. ¿Verdad, Amber?

Amber no contestó. Estaba concentrada en un diario que había descubierto y se encontraba pasando páginas. Estaba en su idioma, y lo que había en él resultaba desconcertante.

—¿Me has llamado imbécil? —rugió Ram a Jack.

—Sí. Ahora mismo te comportas como un imbécil —debatió Jack.

—Amber, ¿puedes decirle a Jack que deje de insultarme? —pidió Ram. Pero Amber lo ignoró, absorta en el diario—. ¡¿Amber?!

—gritó Ram, que insistía en ser oído—. ¡El único adjetivo que acepto es "brillante"!

—Venga, chicos. Dejadlo estar, ¿vale? —dijo Jay mientras caminaba hacia Amber—. ¿Qué es?

Amber salió de su ensimismamiento con los ojos como platos, asombrada. Sacudió la cabeza como aturdida para intentar asimilarlo todo y digerir lo que había leído.

—¿Va todo bien? —preguntó Jay al darse cuenta del comportamiento intranquilo de Amber.

—No estoy segura —contestó Amber, y señaló el diario que llevaba en la mano.

* * *

—"Soy la doctora Jane Gideon..." —Amber comenzó a leer en alto el diario que había encontrado.

Habían reunido a los demás en el puente de mando y todos escuchaban con atención, desesperados por saber lo que Amber había descubierto. Todos excepto Lottie y Sammy, que estaban en uno de los camarotes cuidando de la hija de Trudy y el bebé de Amber.

—¿Te has saltado el "Había una vez"? —saltó Lex, que se reía entre dientes con su propio sentido del humor.

Los demás le pidieron silencio y le dijeron que estuviese callado. Amber lanzó una mirada a Lex que le decía todo lo que pensaba sobre su broma.

Se aclaró la garganta y continuó.

—"Soy teniente y formo parte del personal sanitario del USS Theodore Roosevelt, de la flota del Pacífico de la Fuerza de Emergencia de las Naciones Unidas. He llegado en helicóptero al navío mercante chino, el *Jzhao Li*, y desde ahora recogeré las anotaciones de mi investigación en este diario, en caso de que necesite consultar mis hallazgos. El capitán del *Jzhao Li* había pedido por radio asistencia médica inmediata. Así que mi equipo y yo hemos venido para ayudar. El *Jzhao Li* transporta suministros de valor incalculable que serán cruciales para que el encuentro tenga éxito, y es fundamental que el barco prosiga su marcha.

»Por el momento he reconocido a toda la tripulación. Los ingenieros presentan síntomas de la pandemia que se está propagando por todo el mundo, pero no hay ningún otro miembro de la tripulación afectado. Aún. He recomendado que pongan en cuarentena a los ingenieros. También, que los resultados de nuestra investigación sean confidenciales".

—¿Confidenciales? —preguntó Salene—. Qué raro.

No era ningún secreto que el "virus" se había difundido como una pandemia funesta por el mundo entero.

—Suponiendo que se refiera al virus —respondió Amber.

—¿Qué quieres decir? ¿Puede que hubiese algo más? —preguntó Lex, tan confundido y preocupado como todos los demás.

—Podría ser, no lo sé con exactitud. Lo que viene después parecen ser apuntes sobre la salud de cada miembro de la tripulación, registros de sus informes médicos —dijo Amber mientras avanzaba algunas páginas del diario—. Aquí lo tenemos —dijo Amber para sí misma al encontrar lo que estaba buscando—. Volvió a escribir unos días después.

Continuó leyendo en voz alta.

—"Por desgracia, los ingenieros han fallecido. Era de esperar que sucumbieran al R18SYT, el cual está acelerando su mutación. Aquí acaban mis observaciones sobre ellos en este diario. Que descansen en paz. Solicitaré su evacuación para realizar la autopsia en la Base 12".

—¿Base 12? ¿Dónde debía ser eso? —se preguntó Slade.

—Seguramente cerca de la Base 11 —dijo Gel, y provocó que los demás le lanzasen miradas de frustración.

Jay no pudo evitar darse cuenta de que la expresión de Ram se ensombrecía.

—¿Alguna idea? —preguntó.

—Ninguna —respondió Ram—. Vamos, Amber. Sigue leyendo —la instó Ram.

—"En cuanto al resto de la tripulación, comienzan a mostrar síntomas, y todos estamos padeciendo. Yo incluida. Lo que más me intriga es cómo puede propagarse si habíamos aislado a los ingenieros a 180° latitud norte y 27° latitud sur. Me refiero, por supuesto, a la red de supervivencia identificada por la iniciativa global, no a rumbos de navegación.

»El patrón emergente parece ilustrar que el diagnóstico y tratamiento originales no eran adecuados. Y seguimos separados del resto de la Fuerza de Emergencia. Estamos aislados, como otros barcos también infectados. Hay muchas preguntas y muy poco tiempo. Dios sabe cuánto tiempo tendremos antes de que nosotros también sucumbamos..."

—Ya no me parece tan buena idea haber subido a este barco —dijo Gel, constreñida de terror.

—¡Cállate y escucha! —la amonestó Ebony.

—Esto es de un par de días después —continuó Amber—. "Me está siendo difícil registrar mis pensamientos. El dolor de cabeza es intenso. Más de la mitad de la tripulación ha muerto. Las muestras de tejido que tomé señalan un origen externo. Junto a las emisiones que hemos recibido de otros barcos de la Fuerza de Emergencia, esto demuestra de forma concluyente que el suero beta que estamos probando no funcionará como esperábamos, y así lo hemos descrito en los documentos informativos que hemos enviado a las autoridades militares. Como consecuencia, todos nos encontramos sufriendo aquí, en este barco. ¡Y no consigo averiguar qué hacer!"

Amber se saltó unas cuantas páginas. Había un silencio sepulcral en el puente, el único sonido era el del batir de las olas del océano en el exterior mientras que el barco de carga (el *Jzhao Li*, como ahora sabían que se llamaba gracias al diario) continuaba a la deriva, con el viendo repiqueteando sobre las ventanas del puente de mando.

—"No comprendo por qué se nos ha negado la petición de evacuación a los sectores en aislamiento de la Fuerza de Emergencia. El protocolo establece claramente que no se debe ignorar a aquellos en cuarentena. Pero hemos perdido el contacto por radio. Y parece que nos dejarán morir aquí solos. Estoy aquí sentada, en el puente, con la única compañía del bolígrafo y el diario, mientras contemplo el océano. Y los ocupantes del *Jzhao Li* siguen muriendo.

»Me duelen los dedos. Mi cuerpo sufre convulsiones. Yo tampoco seguiré en este mundo mucho más tiempo.

»La supervivencia de nuestra civilización está en juego. Es irónico cómo esta maldición que se cierne sobre el planeta, algo que no podemos ver, está causando tanta devastación, dolor y sufrimiento. Sin embargo, no es nada en comparación con el sentimiento de haber sido engañados. Si los gobiernos de todo el mundo estaban al corriente, como creo que estaban, espero que la historia lo descubra y recuerde este acto como uno de una traición y sacrificio absolutos.

»He tenido una buena vida. He intentado ayudar a los demás. Pero ahora sé que yo no recibiré ayuda. A tiempo".

Amber entrecerró los ojos. La caligrafía de la Dra. Jane Gideon era cada vez más difícil de leer. Sin duda, por las dificultades que estaba atravesando la doctora en esos momentos.

—Parece que escribió esto durante el siguiente día —explicó Amber—. "Esta será mi última entrada. A mi familia, os quiero. Si habéis sobrevivido a la catástrofe, espero que mis palabras os reconforten, si es que llegáis a leerlas. Si no, si también habéis sido víctimas de la plaga de nuestra era, os volveré a ver, si el Señor lo desea. Nada nos separará, ni siquiera la muerte nos mantendrá separados.

»Siento la llamada, y estoy preparada. Rezo porque la humanidad sobreviva. Y porque quien sea responsable de esto pague por sus actos. Dejo este mundo tal y como vine a él, como Jane Gideon".

—Y eso es todo —dijo Amber en voz baja, digiriéndolo todo mientras dejaba el diario a un lado.

Los demás estaban callados, tratando también de asimilar lo que habían escuchado.

Fue una experiencia extraña leer las palabras de la doctora Gideon, sostener el mismo diario que ella sostuvo antes, escuchar la historia de sus últimos días sobre la faz de la Tierra. Era perturbador y trágico, pero Amber se consoló con la bondad y humanidad manifiesta de la doctora Jane Gideon para con los demás.

—Estaremos bien, ¿verdad? —preguntó Trudy esperanzada, y rompió el silencio en el puente. La ansiedad en su voz era evidente.

—No lo veo claro —respondió Lex—. Todo lo que escribió esa doctora... No es que me haya dado muchas esperanzas.

—Pero nosotros somos inmunes, ¿no es así? —añadió Salene—. Por eso sobrevivimos al virus desde un comienzo.

—¿Quién sabe? —dijo Jack, balbuceando sus pensamientos en voz alta mientras intentaba encontrarle el sentido a todo aquello—. Me parece que no se estaba refiriendo a un "virus" cualquiera.

Trudy se vino abajo y rompió a llorar, Salene la consoló.

—Bien hecho, Jack —dijo Ellie, que lo fulminó con la mirada.

—¿Y yo qué he hecho? Solo intento ayudar.

—Deberíamos calmarnos e intentar repasarlo todo más tarde

—sugirió Amber—, antes de hacer conclusiones precipitadas.

—¿Ah, en serio? —dijo Ebony fríamente—. Mirad, os lo diré sin reparos. Yo ya tengo mis propias conclusiones. Y estamos metidos mucho más que hasta el cuello. Hasta el fondo. Igual que la tripulación que enterramos. Esto no es un barco, es una tumba flotante.

CAPÍTULO DIEZ

Bray seguía su ardua marcha a través de las tierras áridas y carbonizadas. Cada músculo de su agotado cuerpo le dolía, pero la fuerza de voluntad le bastaba para alentarlo a seguir adelante. La fatiga amenazaba con ir a más y lo tentaba con rendirse.

Perdió el equilibrio, se tropezó y apenas consiguió salvar la caída. Se raspó las manos al intentar aterrizar de forma controlada, y se golpeó los dedos contra unos matojos, cuyas púas le provocaron cortes.

Bray hizo una mueca de dolor y maldijo la mala suerte de que, estando en aquel lugar (fuese donde fuese, en mitad de ninguna parte), se hubiese caído sobre una de las pocas plantas que habían sobrevivido en aquel páramo perdido. La única pregunta era, ¿lograría sobrevivir él también?

Una vez más le entraron dudas. Rendirse, dejarlo. ¿Qué sentido tenía continuar?

Luchó por contenerse y desechó la idea de abandonar. Bray se obligó a ponerse en pie y recobrar el equilibrio. Dejó escapar un grito de agonía, pues la pierna derecha le ardía de dolor.

Se había cortado el día anterior en otra caída, sobre una roca afilada. Se tocó el tajo del muslo y supuso que ya debía tenerlo infectado. Había intentado fabricar una venda casera con la ropa y colocar la tela arrancada alrededor de la herida. Pero no podía hacer mucho más. De vez en cuando la herida volvía a sangrar y el improvisado vendaje se cubría de rojo.

—¡Con el linaje de Bray somos uno con Zoot!

Bray agitó la cabeza y se apartó la voz de Eloise, la imagen de expresión cruel, bien incrustada en los recovecos de su imaginación. Esperaba, más que nunca, haber escapado por fin de ella y no volver a verla jamás, ni a los "Zootistas", sus chiflados seguidores.

Los experimentos, la invasión que sufrió su mente tras todas aquellas incursiones en la realidad virtual, las fantasías que allí habían compartido... Todo había sido insoportable. Y todavía ahora hacía efecto. Bray tuvo dificultades, una vez más, para discernir si su situación actual era real o si lo habían capturado y se encontraba atrapado en una simulación de realidad virtual.

Lo que peor le había sentado, lo más difícil de digerir, era la distorsión entre cómo veía él el legado y la vida de su hermano, y cómo parecían opinar acerca de Martin aquellos que había encontrado a lo largo de su cautiverio. ¿Zoot era un Dios? ¿Qué había hecho para merecer tal adoración? Desde luego tenía problemas, estaba trastornado, con el ensalzamiento del lema de "Poder y Caos". Pero Bray sabía que no era un monstruo. En el fondo, "Zoot" seguía siendo Martin, su hermano. Había bondad en su interior. Y habían disfrutado de una relación estrecha mientras crecían. Estaba seguro de que los profundos lazos entre dos hermanos no podían desaparecer. A pesar de toda la confusión, de haber estado sujeto a aquellos programas de simulación, estaba seguro de que una vez tuvo una relación cercana con Martin. ¿O no lo estaba? ¿Quizás había sido todo una fantasía programada?

Para Bray, Martin siempre sería el joven tranquilo y tímido que amaba a su familia e idolatraba a su hermano mayor. Martin habría sentido repulsa ante el mundo que se estaba formando después de perecer los adultos. Con gente como Eloise, que manipulaba para perseguir sus motivaciones egoístas, encantada de pisotear a otros para conseguir sus objetivos.

Bray recibió una brisa cálida en el rostro. Estaba tan seco y deshidratado que aquello solo incrementaba su malestar. Como también lo hacía el intenso sol, que caía a plomo. Estaba tan acostumbrado a estar en el interior que la radiante luz del exterior le hacía daño a los ojos, y el sol le quemaba la piel. No había sombra donde cobijarse.

En otro tiempo debió haber árboles allí, sin duda como continuación del bosque que debió existir en el pasado. Ahora solo permanecían tocones, con el suelo chamuscado en algunos sitios, cenizo. La topografía era ciertamente post-apocalíptica. Bray encontró lo que le parecía un enorme y profundo cráter y prefirió bordearlo, durante muchas horas, antes que descender y cruzar la gigantesca separación. Parecía que había tenido lugar una explosión termonuclear. O que había caído un meteorito. Algo había sucedido. Había partes del terreno en proceso de cristalización. Había formas en espiral que ondeaban como fosilizadas por un terremoto funesto.

En cierta manera, Bray sintió que era la última persona sobre la Tierra. A pesar de haber recobrado la libertad y de estar lleno de alegría por haberse alejado de Eloise, era difícil soportar el aislamiento que sentía ahora, la dolorosa soledad, aquel horrible aprieto.

No había nada en aquella tierra baldía. Tan solo la enorme probabilidad de una muerte lenta y dolorosa. Ya fuese por hambre o por sucumbir a la infección.

Mientras seguía adelante cojeando, arrastrando la pierna infectada e intentando colocar la mayor parte del peso al otro lado, Bray pensó en su propia mortalidad, en su hermano... lo que lo llevó a recordar el funeral de Zoot. Era un recuerdo nítido para él, como si estuviese allí, recordando cada detalle; aunque sabía que todo estaba en su mente. ¿Se reuniría pronto con su hermano? ¿Lloraría alguien su previsible muerte, o se enteraría alguien tan siquiera?

Bray se preguntó qué le habría pasado a Amber mientras proseguía la ardua marcha. Resultó un gran consuelo tenerla allí, en el funeral de Zoot. Y no mucho después, durante su tiempo como pareja, cuando estuvieron tan enamorados.

¿Habría sobrevivido a la invasión de los Tecnos? ¿Y qué habría sido del bebé?

Repasó en su memoria la última vez que la vio: Amber había comenzado a dar a luz, antes de que los Tecnos lo capturaran. La había dejado en aquel granero mientras escuchaba el sonido de los aviones de los Tecnos que sobrevolaban la ciudad y comenzaban a invadir.

Tras ser reconocido por las fuerzas de los Tecnos, se lo habían llevado entre gritos y patadas. Lo habían apartado de Amber, lejos de la vida que conocía. La vida que amaba.

Bray se había encontrado con muchos otros prisioneros. Encontró a KC y Alice en un campo de prisioneros antes de que se los llevaran a lugares distintos para servir como esclavos. Y le habían contado historias de que el Guardián había reaparecido en algún lugar. Incluso que Ryan seguía vivo y que lo habían llevado a algún lugar en el extranjero donde se había reencontrado con Paul. Estaba seguro de que Tai San había pasado antes que él por uno de los campamentos por los que pasó, pues la descripción que le dieron sus compañeros esclavos encajaba ciertamente con ella.

También habían llegado noticias de la tribu de Bray, los Mall Rats, a muchas otras zonas, y estaba orgulloso de su reputación y, sobre todo, de su ambición por construir un nuevo orden mundial de las cenizas del viejo mundo.

A Bray lo habían pasado de un grupo de opresores a otro, intercambiado como esclavo, canjeado como si fuese un artículo de mercadería y no otro ser humano.

No estaba seguro de cuánto tiempo había pasado bajo el poder de Eloise en las instalaciones de la montaña. Su mente y sus recuerdos estaban desordenados. Las imágenes y sonidos entraban en conflicto, le asaltaban los sentidos y prácticamente creaban una nueva realidad. La única constante era que no estaba seguro de poder fiarse de sus recuerdos.

Pero Amber había sido real. Fue su amor. No la olvidaría, ni siquiera tras la confusión mental y emocional a la que lo había sometido Eloise.

Nunca supo qué había sucedido. Entre los prisioneros que había encontrado durante su encarcelamiento había rumores que decían que Amber había muerto, y también que estaba viva. Alice y KC habían oído que Bray tenía una hija. En otro campamento, donde Bray había intentado sacar más información a la desesperada, otros prisioneros recordaron algo sobre que el líder de los Mall Rats había tenido un hijo. Gemelos. Otros dijeron que el bebé no había sobrevivido. Algunos le dijeron que Amber había muerto durante el parto. Bray sólo sabría con seguridad qué le había pasado a Amber y al bebé si los veía con sus propios ojos. Y estaba decidido, por ellos, a hacerlo, a salir de aquel infierno en el que ahora se encontraba.

No se doblegaría, tenía que sobrevivir.

—¡Vamos! —se animó Bray a sí mismo a través de los labios agrietados, con la voz seca y ronca.

Estaba sediento. Había bebido por última vez al llover el día anterior. Estuvo caminando con la boca abierta, atrapando las gotas. Bray se rio; debía parecer un imbécil haciendo eso. Y sintió que Amber también se habría reído. Pero el tono de su risa denotaba desesperación, tenía una intensidad maníaca.

Mientras se presionaba para seguir, alzó la vista a los cielos y gritó con enfado, en medio de una risa casi histérica.

—¡Gracias por la lluvia! ¡No habría sobrevivido sin ella! ¡Pero ahora lo más probable es que sea eso lo que me mate!

A pesar de su estado de confusión, no le faltaba verdad. Había tropezado y caído sobre las rocas al intentar encontrar el mínimo rastro de humedad, lo que le había provocado el doloroso tajo en la pierna.

Tenía la piel enrojecida e irritada, le salían ampollas bajo el sol seco... Ojalá hubiese algún lugar donde cobijarse del calor abrasador. Un árbol que le diese sombra. Un refugio.

—¿Me ayudas con la tienda de campaña?

De repente, Bray sonrió con cariño al recordar la voz de Martin y la pregunta que le hacía con frecuencia las veces que él y su hermano habían tenido problemas para montar la tienda familiar, a menudo bajo la lluvia, durante las acampadas. Podía casi imaginar a Martin frente a él en estos momentos, en la tierra baldía, buscando un lugar donde acampar, con Bray listo para ayudarlo.

Cuando era más joven le encantaba estar al aire libre. La familia solía ir de vacaciones y él tenía muchas aventuras, explorando todo lo que el exterior tenía que ofrecer, junto a su hermano, Martin.

Bray recordó cómo, en la ciudad, anhelaba la naturaleza y la echaba de menos. Como Mall Rat, su vida había sido una lucha por la supervivencia en aquella jungla urbana, y él siempre había sentido afinidad por la naturaleza. Por la pureza de la madre Tierra. La pureza de la relación con su hermano. Como había sido antes, en otro tiempo. Ahora se sentía en un mundo distinto, casi en otro planeta.

Lo echaba mucho de menos. Sentía el dolor por estar separado de él incluso hasta este día. La sensación de pérdida. No solo por el trágico fallecimiento de Martin, sino por lo que Martin había hecho con su propia vida al reinventarse a sí mismo como el tirano de la ciudad: Zoot.

¿Pudo Bray haber hecho algo más para detener la transformación de Martin en "Zoot", aquella fuerza aterradora e impredecible que había aterrorizado a tanta gente?

¿Había tenido él algo que ver? ¿Había contribuido a la caída de Martin? Bray había hecho todo lo posible, hizo todo lo que estaba en su poder para recuperar al verdadero Martin y deshacerse de Zoot. Y Martin estuvo cerca de regresar. Comenzaba a recuperar su humanidad, pero su repentina muerte impidió que Bray lo salvase. Nunca olvidaría a su hermano pequeño, guardaría los recuerdos de los buenos tiempos junto a él durante el resto de sus días. A pesar de sentirse perplejo y entristecido por tantos malos momentos y experiencias con Martin y la tragedia de Zoot, seguía queriéndolo.

¿Estaba Bray sufriendo un castigo por compartir la misma sangre que él? ¿Se encontraba en el purgatorio?

De repente, Bray escuchó un sonido tras él, un crujido, y se detuvo en seco, con el cuerpo en tensión. ¿Sería Eloise? ¿Los Zootistas? ¿O alguna otra amenaza? ¿El demonio?

Al girarse, Bray divisó unas gaviotas, que anadeaban por el terreno, picoteando en busca de gusanos.

Al principio sonrió al ver cómo se les movía la cabeza arriba y abajo de forma cómica. Sentía curiosidad por qué podrían encontrar mientras escudriñaban el terreno. Eran las únicas criaturas vivas a su alrededor aparte de él mismo. De algún modo eran como él, allí fuera, en lo desconocido, luchando por sobrevivir; y sentía afinidad con aquella lucha.

Pero al fijar la mirada, se preguntó si en realidad se trataría de buitres. A la espera. Tomándose su tiempo hasta que él sucumbiera.

En el fondo, Bray sabía que estaba muriendo. Y con aquel estado de desconcierto, se preguntó con quién se reuniría en la otra vida. ¿Con Martin? ¿O era Zoot el que estaba ahora en el cielo?

* * *

El tiempo pasó. Bray no sabría decir cuántos días.

—No te rindas —murmuró para sí mismo mientras arrastraba la pierna infectada.

Cada vez que la movía, el dolor le parecía insoportable. Tenía el muslo hinchado, sentía que le iba a explotar.

La agonía de la soledad era casi devastadora. Se estaba volviendo loco. Allí solo, con la única compañía del miedo y la incertidumbre.

Y se preguntó si lo que tenía ante sí era real. O si era otra alucinación, cosa de su cabeza. Al principio se dibujó en el horizonte, y Bray se había dirigido hacia allí, fascinado por lo que veía (o lo que pensaba que veía).

Alargó la mano para tocarla.

Estaba allí. Sintió que, al tocarla con los dedos, la valla era real. Era una alambrada con púas. De casi cuatro metros, con alambre enroscado y retorcido por todas partes.

La alambrada recorría toda la tierra frente a él, hasta donde le alcanzaba la vista. Y no conseguía ver el final. Ni el principio.

Tan solo la alambrada que dividía por completo la tierra baldía. Una barrera impenetrable.

Y allí, apenas visible a través de la tela metálica, tras la valla, en mitad de ninguna parte, había un camión militar. Medio enterrado bajo la arena polvorienta. El vehículo estaba pintado como arena del desierto para camuflarse, y parecía algún artefacto antiguo, reliquia de un tiempo pasado que sobresalía de la tierra. En la parte trasera del camión, una puerta andrajosa se agitaba a un lado y a otro con el cálido viento que recorría todo el paisaje desolado.

Puede que esos restos le sirviesen como refugio improvisado para resguardarse del sol ardiente. Quizás había suministros dentro que podía usar.

Colocó las manos sobre la verja y, cogiendo fuerzas, Bray comenzó a trepar lentamente la alambrada.

Se raspó los dedos en el alambre y gritó de dolor mientras la piel seca le sangraba profusamente por los cortes recientes. Su cuerpo cansado y débil le pedía detenerse. La agonía era insoportable, como si lo estuvieran torturando.

Pero siguió trepando y llegó hasta la cima, donde las púas estaban especialmente enredadas.

Como con Eloise anteriormente, Bray no se doblegaría. Había llegado demasiado lejos. Luchó contra el instinto natural de soltarse y apretó los dedos para seguir trepando por la verja, depositando el peso corporal sobre la pierna infectada. Sentía un tormento interior a medida que las púas de la verja le cortaban de nuevo y la sangre caía al suelo.

Fue entonces, sobre lo alto de la verja, cuando Bray vislumbró el castillo, mucho más allá. Y, por un segundo, peleando contra su debilidad para aguantar sobre la retorcida verja, sintió que era demasiado tarde. Estaba claro que había perdido la cordura y que veía cosas.

Pero estaba allí, era real. El castillo se erguía en la distancia mientras el sol se ponía en el horizonte.

Bray lo contempló, paralizado, agarrado a la valla. Miró fijamente el castillo. ¿Sería el cielo? ¿Era así como era la muerte?

¿Tenía la voluntad de dejarse llevar y tomar impulso hacia el otro lado?

El sol continuaba descendiendo en el horizonte y la luz se hacía cada vez más tenue. La oscuridad comenzaba a tragarse a Bray, con la única iluminación de unos rayos cada vez más débiles.

Estaba atrapado en la parte superior de la verja y se balanceaba débil y precariamente. Bray sentía que su fuerza vital decaía y desaparecía con el atardecer.

Gritó con una frustración y dolor amargos. Un lamento continuado de angustia, al darse cuenta de que no lo lograría.

Los buitres o pájaros similares que había visto antes se movían en círculos. Agitaban las alas con frenesí al comenzar a picotear las heridas. Manaban sangre que goteaba por la pierna, colgada de la verja.

CAPÍTULO ONCE

"Ya basta", pensó Amber para sí misma. No pudo evitarlo, y volvió a mirar una vez más su reflejo en la ventana exterior de la planta baja de la torre principal. ¿Qué aspecto tenía?

El sol brillaba en la ventana y era como verse en un espejo y, al contemplar su imagen, Amber no lo hacía por vanidad, pues tenía una expresión de preocupación en el rostro.

Desde el descubrimiento del diario de la Dra. Jane Gideon, Amber y los demás estaban intranquilos por su salud y por las preguntas que planteaba el diario.

—Tengo buen aspecto —se dijo Amber a sí misma. ¿No era así?

Volvió a mirarse con atención y examinó su apariencia.

Hasta el momento nadie había mostrado ningún síntoma evidente, de ninguna enfermedad. Aparte de los síntomas de ir a la deriva durante tanto tiempo.

Amber intentó convencerse de que debía dejar de preocuparse. Sabía que una vez dejas que el miedo te controle, nunca se marcha. Y no permitiría que la controlasen sus preocupaciones ni dejarse llevar por la ansiedad. De esa manera había actuado siempre en los tiempos más oscuros, en la ciudad que fue su hogar, cuando los adultos perecieron y el mundo cayó en un abismo, cuando parecía que los supervivientes tampoco durarían mucho ante aquel futuro poco prometedor. Amber siempre luchaba contra sus miedos, intentaba mantener la calma, ser racional. Pero no era cosa fácil.

Comprendía por qué el vudú podía ser una fuerza tan poderosa. Si le dices a alguien que tiene una maldición, ya has hecho tu trabajo. El torturador poder de la imaginación hará el resto.

—Estoy bien... —insistió Amber con pensamientos positivos para forzarse a alejarse de su reflejo.

Tenía el mismo aspecto de siempre. Se sentía bien. Tan solo esperaba, por el bien de su bebé y de todos los demás a bordo, que no llegasen a sufrir el mismo destino que la tripulación del *Jzhao Li*.

Había muchas preguntas sin resolver. ¿Quiénes eran? Y, sobre todo, ¿cuál era su misión? El diario mencionaba que la Dra. Gideon era parte de la Fuerza de Emergencia de las Naciones Unidas, de la flota del Pacífico.

Para empezar, ¿qué hacía la Fuerza de Emergencia de las Naciones Unidas en aquel territorio? La tribu había hablado largo y tendido sobre el tema y se preguntaba qué datos había recogido el diario de la Dra. Gideon. Ninguno recordaba haber oído nada acerca de que la flota de las Naciones Unidas se hubiese reunido en los días en que los adultos comenzaron a morir. En las noticias no se mencionó nada de todo eso. ¿Quizás se habrían topado, por casualidad, con algo que debió ser alto secreto?

La Dra. Gideon indicaba en su diario, el cual Amber había estudiado y releído varias veces, que la flota de las Naciones Unidas formaba parte de un intento por combatir y evitar... algo. Que desde luego pudo haber sido la famosa "pandemia" mundial. Sin embargo, hacía referencia a muchos elementos que eran "confidenciales", y Amber se preguntaba si se trataría de algo más que solamente del virus.

Durante sus días en la ciudad, la tribu de los Mall Rats pensó tener todas las respuestas en torno a Pandorax como resultado de lo que averiguaron cuando Ellie encabezó una investigación y la publicó su periódico, El Amuleto.

Amber nunca había sido aficionada a las teorías conspiratorias, pues creía que muchas de ellas eran rebuscadas y constituían una fuerte innecesaria de preocupación. El misterioso diario de la Dra. Gideon impulsaba una cantidad casi inagotable de posibles razones. ¿Trabajaba la Fuerza operativa contra la pandemia o contra algo más? De ser así, supondría un desafío casi imposible intentar descifrar de qué se trataba.

Pero una cosa era segura. Estaban allí, vivían en el gigantesco navío carguero, un retal de la era de los adultos, un barco que fue parte de una flota que tenía el propósito de "salvar a la humanidad", en palabras de la Dra. Gideon. ¿Sabían los gobiernos mundiales, las Naciones Unidas, más cosas sobre la pandemia de las que hicieron públicas? ¿Había más información de la que habían divulgado?

La prioridad era trazar algún tipo de plan y trabajar a partir de lo que sabían con seguridad, en vez de especular sin sentido.

A Amber y a los demás (a excepción de Ram) les parecía que su única opción era intentar dirigir el barco hacia algún destino, asumiendo que estuviesen en condiciones de hacerlo, por supuesto.

Amber depositaba toda su fe en las habilidades tecnológicas de Jack y Ram, y se preguntaba cómo se las estarían arreglando en el puente de mando.

Aunque no confiaba en Ram como individuo, y sospechaba de sus verdaderas intenciones (pues sus acciones en el pasado demostraban que no era más que un tirano egoísta), Amber era bien consciente de que era un genio, a pesar de todo. Al menos con los ordenadores. Nadie dudaba de ello. El intelecto e ingenio de Ram eran algo fuera de lo común. Las habilidades técnicas de Jack siempre resultaron asombrosas, y él también tenía destreza con los ordenadores, aunque le faltaba el don de Ram para la programación. Pero si alguien era capaz de poner en funcionamiento el instrumental del puente de mando, eran ellos.

Amber sentía que era una pena que Ram no fuese capaz de canalizar todo su talento en algo positivo para la humanidad.

Quizás esto fuese un comienzo, una oportunidad para que cambiase y siguiese adelante como debía ser. Eso esperaba ella. Desde luego, debería hacer muchos cambios y enmendar los errores del pasado.

—¿Cómo lo llevan? —le preguntó Amber a Jay al entrar este en el compartimento— ¿Algún descubrimiento?

Jay acababa de estar en el puente de mando para revisar los progresos de Jack y Ram, y ella veía que algo le preocupaba.

—¿Va todo bien? —preguntó.

—Es difícil saber. Han sido capaces de conseguir señal de un navegador satélite durante unos minutos. Pero el sistema no tiene ningún sentido, Amber. Las coordenadas muestran que estamos en algún lugar cercano a las islas del Pacífico. Pero los datos de la pantalla no dan ningún nombre, solo zonas. Y por mucho que Ram intente ocultarlo, es evidente que está acojonado.

—¿Por qué? —respondió Amber—. Si esto era parte de la flota de las Naciones Unidas, quizás utilizasen zonas en los gráficos en vez de nombres geográficos. Los militares solían hacer eso, ¿no es verdad?

—Quizás —dijo Jay—. Pero Ram sigue empeñado en usar el barco para volver a casa, a la ciudad. Podría llegar a entenderlo si siguiéramos en la barcaza, pero con este barco tenemos posibilidades. Y no logro entender por qué él no lo ve.

—¿No pensarás que él sabe algo que nosotros no sabemos? —consideró Amber.

—Aunque fuese así, no es la persona más comunicativa del mundo, Amber. Lo sabes.

—¿Qué hay de Lex y los demás? ¿Cómo se las arreglan?

Aparte de Sammy y Lottie, que se encontraban cuidando a los pequeños, los demás se habían desplegado en turnos para inspeccionar más contenedores, abrirlos a la fuerza y ver qué más podían encontrar.

—Iré a ver cómo van y que me pongan al corriente —dijo Jay—. Amber, he de decirte una cosa más.

—¿Qué?

Jay le dio un tierno beso a Amber en la mejilla.

—Te quiero.

—Gracias —Amber sonrió. De repente se sentía mucho mejor.

Jay se marchó y Amber se sentó y volvió a leer el diario de la doctora Jane Gideon. Intentaba encontrar cualquier rastro de información que pudiese arrojar luz sobre el asunto. Sin embargo, le preocupaba más Ram.

Seguía dudando de él, era incapaz de confiar en él, hecho que se unía a la incomodidad que sentía porque la tribu dependiese de Ram en aquel momento de necesidad. En el pasado había demostrado que podía ser un individuo peligroso. Y, si guardaba algún secreto, deberían ir todos con mucho cuidado.

* * *

Slade golpeaba el oxidado acero bajo sus pies al correr por la cubierta exterior del carguero. Pasó por delante de Lex y su equipo, que estaban examinando los contenedores. El próximo turno le tocaba a él. Y, durante el descanso, agradecía la oportunidad de poder ejercitarse, pues estaba determinado a mantenerse en forma.

Pero también le ayudaba a pasar algo de tiempo alejado de los demás. Su mente divagaba mientras corría, y le hacía cavilar sobre todo tipo de cosas: el fallecimiento de su hermano en la ciudad; la vida antes del virus, cuando los adultos seguían con vida; lo que les aguardaría el futuro a él y a los demás... Y su relación con Ebony.

Había trazado un circuito de carrera, y zigzagueaba por los montones de contenedores apilados por todas partes. Cada vuelta debía ser de medio kilómetro.

Pensó que era un buen circuito de carrera, al tiempo que el gigantesco carguero se mecía arriba y abajo sobre el océano. Slade calculó de cabeza que debía llevar casi cinco kilómetros; solo le quedaban unas cuantas vueltas más. Se había marcado como objetivo correr ocho kilómetros.

Slade giró una esquina y aceleró sus zancadas. Era hora de superar el ritmo de las últimas vueltas y hacer que el sistema cardiovascular bombease de verdad.

Ebony salió de detrás de un montón de contenedores en el lado contrario del barco a donde estaban Lex y su equipo trabajando, y Slade tuvo un sobresalto momentáneo al estar a punto de chocar con ella. Se detuvo de inmediato donde estaba, con el corazón agitado por el ejercicio.

—¡Ebony! ¡Siempre llena de sorpresas! —dijo mientras recuperaba el aliento.

—Te he estado buscando, Slade.

—Así que me buscabas... ¿Y qué querías?

Ebony parecía molesta, alterada. Echaba miradas furtivas a su alrededor para asegurarse de que nadie los estuviese escuchando.

—¡Necesito hablar contigo! ¡Este barco es la muerte! Ya oíste lo que ponía en el diario. No es seguro estar a bordo. Ahí atrás hay dos botes salvavidas —Ebony señaló dos pequeños botes que colgaban de la torre principal, en la parte trasera del barco—. ¡Nosotros no podemos estar aquí!

—¿Cómo que "nosotros"? —preguntó Slade.

—¿A quién crees que me refiero? A nosotros. Tú y yo.

—Ebony... Ya no hay ningún "nosotros", por si no te has dado cuenta. Y yo no me voy a ninguna parte. No pienso bajar de este barco y abandonar a los demás. Y tú tampoco.

—Pensaba que teníamos algo especial, que éramos uno...

—Sí, teníamos algo. Lo tuvimos, hace tiempo.

—¿Y qué ha pasado? —le imploró Ebony con los ojos llenos de lágrimas.

—¡Eres tú! —soltó Slade—. Tú... me confundes. Primero me vuelvo loco por ti. Me enamoré perdidamente de ti. Y luego me rompes el corazón, como si no me conocieses siquiera. Me he dado cuenta de que no eres la persona que creía que eras.

—Si se trata de Mega, una vez más... Lo diré: lo siento. ¿Qué más puedo hacer para demostrártelo? Me equivoqué al decir todo eso.

—En eso tienes razón. Recuerdo cada una de las palabras crueles. "Se merece lo que le ha pasado", dijiste. Que te alegrabas. "Feliz", creo que fue lo que dijiste. Que estabas "feliz" de que hubiese muerto. Que me merecía tener un hermano mejor que él.

—¿Qué esperabas que dijese? ¿Que deberías sentirte orgulloso de todos sus logros, de que hubiese liberado todas aquellas sustancias químicas por la ciudad? —rugió Ebony.

—No lo entiendes. Da igual lo que hiciese Mega, ¡seguía siendo mi hermano! ¡Era la única familia que me quedaba!

Slade la miró con ojos que no reflejaban solamente dolor. Sino también remordimientos, pena. Y desprecio absoluto.

—Por lo que sé de algunas de las cosas que has hecho en tu vida, Ebony, en especial como reina de los Locos, no estás en posición de criticar a nadie. Al menos yo tenía sentimientos hacia mi hermano. A diferencia de tú con Java y Siva. Es decir, no fuiste lo que se dice una hermana cariñosa, ¿eh?

—Es por Ruby, ¿verdad? Te ha atraído hacia ella. Os he visto juntos. Y la forma en que la miras. Siempre se está emperifollando para impresionarte. Y manoseándose constantemente el pelo. ¡Es incapaz de quitarte los ojos de encima!

—¿Solo eres capaz de pensar en eso, con todo lo que estamos pasando? —preguntó Slade con desdén.

—Solo una cosa más —rugió Ebony—. ¿Es buena en la cama?

De repente, Ebony saltó hacia delante. El brazo pasó como un borrón y pilló a Slade por sorpresa al arañarle un lado de la cara con las uñas. Le dejó marcas visibles de profundos arañazos en la mejilla.

—¡No te acerques a mí de ahora en adelante! —gritó—. ¡Y más te vale decirle a esa zorra que haga lo mismo!

Ebony miró a Slade con malicia y se marchó, furiosa.

* * *

—Jack, ¿a que no sabes qué estoy viendo? —preguntó Ram mientras miraba detenidamente por los prismáticos a través de una de las ventanas del puente de mando.

—Yo que sé. El conejo de pascua. El monstruo del lago Ness. No, deja que lo adivine. ¿Es azul, húmeda y empieza por la "A"?

Jack se sentó en el suelo, dándole la espalda a Ram. Habían estado discutiendo, una vez más, sobre qué podían significar los diferentes instrumentos del equipamiento del puente de mando.

—Es azul y húmedo, pero empieza por la "O". No veo nada más que océano —dijo Ram.

—Basta de juegos, Ram —contestó Jack mientras hojeaba unas fotocopias que habían encontrado en la sala de máquinas—. Tenemos trabajo que hacer.

—¿Sigues enfurruñado, Jack? Ahora sé cómo se siente Ellie cuando habéis discutido.

—Nosotros no discutimos, Ram, gracias por preocuparte. ¡Y no estoy enfurruñado! ¿Podemos... seguir e intentar hacer que esto funcione?

Ram apartó los prismáticos y miró a Jack. Disfrutaba chinchándolo, le encantaba la reacción de Jack ante sus interminables jugarretas y pullas. Era cierto que tenían mucho en lo que trabajar, y debían averiguar mediante deducción qué significaban algunas de las pantallas y datos. Conocían la velocidad del barco: iba a la deriva a unos 3 nudos por hora. Sabían hacia qué dirección se dirigía: noroeste. Habían podido reactivar el navegador satélite durante un minuto más o menos. Ahora estaban intentando encender los motores y el piloto automático.

Ram tenía su opinión sobre qué botones presionar para conseguir un resultado en concreto, mientras que Jack veía las cosas de otra forma. Ambos se pusieron de acuerdo en que no tocarían ni activarían nada hasta que estuviesen seguros de qué hacía cada cosa. No querían hacer peligrar el barco, ni soltar lastre que pudiese provocar que el barco volcase o algo por el estilo.

Ram tenía grandes esperanzas. Estaba disfrutando cada segundo del proceso como un enano. La tarea a la que se enfrentaban era difícil, la sala de control tenía un equipamiento demasiado complejo. Pero le resultaba una misión estimulante, algo que suponía un desafío hasta para él, sus poderes mentales y su auto-proclamada "genialidad".

Por el contrario, Jack se estaba frustrando no solo por la arrogancia de Ram, sino porque comenzaba a notarse presionado. De ellos dependía conseguir hacer uso del barco, averiguar cómo funcionaba y si podían navegar con él. Había demasiados "y si...", pensó Jack mientras repasaba los diagramas de la sala de máquinas.

—Anímate, Jack —dijo Ram, que se dejó caer en una de las altas sillas giratorias que había cerca del panel de control y comenzó a dar vueltas en círculos felizmente durante un instante—. Disfruta de esto, ¡es divertido!

—Esto no es lo que yo llamaría diversión —dijo Jack.

—Bueno, pues me pondré a... —murmuró Ram para sí mismo mientras volvía a colocarse los prismáticos en la cara y miraba por la ventana.

—¿Ahora qué? ¿Es que has visto a Gel y las chicas tomando el sol en la cubierta delantera? —saltó Jack.

—Jack, ¿crees que yo haría eso? —protestó Ram en tono de guasa, con una sonrisa pícara en el rostro.

—Sí que lo harías, y lo has hecho otras veces.

—No, esta vez no, Jack. He puesto los ojos sobre otro "paisaje".

—¿Como cuál? ¿Un delfín? ¿Una sirena? Cuéntame.

—Ojalá fuese una de las chicas tomando el sol... —reflexionó Ram, decepcionado por lo que estaba viendo.

—Ram, llevas demasiado tiempo rodeado de ordenadores —bromeó Jack—. Necesitas salir más.

—Mira quién habla. No, lo que estoy viendo... ¿Qué era lo que decían antiguamente? Ah, sí. "Tierra a la vista" —dijo Ram sin darle importancia.

Jack soltó los mapas de la sala de máquinas y se apresuró a ponerse en pie. Ram le pasó los prismáticos para que pudiese echar un vistazo.

Ram tenía razón. Jack apenas pudo contener su emoción al ver que allí fuera, a lo lejos, se encontraba la silueta inconfundible de tierra en el horizonte.

Y sin Jack saberlo, más que de ilusión, aquello llenaba a Ram de un temor inigualable.

CAPÍTULO DOCE

Seguía vivo. Otra cosa era durante cuánto tiempo lo estaría, pensó Bray mientras sentía la agonía por la pierna infectada, el dolor que le recorría el cuerpo machacado por los cortes que las púas de la alambrada le habían provocado al trepar por la verja, algo que había resultado un auténtico desafío.

Había juntado las pocas fuerzas que le quedaban para conseguir cruzar al otro lado de la verja antes de caer finalmente al suelo.

Tras pasar la noche en los restos del vehículo volcado, Bray logró descansar y recuperó la poca energía que le quedaba después de su caminata a través de la tierra baldía.

El camión militar le había proporcionado un refugio acogedor pero temporal, y nada más. En su interior no había comida. Pero para su sorpresa, en la guantera encontró una lata de cola caducada que lo había sustentado durante la larga noche, y su cuerpo deshidratado aceptó sin reparos aquel líquido de sabor repugnante.

Y ahora que el sol volvía a brillar en las alturas y la temperatura aumentaba, Bray estaba encantado de seguir vivo. Había hecho un gran esfuerzo, había hecho acopio de toda su energía, hasta lo más profundo, para llegar tan lejos en su huida de Eloise.

Había sobrevivido un día más.

Ahora descubriría si había merecido la pena. Si todo el sufrimiento y los riesgos que había asumido tenían su recompensa.

Mientras se dirigía hacia el "castillo" y el resto de edificios que había avistado la noche anterior, Bray descubrió una extensa zona asfaltada. A pesar de la confusión, estaba seguro de que debió ser una pista de aterrizaje en otros tiempos. Era una gozada caminar sobre aquella superficie, en comparación con el terreno irregular del páramo; aunque el alquitrán estaba fundido en algunos trozos. La pista estaba en muy mal estado, deteriorada y con muchas grietas; lo que era casi un reflejo de cómo se sentía Bray, con el cuerpo tan débil.

La pista se prolongó durante un tiempo. Al acercarse al "castillo", Bray advirtió otros edificios a lo lejos, alrededor del mismo perímetro. Y cada cuarenta metros, paralelos a la alambrada de púas, había señales de advertencia que leían: PELIGRO. RIESGO BIOLÓGICO.

Horas después, al acercarse a su destino, Bray pudo identificar que los edificios formaban parte de lo que debió ser una base militar.

Había hangares gigantescos, con aviones todavía en su interior. Lo raro, reflexionó, era que los aviones eran de distintas épocas. ¿Se trataría de un museo de guerra? Tenía sus dudas. La mayoría eran aviones de caza modernos, cuyas formas aerodinámicas y pulidas reposaban en calma, en contraste con las altas velocidades para las que habían sido concebidos.

¿Habría alguien más allí, o solamente él?

Y, sí, una vez más Bray se preguntó si estaba atrapado inevitablemente en una simulación de realidad virtual.

Se animó a seguir adelante, con curiosidad por examinar otros lugares de la base.

Había varios edificios anexos. La maquinaria de construcción descansaba perezosamente, como monstruos de la prehistoria, congelados en el tiempo. Fósiles de una era pasada.

Algunos hangares no estaban terminados, era obvio que los encargados de la obra estaban en proceso de construirlos antes de abandonarlos con prisas y dejarlos a medio acabar, probablemente, cuando el virus se propagó por todo el mundo.

Bray advirtió docenas de edificios, los cuales tenía la certeza de que debieron ser barracones. En su interior había camas vacías, taquillas oxidadas con las puertas abiertas, armarios desocupados. No había nada de valor que Bray pudiese usar. Tan solo fantasmas del pasado, restos de cómo había sido aquel lugar en otro tiempo.

Ahora, la naturaleza estaba recuperando la base. Debía haber agua en alguna parte. Quizás bajo tierra, razonó Bray. Sobre el terreno crecían árboles jóvenes por aquí y por allá que atravesaban el hormigón, y sus raíces hacían que las losas del suelo fuesen irregulares. El suelo polvoriento estaba salpicado por plantas de todas las especies y tamaños, las enredaderas trepaban por las paredes como si la propia naturaleza estuviese intentando estirarse. Pero, desde el momento en que entró en el páramo, se había dado cuenta de que, aparte de los buitres que estaba seguro de haber visto, no había otros pájaros ni ningún otro animal en toda la zona. Quizás se mantuviesen lejos de aquel lugar por instinto natural. ¿Sabían algo que Bray desconocía?

Tras comprobar varios edificios de la periferia de la base, Bray posó la vista sobre el misterioso "castillo" que se alzaba cerca de allí.

Puede que tuviese las respuestas que estaba buscando, así como algo que lo ayudase en su lucha por sobrevivir.

* * *

Entró al castillo a través de la verja levadiza, que estaba alzada y cuyas puntas de metal dentado le apuntaban de modo amenazante. Las botas crujieron al pisar los cristales rotos y escombros que se amontonaban en el suelo.

Bray se dio cuenta de que no era ningún castillo.

Era una tienda.

Avanzó con cautela, sin saber qué o quién habría dentro, y continuó examinando cuidadosamente el entorno. El "castillo" era una fachada que cubría la tienda en el interior. La mayoría de estantes se habían caído, el edificio había sido saqueado, pero había un estante que seguía en pie, con unos dragones de juguete encima que tenían la boca abierta con furia y exhalaban pequeños alientos anaranjados de plástico que simulaban ser fuego.

En la esquina había un caballero con armadura, con el guantelete desprovisto de la espada que debió sostener en otro tiempo. Habían cubierto al caballero de grafitis, con curvas extrañas y símbolos que parecían estar en un idioma alienígena que Bray era incapaz de descifrar. Contempló al caballero, que llevaba una corona sobre el yelmo. Una placa colocada en la base del soporte donde estaba situada la armadura leía "Rey Arturo".

Al salir por la entrada del "castillo", Bray descubrió que había ido a parar a un parque de atracciones. O lo que quedaba dc él.

A su alrededor había atracciones destartaladas y en descomposición. No había sonido alguno, tan solo el de su respiración y el de sus pies al caminar por alrededor y examinar el entorno. A su izquierda tenía un viejo tiovivo con caballos de plástico que ya no llevaban jinetes. Los caballos tenían las cabezas aplastadas, les faltaban piernas y cascos. A su derecha tenía lo que debió ser un encantador restaurante con temática de cuento de hadas; con las ventanas rotas, las sillas y las mesas boca arriba, derribadas como si por allí hubiese pasado un huracán. Y no pudo evitar fijarse en que todos los edificios parecían chamuscados.

Bray se puso tenso, pues el dolor de la pierna era palpitante, y divisó una pequeña montaña rusa a lo lejos, tras los edificios que tenía delante. La estructura le parecía tan frágil como se sentía él mismo, y el esqueleto de puntales de madera tenía marcas de quemaduras donde alguna vez se había incendiado. Había grandes huecos visibles a lo largo de las vueltas por las que una vez giraron y doblaron los vagones.

Era un lugar extraño y fantasmal. Bray podía imaginar con claridad cómo debió ser en su tiempo: un lugar divertido, donde niños de todas las edades pasaban un buen rato juntos; madres y padres jugueteando con sus seres queridos... Deseaba que alguno de ellos hubiese conocido la existencia del virus con antelación, la catástrofe que les esperaba y que transformaría el mundo que hasta entonces habían conocido en un horripilante infierno.

Era la primera vez que estaba en un parque de atracciones. Bray esbozó una ligera sonrisa para sí mismo al pensar en lo irónico de la situación. Su familia no tenía mucho dinero cuando era pequeño, y es por eso que la mayoría de las vacaciones las habían pasado de acampada. Su hermano, Martin, siempre quiso ir al extranjero y visitar uno de los famosos destinos que había visto solamente en folletos o anuncios. Y ahora él estaba allí. Bray había llegado a un parque de atracciones de verdad.

Renqueó cautelosamente por las ruinas, atento por si seguían por allí los que habían hecho pintadas y destrozado el lugar. Necesitaba encontrar comida, y bebida.

Al caminar por un pueblecito de cuento de hadas y sus acogedoras librerías con vigas de plástico que parecían madera y evocadores techos abovedados, Bray divisó una máquina expendedora dentro de una de las casas, la cual era en realidad otra tienda.

Entró lentamente por si alguien lo esperaba para tenderle una emboscada. Vio peluches de caballeros y damiselas en apuros dentro de la máquina, a la espera de que alguien los rescatase.

En otra sección había barritas de chocolate. Bray recogió una escoba de bruja del suelo de la tienda y la utilizó para romper el cristal. Luego, agarró las barritas de chocolate, cuya fecha de caducidad había pasado hacía mucho tiempo. Y comenzó con impaciencia a comerse las barritas. Saboreaba la comida, su dulzura... aunque en realidad el chocolate estaba rancio y sabía fatal.

De repente, Bray escuchó risas. El sonido de niños pequeños riendo.

¿Se lo estaba imaginando? ¿No sería todo el parque de atracciones nada más que un sueño?

Las risotadas agudas volvieron a resonar y Bray supo que no era cosa suya. Estaba claro que había niños por allí cerca, en alguna parte.

Con sigilo, salió a la zigzagueante calle de cuento de hadas y comenzó a resguardarse mientras caminaba con cuidado hacia el origen de aquellas risas.

Bray contemplaba las esquinas de la calle mientras rodeaba los edificios, preparado en caso de que se presentase pelea, con el cuerpo tenso y lleno de adrenalina.

Avistó una niña y un niño pequeños. No debían tener más de siete u ocho años. Estaban sentados a cada lado de un sube-y-baja en forma de dragón y daban saltos arriba y abajo con alegría mientras reían al turnarse para salir disparados hacia arriba. El niño llevaba un casco de piloto de combate que le venía demasiado grande; y la niña un harapiento y sucio vestido de princesa de cuento.

Bray dejó escapar un suspiro de alivio, y su cuerpo se relajó. No le harían ningún daño, pero debía asegurarse de que no había otras amenazas por allí.

Caminó por la calle con lentitud, para no asustarlos, y colocó las manos arriba a modo de rendición.

—Hola —sonrió, y los labios secos se le agrietaron.

Los dos niños dejaron de balancearse en el sube-y-baja. Al girarse y ver a Bray ante ellos, soltaron de repente un grito de espanto, aterrados por su presencia.

—No os haré nada —dijo Bray mientras renqueaba hacia ellos, con la pierna ardiendo de dolor.

La niña y el niño salieron disparados, con expresión de pánico en el rostro, decididos a escapar de aquel desconocido que tenían enfrente.

—¡Por favor, esperad! —gritó Bray, que comenzó a perseguir a los niños. Pensó que debía tener un aspecto amenazante tras pasar tanto tiempo en la naturaleza, con la cara sin afeitar, el pelo apelmazado y la ropa sucia y rasgada, cubierta de sangre y porquería.

Bray se movía tan rápido como podía y comenzó a alcanzarlos.

—¡Parad, por favor! Soy amigo, no os haré nada —gritó, sin conseguir tranquilizar a los asustados niños.

Los jovencitos entraron a toda prisa por lo que debió ser el vestíbulo de un enorme edificio de tipo administrativo, y él los siguió de inmediato.

—¿Hola? —llamó, y la voz hizo eco a medida de avanzaba—. Por favor, ¿hay alguien ahí? —gritó Bray mientras recorría el lugar rápidamente con los ojos e intentaba atisbar a los niños, a alguien.

Al percatarse de un movimiento, el de una pequeña sombra, Bray caminó hacia el mostrador de recepción del gran vestíbulo. El suelo crujía bajo sus pies a medida que pisoteaba cristales rotos y capas de polvo.

Al echar un vistazo por un lado de la recepción, Bray vio a la niña y el niño abrazados, que intentaban esconderse de la mejor manera posible.

—Os lo suplico: ayudadme, por favor —imploró Bray.

Ellos lo observaron, aterrorizados porque los había encontrado. Quizás no hablasen su idioma, reflexionó. Puede que no entendiesen lo que decía. ¿Qué podía hacer?

Se acercó un poco más, y estiró la mano abierta para demostrar que no pretendía hacerles daño.

Los niños retrocedieron entre gritos.

Y Bray se dio cuenta de que sus ojos no lo miraban solamente a él, sino también detrás de él.

Bray se giró para mirar, pero fue demasiado tarde.

Tras ser golpeado por detrás en la cabeza, se desplomó de inmediato y perdió la consciencia.

CAPÍTULO TRECE

—¡No puedo creer que sea de verdad! —dijo Salene emocionada mientras contemplaba a través de los prismáticos la silueta de la tierra, que seguía aún a varios kilómetros de distancia.

—Y todo gracias a mí, que lo vi primero... —dijo Ram de modo distante, para sí mismo.

Estaba tirado en el asiento, absorto en sus pensamientos, con los pies sobre otra silla. Pero, por su tono, no estaba nada contento.

—¡Estoy tan feliz que casi podría darte un beso! —se entusiasmó Salene, que apartó los prismáticos y se giró hacia Ram y los demás. El grupo se había reunido en el puente de mando para hablar de la noticia de que habían descubierto tierra.

—Si tus labios lo desean, mi cara está lista para recibirlo —Ram sonrió.

—He dicho "casi" darte un beso —Salene se apartó.

Darryl se puso rojo. Estaba colado por Salene desde hacía poco, y toda aquella charla sobre ella dando besos a quien fuera lo ponía nervioso.

—No sé por qué todos parecéis tan contentos —habló Trudy, agitada, y señaló por el puente de mando a su alrededor—. ¿Habéis olvidado dónde estamos? ¿Los cuerpos que encontramos aquí? ¡Lo que les pasó a esa tripulación nos podría pasar a nosotros! ¡Sobre todo si se trata de una mutación del virus! ¡Y quién sabe qué peligros podrían acechar en la orilla!

—Trudy, estoy de acuerdo —dijo Ram—. Lo que dices tiene mucho sentido.

—Tonterías —interrumpió Lex—. Es tierra, Trudy —continuó—. Hemos soñado con volver a pisar tierra desde hace quién sabe cuánto tiempo. ¡Y por fin la hemos encontrado!

—Trudy, sé lo que ponía en el diario. Todos lo escuchamos —respondió Amber para intentar calmarla—. Pero pienso, con toda sinceridad, que ninguno de nosotros está infectado por lo que fuese que mató a la tripulación. Míranos a todos: tenemos buen aspecto, estamos sanos.

—Físicamente puede, pero mentalmente... —dijo Ram, que dirigió una mirada gélida hacia Amber.

—Cállate, Ram —ordenó Lex—. En los Mall Rats, la mayoría manda. Todos hemos votado intentar llegar a la orilla. Y eso es lo que haremos.

—No vamos a llegar a tierra ni de coña, Amber —se mofó Ram.

—¿Y eso por qué? —preguntó ella con recelo.

Se quedaron mirándose el uno al otro, haciendo evidente su rivalidad mutua.

—Es sencillo. ¿Cómo pretendes llegar allí, señorita sabelotodo? —explicó Ram mientras alzaba la voz con hostilidad—. Todavía no sabemos, ni siquiera, cómo se dirige el barco, ¿no es así?

Amber sonrió, sin inmutarse ante el arrebato de Ram.

—Eso es cosa tuya y de Jack, Ram. Tenemos suerte de tener a dos "sabiondos" como vosotros aquí. A menos... que no seas tan inteligente como le dices a todo el mundo.

Ram la fulminó con la mirada, agitado por aquella provocación deliberada.

Tal y como Amber esperaba hacerlo sentir.

—Prueba que estoy equivocada —dijo Amber—. Que puedes ayudar a Jack a navegar este barco. ¿O no puedes con el desafío?

* * *

Amber y los demás resolvieron que, si conseguían de alguna forma reactivar la propulsión del barco, al menos se acercarían más a tierra, sin riesgo de que la corriente oceánica los alejase de su objetivo. Y entonces tendrían la posibilidad de usar los botes salvavidas para navegar hasta la orilla.

El resto de la tribu dejó a Jack y Ram solos para que pudiesen concentrarse y trabajar juntos en el puente de mando; pero ambos interpretaban los paneles de botones y los datos de manera distinta, así que acabaron en desacuerdo y consiguieron poca cosa. Parecía que no iban a ninguna parte.

—Ram, ¿no lo ves? Esto de aquí debe ser para arrancar —dijo Jack desde su posición—. Es increíble que no lo veas.

Ram gruñó, frustrado con Jack, y dio un golpe con el puño cerca del panel de control.

—¡Cuidado! —Jack se puso tenso, preocupado de que Ram le diese a algún botón antes de saber para qué servía.

Ram miró por la ventana del puente hacia la cubierta exterior, más abajo, mientras que Jack volvió a depositar su atención en intentar entender la infinidad de botones desplegados ante él.

—Jack, creo que Ellie te está buscando.

—No he oído nada.

—La he oído gritar desde fuera. Estarías concentrado en el trabajo. Me acaba de saludar con la mano. Por la cara que lleva, parece que te necesita.

—Al menos podría haber subido aquí y preguntar. Sabe que estoy muy ocupado —Jack se puso nervioso y salió por la puerta para ver qué era lo que quería.

Una sonrisa maliciosa se dibujó en el rostro de Ram, que estaba encantado con aquel engaño.

Tras quitarse a Jack de en medio, Ram estudió todos los instrumentos que tenía ante sí.

Les daría una lección a todos, en especial a Amber. Ram creía que era una mojigata. ¿Se les había olvidado? Él fue líder de una tribu. Y no de cualquier tribu, sino de los Tecnos. Había conseguido muchísimo, y los demás lo trataban como si no supiera nada, Amber en particular.

Por el bien de todos, en especial del suyo propio, Ram estaba decidido a utilizar el poderoso carguero *Jzhao Li* como medio de transporte. Pero no para llegar a la orilla: Ram seguía empeñado en volver a su lugar de origen.

Y alejarse así de la isla que los llamaba.

Resolvió que, una vez pusiese los motores en marcha, modificaría la brújula del piloto automático para darle la vuelta al inmenso carguero y colocarlo en dirección opuesta.

Como siempre, Ram tenía la respuesta. Todo se trataba, sencillamente, de un proceso de eliminación y deducción. Sabía que podría superar el desafío al que se enfrentaba.

—Elemental, mi querido Jack —dijo Ram en voz baja mientras dejaba colgado un dedo sobre uno de los botones, cuyo significado seguía oculto bajo los símbolos chinos. Pero no por mucho tiempo, pensó. Lo había resuelto todo.

Presionó el botón con firmeza, luego pulsó otros botones de alrededor y se apartó para esperar la respuesta del barco.

Pasaron unos cuantos segundos.

De repente, se oyó un sonido chirriante que venía desde las profundidades del barco, y el ruido áspero de los motores en marcha. El casco del barco vibraba a medida que los mecanismos dormidos del gigantesco *Jzhao Li* volvían de nuevo a la vida.

Una mirada de triunfo emergió en el rostro de Ram.

—Os lo dije —soltó con suficiencia. Lo había logrado.

El ruido estrepitoso que rugía desde abajo continuó, y los zumbidos; el crujir del metal se volvía más agudo a medida que resonaba.

Y entonces Ram se dio cuenta de que algo no iba bien.

La parte delantera del barco que se extendía desde la ventana que tenía enfrente no apuntaba recto, como lo había hecho desde que subieran a bordo. Pero tampoco estaba alterando su curso.

El barco comenzaba a inclinarse muy lentamente hacia un lado.

Ram se preguntó si los ojos le estarían jugando una mala pasada mientras miraba embobado e intentaba comprender lo que estaba ocurriendo.

No había ninguna duda, el carguero se estaba poniendo de lado.

Ante el peligro inminente, la tierra en el horizonte parecía de repente mucho más lejos.

Jack apareció tras la puerta del puente jadeante, sin aliento tras correr escaleras arriba.

—Ram, ¡¿qué coño has hecho?! —gritó Jack.

Ram miró a Jack desalentado, con la preocupación bien visible en el rostro.

—No lo sé...

* * *

Sammy y Lottie miraron con impaciencia por la ventana del camarote. Estaban emocionados ante la idea de llegar a la orilla, y se imaginaban formando parte de una vida llena de aventuras reales, similares a las de los cuentos que habían leído en los libros antiguos. Sammy tenía una imaginación colorida y distorsionada acerca de cómo sería ser un Robinson Crusoe de la era moderna. Sin embargo, en aquellos momentos Lottie y él estaban muy preocupados por la inclinación del barco. Tras ellos, Brady jugaba con el pequeño Bray, inconscientes de la amenaza que se les había presentado.

Trudy apareció desde el cuarto de baño. Acababa de tomar una ducha. Miró por la ventana, paralizada.

—¡Ay, Dios! ¡¿Qué está pasando?!

* * *

—No me gusta estar aquí abajo —se quejó Darryl mientras seguía a Lex, Ruby, Jay, Salene, Ellie y Amber.

—A nadie nos gusta —susurró Amber, y su voz resonó por el pasillo metálico.

Había sugerido examinar la carga de lastre mientras Ram y Jack seguían investigando en el puente de mando.

Enviaron a May y Zak para ver cómo estaban Sammy y Lottie, que se encargaban de los dos pequeños en el camarote; pero también para vigilar a Trudy. Amber insistió a May y Zak que intentasen mantener a Trudy con calma cuando les explicó lo que había hecho Ram. No quería añadir más peligro del que claramente atravesaban con histrionismos innecesarios; y sugirió que Trudy ayudase luego a Gel, May y Zak a recoger comida y provisiones.

Como precaución añadida, Amber envió a Ebony y Slade a comprobar todos los chalecos salvavidas y asegurarse de que había suficientes para todos en caso de que necesitasen utilizarlos de inmediato, y también a inspeccionar los botes salvavidas.

El grupo de Amber avanzaba con lentitud por la sala de máquinas, en las entrañas del barco, varios pisos por debajo del nivel del agua. El pasillo estaba oscuro, pues la luz eléctrica que una vez lo iluminaba ya no funcionaba, y Jay utilizaba una linterna para iluminarles el camino por las sombrías profundidades.

—¡Esto es espeluznante! —murmuró Darryl.

—Darryl, ¿quieres calmarte? ¡Me estás acojonando! —soltó Salene.

—¡Estad callados, por favor! —insistió Jay, que intentaba concentrarse.

El haz de luz que proyectaba la linterna cortaba la oscuridad ante ellos; colocaba en su foco paredes de metal e iluminaba señales en letras chinas.

El ambiente estaba cargado, había mucha humedad en el aire, y goteaba agua del techo.

—¿Habéis oído eso? —preguntó Ruby.

Se escuchaban ráfagas. Puede que fuese el océano, en la parte exterior del casco, y las olas que chocaban contra los laterales del barco.

El grupo llegó a una entrada sellada que se interponía en su camino.

Del otro lado podían oír claramente el torrente fluyendo cada vez más fuerte, y pronto estuvieron hasta las rodillas y tobillos de agua.

Era indudable: aquella puerta se esforzaba por retener el gigantesco peso del implacable océano.

—No sé qué pensaréis, pero me parece que va siendo hora de largarnos —dijo Lex, que llegó a la conclusión certera de que el barco se estaba inundando.

* * *

Ebony contempló el océano bajo sus pies, las olas que chocaban contra el lateral del barco. Al menos no estaba demasiado bravo, pensó.

La noticia de que al *Jzhao Li* le entraba agua se esparció como la pólvora entre la tribu, y se instaló un estado de alarma. Allí estaban: tan cerca de llegar a tierra y tan lejos. La isla estaba a varios kilómetros de distancia, con la dentada silueta del terreno ahora visible, y quién sabe cuánto tiempo más tendrían.

Sin querer, Ram había trastocado el lastre del barco y este se había llenado demasiado de agua, lo que activó a su vez las puertas herméticas. Las enormes puertas hacían lo posible por contener el corriente de agua que entraba, pero el barco escoraba más cada vez y era una situación peligrosa para toda la tribu.

Amber envió la alerta de que todos estuvieran atentos por si había que abandonar el barco.

Justamente lo mismo que pensó Ebony, que saltó sobre la grúa situada a un lado del navío, por la popa, que sujetaba los botes salvavidas.

Había llegado el momento de cuidar de uno mismo.

Ebony esperaba que el pequeño bote siguiese teniendo algo de combustible. Estaba segura de que la tripulación del *Jzhao Li* había dejado los botes preparados hacía tiempo, listos para zarpar y con provisiones de comida, agua y suficiente combustible. Estaba dispuesta a correr el riesgo.

Al ver una pequeña manivela en un panel situado al borde de la grúa, Ebony la giró y, para alivio suyo, el bote salvavidas comenzó a balancearse poco a poco mientras colgaba bien alto, lejos del agua. Ebony sonrió con suficiencia: al menos había una cosa allí que seguía funcionando.

Tras presionar un botón de color verde en el panel que tenía delante, el bote salvavidas comenzó a descender, suspendido bajo las cuerdas que lo sujetaban; y Ebony supo que era el momento de dar el salto de fe.

Saltó sobre el bote salvavidas mientras este descendía rápidamente, y aterrizó en cubierta con un estrépito. Mantuvo el equilibrio con la agilidad felina que le venía de nacimiento, y no tardó en encontrar estabilidad sobre el bote.

Solo en ese momento pudo Ebony apreciar la auténtica escala del *Jzhao Li*, que se erigía sobre el bote salvavidas, inclinado en un peligroso ángulo. Si ladeaba un poco más, Ebony temía que el enorme carguero volcase y le cayese encima de repente.

El bote salvavidas tocó la superficie del agua y se movió arriba y abajo con la corriente.

Tras sacar el cuchillo que había tomado de las cocinas, Ebony cortó las cuerdas que colgaban y unían el bote salvavidas al barco madre. Dio un corte limpio al último de los hilos, y se dio cuenta de que por fin era libre.

—¡Vamos! —suplicó Ebony mientras giraba la oxidada llave que había en el contacto del pequeño bote sobre el que había depositado todo su futuro, toda su vida.

El motor tosió y chisporroteó, salió humo bramando, y los vapores del gasóleo llenaron el aire.

La hélice de la parte trasera se incrustó en el agua cuando Ebony encendió el acelerador; y dirigió el barco salvavidas lejos del monstruoso carguero que se cernía sobre ella.

El bote salvavidas salió despedido y se alejó. Ebony dejó escapar un estridente grito de placer. Sentía alivio por conseguir escapar y su continua supervivencia en aquel mundo loco le parecía hasta graciosa. Se vio envuelta en una sensación de júbilo. Igual que como se había sentido en los días en que conducía por la ciudad con el coche de policía de Zoot.

Estaba preparada para cualquier aventura que se presentase. ¡Adelante!

Al mirar de nuevo en dirección al *Jzhao Li* mientras este continuaba su peligroso desvío hacia un lado y aumentaba la distancia con el bote salvavidas, Ebony sonrió.

—Hasta nunca, perdedores —siseó, y volvió a girarse hacia la misteriosa tierra que se extendía ante ella, a lo lejos.

* * *

—¡Haz algo! —suplicó Ellie mientras Jack examinaba frenéticamente los botones y paneles del puente de mando.

—¿Como qué? —gritó Jack, muerto de miedo.

—¡Lo que sea!

—¡Eso intento, Ellie!

Amber entró apresuradamente.

—¿Ha habido suerte? —preguntó, pero supo la respuesta al ver las miradas de desaliento de Ellie, Ram y Jack.

Cada vez era más difícil permanecer de pie y caminar, pues el barco estaba ya gravemente escorado.

—Parece que nos quedamos sin tiempo, Jack —continuó Amber—. Sería buena idea que os pusieseis los chalecos y os reunieseis con los demás. Iré a avisarlos. Tenemos que estar muy alerta, esto podría ponerse feo en cualquier momento.

—Capitana, parece que Ebony ya ha abandonado el barco —dijo Ram mientras señalaba.

Amber y los demás vieron a Ebony en el bote salvavidas, que se alejaba a toda prisa, y Amber suspiró para sí misma. Típico. Ebony no perdía el tiempo.

—¡Debe de haber algo que podamos hacer! —gritó Jack, que se abrochaba el chaleco salvavidas al mismo tiempo que los demás.

—¡Mira, a la mierda! —soltó Ram, y comenzó a pulsar botones al azar en el panel que tenía delante.

—¡Ram! ¿Pero es que no has aprendido nada? —dijo Amber.

—¡Tienes razón, Amber! —respondió Ram—. Si vamos a irnos, será mejor que vaya a recoger un par de cosas.

Caminó hasta la puerta y salió.

Jack se concentró en todos los paneles del puente de mando. Cada objeto que formaba parte de la instrumentación debía hacer algo, tener alguna función. Era igual que un ordenador. Un ordenador muy grande, eso sí. Uno que se hundía rápidamente.

—Dame un minuto más, Amber. ¡Te lo prometo!

Amber asintió y observó impaciente junto a Ellie mientras Jack se la jugaba y pulsaba un botón. Esperó con el alma en vilo, con expectación.

No pasó nada.

Plan B. Pulsó otro botón. Nada.

—¡Venga, vamos! —instó Jack, y miró a los cielos con gesto de súplica—. Hazme el favor.

Jack pulsó unos cuantos botones más.

De repente, una oleada de vibraciones pareció recorrer todo el barco con un sonido estrepitoso que venía de abajo hacia arriba y les sacudía hasta los huesos. Un sonido espeluznante que hacía temblar el casco del barco y retumbaba como una poderosa fuerza que hacia acto de presencia.

Jack dio unos pasos atrás, desconfiado. Desde luego había hecho algo, y echó un vistazo a las demás para ver si ellas sabían qué podía ser.

Amber se apresuró hacia la escalera de incendios, en el exterior del puente, y se estiró para mirar la parte posterior del barco.

Más abajo, el agua era un revoltijo de espuma blanca cuando las poderosas hélices posteriores comenzaron a girar y dirigieron el barco hacia delante. El *Jzhao Li* comenzó a ganar velocidad.

Tras levantar el puño en señal de victoria, Amber corrió al interior del puente de mando.

—¡Lo has logrado, Jack! ¡Lo has logrado! —sonrió.

Jack se reclinó y dejó escapar un gran suspiro de alivio. Ellie lo abrazaba y gritaba de alegría, y los tres chocaron las manos.

El resto de miembros de la tribu, reunidos en cubierta, miraron hacia el puente y también lanzaron vítores, aliviados al ver que el barco ganaba velocidad, hecho que ayudaba a estabilizar al gigantesco navío.

* * *

Ebony maldijo su suerte. El motor del bote salvavidas chisporroteaba a modo de protesta al no arrancar. El bote ralentizaba su marcha, como si su propia fuerza desapareciese.

Ebony instó al bote salvavidas, y agarró el timón con una mano, mientras que con la otra se peleaba con las marchas e intentaba exprimir del motor lo que quedaba de energía.

Era muy típico, pensó Ebony, que tenía los dientes apretados en una mezcla de frustración y decisión.

—¡Venga! —gritó, desesperada—. ¡No te quedes sin combustible! ¡Ahora no!

La misteriosa tierra seguía todavía lejos de ella. Ebony distinguía filas de palmeras en el horizonte, y playas arenosas. ¿Dónde se encontraba?

Tras ella, el *Jzhao Li* estaba a cierta distancia, pero avanzaba como un torpedo en dirección a tierra, y se dirigía en una trayectoria distinta a la suya.

Ebony se preguntó cómo demonios habrían conseguido los demás hacer funcionar el barco. Sintió resentimiento porque ellos hubiesen tenido éxito mientras ella tenía dificultades con un bote salvavidas que le fallaba cuando más lo necesitaba.

Se planteó nadar hasta la orilla, y calculó a cuánto estaría, si podría lograrlo. Nunca había sido una nadadora experta. Y quién sabe si habría tiburones, rocas u otras amenazas al acecho bajo la superficie. Además, la poderosa corriente podía arrastrarla mar adentro mientras intentaba llegar a tierra. Nadar hasta la orilla sería su última opción, solo si era necesario.

Puede que el pequeño bote la hubiese abandonado, pero ella no pensaba abandonarlo de momento.

* * *

—La buena noticia es que veo playas con arena. La mala, que parece que hay arrecifes que rodean toda la costa. Y acantilados —comentó Salene, que miraba por los prismáticos en dirección al territorio que tenían delante.

—Justo lo que necesitamos —dijo Jay con sarcasmo.

El *Jzhao Li* se movía ya a cierta velocidad. Estaba avanzando a unos 20 nudos por hora y, a esa velocidad, arribarían en unos 12 minutos, meditó Jack. Sospechaba que el barco iba cada vez más deprisa, movido por el piloto automático. El problema era que Jack no sabía cómo apagar el sistema. Y, en consecuencia, no tenía ni idea de cómo podrían hacer frenar el navío.

Si no encontraban un modo de dirigir el barco, el enorme carguero que había sido su refugio se convertiría en su perdición; puesto que el *Jzhao Li*, que se apresuraba hacia aquella masa de tierra, estaba claramente en rumbo de colisión, fuera de control.

Amber permanecía paralizada mientras el barco se acercaba rápidamente a una tierra cada vez más y más cercana.

—Jack, lo has hecho bien, ¡pero es suficiente! —dijo Amber.

—¡Puedo hacerlo, Amber! ¡Estoy seguro! —protestó.

—¡No! —respondió Amber de forma categórica—. Nuestra única esperanza es el bote salvavidas.

Tras sentirse reticente durante un instante a abandonar sus esfuerzos, Jack contempló la masa de tierra que se extendía ante ellos por la ventana del puente de mando. Sabía que Amber tenía razón, no había otra opción. Era cuestión de minutos antes de que el barco encallase. O, peor aún, de que volcase sobre la orilla.

* * *

—¿Estamos todos? —preguntó Jay mientras miraba alrededor y hacía recuento de cabezas.

—¡Todos menos la zorra de Ebony! —contestó Lex—. Ha seguido al pie de la letra eso de "sálvese quien pueda".

—¿Dónde está Ram? —preguntó Slade, y echó un vistazo a su alrededor.

De repente, vieron acercarse a Ram hacia ellos a toda prisa por la cubierta. Por alguna razón, se había quitado su uniforme de los Tecnos y ahora llevaba ropa que había pertenecido a la tripulación del *Jzhao Li*.

—Bueno, ¿qué tal estoy? —preguntó Ram al llegar.

Los demás lo miraron con la boca abierta. Resultaba macabro. Y a Trudy le repugnó especialmente.

—¿Cómo has podido, Ram? —dijo Trudy—. Llevar la ropa de un hombre muerto...

—Nunca se sabe quién podría haber en la orilla —explicó Ram—. Me gustaría dar una buena impresión, aparecer presentable.

La tribu estaba reunida en la parte trasera del barco, y trepaban hasta el bote salvavidas que quedaba; cosa que no era fácil dado el ángulo de inclinación que seguía conservando el *Jzhao Li*.

Ahora, ante ellos, se podía ver la tierra con claridad, y un sinfín de palmeras en fila, playas con arena, arrecifes situados en aguas poco profundas que bordeaban la costa, rocas que sobresalían de forma amenazante.

Jay y Slade se quedaron a ambos lados de la grúa mientras los demás subían a bordo.

—Bueno, ¿a qué estás esperando? —dijo Jay mientras tiraba de la palanca del panel de control de la grúa para bajar el bote—. ¡Larguémonos de aquí!

Slade asintió mientras el bote ladeaba y el elevador hidráulico que lo sujetaba cambiaba de posición, provocando que el bote colgase muy por encima del agua. Slade subió a bordo y se unió a los demás, que se apretujaban unos contra otros.

—El verde debe ser para arrancar —dijo Jay, y pulsó el botón verde del panel de control. El viento le agitaba el pelo al tiempo que el carguero avanzaba veloz por las olas.

Saltó al bote salvavidas, que descendía hacia el agua; y esperó, como todos, que bajase lo bastante rápido para alejarse del gigantesco navío antes de que chocase contra tierra.

Entonces, sin previo aviso, las cuerdas del bote salvavidas se detuvieron, y el bote quedó colgado en el aire.

Trudy y Gel chillaron asustadas. Todos en el barco intercambiaron miradas de pánico y se preguntaron qué habría pasado.

—¿Qué coño? —preguntó Ram, que miró en dirección a la cuerda que unía el bote con el carguero.

Pasó lo que todos se temían: el mecanismo se había atascado. Estaban atrancados, casi tres plantas por encima del océano, y el bote salvavidas se mecía entre las cuerdas mientras las olas corrían por abajo.

—¡Ahora vuelvo! —gritó Slade.

—¿A dónde vas? —lo llamó Ruby.

Slade no respondió y trepó por la cuerda, haciendo esfuerzo con los brazos para elevarse.

Siguiendo los pasos de Slade, Zak también comenzó de repente a trepar por la cuerda que unía el bote al *Jzhao Li*.

—¡Ten cuidado, Zak! —gritó May.

Tras balancearse hasta la grúa, Zak se unió a Slade, y los dos examinaron el panel de control para maniobrar el bote salvavidas.

Al contemplar a Slade y Zak en la grúa, Jay y Lex se levantaron, decididos a prestar una mano. Pero el bote se tambaleó y perdieron el equilibrio. Amber sujetó a Jay mientras la cuerda se desplazaba y bajaba el bote unos cuantos metros más cerca del agua.

Slade pulsó de nuevo el botón verde, con la esperanza de que el bote retomara su descenso, pero fue inútil. El bote estaba atascado.

—¡La manivela! —gritó Zak señalándola mientras se aferraba a la grúa, pues el viento bramaba y el carguero iba cada vez más deprisa.

Slade se dio cuenta de a qué se refería Zak, al ver la manivela para soltar el barco de forma manual, situada al otro lado del panel de control.

—¡Jay! —gritó Amber preocupada mientras Jay se ponía en pie de nuevo y luchaba por mantener el equilibrio. Se agarró a la cuerda para equilibrar el bote y asegurarse de que estaba en el eje de la polea. Lex le ayudó, y ambos la tensaron con todas sus fuerzas.

—¡Ya está hecho! —gritó Slade a Jack mientras giraba la manivela tan rápido como le era posible.

De repente se liberó la tensión acumulada en la cuerda. Tras desatrancarse del sinuoso mecanismo, el bote salvavidas descendió con velocidad hacia el agua.

—¡Agarraos! —gritó Jack.

Jack pensó con rapidez: giró la llave y encendió el motor del bote salvavidas, que por fortuna cobró vida entre carraspeos. Sabía que, tan pronto tocasen la superficie, debían alejarse del impulso del enorme navío carguero, pues la tierra estaba cada vez más cerca.

—¡Vamos, bote, no me decepciones! —murmuró Jack.

—¡Slade! ¡Zak! ¡Saltad! —los demás gritaban con todas sus fuerzas y observaban la grúa que ahora estaba cinco plantas más arriba. El bote salvavidas golpeó la superficie del agua y zarandeó a sus ocupantes con la fuerza del impacto.

Jack intentó por todos los medios subir las revoluciones del motor y mantener el ritmo del *Jzhao Li* para que Slade y Zak tuviesen oportunidad de saltar.

Pero estaban atrapados en el malaventurado navío.

Tras pasarse la vida cruzando los océanos de todo el mundo, el *Jzhao Li* realizaba ahora su viaje final.

Sobre el bote que se apresuraba hacia la dirección opuesta, Jack luchaba por navegar entre las rocas afiladas que acechaban cerca.

Los demás apenas soportaban ver lo que sabían que estaba a punto de suceder. Se sentían impotentes. No podían hacer nada, aunque Jack intentó alterar el rumbo y acercarse al navío.

Slade cerró los ojos y saltó, mientras Zak se aferraba a la barandilla de la grúa y contemplaba con horror el abismo, consciente de que el impacto era inevitable.

El *Jzhao Li* se encalló, chocó contra los arrecifes con gran velocidad; el barco chirriaba y crujía mientras despellejaban el casco metálico. Más de cien mil toneladas acababan de colisionar con una enorme masa de tierra submarina. Como un pesado leviatán, las poderosas hélices situadas en la parte trasera del navío seguían girando y cortaban el arrecife sumergido mientras que, en la parte delantera, el *Jzhao Li* estaba literalmente hecho trizas. Gemía en una agonía de metal retorcido, con escombros por todas partes; mientras las pilas de contenedores en la cubierta superior se volcaban y se estrellaban contra el agua. Era un ruido espeluznante. El metal se rasgaba y chirriaba; parecía un monstruo marino llegando a su final.

—¡¡Slade!! —gritó Ruby.

May miró por todas partes en busca de Zak, mientras los otros inspeccionaban la zona, con un pánico que iba en aumento y agarrados unos a otros con desesperación.

Jack soltó una maldición cuando el bote salvavidas se arañó contra otra roca. El ruido del rasguño les revelaba que, aunque habían escapado del *Jzhao Li*, el bote aún no estaba a salvo.

De repente, en la parte trasera del enorme carguero estalló una explosión gigantesca que desgarró el *Jzhao Li* y perforó el casco. Las llamas ascendieron hasta el cielo cuando el combustible prendió, y bramían hacia arriba mientras el cielo azul se llenaba de humo.

La onda sísmica se precipitó por la superficie del agua y los ocupantes del bote salvavidas buscaron refugio con dificultades mientras el enorme carguero hallaba la muerte ante sus ojos.

CAPÍTULO CATORCE

Bray sintió el impacto del agua fría al golpearle en la cara y se despertó de golpe. Soltó un grito ahogado por instinto y agitó la cabeza, provocando que el agua le saliese volando del pelo mojado en todas direcciones y las gotas le bajasen por la cara.

Sentía el cuerpo débil y la mente completamente atontada, como si siguiese en un sueño profundo del que aún no se hubiese despertado. Con estupor, Bray dedicó unos segundos para intentar entender dónde se encontraba y qué le había ocurrido.

Tenía la visión borrosa, y fue entonces cuando sintió el dolor punzante detrás de la cabeza, donde le habían golpeado.

La adrenalina le recorría el cuerpo. Pestañeó con rapidez para intentar aclarar la visión. Se habría frotado los ojos, pero se dio cuenta de repente de que no podía hacerlo: tenía las dos manos atadas a la espalda con firmeza. Se encontraba boca abajo, e intentó moverse, levantarse; pero también le habían atado las piernas por los tobillos. Así que volvía a estar prisionero, pensó, y recostó la cabeza... sobre una almohada muy cómoda. No estaba en una prisión corriente, pensó Bray. ¿Dónde estaba exactamente?

Aunque seguía sintiéndose como si durmiese profundamente (y se preguntó, por un segundo, si no sería realmente un sueño), Bray podía por fin discernir los detalles de su entorno, pues la visión borrosa que había experimentado al despertarse comenzaba a desaparecer.

Estaba en algún tipo de alojamiento. Tumbado en una cama de colchón acogedor y agradable. En el techo no estaba dibujado los típicos grafitis que tan habituales eran en el mundo sin adultos, y no había ninguna señal de daños ni vandalismo. Al bajar el ángulo de visión, comprobó que las paredes que lo rodeaban estaban también en buenas condiciones. Parecía que hubiese retrocedido en el tiempo, a como solía ser la vida normal. Sin embargo, advirtió también una fila de monitores de seguridad que presentaban imágenes del exterior, de pasillos y varios puntos del perímetro de la alambrada.

Fue entonces cuando Bray reparó en el niño al que había perseguido antes... ¿Cuándo fue? ¿Cuánto tiempo había pasado? El niño lo observaba desde la otra punta de la habitación y lo examinaba fascinado, como si fuese un animal en un zoo.

Junto al niño estaba la niña que Bray reconocía de su encuentro anterior, en las ruinas del parque de atracciones y en el edificio administrativo. Sujetaba un gran cubo en los brazos y miraba a Bray con curiosidad y una pizca de nerviosismo en los ojos. Supuso que había sido ella quien lo había despertado.

—Hola —empezó Bray para intentar entablar conversación, y mostró una sonrisa al niño y la niña ante él.

—No hables con ellos, habla conmigo —dijo una voz cálida con tono decidido.

Bray se giró en dirección a la voz y vio a otra chica, más alta y desde luego mucho mayor que los otros niños, que se acercaba lentamente. Tocaba la cama con un brazo mientras la bordeaba y la utilizaba como guía, recorriendo el colchón con los dedos. Bray no conseguía ver bien sus facciones. Estaba rodeada de oscuridad, esa parte de la cama quedaba ensombrecida, lejos de las tenues lámparas de mesa que se esforzaban por iluminar la habitación.

—¡Ten cuidado! —gritó el niño en actitud protectora.

—No me pasará nada —dijo la chica mayor para tranquilizarlo a medida que avanzaba hacia Bray.

Al salir hacia la difuminada luz, Bray pudo ver que la chica no era mucho más joven que él. Era alta, iba erguida y con el cabello marrón atado en una larga coleta que le bailaba a la espalda. Tenía un aire de elegancia. Era guapa, con unas cuantas pecas por la cara.

Pero lo más llamativo eran sus ojos. Llenos de expresión y aun así opacos, como si mirasen hacia lo lejos, hacia un mundo desconocido. Bray se dio cuenta de que aquella chica era ciega.

—¿Quién eres tú? —preguntó Bray, y alzó la mirada cuando la chica ciega se sentó a un lado de la cama.

—La que hace las preguntas —respondió la chica como si nada.

Bray hizo un gesto de dolor cuando la chica le tocó la pierna infectada; el dolor se le disparó por todo el cuerpo. Se preguntó si estaría a punto de torturarlo y qué era lo que pretendía hacer con él.

—Perdona. Estaba comprobando la herida, para ver si se ha curado la infección —dijo la chica mientras acariciaba cuidadosamente con los dedos el contorno de la herida en la pierna. Bray no había visto hasta ese momento que se la habían vendado, y sintió la gasa apretada sobre la infección.

—Gracias —dijo mientras sentía cómo el dolor de la pierna disminuía con sus cuidadosas caricias.

—Pudimos dejar que te murieses. Pero te hemos limpiado y te hemos cuidado las heridas. Te hemos dado antibióticos. Mi hermano pequeño incluso te ha afeitado —dijo la chica ciega.

Bray se sintió alarmado ante la idea de que el jovencito estuviese cerca de una cuchilla de afeitar, no digamos ya cerca de su cuello; pero era cierto. Podía sentir el aire de la habitación en el rostro, que ahora estaba suave; habían afeitado la barba de varios días que le creció durante su estancia en la tierra baldía.

—¿Qué queréis de mí?

—Respuestas. Como: ¿quién eres?

—Me llamo Bray.

—¿Por qué seguías a mis hermanos pequeños?

—Eran las primeras personas que veía en siglos. He estado perdido, vagando durante un tiempo, y de no haberos encontrado, de no haber encontrado este lugar, sé que no habría sobrevivido.

—¿De dónde eres?

—Es una larga historia. De otra tierra, originalmente. Eso creo, al menos. Pero, ¿ahora? Llevo solo una buena temporada, intentando sobrevivir —Bray omitió los detalles sobre ser un prisionero fugado, huyendo de Eloise. Debía averiguar quién era aquella gente. Por lo que sabía, podía ser que lo devolviesen al ejército de Eloise, o que estuviesen de algún modo en contacto con ellos.

—¿Estás diciendo que has viajado a través del páramo? —preguntó la chica ciega con incredulidad.

—Debes creerme, estoy muy lejos de casa.

—Es difícil de creer que hayas llegado hasta aquí. Algunos de los nuestros treparon por la verja, intentaban dirigirse al norte, por el páramo. Pero ninguno volvió nunca. ¿Tuviste tú algo que ver con eso? —preguntó la muchacha ciega, ahora con un toque de ira en su comportamiento.

—No, lo prometo. Estoy solo. No he visto a nadie más, y no sé qué le ha pasado a la gente de la que hablas.

—Nosotros tampoco. Y si tú eres de algún modo responsable...

Bray se imaginaba que, quienesquiera que dijese la chica, debían haberse encontrado con el ejército de Eloise, si es que habían conseguido atravesar la implacable naturaleza y habían llegado tan lejos.

—¿Dónde están tus marcas? —preguntó la chica ciega con recelo.

—¿Marcas? No sé a qué te refieres.

Sin mediar palabra, la chica se inclinó hacia delante, colocó las manos sobre la cabeza de Bray y comenzó a tocarle la cara con delicadeza.

—No consigo identificarte... —dijo mientras tanteaba los rasgos de Bray—. No tienes marcas en ninguna parte —entonces pasó las manos por sus vigorosos brazos—. ¿No tienes código de barras? —continuó.

—Lleva un pequeño tatuaje a un lado de la cara, Emma, pero no reconozco el símbolo —informó el niño.

—¿Y bien? —preguntó Emma a Bray, que aún no se sentía con ganas de revelar demasiada información.

—Es algo que me hice hace mucho tiempo. ¿Te gusta? —sonrió a la niñita, que asintió con vergüenza y recibió un golpe de su hermano.

—¿De verdad... eres libre? —preguntó Emma, que acabó de leer su cara, se reclinó y dejó caer las manos sobre la cama.

—¿Libre? ¿Libre de qué? —respondió Bray.

—¿No... perteneces a nadie? —preguntó la chica ciega. Bray descubrió una pizca de sorpresa en su tono.

—¿Pertenecer? No, no pertenezco a nadie.

—Entonces tu presencia aquí nos da mucho en qué pensar.

La muchacha se levantó y se alejó de Bray mientras repasaba el trayecto con la mano y tocaba la cama al desplazarse.

Atado y amarrado, incapaz de ir a ninguna parte, Bray comenzó a sentir que aquello era injusto, y el guerrero en su interior empezó a emerger mientras luchaba contra sus ataduras.

—¡¿No pensáis explicarme nada?! —gritó, frustrado.

Emma se giró al escuchar su voz, con los ojos opacos dirigidos hacia él.

—Necesitas guardar fuerzas. Y nosotros también. Hemos de descansar mientras podamos. Volveremos a hablar más tarde.

Y con eso, Emma abrió la puerta y salió; sus hermanos la siguieron. La niñita apagó la luz con el interruptor de al lado de la puerta al marcharse y la habitación se sumió en la oscuridad.

Bray luchó por mantenerse despierto pero se sentía cansado, confuso, con el cuerpo débil y la cabeza aún dolorida donde había recibido el golpe. Lo último que oyó Bray antes de dormirse fue el sonido de la puerta al cerrarse con llave desde fuera.

CAPÍTULO QUINCE

—¡Reclamo esta tierra para los Mall Rats! —sentenció Jack con grandiosidad fingida, de pie sobre la playa de aquel mundo desconocido mientras inspeccionaba su entorno como un explorador de antaño.

—¡Aún no me creo que estemos a salvo! —exclamó Trudy, que observaba el despejado cielo azul y agradecía su suerte mientras abrazaba a Brady entre sus brazos de forma protectora.

—No hables tan pronto, al menos hasta que localicemos a todo el mundo —respondió Amber, que dio instrucciones a todos los supervivientes de buscar por la playa para encontrar a los demás y comprobar que estaban bien. Y también para ver qué cosas podían rescatar. Luego necesitarían construir algún tipo de refugio.

Tras dividirse, los supervivientes se desplegaron por la playa mientras las olas chapaleteaban rítmicamente al tiempo que la marea entraba, golpeaba la orilla y traía consigo todo tipo de escombros del *Jzhao Li.*

A su alrededor, el arenoso litoral estaba cubierto por trozos de metal, botellas de plástico y latas de comida empapadas, muchas de las cuales habían vomitado su contenido en el océano tras ser dañadas y machacadas al encallar el poderoso navío.

Jay estaba en el mar, que le llegaba por las rodillas, y vadeaba las aguas para ver si podían encontrar algo de utilidad. O por si había señales de algún cuerpo.

La superficie del agua debía tener miles de objetos flotando, oscilando de arriba abajo tras caer de los contenedores que se encontraban en la cubierta exterior del barco carguero.

El mismo *Jzhao Li* se encontraba a varios cientos de metros, en proceso de resquebrajarse. El casco quemado chirriaba al entrar la marea, que tragaba la superestructura dañada y acababa por desprender zonas enteras del remachado casco. El ocasional chillido agudo del metal al crujir era audible desde lejos. Lo que quedaba del barco estaba volcado a un ángulo muy pronunciado, y los últimos contenedores que llevaba caían al agua con un intenso golpe, como hielo que se cae de un glaciar.

—¿Hay algo, Ellie? ¿Estás bien? —preguntó Amber a todo volumen para que su voz llegase desde la playa hasta el bote salvavidas, que seguía en el agua.

—Aquí no hay nada más, no hay señales —gritó Ellie hacia la orilla.

Ella y Lex estaban inspeccionando el astillado bote salvavidas en el que habían escapado, que tenía una enorme melladura en la parte delantera, donde había chocado con una gigantesca roca. Había un tajo visible en un lateral del pequeño navío, y estaba entrando agua. El bote seguía bien atascado, como lo había estado desde que chocó con la roca que lo mantenía sujeto. Ellie y Lex, subidos a la roca, se apoyaban en el bote para intentar mantener el equilibrio.

—Ten cuidado, Ellie —gritó Jack desde la otra parte de la playa, preocupado. Luego contempló por alrededor en busca de señales de los demás.

Satisfecho de que no hubiese señales de que los desaparecidos siguiesen atrapados en el bote, Lex lo cruzó y dio un salto desde el bote a la roca para unirse a Ellie, y comenzó a nadar hacia la orilla.

Había estado muy cerca, tuvieron suerte de salir airosos, y ambos esperaban que todos hubiesen sobrevivido. Pero empezaban a tener dudas.

Ram estaba sentado en la playa y mecía la cabeza entre las manos, perdido en otro de sus mundos.

—¿Ram? ¿Estás herido? —se preguntó Amber mientras caminaba por el abarrotado repertorio de escombros y escaneaba la playa con los ojos en busca de sus amigos ausentes.

—Déjame en paz, Amber. Estoy pensando —gruñó Ram.

—Guárdate tus pensamientos para luego, después de encontrar a todo el mundo. ¿Por qué no levantas el culo para ayudar y empiezas a echar un vistazo?

—¡Bueno, si insistes! —soltó Ram, que se puso de pie y pagó su mal humor contra una pila de botes de champú que habían llegado a la orilla. Les soltó una patada llena de malicia para descargar su frustración.

Amber se preguntó qué le sucedería, mientras Ram se introducía en las aguas poco profundas y comenzaba a buscar entre la infinidad de objetos que flotaban a su alrededor.

Amber sacudió la cabeza, desconcertada como siempre por la actitud de Ram. Pero no era el momento de preocuparse por los histrionismos de Ram. Había vidas en peligro, personas a las que encontrar.

May estaba sentada en la playa, más allá, con las piernas dobladas mientras se mecía adelante y atrás, llorando. Amber avanzó hacia ella y se sentó a su lado para ofrecerle ánimos y rodeó con el brazo a May, cuyos hombros se estremecían por la agitación.

—Tranquila, todo saldrá bien —dijo Amber, que intentaba darle algún tipo de consuelo y ayudarla con el dolor que sentía.

—¿De verdad? —soltó May sin convicción, con los ojos húmedos y llenos de lágrimas.

—Los encontraremos, a Zak y a los demás. Te lo prometo.

—¿Y si no ha sobrevivido? —preguntó May, con miedo a hacer la pregunta—. ¿Y si está...?

Sin poder terminar, a May se le ahogó la voz y enterró la cabeza en Amber, llorando por la posible pérdida de su ser amado que, con dolor, creía segura. Amber la abrazó con firmeza, intentando absorber el dolor de May.

* * *

—¡Ay, Dios! ¡Darryl! —gritó Salene. Lejos de los demás, Salene avistó una figura y corrió hacia ella; hasta llegar a Darryl, cuyo cuerpo inerte estaba tumbado boca abajo en la playa.

Preocupada, Salene se arrodilló sobre Darryl y lo miró de arriba abajo, preguntándose si estaría vivo.

—Ay, Dios... Ay, Dios... —repitió una y otra vez, vacilante, perdida por el miedo.

Salene siguió sus instintos y empujó lentamente a Darryl para darle la vuelta. No reaccionó.

Tras ella, Jay y Lex se apresuraron por la orilla arenosa y corrieron hacia ella para prestar ayuda.

—Tranquila, Salene, ¿recuerdas? —se dijo Salene a sí misma para mantener la calma, e intentó recordar las clases de primeros auxilios que había recibido en el colegio.

Se inclinó sobre Darryl y pudo oír cómo le latía el corazón en el pecho. Así que seguía con vida. De momento.

Tras abrirle la boca para dejar paso a los conductos, Salene le hizo el boca a boca a Darryl, y respiró en su interior, dándole la energía para vivir. Él respondió introduciéndole la lengua en la boca, y ella se apartó sorprendida.

—¡No sabía que te importase! —dijo Darryl mientras observaba a Salene.

Estaba asombrada por la inmediata transformación en la salud de Darryl, y entonces se dio cuenta de la verdad.

—¿Estabas fingiendo? —preguntó, incrédula.

—Te vi venir hacia aquí y pensé en hacerme el muerto. Debía hacer algo para que me dieras un beso.

—¡Lo que te voy a dar es un puñetazo en la boca! —replicó Salene enfadada, y comenzó a golpear a Darryl, furiosa por el engaño, mientras él se protegía y aullaba.

—¡Ya vale! Qué forma tan rara de salvarle la vida, Sal; no creo que funcione. ¡Parece que te lo quieres cargar! —dijo Lex, sin aliento, al llegar junto a Jay. Ambos estaban sorprendidos al ver a Salene golpeando a Darryl.

—Se lo merece, ¡por imbécil! —gritó Salene, y tras un golpe más se marchó hecha una furia, en dirección a otra parte de la playa.

—Mujeres, ¿eh? —suspiró Darryl con desaliento a Lex y Jay mientras ellos lo ayudaban a levantarse—. Nunca consigo entenderlas.

* * *

Unos cien metros más allá, Ruby y Lottie miraban a su alrededor e inspeccionaban la playa en busca de señales de los desaparecidos.

—¡Ruby! —chilló Lottie, que vio de repente a alguien y señaló hacia delante.

Ruby y Lottie se apresuraron a acercarse a la figura e identificaron a Slade, tumbado de lado, inmóvil, con un tajo en la cabeza y sangre seca que embarraba la herida. Ruby y Lottie tenían una expresión de preocupación en el rostro al agacharse tras él.

—Hola, Ruby —dijo Slade como si nada.

Ruby mostró una amplia sonrisa, feliz de que Slade hubiese sobrevivido.

—¿Cómo sabes que soy yo?

—Huelo tu perfume.

—¡Estás vivo! —chilló Lottie, emocionada.

—O eso, o estamos en el más allá.

—¿Estás herido? —preguntó Ruby mientras examinaba el cuerpo de Slade.

—Estoy bien, no te preocupes.

—Yo no estaría tan segura —respondió Lottie.

Al pasar sobre Slade para llegar al otro lado y echar un vistazo, Ruby se llevó de repente la mano a la boca y soltó un grito ahogado, pues acababa de ver lo mismo que Lottie.

Slade cubría con la mano derecha una herida bien abierta; tenía un trozo de metal dentado clavado en el estómago, bajo la caja torácica, y la sangre le goteaba por la camisa y se le derramaba por los dedos.

Lottie no soportaba mirar la nauseabunda herida y se dio la vuelta.

—Sí que es grave, ¿eh? —se preguntó Slade entre quejidos de dolor.

El silencio de Ruby, que luchaba por retener las lágrimas, lo decía todo, y le confirmó a Slade sus peores temores sobre la gravedad de su lesión.

* * *

—De todos los lugares en los que podríamos haber acabado, va y nos toca uno sin hoteles —se quejó Gel, que estaba dejando hojas de palmera sobre una pila cada vez mayor.

La habían encargado, junto a Trudy y Sammy, de recoger hojas para construir un refugio casero.

—¿Qué te pasa? ¿Echas de menos el acondicionador? ¿El champú? —se burló Sammy, que añadió más hojas a la colección. Brady estaba junto a él, y echó también un pequeño puñado arriba del todo.

—Deja de pensar en ti por una vez, Gel, y valora tus prioridades —dijo Trudy.

—Era por decir algo —murmuró Gel.

—¡Exacto! Intenta pensar también, por una vez —soltó Trudy.

Gel le sacó la lengua a Trudy y le hizo caras a la espalda.

Tras darse cuenta, la pequeña Brady contraatacó y le sacó también la lengua a Gel para defender a su madre, mientras Sammy miraba al cielo.

Los ánimos de todo el grupo comenzaban a deshincharse a medida que la realidad de la situación a la que se enfrentaban comenzaba a hacerse clara.

No había señales de Zak, que seguía desaparecido.

Las heridas de Slade eran horribles; una fuente de preocupación para todos, en especial para Ruby.

Y al avanzar el día en aquella extraña tierra en la que se encontraban, Amber se dio cuenta de que lo mejor sería comenzar a construir un refugio antes de que anocheciese o de que el clima se torciese.

Aparte de recoger un montón de hojas de palmera, ramas y palos para construir el refugio, necesitarían edificar algo para proteger a Slade. Sentían que estaba demasiado herido como para moverlo de donde se encontraba.

También les preocupaba saber dónde estaban exactamente. Y si aquella tierra estaría poblada. Necesitarían inspeccionar los alrededores. Todos esperaban, si es que había más formas de vida por allí, que los habitantes fuesen amistosos, y no hostiles.

Sin embargo, la prioridad era consolidar su base, recoger provisiones, buscar señales de Zak y cuidar de Slade.

Tras una pequeña reunión para identificar la siguiente fase del plan, Darryl acompañó a Amber, que se iba a unir a Ruby para ofrecerle la poca ayuda que pudiesen aportarle a Slade, ahora que habían recuperado material sanitario.

Lex, Salene, Lottie, Sammy, Gel y Trudy ayudarían a Jack a montar el refugio casero.

Los niños jugaban cerca, en la arena. La pequeña Brady se lo estaba pasando como nunca: corría alrededor de Trudy, recogía hojas caídas de las palmeras como si se tratase de un juego y le daba patadas a la arena con alegría. La hija de Trudy rara vez había visto la arena antes, y este nuevo mundo era muy diferente a la jungla de asfalto de la ciudad que fue su hogar en el pasado.

A pesar de sentirse alterada por todo lo que les había pasado, Trudy parecía en general más contenta que en el *Jzhao Li*, y la animaba ver la felicidad de su hija en aquel nuevo entorno. Pero aquella felicidad se veía estropeada por las heridas de Slade y la desaparición de Zak.

Jay debía reunirse con Ram para buscar en la otra punta de la playa, por si Zak hubiese llegado a otra parte de la orilla.

—Nunca había visto tantos árboles —dijo Darryl, que mantenía su buen humor y señalaba las palmeras que recorrían la playa mientras caminaba con Amber hacia Ruby, que estaba agachada junto al malherido Slade.

—Está claro que ya no estamos en la ciudad —dijo Amber.

—¿Ahora seremos las Ratas de Palmera? Quizás deberíamos cambiar el nombre de la tribu. ¿Tú qué opinas? —Darryl hizo una mueca.

—Lo primero es lo primero. Tenemos cosas más importantes que atender —respondió Amber.

A pesar de su preocupación, Amber no pudo evitar darse cuenta, como Darryl, de que el paisaje era hermoso. En otro tiempo, en otro momento, le habría encantado estar allí, en aquella tierra extraña. En parte parecía el destino vacacional perfecto, el sitio a donde irías de luna de miel. Tenía una estética que parecía sacada de un panfleto exótico. Pero no estaban de vacaciones. La realidad de la situación era que todos debían sobrevivir, decidió Amber. Atravesar aquel aprieto minuto a minuto, hora a hora, y después día a día.

Al acercarse Amber y Darryl, pudieron escuchar los quejidos de Slade, que apretaba los dientes para intentar soportar la agonía que sentía por la herida del costado.

Ruby estaba arrodillada junto a él y le acunaba la cabeza con ternura, esforzándose por calmarlo y disminuir el dolor. Su expresión era de absoluta preocupación por el sufrimiento de Slade. Había decidido que no se separaría de su lado.

—¿Cómo va? —le susurró Amber a Ruby.

—Bien, muy bien —mintió Ruby con la cara retorcida en un gesto de inquietud.

Hacía todo lo posible por hacer que las cosas pareciesen mejores para que Slade no estuviese más angustiado de lo que ya lo estaba. Pero no tenía por qué molestarse: él no escuchaba a Ruby ni a Amber. Slade se encontraba en su propio mundo, luchando con el dolor que estaba atravesando.

Y cuando intercambió miradas de preocupación con Ruby y Darryl, y Slade gimió de nuevo, Amber se encogió por su sufrimiento, y deseó que pudiese hacer algo por aliviar su dolor. Echó un vistazo al material sanitario que tenían, pero se dio cuenta de que necesitaban conseguir algo más sustancial. El problema era que, sin tener aparentemente ayuda a la que recurrir en aquel lugar, no se le ocurría qué más hacer.

—Sujétalo. Vamos a tener quitarle eso y vendarlo —dijo Amber en referencia al trozo de metal que seguía incrustado en el costado de Slade.

Ruby acarició con cuidado el pelo de Slade, y luego observó cómo Amber tomaba una respiración profunda y extraía con cuidado y delicadeza el trozo de metal.

—Pásame las vendas, Darryl. ¡Venga, lo más rápido que puedas!

Darryl estaba rígido, con los ojos fijos en la sangre que manaba del costado de Slade. El rostro de Darryl se quedó sin color y este se desmayó, desplomándose contra el suelo.

Amber suspiró. Lo que le faltaba. Aunque ella también se sintió mareada mientras se ocupaba de las heridas de Slade y lo vendaba.

* * *

—¡Ram, así que estás aquí! —lo llamó Jay mientras corría por la playa—. Te he buscado por todas partes.

—Está bien que se me eche de menos —dijo Ram, que estaba de espaldas a Jay, sentado en la arena húmeda, mientras la marea le rozaba las piernas.

—Necesitamos toda la ayuda posible para encontrar a Zak.

—Estoy seguro de que os las arregláréis sin mí. Amber sigue al mando, ¿no? Normalmente os las apañáis sin que yo participe. Para el caso podría hablar solo la mitad del tiempo, ya nadie me escucha.

—Eso no es cierto —dijo Jay, que dibujó una ligera sonrisa ante la pataleta de Ram. A pesar de ser un genio, a veces Ram actuaba como un crío—. Venga. Te necesitamos.

—Voy a esperar un poco más, si no te importa.

—¿Por qué? ¿Qué estás haciendo?

—Intento pescar un pez.

—¿Solo con las manos? Eso sí que tengo que verlo.

—Déjame estar, Jay. Por favor.

—¿Qué pasa? ¿Sigues con la historia de que debimos volver a la ciudad?, ¿que tenías razón todo el tiempo? Si es por eso, no es el mejor momento de ponerte a soltar rabietas y defender tu punto de vista. Lo hecho, hecho está. Hemos naufragado en esta tierra y tenemos que sacar provecho de la situación.

Ram se mofó, poco convencido.

Y fue entonces cuando Jay reparó en la sangre que había en el agua mientras las olas chapoteaban lentamente alrededor de Ram con el subir de la marea.

—¿Estás herido? —preguntó Jay, preocupado de repente, consciente ahora de que Ram llevaba todo el tiempo de espaldas a él.

Al inclinarse hacia delante para observarlo, se dio cuenta de que, en realidad, Ram estaba tramando algo. Escondía algo, le ocultaba algo a Jay.

—¡Aléjate de mí! —explotó Ram, que cambió de posición sobre la arena para seguir dándole la espalda a Jay.

—¡Basta de juegos! —gritó este.

Jay agarró a Ram por los hombros y le dio la vuelta a la fuerza.

Y se quedó estupefacto al ver la sangre que salía de una herida reciente en la frente de Ram.

—¿Qué? ¿Esta herida? He tropezado y me he dado en la cabeza con una roca.

—Mentira —dijo Jay, curioso y enfadado por el extraño comportamiento de Ram.

Pues aquella herida "accidental" se limitaba a una parte de su cabeza.

—¡Tenemos que hablar, Ram! —insistió Jay.

A todas luces, la herida parecía auto infligida. Ram había intentado quitarse a arañazos el símbolo de los Tecnos de la frente.

CAPÍTULO DIECISEIS

Ebony sentía pánico a medida que el bote salvavidas en el que viajaba continuaba su inexorable marcha mar adentro.

Había dejado de intentar volver a encender el motor, que había chisporroteado hacía tiempo lo que le quedaba de combustible en un carraspeo de humo. Desde entonces, lo único que podía hacer era manejar el timón e intentar guiar al pequeño navío de vuelta a tierra.

Ebony nunca había sido una experta en el mar, era una chica de ciudad. Fuese cual fuese la explicación de los cambios de corriente, una cosa era segura: estaba llevando al bote salvavidas (y a Ebony con él) más y más lejos, hacia el gigantesco vacío del océano.

Siempre había sido una superviviente. De la calle.

Ahora, por una de las pocas veces en su vida, era vulnerable. Estaba desprotegida. Desamparada. Estar tan cerca de tierra resultó una agonía; la promesa de una escapatoria tras tantos días en el mar. El bote salvavidas iba a la deriva, como si el destino se burlase de ella y jugase con sus sentimientos.

Anteriormente, había saltado al agua para intentar nadar hasta la orilla al darse cuenta del peligro en el que se encontraba. Incapaz de hacer apenas progresos contra la corriente dominante, nadó de vuelta y, con un gran esfuerzo, consiguió a duras penas volver al bote. Fue un momento verdaderamente escalofriante; sintió que de verdad estaba sola en aquel mundo implacable y temió que acabaría ahogándose.

Al menos el bote salvavidas le proporcionaba una especie de asilo allí fuera, en mitad de la nada, aunque no sabía decir por cuánto tiempo. Ebony tenía lo mínimo de comida y agua debido a su apresurada huida del *Jzhao Li*. Todos sus intentos por sobrevivir parecían estar llegando a un callejón sin salida a medida que la marea la llevaba cada vez más hacia el interior del mar.

Por un instante, Ebony se preguntó qué les habría pasado a los demás, y a Slade. La última vez que los vio, el *Jzhao Li* se precipitaba hacia tierra en una trayectoria distinta a la suya. Después de eso había ido a la deriva durante varias horas. El *Jzhao Li* estaba ya muy lejos y no podía verlo.

¿Habrían sobrevivido? Qué más le daba, pensó Ebony. Slade había tomado una decisión. Y no podía evitar esperar que Ruby estuviese sufriendo, pues la culpaba a ella de la ruptura de Ebony y Slade. En caso de que Ruby hubiese sufrido un duro golpe del destino, lo tenía bien merecido. Por zorra.

En cuanto a su propio destino, Ebony comenzó a sollozar. Lloraba por ella misma, por aquel aprieto, el camino cruel e injusto que desplegaba el destino. Se preguntaba si se trataría de un castigo por todas las cosas malas que había hecho en su vida, si lo que le estaba sucediendo sería alguna forma de justicia divina, si Dios estaría haciendo que se las pagase todas al provocarle aquel sufrimiento. Con la expectativa de que todo lo que le esperaba era una muerte larga, prolongada y dolorosa, Ebony se esforzó por hacerse a la idea, segura de que terminaría sus días en aquella tumba flotante.

Sin embargo, Ebony no creía en el karma, pensó a través de los ojos llorosos. Se había librado de muchas cosas a lo largo de su vida, y estaba segura de que podría sobrevivir de alguna manera. Quizás la marea cambiaría y el bote salvavidas regresaría de nuevo a la costa. "No acabará hasta que acabe", pensó para intentar subir su decadente ánimo.

Estaba viva, por ahora. Y, por muy desesperada que fuese la situación, Ebony intentó espantar sus miedos y se aferró a su instinto de supervivencia. Ya había pasado por el infierno antes, cuando los adultos perecieron y se vio obligada a utilizar todo su considerable arsenal de trucos, astucias y artimañas para sobrevivir en la ciudad. Debía seguir adelante, se animó a sí misma. De algún modo, sobreviviría.

Por mucho que intentase darse esperanzas a ella misma, sentía verdadera desesperanza, la tristeza corría por su interior. Y lloraba por lo injusta que era la vida y la situación en la que se encontraba.

Con lágrimas en los ojos, abrumada y exhausta, Ebony lloró hasta quedarse dormida.

* * *

Horas después, fue el sonido del motor que se acercaba lo que despertó a Ebony de golpe.

Reaccionó con rapidez, y alzó la cabeza sobre un lado del bote salvavidas para descubrir qué sucedía al tiempo que intentaba mantenerse escondida.

Lo único que conseguía ver, por todas partes, era el océano. La tierra era apenas visible en el horizonte lejano. Calculó que la corriente debía haberla llevado, claramente, a kilómetros de distancia mientras dormía.

De repente, avistó un yate blanco que se acercaba a gran velocidad. Todavía estaba un poco lejos. Ebony agitó la cabeza, incrédula. Era imposible. Allí fuera, en mitad de la nada. ¿Quién sería? ¿Qué demonios hacían allí?

Y lo más importante: ¿qué debería hacer ella? ¿Intentar llamar su atención? Pero estaba claro que ya había llamado su atención, y se sentía como una presa fácil, vulnerable. No tenía ni idea de quién habría en el yate, de dónde vendrían, y por qué razón se dirigían al bote de Ebony. Quizás fuesen amistosos y simplemente querían rescatarla. O peor: los ocupantes del barco podían ser hostiles.

Ebony siempre se preparaba para el peor de los casos, pero ahora no tenía opciones, al estar allí tirada, más que ponerse una de las sábanas que había guardado en el bote sobre la cabeza. Puede que solo hubiese una persona en el yate y pudiese contra ella, fuese quien fuese; que la venciese y se quedase con el yate. No lo sabía. Por ahora, la mejor idea era esconderse y valorar sus opciones hasta saber a qué se enfrentaba.

A través de la sábana, Ebony trató de distinguir mejor el yate que se acercaba cada vez más y más. Entonces, el yate comenzó a ir en círculos como un animal que observa a su presa antes de atacar.

La adrenalina recorría el cuerpo de Ebony, y la mente le daba vueltas tratando de decidir qué debía hacer. ¿Mantenerse oculta o mostrarse?

El motor del yate resultaba ya ensordecedor.

Ebony se arriesgó a echar otro vistazo; sacó los dedos por la sábana y la levantó para intentar averiguar qué estaba sucediendo.

El yate dejó el motor en reposo, y fijó el ancla frente al bote salvavidas. Desde su punto de vista, Ebony no podía ver cuánta gente había involucrada.

Volvió a esconderse al escuchar que alguien subía a bordo del bote, con grandes pasos; lo que le decía que, obviamente, había al menos una persona. Pero entonces se le cayó el alma a los pies, pues escuchó más gente brincando por la cubierta.

De repente, la sábana que cubría a Ebony desapareció, y ella quedó expuesta.

Distinguió a cuatro chicos de constitución fuerte. De la misma edad que ella, más o menos. Todos iban vestidos de negro, llevaban pasamontañas doblados hacia arriba, en forma de boina que les cubría la cabeza, y el pelo bien rasurado, como si perteneciesen a algún tipo de fuerza militar. El líder instruyó a sus subalternos de un modo despiadadamente frío y eficiente.

—Revisad la matrícula de identificación. El comandante Blake querrá saber con detalle dónde estaba registrado el *Jzhao Li*.

—¡Sí, señor! —dijo el subalterno, que pasó a explorar el bote salvavidas mientras tecleaba en un pequeño dispositivo móvil los detalles de la placa de latón situada en el panel de instrumentación.

Los otros dos levantaron a Ebony de un estirón.

—Identifíquese —le ordenó el líder.

—Soy una sirena, perdida en el mar —respondió Ebony en tono seductor.

Sabía que era atractiva y que podía explotarlo u ocultarlo según le convenía. Nunca le había dado miedo usar sus encantos para conseguir lo que deseaba de los hombres en el pasado. Y pensó que sería buena idea probarlo esta vez. Pero no daba resultado. El líder observó a Ebony y se giró hacia su equipo, con temas más importantes en mente.

—¿Algún otro polizón?

Sus camaradas estaban comprobando de forma metódica que no hubiese nadie más escondido bajo otros asientos o sábanas.

—Parece que no, señor —dijo uno.

El líder apuntó con el dedo, y dos de sus hombres se acercaron para sujetar a Ebony.

—¡No os acerquéis a mí! —chilló mientras daba golpes. Alcanzó a uno en la cara y le dio una patada a otro con todas sus fuerzas en la entrepierna.

Pareció no tener efecto alguno.

Eran impasibles y no tuvieron otra reacción a su ataque más que agarrar a Ebony por el brazo, el cual le colocaron a la espalda a la fuerza para que no se moviera.

Estos tipos sabían lo que se hacían, pensó Ebony, y se dio cuenta rápidamente de que sería mejor recular y seguirles la corriente. Por ahora. Era obvio que estaban entrenados en combate, al contrario que algunas de las tribus con las que se había encontrado en peleas callejeras.

Los opresores la llevaron a la cubierta del bote salvavidas, desde donde la trasladaron al yate. Era mucho más grande de lo que Ebony había imaginado y podía llevar a varios pasajeros.

Ebony reparó en una chica, también de su edad, y vestida también del mismo modo que el grupo que la había abordado. Tenía unas cicatrices horribles a un lado de la cara; debió de sufrir algún lamentable accidente en algún momento, pensó Ebony. Tras una primera sensación de repugnancia, llegó incluso a sentir algo de compasión. Desde que la oscuridad descendiese al mundo posterior a los adultos, la vida ya era bastante difícil sin tener que enfrentarse a ella tras una máscara desfigurada como aquella.

—¡Bienvenida a bordo! —dijo la chica espantosa con desprecio.

Ebony miró a su alrededor con pánico creciente. Los que habían abordado el bote estaban asegurándolo ahora con cuerdas, seguramente para remolcar el pequeño navío a alguna parte.

La chica espantosa lanzó una red de pesca sobre Ebony y alargó una pierna. Empujó a Ebony al suelo con la facilidad de una experta en artes marciales (como claramente era), y tiró de la red para ajustarla y dejar a Ebony incapaz de mover sus extremidades y dejar sus movimientos totalmente limitados por las ataduras.

Se preparó para lo peor, petrificada; y se preguntó qué le tendrían reservado mientras arrancaban el yate y salía despedido, a toda velocidad, por el océano, remolcando el bote salvavidas. Pero, ¿hacia dónde?

CAPÍTULO DIECISIETE

Los Mall Rats decidieron llamar a su nuevo hogar "Campamento Fénix", en honor al *Phoenix Mall*, el centro comercial que había sido su hogar en la ciudad.

Era un nombre apropiado, pues todos compartían la esperanza de que, al igual que el ave mitológica, ellos también se alzarían y sobrevivirían, que la vida seguiría adelante tras haberse enfrentado a la catástrofe de naufragar en aquel extraño nuevo mundo. La imagen del fénix evocaba llamas, algo que era también pertinente, según Amber, dado el intenso y abrasador calor que caldeaba el aire a su alrededor.

Amber parecía una abeja, pues zumbaba de un lado a otro e intentaba animar a los demás para poner un poco de orden en el Campamento Fénix, el cual era todavía más un nombre que un campamento propiamente dicho.

Se detuvo a pensar en Jay. Y en Ram. Debían llevar unas cuantas horas por ahí, aunque Amber no tenía manera exacta de saber la hora y se basaba solo en calcular la posición del sol en el cielo.

Jay se había marchado con Ram para explorar los alrededores.

Antes de marcharse, Jay informó a Amber de lo que había descubierto: Ram había intentado quitarse las marcas de los Tecnos.

Ram afirmó ante Amber y los demás que se había golpeado la cabeza por accidente, y que no había más historia.

Sin embargo, la desconfianza constante que Amber sentía hacia Ram era ahora más fuerte. Para Amber, él había demostrado con sus acciones pasadas que siempre estaba dispuesto a planear algo, normalmente algo malo.

Durante toda su estancia primero en el barco y después en el *Jzhao Li*, Amber se había sentido intranquila por Ram y su insistencia en regresar a la ciudad. No tenía ningún sentido querer volver a una ciudad infestada por una pandemia.

¿Existiría alguna conexión entre sus cambios de humor, el hecho de que se cambiase el uniforme e intentase deshacerse de sus marcas, y su deseo por volver a casa? ¿O acaso sabía algo sobre aquella extraña tierra que los demás desconocían?

Si había alguien capaz de encontrar las respuestas era Jay. Le sacaría la verdad a Ram de algún modo. Jay le había dicho a Amber que tenía la vaga esperanza de que, si hablaba con Ram en una conversación cara a cara, lejos de Amber y los demás, descubriría lo que perturbaba a Ram desde el momento en que la tribu había huido, y por qué estaba ansioso por regresar a su ciudad maldita.

Pero Ram era un individuo peligroso. Aunque Jay tenía habilidades de combate y era capaz de arreglárselas, Amber esperaba que estuviese a salvo en el bosque con Ram. Nunca te encontrabas del todo a salvo con el antiguo líder de los Tecnos. Amber intentó apartar aquel pensamiento y se concentró en desear con ganas el regreso de Jay junto a Ram (y, con suerte, el descubrimiento de los secretos que Ram hubiese intentado ocultarles).

Jack y Lex tenían como misión explorar otra zona, y coincidieron en que no debían aventurarse demasiado lejos. Todos sentían entusiasmo por descubrir más a fondo los alrededores de aquel lugar.

Al ser el hombre mayor de los que quedaban mientras Lex, Jack, Ram y Jay no estaban, Darryl había intentado "comportarse como un hombre" y estaba sudando la gota gorda mientras clasificaba los grandes montones de hojas de palmera, ramas y palos que usarían en la construcción del refugio. Lottie, Gel y Sammy lo estaban ayudando.

Amber estaba algo sorprendida y decepcionada con Gel, sin embargo, a quien había visto tumbada al sol como si estuviese de vacaciones, ganduleando en la playa de un lujoso recinto turístico.

—Gel, ¿se puede saber qué haces? —preguntó Amber mientras caminaba hacia ella.

—¿No está claro lo que hago? —respondió Gel como si fuese obvio.

Amber se encogió de hombros, su expresión de confusión le mostraba a Gel que no sabía a qué se refería.

—¡Pues tomando el sol, hombre! —explicó Gel con irritación mientras ignoraba a Amber a propósito, y siguió concentrada en mejorar su bronceado.

—Gel, si sigues ahí parada un minuto más, ¡te juro que...!

—Amber, ¡déjame tranquila! —gritó Gel de vuelta—¡Que no eres mi madre!

—Doy gracias por ello. No estás en ningún retiro, Gel. O te levantas y pones de tu parte, o te largas de aquí y te olvidas de vivir en el campamento. Tú misma.

Amber se fue hecha una furia, pisoteando la arena ardiente. Tras ella, después de suspirar como una niña malcriada, Gel fue a regañadientes a ayudar a Darryl, Sammy y Lottie a construir el refugio.

Al acercarse, Amber pudo ver que Slade se había quedado dormido, sus sueños eran un refugio del dolor que sentía al costado cuando estaba despierto.

Como antes, Ruby no se despegaba de su lado y lo cuidaba.

—Tú también deberías descansar un poco —susurró Amber a Ruby, para no molestar a Slade.

—No puedo abandonarlo —respondió Ruby. Estaba devastada emocionalmente. Tenía el maquillaje restregado por la cara a causa de las lágrimas que había derramado.

—Yo me quedo con él para asegurarme de que esté bien —insistió Amber—. Llevas horas aquí. ¿Qué diría Slade?

Querría que te cuidases. Ve y tómate un descanso, para recuperar la compostura.

Al entender el significado de la sugerencia de Amber, Ruby sonrió como gesto de agradecimiento ante su ayuda, y dejó a Amber a cargo de Slade.

Salene y Ellie seguían ayudando a May en la búsqueda de Zak, cuya desaparición causaba gran preocupación a todos.

En otra zona de la playa, Trudy había encendido una hoguera con ramas caídas, y se encontraba sosteniendo con cuidado brochetas improvisadas de carne enlatada sobre las llamas cuando Ruby llegó y se sentó a su lado.

—¿Tienes hambre? —preguntó Trudy—. Esto estará listo enseguida.

Ruby asintió con gratitud.

Habían juntado parte de la comida en conserva del *Jzhao Li* en una pila de suministros. No había abrelatas, así que Trudy tenía que abrir los botes a la fuerza con un coco.

Era irónico tener que usar comida para abrir comida, pensó. Brady gateaba por la arena y empujaba uno de los cocos como si fuese un juguete, mientras el bebé de Amber dormía bajo la sombra de unas palmeras.

—Esto es divertido, ¿no crees? —dijo Trudy.

—¡Divertido no es lo que yo diría —protestó Ruby—, estando Slade herido!

—Todos estamos preocupados por Slade —explicó Trudy—. Me refiero a que, en parte, esto es una aventura. Cocinar sobre una fogata, estar sentados aquí en la playa. Los niños lo están disfrutando, desde luego.

Era obvio que Ruby no compartía el entusiasmo de Trudy por su entorno, por aquella "aventura". De hecho, se sintió ofendida por la aparente falta de inquietud o preocupación de Trudy por Slade. Ruby sentía que Trudy estaba excesivamente contenta; no era normal.

—Vamos, Ruby. ¿Podemos dejar de darle vueltas a las cosas aunque sea por un segundo?

—¿Qué? ¿Y luego clavamos la cabeza en la arena, como si no pasara nada? ¡Porque sí que pasa! —respondió Ruby con desdén.

Entonces se sintió culpable, pues sabía que Trudy estaba haciendo un gran esfuerzo por controlar sus emociones y mantener los ánimos. Se dio cuenta de que todos atravesaban su propia lucha. Sin embargo, Ruby sentía que no se ganaba nada fingiendo que las cosas no eran tan malas como realmente eran.

—¡Señor Pinzas! —chilló Brady, emocionada al ver a un cangrejo que se movía por la arena.

—Ten cuidado con esa "cosa" —gritó Trudy—, no vayas a hacerte daño.

—Eres patética, Trudy, ¡de verdad! Solo te preocupas cuando te conviene —Ruby no pudo evitarlo. Sentía que Trudy estaba siendo desconsiderada, pues no demostraba que Slade le importase.

—¿Cómo te atreves a hablarme así? —rugió Trudy—. ¡¿Quién te crees que eres?!

—Ey, ¿estáis cocinando marisco vosotras dos? —gritó Darryl para intentar disipar la discusión entre Ruby y Trudy. Seguía trabajando en el refugio cerca de allí, y se llevó los dedos a la boca con expectación ante aquella comida imaginaria—. ¡Cangrejo con salsa Thermidor, *magnifique*!

Sammy apareció de entre el sotobosque como avergonzado.

—¿Y bien? Tienes pinta de haber conseguido... "aliviarte" —dijo Darryl.

—Shhhh. ¡No hace falta que lo pregones, Darryl! —saltó Sammy.

—Y tú no hace falta que te sofoques, pequeño Sammy. Cuando hay que ir, hay que ir. Al menos teniendo la jungla ahí detrás no se nos embozará el retrete como en el barco.

—No estaría tan seguro —se quejó Sammy mientras se frotaba el estómago.

Gel chilló de repente, y tiró al suelo el montón de ramas que sostenía en brazos.

—¡Me he roto una uña! —vociferó.

Lottie soltó las cuerdas que estaba aguantando para asegurar el refugio que Darryl construía y se acercó a Gel, cerca de allí.

—Y yo tengo las manos llenas de callos y ampollas, ¡mira! —dijo Lottie.

—¡Ay, pobrecitos! —se burló Ruby—. ¡No lo tenéis tan mal como otros, si paraseis a pensarlo por un momento! —dirigió una mirada furiosa a Trudy.

Darryl se concentró en el refugio, que empezaba a tomar forma, y ató con cuidado una hoja de palmera alrededor de las ligeras ramas. Pero ahora que Lottie ya no estaba sujetando la base en su sitio con la cuerda, Darryl se quedó colgado. En un rápido movimiento, el refugio en el que llevaban horas trabajando se desplomó a su alrededor como un castillo de naipes.

Se giró y lanzó una mirada a Lottie y Gel, que suspiraron.

—¡No es culpa nuestra! —dijo Gel con impotencia.

* * *

Jay y Ram zigzagueaban a través de la densa jungla, el aire era húmedo. Era increíble lo espeso que era el sotobosque, la sombra de los enormes árboles colgaba sobre ellos y proporcionaba alivio ante un calor de otro modo insoportable.

El ruido de los insectos daba vida a la jungla, y los zumbidos resultaban casi ensordecedores y se clavaban en el oído.

Ram se pasó la mano por la cara por enésima vez cuando otro grupo de mosquitos pasó pululando junto a su rostro expuesto.

—Está claro que les gustas —dijo Jay, que iba delante.

—¿No le gusto a todo el mundo? —dijo Ram, que aplastó otros bichos que le mordían el cuello.

Jay también tenía muchos mordiscos, pero intentaba ignorar el picor, pues sabía que, una vez empezabas, era casi imposible dejar de rascarse.

—Tan solo espero que no tengan malaria o alguna otra enfermedad —gesticuló Ram mientras se rascaba una oreja con el dedo.

—Tienes suerte de que no hayamos visto serpientes. Todavía. Aunque ellas nos deben haber visto a nosotros.

—¿Podemos volver ya? —suplicó Ram, que miraba nervioso alrededor de la jungla—. No parece haber rastro de gente.

—Sí, volveremos. Pero no hasta que hayas hablado.

—Te lo he dicho: ¡no tengo nada de qué hablar!

—Y yo digo que no te creo. Te conozco mejor de lo que piensas. Y sé cuándo estás ocultando secretos.

—¿Qué quieres? ¿Una medalla? ¿Un ascenso, Jay?

Eso quiso una vez, hace tiempo. Cuando los dos trabajaban codo con codo en los Tecnos. Ram hacía alusión al pasado, cuando Jay fue general de Ram. Pero eso fue en una vida diferente, pensó Jay. Era historia.

—Quiero la verdad, Ram. Sobre por qué tenías tantas ganas de cambiarte de ropa, quitarte el uniforme, librarte de las marcas de los Tecnos...

—Eso es asunto mío —insistió Ram.

—Oh, me parece que no. Y será mejor que me cuentes por qué te parecía tan importante volver a la ciudad de la que huimos. ¿Por qué? ¿Hay algo ahí fuera que tú sepas? Vamos, Ram. ¡Has tenido un comportamiento exagerado desde que llegamos a esta tierra dejada de la mano de Dios!

Ram suspiró y contempló a Jay. Estaba frustrado por sus continuas sospechas. Por sus interrogatorios y su persistencia.

Ram tragó saliva, nervioso, mientras miraba la misteriosa jungla que los rodeaba, con los ojos de un lado a otro. Tenía miedo. Desde luego, había algo en aquel lugar que le ponía los pelos de punta.

—Volvamos ya, Jay. Hemos llegado demasiado lejos.

—No hasta que estés listo para hablar.

Ram se mordió el labio mientras su inquietud iba en aumento.

Y antes de que Jay se diese cuenta, Ram salió disparado, corriendo, antes de caer finalmente sobre el grueso manojo de plantas y ramas del suelo de la jungla, con dificultades para mantenerse en pie.

Como una pantera que persigue a su presa, Jay apretó los dientes y corrió tras Ram a máxima velocidad, decidido a no dejarlo escapar.

Ram se dejaba llevar por el pánico; recobró el equilibrio y siguió corriendo rápidamente, desesperado por escapar.

Pero con sus largas zancadas y su destreza atlética, a Jay no le costó mucho ganarle terreno y se lanzó a los pies de Ram, derribándolo con un placaje. Este gritó decepcionado, frustrado por haber sido atrapado.

—¡Suéltame! —luchaba Ram.

—¡¿Necesito más pruebas que esta?! —Jay agarró a Ram por la nuca y lo puso de pie—. ¡Sucede algo, Ram! ¡Y ya es hora de que me expliques de qué se trata!

Impotente, Ram comenzó a reír. ¿Lo hacía por provocar? ¿Para enfadar a Jay? ¿O había perdido la cabeza, se había vuelto loco? Jay se prometió que lo averiguaría más pronto que tarde.

—¿Y bien? ¡¿De qué se trata?! —ordenó Jay.

—No me mires —dijo Ram, con un destello maníaco en los ojos mientras se reía de forma incontrolable—. Será mejor que mires hacia arriba, Jay. Hay algo en los árboles. ¡Y no es ningún pájaro!

Sin saber a qué se refería Ram exactamente, Jay lo mantuvo agarrado para que no escapase y luego dirigió la mirada hacia arriba.

Allí, quizás a unos nueve metros sobre el suelo y visible a través del grueso sotobosque, pudo ver los restos de un enorme avión de carga militar de color gris, atrapado entre las poderosas ramas, cubierto ligeramente por los gigantescos árboles y enredaderas. Parecía un Hércules o un Túpolev, y las grandes alas atravesaban el terreno y tapaban el sol. Los titánicos árboles y la densidad del terreno soportaban el peso de la aeronave, que reposaba en ángulo, el mismo que debía tener al estrellarse.

—¿Qué demonios…? —dijo Jay, sorprendido por lo que veía.

—¿Qué te parece, Jay? Creo que deberías olvidarte de lo mío

—dijo Ram, que se desternillaba solo—. ¿Qué dices? Porque el misterio no soy yo, sino este lugar.

De repente, Jay se sintió intranquilo por haber dejado a Amber y a los demás solos en el campamento. Pero ahora no podía dar marcha atrás. Le había prometido a Amber que volvería con respuestas de Ram. Y Ram tenía razón, el avión añadía otro misterio a la ecuación.

Había demasiadas cosas que desconocían. Y quizás Ram sabía más de lo que dejaba entrever.

—Ya puedes empezar a hablar, Ram, si sabes lo que te conviene. Lo digo en serio —lo amenazó Jay, que lo agarró con más fuerza.

Ram contempló a Jay durante un largo rato. Su risa comenzó a apagarse poco a poco, y entonces asintió.

* * *

Las olas golpeaban por todas partes, estallaban por las rocas, explotaban en una bruma de rocío.

Con la cabeza agachada, Salene, Ellie y May seguían explorando la playa, como llevaban haciendo ya durante varias horas.

Era como encontrar una aguja en un pajar. Había muchos escombros acumulados, trozos de metal, objetos rotos de todos los tamaños de los restos del *Jzhao Li* clavados entre las rocas, atrapados entre los huecos.

Ellie llevaba una nevera de plástico que la marea había arrastrado hacia la orilla. Mientras buscaban a Zak, iba recolectando todo el material sanitario que las chicas habían encontrado durante la búsqueda y que les pudiese ser útil.

La nevera era cada vez más pesada, a medida que iban metiendo más cosas. Habían acumulado buena cantidad de paracetamol, algunas vendas, botellas de desinfectante y latas de comida.

Pero seguía sin haber rastro de Zak. Solo estaban las chicas, solas en aquella zona de la playa; y, a lo lejos, mucho más allá, el Campamento Fénix.

Océano adentro, el inmenso casco del barco carguero reposaba de lado como un monstruo prehistórico de las profundidades, varado en los arrecifes donde había encallado.

El sonido del oleaje estaba acompañado de vez en cuando por el ruido del metal chirriando, crujiendo y retorciéndose por fuera y por dentro del agua. El *Jzhao Li* se quejaba mientras seguía rompiéndose lentamente debido a los golpes de la marea cambiante.

Las chicas se habían llegado a plantear bucear bajo el agua, para nadar hasta los restos y ver si podían encontrar más suministros médicos. O señales de Zak. Pero habían desechado la idea tras considerarla demasiado peligrosa, pues temían quedarse atrapadas en los restos y acabar ahogándose.

—Deberíamos volver —dijo Ellie.

—¡Yo no voy a ninguna parte! —gritó May—. Marchaos vosotras si queréis.

—Pero no podemos dejarte aquí sola —Salene hablaba en voz alta sobre el rugido de las olas que golpeaban las rocas—. No sabemos quién o qué puede haber ahí fuera.

—¡Tengo que encontrarlo, Sal! —respondió May, con un claro tono de determinación.

Las gaviotas graznaban al pasar volando y flotando sobre la brisa, con las alas en ángulo mientras buscaban comida.

Salene dejó escapar un grito. Un chillido penetrante.

Ellie y May siguieron su mirada, y ellas también dieron un paso atrás.

Atrapado entre dos rocas, el cuerpo de Zak se revolvía con el movimiento del agua, como un muñeco sin vida. El color había desaparecido de su piel, tenía los ojos cerrados y las facciones hinchadas.

—¡Ay, Dios! —gritó May, que comenzó a correr hacia las aguas poco profundas seguida de Salene y Ellie.

* * *

La jungla parecía estar viva con el ruido de los insectos a medida que Jack seguía a Lex, zigzagueando a través del grueso y verde sotobosque, sin ver nada más que las incontables plantas sobre ellos, bajo ellos, y por todas partes. Estaban envueltos, y Jack se estremecía al pensar en los millones de diminutos ojos de insectos que lo estarían observando en aquellos momentos.

Un salvaje alarido se oyó desde los enormes árboles de arriba, lo que hizo que Jack se sobresaltase aún más.

—¿Qué crees que habrá sido? ¿Un mono? —preguntó Lex.

—O eso, o a lo mejor Trudy ha tenido un ataque de pánico —soltó Jack para intentar encontrarle el lado humorístico a la situación, como siempre hacía, y para calmar sus nervios con una broma.

—Ja, ja, muy gracioso —respondió Lex—. Pero ha sonado demasiado tranquilo para ser Trudy. Tío, me han mordido tantas veces que me sorprende tener aún algo de sangre. Me siento como si me hubiese atacado un vampiro.

—Bueno, esperemos que la cosa no llegue a más. Y que no nos ataque ninguna otra cosa.

—Por aquí no parece que haya nadie más que tú y yo —dijo Lex.

—Y un montonazo de insectos —murmuró Jack.

—Algunos más cerca de lo que piensas —dijo Lex, que se llevó un dedo a los labios para indicarle a Jack que estuviese quieto.

Jack se preguntaba a qué se referiría Lex, y miró hacia el mismo lugar que él: hacia una de sus piernas. Una gigantesca araña trepaba por la espinilla de Jack y le subía lentamente por la pierna.

Jack articuló un grito silencioso, con una mirada de angustia en la cara.

Tras romper la rama de una planta, Lex tiró la araña al suelo.

—Eres una nenaza, Jack. Me pregunto qué diría Ellie si te viese ahora mismo. No te vayas a desmayar.

Aliviado por estar libre de arañas (por ahora), Jack creyó escuchar ruidos a su alrededor, el chasquido de una rama, el sonido de movimiento, y dio vueltas mientras exploraba nervioso los árboles.

—Jack, ¿quieres hacer el favor de relajarte? —dijo Lex, que continuó e hizo una sugerencia—. ¿Qué te parece si nos tomamos un descanso? Y comemos algo.

Se detuvieron, abrieron la mochila en la que llevaban sus raciones de comida y tomaron unos espárragos y vegetales en conserva que habían abierto antes de salir.

—Esto es vida, ¿eh, Jack? Aquí fuera, en el exterior.

—Yo no lo llamaría exterior, siento que la jungla me está estrangulando —dijo Jack mientras observaba con cansancio el entorno, con una creciente sensación de claustrofobia y de ser atrapado por el denso follaje.

—Relájate, Jack. Tranquilo. Estaremos bien. No es para tanto.

—¿Tú... no tienes miedo? —se preguntó Jack.

—No hay muchas cosas que me asusten ya... No últimamente

—dijo Lex.

Era cierto. No estaba intentando simplemente animar a Jack. Había tenido muchas experiencias mientras sobrevivía en la ciudad, en las calles, desde que los adultos habían perecido.

—¿Qué sucede? —preguntó Jack, que observó que Lex miraba hacia delante.

Había divisado un pájaro muerto. Pero tenía todas las plumas arrancadas.

—Qué raro —respondió Lex—. Mira eso.

Lex y Jack se acercaron al cadáver.

Lex lo olió y determinó que no llevaba muerto mucho tiempo, y no parecía descompuesto.

—Mira, allí hay otro —dijo Jack, que lo miraba cada vez más intrigado.

—Seguro que Ellie te da algo especial esta noche cuando lleguemos con carne fresca —se burló Lex, que ansiaba un festín de algo que no fuesen raciones envasadas de las que tenían en la base.

El otro pájaro muerto también había sido desplumado, hecho que volvió a confundir a Lex al pavonearse hacia él para agarrarlo. Entonces desapareció de repente. El suelo bajo sus pies se abrió con un zumbido mientras caía en un amplio agujero y las ramas que lo cubrían se derrumbaban.

—¡Lex! —gritó Jack, con pánico.

Pero era demasiado tarde. Lex ya no estaba.

CAPÍTULO DIECIOCHO

Bray se preguntó qué le tendrían reservado sus captores, confuso por las señales contradictorias que había recibido.

Llevaba días encerrado en la habitación, con las manos y los pies atados. No había duda de que era su prisionero. Pero también lo habían tratado bien, le limpiaban con regularidad la pierna infectada, y ahora tenía la herida prácticamente curada. Le daban de comer y de beber varias veces al día. Era muy diferente en comparación con su encarcelamiento a manos de Eloise, con todo el estrés mental y físico que había sufrido. Pero aun así era prisionero. Lo mantenían con vida, pero, ¿por qué?

Bray se sentía verdaderamente desconcertado respecto a las intenciones de sus captores. En las ocasiones en que lo habían visitado, había logrado componer poco a poco una imagen de quienes eran. De dónde se encontraba. Eran precavidos con él, intentaban no resultar simpáticos, pero se les habían escapado pistas y detalles durante sus conversaciones, y Bray intentaba hacer preguntas sutiles de vez en cuando, deseoso de obtener información.

El nombre del niño pequeño era Shannon, y la niña se llamaba Tiffany. Bray descubrió que eran hermano y hermana, y habían sido muy amables con él durante sus visitas, al traerle y llevarse comida, y dándole de comer al no poder hacerlo él solo por tener las manos atadas. Eran tan jóvenes que Bray se sentía protector hacia ellos. Igual que se sentía hacia los Mall Rats más jóvenes como Patsy y Cloe en la ciudad, hacía mucho tiempo. Y se preguntó qué clase de futuro les esperaba en aquel peligroso mundo en el que se encontraban tras la desaparición de los adultos.

La líder de los captores era claramente Emma, la chica ciega; quien Bray descubrió era la hermana mayor de Shannon y Tiffany. Emma era menos simpática con Bray y sospechaba de él, pues se preguntaba quién era y cuáles eran sus motivaciones.

Bray había deducido de sus conversaciones con Emma, Shannon y Tiffany que estaban sobreviviendo en los restos de lo que una vez se llamó la Base Aérea Arthurs. La habían utilizado durante la Segunda Guerra Mundial como estación de repostaje y parecía que la habían vuelto a poner en funcionamiento cuando la pandemia llegó a su punto álgido y se esparció por todo el mundo.

Lo único que sabían Shannon y Tiffany, según le contaron, era que hubo muchas construcciones y actividad en la Base Arthurs justo antes de que el virus matase a los adultos. Ellos mismos eran demasiado jóvenes para acordarse con detalle, pero daba una especie de explicación a las máquinas de construcción y los enormes hangares que Bray había divisado cuando se topó con la base, así como las aeronaves abandonadas.

Al parecer, un gran número de personal de las Naciones Unidas de todas partes del mundo pasó tiempo en aquella remota base para agregar nuevos hangares y edificios. Shannon y Tiffany no estaban seguros de por qué razón.

Colocaron el pequeño parque de atracciones, según le dijeron a Bray, para que el personal militar destinado allí pudiese disfrutar de las instalaciones con sus familias; construyeron las atracciones y aquel entorno de cuento de hadas para que desconectasen de cualquier actividad que los equipos de Naciones Unidas estuviesen llevando a cabo. También construyeron colegios y zonas de alojamiento y estaban preparando el área como un campamento de evacuación que acogiese a varios miles de niños.

Según le contaron Tiffany y Shannon, ambos mucho más habladores y menos cautelosos que su hermana mayor, la base también debió haber sido utilizada por los adultos como un hospital improvisado en los días en que el virus atacó. Y cerca, en la zona conocida como la tierra árida, había una enorme extensión que alojaba una fosa común. Sin embargo, Tiffany y Shannon tampoco parecían conocer muchos detalles sobre aquello. Emma nunca quería hablar de ello. Los pequeños no podían visitar la tierra árida, porque Emma decía que era demasiado peligroso adentrarse allí. Toda la zona estaba vedada, pues estaba contaminada. Pero no sabían por qué.

Aunque otros niños y adolescentes visitaron el parque de atracciones desde que los adultos murieran, y lo destrozaron en el proceso, al parecer el hecho de que hubiese alojado un hospital jugaba a su favor. Como también lo hacía que estuviese cerca de la tierra árida. Constituía una "mancha" del pasado, no era un lugar seguro, puede que incluso tuviese algún rastro del virus o de alguna otra enfermedad; y aquella reputación lo convertía irónicamente en un lugar seguro donde quedarse.

Bray no conseguía adivinar si Emma, Tiffany y Shannon eran los únicos que seguían viviendo en la base. Emma y los pequeños no soltaban ningún detalle. Y Bray estaba decidido a intentar descubrir más. Así quizás podría aclarar por qué lo retenían.

Bray sentía que no pretendían entregarlo. Llevaba allí tantos días que ya habían tenido tiempo suficiente para preparar su regreso a las instalaciones de Eloise, si es que estaban relacionados de algún modo con su gente. Pero del mismo modo, a pesar de ganarse la confianza de Tiffany y Shannon y comenzar a conocer más sobre su localización, seguía sin querer arriesgarse o tener una falsa sensación de seguridad y llegar a conclusiones erróneas. Necesitaba conocer más hechos.

Tenía muchísimas preguntas flotando en la cabeza. Pronto sería el momento, o eso esperaba, para más respuestas.

Bray interrumpió sus pensamientos cuando oyó la llave y la puerta se abrió de golpe por obra de Tiffany. La niña se apartó a un lado para que Emma pudiese entrar en la habitación.

—Gracias, Tiffany —dijo Emma al entrar. Estaba claro que conocía bien la distribución de la habitación, y poco a poco se acercó hasta Bray mientras cargaba con un vaso de agua en una mano y una lata de alubias cocidas en la otra, con una cuchara dentro.

—Puedes irte —instruyó Emma a Tiffany, y la niña dirigió una mirada furtiva de inseguridad hacia Bray antes de cerrar la puerta y cerrarla con llave desde el otro lado.

Emma se sentó a un lado de la cama de Bray y lentamente le acercó el vaso de agua al rostro.

—¿Tienes sed? —le preguntó.

—Gracias. Pero no lo entiendo —respondió él—. Me dais de comer, me limpiáis, pero me tenéis encerrado y bajo llave. ¿Por qué?

—Nosotros nos hemos preguntado lo mismo —contestó Emma con cuidado mientras colocaba el vaso de agua en la mesita que sabía que había junto a la cama de Bray.

—No lo comprendo, Emma. ¿Tu idea es mostrar hospitalidad tomándome como rehén? ¿Tienes a más gente encerrada aquí? Vosotros tres parecéis simpáticos. Me habéis tratado bien. Y aun así, aquí estoy: vuestro prisionero.

—Y también has tenido suerte. Deberías estar agradecido.

—En parte lo estoy. Pero no del todo. ¿Pensáis mantenerme aquí para siempre? ¿Es que disfrutáis haciendo esto o algo? ¿Qué pretendes, Emma? Por favor, ¡dime qué está pasando!

—No tienes ni idea... de nada, ¿verdad? —Emma parecía aturdida, agitada.

—Lo único que sé es que esta no es manera de tratar a la gente. ¿Qué tipo de mundo deseas para Shannon y Tiffany? ¿Pretendes darles un curso intensivo en secuestro y encarcelación?

Emma arrojó con enfado la lata de alubias y derramó su contenido.

Bray se recostó en la cama. Parte de él se preocupaba por lo que Emma pudiera hacerle, estaba enfurecida. Molesta. Sus ojos opacos comenzaron a derramar lágrimas.

—¿Sabes lo difícil que ha sido? Es decir, ¡mírame! —dijo Emma mientras se señalaba los ojos y contemplaba a Bray sin verlo—. ¿Cómo se supone que voy a cuidar de los pequeños si ni siquiera puedo ver?

—¿Qué sucedió? —preguntó Bray.

—Como si te importase —dijo Emma con amargura.

—¿Por qué iba a preguntar si no me importase?

Emma se secó las lágrimas y respiró profundamente para recobrar la compostura e intentar mantener la dignidad.

—Es una larga historia.

—No parece que me vaya a ninguna parte —se atrevió a decir Bray.

Con la cara apretujada mientras pensaba, Emma parpadeó para apartar las lágrimas.

—¿Por dónde empiezo...?

—¿Por qué no me cuentas cómo perdiste la vista? —preguntó Bray.

—¿Por qué no te quedas callado? —respondió Emma.

—Por favor... —pidió Bray tras un instante, pues sentía que Emma estaba a punto de sincerarse.

Después de largo rato, finalmente lo hizo.

—Cuando mi madre me dijo que estaba enferma, se me vino el mundo encima. La necesitaba, muchísimo. Ella lo era todo para mí. Y, de repente, ya no estaba.

—¿El virus? —preguntó Bray.

—No. Tenía cáncer. Poco después de morir, nos evacuaron aquí. Justo antes de la expansión del virus. No teníamos ni idea de a dónde íbamos. Nos metieron en un barco, como animales, y estuvimos navegando muchos días. Mi padre... Él era militar. Había muchos otros niños, como nosotros. Sus padres también servían a sus países. Todos teníamos miedo. Echábamos de menos a nuestras familias y amigos de casa. Nos dijeron que nos mantuviésemos unidos. La unión hace la fuerza.

—Sé cómo se siente. Yo también estaba en una tribu.

—Poco después de llegar aquí, mi padre murió también.

—¿Cómo? ¿Por el virus?

—No lo sé con exactitud. Solo sé que estaba con otros soldados que habían salido. Estaban en alerta máxima, todos los adultos de la base. Los niños... Se suponía que debíamos quedarnos en los bunkers. Pero yo quería ver qué estaba pasando. Y lo hice. Hasta que llegó la explosión. La luz era tan intensa... Desde entonces solo conozco la oscuridad.

Bray la contempló con creciente preocupación.

—¡Una explosión! ¿Qué fue lo que pasó exactamente? —preguntó.

—No lo sé. Mi padre nunca volvió. Ni ningún otro adulto. Ninguno sobrevivió.

—¿Y los demás evacuados? —interrogó Bray con cuidado.

—Haces demasiadas preguntas —señaló Emma con desconfianza.

—Necesito saberlo, Emma. No solo por mí. Quisiera ayudarte, y a tus hermanos. Si me dejas. Y a toda la gente que haya aquí.

—Si intentas averiguar cuántas personas quedan aquí, Bray, pues... Somos por lo menos doscientos.

—Qué raro. No he visto rastro de nadie más.

—¿Crees que estoy mintiendo? —dijo Emma.

—¿Estás mintiendo? —inquirió Bray.

—Puede ser. Por otro lado... —Emma se encogió de hombros.

—¿Sabes lo que creo? Que solo estáis vosotros tres.

—Eres listo, Bray. Muy listo. Pero quizás no lo suficiente —dijo Emma.

—¿Por qué no me lo dices, Emma?

—De todos los evacuados que había al principio —reveló Emma finalmente—, la mayoría de los que sobrevivieron se separó en diferentes bandas. Algunos se marcharon a explorar. Otros decidieron quedarse. En nuestro grupo éramos unos treinta. Nos llamábamos las Cucarachas.

—¿Y las Cucarachas todavía viven aquí, en la base?

—No queda nadie, Bray. Tienes razón. Solo estamos nosotros tres. Yo, mi hermano y mi hermana.

—¿Qué les sucedió a los otros miembros de las Cucarachas?

—Esperaba que pudieses contármelo tú —contestó Emma—. Creo que la mayoría acabaron siendo esclavos.

—Yo nunca dije que fuese un esclavo —le recordó Bray.

—Tampoco dijiste que no lo fueses —respondió Emma.

Bray podía ver que estaba melancólica, contemplaba la distancia ensimismada. Estaba triste, apenada.

—¿Has oído hablar de una tribu llamada "Los Caídos"? —preguntó.

—¿Los Caídos?

—Pensamos que si comerciábamos con ellos, nos dejarían en paz. Y funcionó durante un tiempo. Pero poco después, dejaron claro que no solo querían conseguir comida de nosotros. Sino personas. Fue entonces cuando comenzaron a llevarse a mis amigos. Uno por uno. Empezaron a desmembrar nuestro pequeño grupo, nuestra familia, que se había formado para cuidar unos de otros. Pensé que nunca volvería a perder a mi familia, pero sucedió.

—¿Estos Caídos, habían sido evacuados aquí?

—No lo sé con certeza. Lo dudo. No parecían saber mucho sobre el páramo. Después de que les contase para qué lo habían usado realmente,... toda la gente que hay allí enterrada,... dejó de interesarles llevarse a más de mis amigos o volver a venir por aquí. Al poco tiempo, nos dejaron en paz. Y no han vuelto desde entonces.

—¿Qué hay de tus amigos? ¿Sigue alguno de ellos por aquí?

Emma contempló a Bray, a pesar de no poder verlo. Parecía que intentaba por instinto establecer si podía o no confiar en él.

—Si es preciso que lo sepas... Mis amigos... murieron. Todos. Incluido mi hermano mayor. Debía tener unos dieciséis años cuando pasó. Y ahora, como te he dicho, estamos solo nosotros tres.

Estaba temblando por la emoción, y provocó que Bray se sintiese consternado.

—Entiendo cómo debes sentirte —dijo Bray—. Yo también perdí a mi hermano. Conozco el dolor que se siente cuando pierdes a un ser cercano. O te lo arrebatan.

Las palabras de Bray debieron tocarle la fibra sensible a Emma, que miraba profundamente en dirección a Bray con los ojos ciegos, pues derramó más lágrimas. Quizás ella y Bray tuviesen más cosas en común de lo que ella creía.

Bray sentía mucha lástima por ella. En sus anteriores encuentros, Emma parecía confiada, tenía el control. Pero ahora parecía tan vulnerable que se ganó el cariño de Bray.

—¿Por qué no dejas que te ayude, Emma? Si me sueltas. Créeme, puedo ayudarte. No pretendo haceros daño.

Emma negó con la cabeza. Recobró la compostura y, de nuevo, levantó las barreras tan rápido como las había bajado.

—No... No puedo hacer eso, Bray. No puedo arriesgarme.

—¿Arriesgarte a qué? ¡Suéltame y os ayudaré!

—¿Qué harías tú en mi situación, Bray? Puede que sea ciega pero no soy imbécil. Dices que has entrado en nuestras vidas por casualidad. Y puede que sea verdad. Pero si te dejo marchar para que salgas por esa puerta, ¿de verdad te irías simplemente y nos dejarías en paz?

—Te lo he dicho, Emma. ¡Os ayudaré!

—¿Qué? ¿Nos ayudarás a que nos capturen los Caídos?, ¿a que comercien con nosotros?

—No. Yo nunca haría eso —respondió Bray.

—De todos modos, yo no serviría como esclava —continuó Emma—. Pero he de seguir intentando proteger a Tiffany y Shannon. Mientras que tú, Bray, tú puede que valgas algo. Así que quizás deberíamos entregarte a los Caídos si alguna vez nos visitan. A lo mejor les interesa echarle las manos encima a otra persona con la que comerciar, como tú.

—¡Emma! ¡No lo dices en serio! Sabes que eso está mal —insistió Bray.

—Dijiste que llegaste desde el norte... Te dije que no soy imbécil, Bray. He oído historias de lo que sucede allí arriba. Debiste resultarle de valor a alguien antes. Y, quién sabe, puede que vuelvas a tener valor. Es decir, si alguna vez decidimos venderte.

Emma se puso de pie y aplastó la lata de alubias cocidas bajo sus pies al pisarla por accidente. Caminó erráticamente hacia la puerta y llamó para darle la señal a Tiffany, al otro lado, de que la abriera.

—Haré lo que tenga que hacer para proteger a la familia que me queda. Para sobrevivir. Me caes bien, Bray. Pero, lo siento. No te vas a ninguna parte.

CAPÍTULO DIECINUEVE

Lex había salido de unos cuantos agujeros y lugares difíciles en su vida, pero de momento estaba atrapado de verdad.

El hoyo en el que había caído tenía unos buenos tres metros de profundidad. Era obvio que estaba hecho por el hombre. Lex podía ver que no era natural, por las mellas y marcas en la tierra donde habían cavado el agujero circular y simétrico.

—¿Seguro que estás bien? —preguntó Jack desde arriba mientras miraba a Lex.

—¡Por milésima vez, no hace falta que me ayudes! —gritó Lex.

Su orgullo se había caído con él, y estaba decidido a salir por sus propios medios de aquel desastre en el que se había metido.

Se encontraba agarrado a la tierra de los lados, e intentaba trepar hacia arriba mientras luchaba por aferrarse con manos y pies a las raíces.

Pero no servía de nada. A pesar de sus esfuerzos, Lex perdió el agarre y se precipitó al suelo, a donde cayó de espaldas.

Jack hizo una mueca de dolor mientras se inclinaba más sobre la cima del agujero.

—¿Por qué no busco alguna liana con la que intentar subirte?

—¿Por qué no cierras el pico? —respondió Lex mientras se limpiaba la tierra que llevaba encima tras haber caído.

—No tienes que demostrar nada, Lex —dijo Jack.

—Puede que a ti no.

—Está claro que es una trampa. Apuesto a que es la primera vez que capturan a un "Lex salvaje". Debe estar pensada para atrapar jabalíes, o algo —dijo Jack, cuya voz resonaba desde arriba.

—¿Qué quieres decir con eso? —gritó Lex.

—¡Nada! —Jack sonrió con picardía.

—Bueno, si te quedas más a gusto... Odio admitirlo, pero quizás sí que necesito tu ayuda.

—Ya era hora. Lo único que tenías que hacer era pedírmelo —voceó Jack—. Veré lo que puedo encontrar. Vuelvo en un minuto.

Jack estaba aliviado de que lo único que parecía herido eran los sentimientos de Lex. Debía haber caído sobre su duro cabezón, bromeó Jack para sí mismo mientras se apartaba del agujero y exploraba el sotobosque en busca de algo por lo que Lex pudiera trepar.

Lex caminó por el fangoso suelo del agujero mientras miraba hacia arriba y veía el cielo oscurecerse justo encima, apenas visible a través de la gruesa jungla colgante de árboles y plantas. Llevaban separados de Amber y los demás desde hacía bastante tiempo, y pronto estaría completamente oscuro. Esperaba que entre los dos pudieran encontrar el camino desde la jungla hasta la playa. Habría sido bastante difícil acordarse del camino de día, no digamos ya por la noche.

Más le valía a Jack no contarle a los demás nada de esto, pensó Lex enfurecido, avergonzado por ser incapaz de cuidarse solo.

De repente, un enrevesado manojo de lianas cayó desde arriba.

—Gracias, Jack. ¡Te debo una! —gritó Lex.

Lex se agarró, palpó el grosor de las lianas y se sintió seguro de que serían capaces de soportar su peso. Se sentía continuamente impresionado por las habilidades prácticas de

Jack, su capacidad para fabricar aparatos mecánicos con los elementos más básicos, y aquella cuerda improvisada hecha con lianas parecía perfecta.

Lex comenzó a trepar, a elevarse, mientras hacía fuerza en la liana con los brazos e intentaba ayudarse en su ascenso colocando los pies en las raíces de la liana.

Pero de repente, para su sorpresa, comenzó a hacer rápidos progresos hacia la superficie, como si estuviese en un ascensor.

—Guau, Jack —admiró Lex, pues nunca pensó que Jack pudiese hacer eso—. ¿Has estado entrenando?

Al aproximarse a la superficie y escuchar con más fuerza los sonidos de la vida de la jungla, Lex se sintió encantado de recuperar por fin la libertad.

Sin embargo, al llegar arriba y salir del agujero, se quedó mirando con una inquietud repentina.

Jack se retorcía e intentaba gritar para advertirle, pero tenía una gran mano sobre la boca que amortiguaba sus bramidos. Un enorme "nativo" lo sujetaba, embadurnado con pintura de guerra por la cara y el cuerpo.

—¡Suéltalo! —ladró Lex con furia.

Lex pretendía apresurarse a ayudar a Jack, pero al tocar suelo advirtió otros nativos de aspecto similar y fue subyugado rápidamente.

Lo último que vio fueron los ojos locos e histéricos de Jack antes de que una mano gigantesca le cubriera los ojos y otra la boca, que amortiguó sus propios gritos de frustración y resistencia.

CAPÍTULO VEINTE

Era muy raro volver a estar en tierra firme, pensó Amber mientras observaba las estrellas centelleantes en el cielo nocturno.

Aquella había sido su rutina antes de dormir: contemplar los cielos y pasar un momento repasando sus pensamientos. Lo había hecho cada noche durante su viaje por el océano, primero cuando estaban en el pequeño barco y luego en el *Jzhao Li*. Normalmente, Jay la acompañaba, y los dos pasaban un tiempo relajado a solas para intentar encontrarle sentido a todo.

Y ahora Jay se había ido y Amber estaba preocupada. Jay y Ram no habían regresado todavía al campamento de su excursión. Tampoco había señales de Lex y Jack.

Al menos las chicas habían regresado un poco antes, para alivio de Amber, y habían traído más material sanitario de los restos del *Jzhao Li*. Y, lo más importante de todo, a Zak.

Era un milagro. Estaba vivo. A duras penas. Tenía el pulso débil y no había recobrado la conciencia. Era obvio que casi se ahoga y que se había golpeado la cabeza, pues tenía una hinchazón visible. Amber y los demás temían no volver a verlo, sospechaban que había sucedido lo peor después de que Zak descendiese heroicamente el bote salvavidas, lo que les permitió a todos escapar del navío carguero e hizo que se quedase atrapado en él cuando encalló.

May estaba junto al cuerpo recostado de Zak, hecha un ovillo junto a él, decidida a permanecer a su lado.

De forma similar, Ruby seguía vigilando de cerca a Slade, en el interior del refugio improvisado. Slade soltaba susurros de dolor ocasionales por la herida del costado, y Ruby intentaba por todos los medios aliviar su angustia. Por suerte, Amber había detenido la pérdida de sangre al tratar la herida anteriormente. Ahora debían vigilar la infección.

La temperatura pareció caer de golpe al avanzar la noche, pero era debido al viento que venía del océano.

—Hace frío —dijo Lottie mientras los dientes le repicaban, sentada tan cerca como se atrevía del calor de la hoguera que habían encendido.

—Primero que si mucho calor, y ahora mucho frío —murmuró Darryl, que intentaba dormir mientras Lottie lo irritaba, sin mencionar los enjambres de mosquitos. Darryl agitó la mano para intentar ahuyentar a los insectos, que parecían haberle tomado cariño. Seguían zumbando en el húmedo aire nocturno, y Darryl suspiró para sí mismo. No le parecía que hiciese frío. ¿Qué esperaba Lottie, nieve? ¿Que iba a ponerse a hacer muñecos de nieve en aquella región, que era claramente subtropical?

—Ellie... Jack y Lex saben cuidarse solos —dijo Amber para intentar animar a Ellie, que caminaba adelante y atrás por la arena del campamento.

—¡Están tardando demasiado! —dijo Ellie con ansiedad manifiesta.

—Estoy segura de que volverán dentro de nada —insistió Amber.

—Jack... —Ellie se desmoronó en sollozos al decir su nombre.

—Estará bien, no te preocupes —dijo Salene mientras le daba un abrazo.

—¡Esperemos! —dijo Trudy, que miraba con inquietud alrededor de la oscura jungla que bordeaba el Campamento

Fénix—. ¿No te dormirás durante tu guardia ni nada, Amber? —continuó.

—No, no te preocupes. Me mantendré despierta. Así que tú ponte cómoda e intenta descansar un poco.

Trudy asintió y se tumbó cerca de los pequeños, que ya se encontraban en un sueño profundo.

Tras agarrar una irregular lanza que había fabricado antes, Amber caminó hacia donde estaba sentado Sammy, que supuestamente estaba montando guardia. Pero tenía la cabeza caída hacia delante y emitía sonoros ronquidos.

Amber le tocó el cuello con la punta de la lanza.

Sammy se despertó de golpe, y luego suspiró de alivio.

—Ah, eres solo tú, Amber.

—Qué buen trabajo, ¿eh? —respondió Amber con desdén—. No tiene sentido que montes guardia si te duermes, Sammy. Si de verdad estás tan cansado, vete.

—Lo siento —dijo con culpabilidad, y entonces se marchó para acercarse a la hoguera y unirse a los demás mientras Amber comenzaba a montar guardia ella misma.

La noche era fantasmal, la luz de la luna tenía un brillo antinatural, las olas golpeaban la costa sin cesar, el agua tenía una extraña palidez gris, iluminada por la brillante luna. El viento susurraba a través del follaje. Estaban todos muy expuestos, y solos.

Amber se preguntó qué sería aquel lugar mientras miraba alrededor, en dirección a las interminables filas de palmeras que se encrespaban con el viento, y al oscuro contorno de la jungla llena de misterio. ¿Qué o quién habría ahí fuera?

Amber agarró con más fuerza la lanza que sostenía en la mano, para prepararla en caso de que necesitase entrar en acción en cualquier momento, e intentó desechar la preocupación creciente que sentía por la ausencia de Lex y Jack. Y de Jay y Ram.

Pero aquella tierra no podría con ellos, decidió Amber. Se prometió que les esperase lo que les esperase, estaría lista para enfrentarse a ello, y se tranquilizó pensando que los otros cuatro estarían bien y volverían pronto.

* * *

—Control de tierra a los Tecnos. Ram al aparato. ¿Cambio?

—Tierra a Ram. ¿Qué demonios estás haciendo? —preguntó Jay.

Ram estaba sentado en el asiento del piloto de la cabina de mando del enorme avión de carga. Giraba el volante y apretaba botones del panel de instrumentación como un niño feliz jugando con un juguete más grande de lo debido.

—Pensaba que querrías dormir un poco —continuó Jay—. Si no, siempre puedes comenzar a hablar.

—Quizás tengas razón —dijo Ram, que se recostó en el asiento—. Se está haciendo tarde.

Había prometido comentar unas cuantas cosas con Jay por la mañana, pero Jay comenzaba a sospechar que Ram le estaba dando largas a propósito para evitar el asunto. Al parecer le dolía la cabeza, y le había asegurado a Jay que no había nada de gran importancia que no pudiese esperar a la mañana siguiente.

Jay estaba ansioso por descubrir la razón del extraño comportamiento de Ram, pero se sentía también cansado y pensó que sería mejor para los dos dormir unas cuantas horas mientras fuese posible.

La prioridad era descubrir los misterios en torno a aquella aeronave, y entonces se encargaría de los misterios que rodeaban a Ram.

Los dos habían trepado anteriormente para examinar el interior del avión estrellado, atrapado a gran altura entre los árboles.

Echaron un vistazo a la cavernosa bodega. Que estaba vacía: no había cargamento. Tan solo la aeronave, con el equipamiento de a bordo razonablemente intacto.

Por fortuna, tampoco había ningún cuerpo. Jay suponía que la tripulación habría saltado en paracaídas, o que habrían escapado de los restos del avión tras estrellarse y quedarse atrapado en la jungla. Estaba claro que debió haber alguien pilotando el avión y, puesto que no había señales ni ningún esqueleto, concluyó que quizás los ocupantes habían sobrevivido.

La aeronave tenía insignias de Naciones Unidas en la cola.

Qué hacía el avión y por qué se había estrellado seguía siendo un misterio, como lo eran muchas cosas relacionadas con los últimos días del mundo de los adultos.

Jay se preguntó si podría haber alguna conexión entre el avión de carga y el *Jzhao Li*. Puede que estuviese de algún modo involucrado con la flota del Pacífico de las Naciones Unidas que mencionaba el diario de la Dra. Jane Gideon. ¿Formaba parte de algún esfuerzo desesperado por escapar del virus, o de alguna otra cosa?

A pesar de sus esfuerzos por averiguarlo al trepar a los restos del avión, Jay y Ram no habían obtenido respuestas.

No había mapas ni papeleo. Los ordenadores de a bordo no tenían energía y Ram fue incapaz de volver a ponerlos en funcionamiento. Pero Jay se daba cuenta del continuo deseo de Ram por seguir intentándolo, lo que reforzaba sus sospechas de que Ram estaba evitando revelar información relacionada con su comportamiento irracional en los últimos días.

Jay echó una mirada a Ram, que comenzaba a roncar en el asiento del piloto, y no pudo evitar dibujar una ligera sonrisa. El antiguo líder de los Tecnos había disfrutado mucho estando en el avión y poniéndose de nuevo en contacto con la tecnología. Era la única señal de felicidad que había mostrado en un tiempo.

A pesar de las excentricidades y de la impertinencia maníaca de Ram, a Jay le caía bien. Y lo admiraba de muchas maneras. Se habían conocido justo antes de que el virus atacase, cuando los llevaron a un campamento militar durante el punto álgido de la pandemia. En medio del pánico, las autoridades habían comenzado las evacuaciones de emergencia para aquellos que no estaban contaminados y tenían menos de 18 años. Implementaron un programa de supervivencia. Era conocido como D.R.E.S., acrónimo de Desarrollo de Resistencia, Educación y Supervivencia.

La idea básica era que tomarían a varios segmentos demográficos de la población joven durante el proceso de evacuación para que pasasen un tiempo en campamentos militares, donde serían entrenados en varias áreas.

Había distintas regiones especializadas en distintas habilidades.

El campamento donde Jay conoció a Ram por primera vez se concentraba en trabajar con aquellos que tenían un don con los ordenadores. Jay siempre había sentido interés por la programación, pero supo desde el momento en que conoció a Ram que no se podía comparar. Ram poseía habilidades fuera de serie. Aunque su mayor habilidad pareció ser la de salir con Siva y Java al mismo tiempo. Ambas habían sido también evacuadas al mismo campamento, pues sobresalían en tecnologías de la información.

Durante el transcurso de la iniciación, enseñaron a todos los del campamento militar en el poco tiempo disponible una serie de materias que resultarían cruciales para ayudarles a sobrevivir. Como programar redes eléctricas. O volver a poner en funcionamiento el alcantarillado y otras infraestructuras.

Tras la muerte de los adultos, Jay se sintió atraído por la visión de Ram de crear la tribu de los Tecnos. Aunque no compartía del todo su ambición por el dominio y el control, que resultó en la invasión de otros sectores.

Ram justificaba su ambición, pues sentía que la sociedad se beneficiaría de la experiencia de los Tecnos, pero sentía desprecio por aquellos a los que él consideraba "virts". Todos aquellos sin educación ni interés por las maravillas de la tecnología. La única constante era que Ram era un hombre de extremos. Era astuto y brillante. Sobresalía de forma estratégica; pero, como sus amados ordenadores y todo objeto tecnológico e inanimado, parecía estar vacío de cualquier tipo de "sentimientos humanos". Aparte de demostrar su tozudez. Desde luego era un individuo complejo.

Jay sabía que algo lo incomodaba desde que había dejado la ciudad, pero hasta el momento Ram había evitado explicar nada.

El propio Jay también era cabezota, y estaba decidido a conseguir que Ram se sincerase con él.

Una ola de cansancio golpeó a Jay. Poco después, se durmió.

En cuanto se le cerraron los ojos, los de Ram se abrieron de par en par. Sabía que había llegado el momento.

Jay le había atado las muñecas a Ram con lianas al panel de control de la cabina de mandos, por si se le ocurría escapar de nuevo.

Tras echar un vistazo cuidadoso para asegurarse de que Jay estaba dormido, Ram comenzó a frotar las lianas contra el panel de instrumentación.

¿Quién era Jay para pensar que podía mantenerlo atado? ¿No sabía nadie que Ram era el que hacía las reglas? Él decidía el destino de los demás, y no al revés.

Con una sombría mirada de determinación, Ram se ocupó de la liana intentando no hacer mucho ruido. Tenía claro que pronto sería libre.

* * *

Jay se giró para cambiar de posición, consciente del ruido en su estado de sueño ligero.

Se oían chirridos constantes al soplar el viento contra los pesados restos de la aeronave Hércules, que se mecía suavemente, suspendida en lo alto, entre los árboles.

En algún lugar, en lo profundo de su mente, estaba seguro también de que Ram había dejado de roncar.

Tras entornar los dormidos ojos para echarle un vistazo, se impactó ante la inesperada y repentina visión de Ram, que lo observaba desde arriba, a centímetros de su rostro.

—¡¿Qué demonios haces, Ram?!

—Intentaba no molestarte... Para que tú no me molestases —dijo Ram arrastrando las palabras, contento consigo mismo al mostrarle a Jay que había conseguido desatarse—. Dormías profundamente, pequeño Jay. Como un bebé.

Ram se colocó de nuevo en el asiento del piloto, se estiró y bostezó antes de contemplar a Jay.

—Y, ¿quieres saber algo, Jay? Heriste mis sentimientos, al atarme. ¿Es que no confías en mí?

—Bueno, es una forma de decirlo —Jay sonrió sin querer.

—Pude haber trepado fuera de aquí, haber bajado por los árboles y haber escapado. O "atacarte", Jay; podría haber acabado contigo sin que te enterases —Ram sonrió.

—¿Y por qué no lo has hecho? ¿Te preocupaba que me despertase y te pillara con las manos en la masa?

—No hay por qué ser tan hostil, Jay. Elegí no escapar, porque no quiero. Y tampoco quiero "pelear" contigo. Estamos en el mismo bando. Deberías saberlo a estas alturas. Quería demostrar que puedes confiar en mí. Sigo aquí aunque no me sea necesario... No voy a huir de ti, ni de mí, nunca más...

Jay se había acomodado y estaba ahora recostado contra la pared de metal de la bodega del avión. Miraba a Ram con cierto grado de fascinación.

—A veces me vuelves loco, Ram. En serio.

—Me vuelvo loco a mí mismo, Jay, si te digo la verdad. No es fácil vivir con una mente como la mía —Ram se señaló la cabeza—. Este cerebro... ¿Puedes imaginar cuántas operaciones de coma flotante por segundo tengo revoloteando, procesando millones de archivos? Lo que a un ordenador le costaría un segundo, a mí podría costarme solo un mili-segundo. Si pudiésemos programar el software como Dios programó a los humanos, ¿eh, Jay? Entonces, puede que este mundo no hubiese terminado así de mal.

—¿Así que admites que eres humano, después de todo? —Jay sonrió afectuosamente.

De repente, Ram se puso intenso y comenzó a pasarse la mano por el pelo con nerviosismo.

—Sí, soy humano. Ojalá no lo fuese. Ojalá fuese un ordenador. Al menos los ordenadores no tienen conciencia.

—Sigue hablando —lo animó Jay con cautela.

—Tienes razón, Jay. Os he estado ocultando algo. He intentado ocultármelo a mí mismo.

Comenzó a golpearse la cabeza con las palmas de las manos, cada vez más frustrado.

—Estos malditos pensamientos... No puedo programar dejar de pensar lo que pienso. Y he estado pensando... mucho. No te imaginas lo que ha pasado por estos archivos de datos en las últimas semanas. Pensé, cuando intenté escapar de ti antes, que podría huir de mis problemas. O mantenerlos ocultos de algún modo y fingir que ni siquiera existían. Pero ahora que estamos aquí, atrapados en esta tierra, me doy cuenta de que no puedo enviar los archivos a la papelera. Y, sobre todo, no puedo seguir adelante solo. Necesito tu ayuda, Jay. Estamos juntos en esto.

—¿Juntos en qué? —respondió Jay, intrigado.

—Hay... muchas cosas que necesitas saber. He estado ocultando unas "cositas" a todo el mundo. Lo he hecho por el bien de todos. Para protegerte a ti, a Amber y a todos los demás. Pero es hora de que sepas la verdad.

Por fin, pensó Jay. Apenas se creía que Ram se estuviese sincerando con él. A la manera de Ram. Y sentía pena por él, porque estaba claro que sufría. Se golpeaba la cabeza de forma obsesiva, angustiado por su agitación interna.

—¿Por dónde empiezo? —chilló Ram—. ¡Deja que recupere un par de cosas del limbo! ¡Espero no quedarme atrapado en un bucle infinito! ¡No queremos que este viejo cerebro mío se quede colgado ahora, ¿eh?! ¡O quizás no seamos capaces de reiniciarlo!

—¿Por qué no me lo cuentas todo? —dijo Jay.

—Para poder hacer eso, tengo que empezar desde el principio. Y es un cuento tremendo para antes de dormir, Jay.

Ram parecía estar hiperventilando. Los ojos se le movían con rapidez, retorcía la cabeza como si tuviese un tic nervioso mientras procesaba la información que llevaba incrustada en los recovecos más profundos de su mente.

—¡Yo! ¡Tú! ¡Todos nosotros! ¡Estamos en grave peligro!

CAPÍTULO VEINTIUNO

El yate que remolcaba el bote salvavidas corría por el agua. Ebony, atrapada en la red, miraba hacia delante con inquietud; una silueta elevada se divisaba a lo lejos. Salían llamas desde la parte superior que brillaban en el oscuro cielo nocturno. Aquella infraestructura se sostenía sobre cuatro patas como un coloso. Era gigantesca, imponente. Y el yate se dirigía directamente hacia ella. Ebony sospechaba que podía tratarse de una plataforma petrolífera.

El yate llegó poco más de una hora después. Ebony estaba asombrada por el tamaño de la plataforma, no digamos ya por su existencia. Le impresionaba que allí, en mitad de ninguna parte, lejos de tierra, se erigiese aquel mastodonte, como esperando a que la madre naturaleza intentase derribarlo sin éxito. El viento se había levantado, las olas eran mayores y golpeaban los enormes puntales que sostenían la inmensa infraestructura como si no tuviesen impacto alguno.

Reparó en que había llegado un navío más grande que estaba amarrado en un muelle que rodeaba la base de la plataforma. Había prisioneros desembarcando, guiados en manada por un grupo de matones de aspecto salvaje. Como la mayor parte de tribus que Ebony encontró en la ciudad, todos tenían más o menos la misma edad. Pero había entrado en contacto con pocos que tuviesen un aspecto tan amenazante como este grupo.

Ebony se sentía tan confundida como aterrada, y se preguntaba qué conexión tendrían el grupo de aspecto militar que había abordado el bote con aquellos matones.

Pasó un buen rato hasta que Ebony y sus compañeros cautivos subieron las varias plantas de escaleras metálicas de la plataforma petrolífera. Al alcanzar la cima llegaron a un helipuerto y les ataron los tobillos con cadenas de metal.

Algunos del grupo suplicaron que los liberasen, otros gemían con autocompasión a medida que los matones colocaban a los prisioneros en fila. Parecía que los estaban separando por género y en diferentes grupos de edad.

Los tipos de aspecto militar contemplaban sin inmutarse, como si fuesen una especie de supervisores que se aseguraban de que todo avanzaba según lo que fuese que tenían planeado.

Ebony tenía el estómago revuelto. No tenía idea de su destino o de las intenciones de sus raptores.

—¡Ponte ahí! —bramó uno de los matones, y de una patada colocó a un chico en su sitio. El niño, petrificado, parecía a punto de romper a llorar, y luchaba por mantener la compostura por miedo a las repercusiones.

El primer grupo era el más grande. Parecían ser los mayores, más fuertes, más grandes y mejor preparados físicamente, según pudo ver Ebony. Todos eran varones.

El siguiente grupo era todo lo contrario: comprendido por los miembros más pequeños y jóvenes de los prisioneros allí reunidos. Eran flacuchos. Algunos tenían un aspecto horrible. Estaban claramente malnutridos, y debían llevar tiempo viviendo con dificultades para estar en ese estado. El grupo lo comprendían tanto hombres como mujeres.

Ebony formaba parte del último grupo, con solamente otras seis chicas. Y se preguntaba por qué las habían aislado.

Satisfechos por haber dispuesto a los prisioneros en el orden correcto, uno de los matones se acercó al líder de los militares.

—Hemos terminado —dijo.

—¡Mantened la posición! —respondió el líder. Entonces habló a través de un walkie-talkie—. Puede venir cuando quiera, comandante Blake.

El viento aullaba en la cubierta superior.

Ebony y sus compañeros de presidio temblaban por el frío aire de la noche, pero también por la creciente ansiedad ante lo que iba a suceder ahora, cuando una figura borrosa apareció en las paredes exteriores, iluminada débilmente por antorchas llameantes.

Alto, fornido, intimidante... Ebony y los cautivos contemplaron paralizados por la sombra, que pronto descubrieron pertenecía a un hombre joven, que avanzaba dando zancadas confiadas a lo largo del helipuerto.

Él, como el grupo que había abordado a Ebony, iba vestido de negro y llevaba un pasamontañas similar enrollado sobre la cabeza. Pero, a diferencia de los otros, no tenía el pelo rapado. Al contrario: una melena de mechones rubios le caía a la altura de los hombros y ondeaba en todas direcciones al aullar el viento. Estaba también sin afeitar, y llevaba una barba de varios días en la amplia mandíbula. Pero en lo que Ebony se fijó fue en sus ojos. Y aquello la perturbó. Eran de un azul profundo, intenso. Caminaba de un lado a otro examinando a los prisioneros, como si los estuviese inspeccionando en una plaza de armas militar.

Combinaba acción y emoción. Tenía un trasfondo de energía e impaciencia. Rezumaba poder. Un poder ominoso. Parecía una bomba de relojería. No había duda de que debía ser el macho alfa del lugar.

Ebony debía admitir que era atractivo. Y bastante. A pesar del odio hacia sus captores, nunca había sido capaz de no fijarse en un hombre físicamente atractivo. Y ese tipo era sexy. Su magnetismo y presencia la dejaron sin aliento. Lo examinó como una leonesa, como si se tratase de su presa.

Parecía tener la misma edad que Ebony y el grupo de aspecto militar pero, al contrario que el comportamiento reglamentado de estos, él estaba más relajado, y se encontraba comiendo una manzana madura como si nada.

—Hemos recogido ciento veintidós, comandante Blake —dijo uno de los matones con sumisión y orgullo sobre el sonido del frío viento—. Hemos superado nuestra cuota.

Blake asintió, claramente impresionado, y le dio otro mordisco a la manzana. Sus ojos examinaban adelante y atrás, analizaban a todos los allí presentes.

Entonces se giró al líder del grupo que abordó el barco.

—Axel, ¿de qué has de informar? —preguntó Blake.

—¡Solo había una a bordo, señor! Una mujer. Está en el tercer grupo.

Axel señaló, y luego guio a Blake hasta donde se situaba Ebony.

Blake la miró de arriba abajo y examinó su pelo, sus orejas, sus dientes.

—Así que tú eres el pitido que nos salía en el radar, ¿eh? —dijo Blake.

Ebony sonrió tímidamente, con inquietud.

—Me llamo Ebony.

—¡No te he preguntado tu nombre! —soltó Blake, repentinamente furioso.

La sonrisa de Ebony desapareció con rapidez cuando Blake se giró hacia Axel.

—Esperaba unas cuantas más. Pero ella bastará —dijo Blake.

Examinó pelo, ojos, dientes y orejas del resto del grupo de Ebony.

—¿Alguna de vosotras ha estado embarazada? —preguntó.

—¿Por qué? —respondió una chica, tan confundida ante la pregunta como lo estaba el resto del grupo, incluida Ebony.

Pero se quedaron estupefactas ante lo que sucedió a continuación.

Blake se colocó a la chica con facilidad sobre un hombro, ella sacudió piernas y brazos hasta que él llegó a la barandilla, y la tiró como si nada al otro lado.

Ebony y sus compañeros de presidio escucharon, aterrorizados, y oyeron un llanto que se alejaba a medida que la chica caía, hasta que se zambulló en el océano, mucho más abajo.

Blake le dio otro mordisco a la manzana con indiferencia, y arrojó el corazón al océano.

Todos miraban con intensidad, petrificados, mientras Blake regresaba y se dirigía a los allí reunidos.

—No os pido mucho durante vuestro tiempo con nosotros. Pero sugiero encarecidamente que no respondáis una pregunta con otra pregunta. Cuando yo, o algún miembro de mi equipo, os pregunte algo, esperamos una respuesta. ¿Entendido?

Se esparció un murmullo alrededor de los prisioneros.

Sin embargo, Ebony gritó con todas sus fuerzas.

—¿Qué os pasa a todos? ¿Es que no sabéis hablar? ¡Ya le habéis oído! ¡Decidle que lo entendéis!

Blake miró con sorpresa a Ebony, con un destello de diversión en los profundos ojos azules mientras los demás prisioneros gritaban al unísono e indicaban que eran completamente conscientes de sus órdenes.

Ebony alzó la voz con fuerza sobre aquel coro.

—¡No os olvidéis de decir "señor"! ¡Quiero oír cómo lo decís!

—¡Lo entendemos, señor! —respondieron los prisioneros.

—¡Bien hecho! —dijo Ebony.

Blake suspiró para sí mismo, luego se dirigió a los allí reunidos como si ignorase a Ebony a propósito.

—¡Así que recordad una cosa, todos vosotros! ¡Obedecéis, o sufriréis! —bramó a los achantados prisioneros.

Entonces se acercó enérgicamente a Axel y señalo con impaciencia.

—¡Quítalos de mi vista!

—¿Y la chica qué, señor? —preguntó Axel mientras miraba a Ebony.

—Tráemela —ordenó Blake—. ¡Yo me ocuparé de ella!

* * *

Ebony, acompañada por los guardias y con grilletes, arrastraba los pies al caminar por un largo pasillo en el cuartel principal.

Axel dio un golpecito educado sobre una puerta cerrada ante él. Era extraño, pensó Ebony por un instante, ver que se conservaban las maneras del viejo mundo.

—Adelante —respondió una voz femenina.

Axel abrió la puerta y los guardias empujaron a Ebony al interior.

Blake estaba sentado tras un enorme escritorio de madera de roble. La chica grotesca de las cicatrices en la cara, que Ebony había visto anteriormente cuando fue capturada, estaba de pie detrás de Blake, y le acariciaba los hombros con delicadeza, dándole un masaje. Le echó una mirada de desprecio a Ebony y luego asintió mientras Axel le daba vueltas a Ebony como si la estuviese exhibiendo. Que así era.

Blake le dio un sorbo a su copa de vino y examinó a Ebony. Estaba en mitad de una comida.

—¡Quítame las manos de encima! —soltó Ebony, que se retorcía ante el apretón de sus captores.

Axel levantó un puño, listo para golpear.

—¡Eso no será necesario! —dijo Blake—. No quiero que se derrame sangre en mi cuarto. No mientras estoy comiendo. Tú y tus hombres podéis retiraros, Axel. Gracias.

Axel asintió y se marchó con los demás guardias.

Blake continuó comiendo y dando sorbos de vino. La chica desfigurada siguió masajeándole el cuello.

Por lo que había presenciado antes, en el helipuerto de la plataforma petrolífera, Ebony decidió que no sería sensato ser la primera en hablar.

El silencio pareció durar una eternidad, y Blake casi ignoraba a Ebony. Comenzó a sentirse mareada al estar de pie y sin moverse durante tanto tiempo.

Después de un rato, el silencio se rompió.

—¿Por qué? —interrogó Blake, sin mirar hacia arriba, mientras daba las últimas cucharadas al postre.

Ebony no sabía exactamente a qué se refería, pero sospechaba que buscaba detalles sobre cómo había acabado a la deriva con el bote salvavidas, pero no estaba dispuesta a dar información. No hasta hacerse una mejor idea de quienes eran estas personas exactamente.

—¿Por qué no? —respondió Ebony—. Hablando de forma filosófica, quiero decir. No contestaba una pregunta con otra pregunta,... señor. Tan solo intento entablar una conversación amistosa.

—¿Quién eres? —dijo Blake, que rellenó la copa de vino.

—Podrías intentar conocerme mejor y así lo averiguarías —dijo Ebony mientras se desabotonaba la blusa.

La chica horrenda dirigió una patética mirada a Ebony.

Blake alcanzó un palillo pequeño y comenzó a limpiarse entre los dientes y a extraer los restos de comida, aparentemente inconsciente de que Ebony se estaba desnudando ante sus ojos.

—¿Por qué iba a querer hacer eso? —preguntó.

Ebony se quitó la blusa y comenzó a desabrocharse el sujetador.

—Puedo poner mis habilidades sobre tu mesa. Habilidades que no puedes imaginar —dijo de forma seductora.

—¿Eso puedes hacer? —respondió Blake, que bebió otro sorbo de vino—. Vaya, ¿no es interesante?

—¿Por qué no liberas a la bestia y lo discutimos en mayor detalle? —dijo Ebony, y tiró el sujetador al suelo.

Estaba desesperada. No tenía ni idea de quienes eran aquellas personas, pero debía causarles impresión y probar suerte mientras pudiese. Y, por instinto, aquello era lo único que sabía hacer para lograrlo.

Era consciente de que era atractiva y utilizaría todo lo que estuviese en su considerable arsenal para lograr sobrevivir.

—Eso parece una sugerencia sensata. ¡Déjanos! —ordenó Blake mientras observaba con admiración la parte superior del cuerpo desnudo de Ebony.

—¡No hablarás en serio! —protestó la chica desfigurada.

Blake habló en voz baja, y acarició a la chica en la mano de modo tranquilizador.

—Por favor.

La chica grotesca suspiró para sí misma y salió a regañadientes de la habitación, cerrando la puerta tras ella.

—¿Tienes hambre? —dijo Blake mientras señalaba los restos de comida sobre la mesa.

—Estoy famélica —Ebony estaba ardiente; arrastró los pies hacia él—. Tengo un apetito del demonio. Y espero que seas capaz de satisfacerlo.

Se sentó sobre una de sus rodillas, llevó una de las manos de Blake a su pecho y comenzó a besarle primero con delicadeza y luego cada vez más apasionadamente.

CAPÍTULO VEINTIDÓS

Bray se revolvió en la cama, contoneando los tobillos y moviendo las muñecas para intentar restaurar la circulación en las extremidades atadas. Las ataduras estaban bien apretadas, Emma y sus hermanos habían hecho un buen trabajo. Había hecho todo lo posible por intentar liberarse, pero dudaba que ni el más flexible de los contorsionistas fuese capaz de librarse de los nudos que lo mantenían prisionero.

¿Qué pensaba hacer Emma con él?

Sentía lástima por ella. No debía ser fácil tener su discapacidad y luchar por sobrevivir junto a sus hermanos pequeños. Y, si la historia de Emma era cierta, habían soportado buena cantidad de desgracias y sufrimiento por la erosión gradual de su tribu, las Cucarachas, reducida ahora a solo tres miembros. ¿Entregarían a Bray a los Caídos? ¿O lo dejarían seguir su camino algún día?

No dejaría de intentar persuadir a Emma de que no pretendía hacerles daño, esperando que ella lo liberase. Entonces, Bray podría formular un plan para descubrir dónde lo habían retenido todo aquel tiempo, y cómo podía regresar a la ciudad, con sus amigos y su tribu.

El sonido de gritos en el exterior sacó a Bray de su ensueño. Parecía una niña pequeña llorando, pidiendo ayuda, muy angustiada. ¿Sería Tiffany?

Bray se preparó. Estaba claro que ahí fuera sucedía algo peligroso. Algo iba mal. Y allí estaba él, incapaz de prestar ayuda.

Abrieron el cerrojo de la habitación, y luego la puerta, que reveló al pequeño Shannon entrando con lágrimas en los ojos, con su hermana mayor, Emma, tras él.

—¿Está él aquí? ¿Sigue él aquí? —chilló Emma.

—¡Sí! ¡Está aquí! —respondió a gritos Shannon, con pánico.

—¡¿Qué sucede?! —preguntó Bray al tiempo que Emma tropezaba levemente al seguir a Shannon de regreso a la puerta.

Emma se detuvo, se giró y contempló a Bray a través de los ojos opacos.

—¡Al principio pensé que habías sido tú! —gritó Emma—. Que habías salido y querías hacerle daño a Tiffany, o tomarla como rehén.

—¿De qué estás hablando? —voceó Bray, frustrado ante las sospechas continuas de Emma sobre su persona y sus intenciones.

Podía sentir los sentimientos de impotencia de Emma del mismo modo que ella sentía la desesperación de Bray. Emma asintió. Shannon pulsó un interruptor. Los monitores de seguridad mostraban, de repente, varias imágenes de una pandilla de aspecto salvaje que recorría la base.

—¿Los Caídos? —interrogó Bray.

—Sí —respondió Emma, cada vez más angustiada—. Y parece que tienen a Tiffany.

—No podéis luchar contra ellos solos. ¡Libérame, Emma! ¡Os ayudaré, te lo prometo!

La cabeza de Emma le iba a mil por hora. No tenía mucho tiempo. ¿Sería una trampa? ¿Podía confiar en él? ¿Se volvería en su contra si lo liberaba? Su rostro delataba las tormentosas emociones de duda e insoportable incertidumbre que sentía mientras los gritos de socorro de Tiffany seguían en el exterior, aunque las cámaras de seguridad en movimiento no captaban la imagen y mostraban solo a los miembros de la pandilla entrando a varios edificios y examinándolos.

—¡Necesita ayuda! ¡Yo puedo ayudarla! —chilló Bray.

Reticente, pero sin opción, Emma asintió a Shannon. El pequeño corrió hacia Bray y sacó un pequeño cuchillo del bolsillo cuya hoja centelleaba a la luz.

Durante un instante, Bray se preguntó si Shannon pretendería utilizar el cuchillo contra él, pero aquella ansiedad se apaciguó cuando Shannon cortó las ataduras que retenían a Bray y las cuerdas cayeron al suelo.

Bray no medió palabra y, enfadado por lo que podría haberle ocurrido a Tiffany, pasó corriendo ante Emma y Shannon. Ambos dieron un paso atrás cuando se apresuró entre ellos a toda velocidad.

Tiffany soltó otro grito penetrante. Emma comenzó a temblar, aterrorizada e impotente. El pequeño Shannon abrazó a su hermana mayor mientras Bray desaparecía por la puerta.

* * *

—¿Dónde está la guapa de tu hermana? —gritó uno de los miembros de la pandilla. Estaba de pie fuera del edificio de alojamiento en el que habían retenido a Bray, y le estaba doblando el brazo a la pequeña Tiffany, la cual hacía gestos de dolor con el rostro mientras intentaba resistirse.

—¡Aquí! —gritó Bray, que miró alrededor en busca de otros miembros de la pandilla.

—¡Tú no te pareces en nada a Emma! —dijo el pandillero—. ¿Quién coño eres?

—Tu peor pesadilla, si no la sueltas —respondió Bray en tono de amenaza.

—Podría soltarla, ¡o romperle el brazo! —respondió el pandillero mientras daba pasos atrás lentamente y forzaba más el brazo de Tiffany.

Se sentía claramente amenazado por la imponente figura de Bray, que tenía el aspecto de un chico que sabía cuidarse solo.

Aparecieron otros miembros de los Caídos.

Todos iban vestidos con ropa negra y mugrienta, con cicatrices de heridas auto-infligidas a ambos lados de la cara, donde debían haberse cortado a ellos mismos la forma de la letra "C", que denominaba a su tribu. Parecían góticos, con el pelo tintado de negro, maquillaje rojo alrededor de los ojos y boca, como si estuviesen untados en sangre. Tenían cadenas con joyería y adornos de calaveras.

—¿Qué tenemos aquí? —preguntó una. Era la única mujer de la tribu que Bray pudiese ver, y debía ser la líder. Los demás parecían impresionados ante ella mientras inspeccionaba a Bray.

—Un héroe, Belle —respondió el matón que sujetaba a Tiffany

—. O eso se piensa él.

Belle contempló a Bray y, de repente, embistió hacia delante como un animal salvaje.

Bray dio un paso atrás.

Belle comenzó a reír como una loca y a chuparse los labios como si estuviese saboreando algo imaginario.

—¡A mí me da que no! No me parece ningún héroe. Además, ¡los héroes no tienen muy buen sabor! ¡A mí me gusta la carne más bien cruda!

Ella y los demás se estaban juntando en torno a Bray, y lo rodeaban de forma amenazante.

De repente, Bray reparó en el punto rojo de un láser que se movía por la cara del captor de Tiffany. Venía de una de las ventanas del edificio. Era Shannon, que estaba utilizando un pequeño llavero láser para intentar ayudar a su manera. Y, en cuanto la luz apuntó directa a los ojos del captor, Bray aprovechó rápidamente la oportunidad. En un veloz movimiento, dio una pirueta y le propinó un poderoso golpe al pandillero que retenía a Tiffany. Fue suficiente para que la soltase.

Tiffany salió disparada y corrió tan rápido como pudo hacia el edificio residencial.

Bray se apresuró en la dirección opuesta, seguido por los Caídos. Todos rugían como animales salvajes persiguiendo a su presa.

Bray llegó al área del parque de atracciones y divisó unos edificios al otro lado, tras la montaña rusa.

Nunca le habían entusiasmado las montañas rusas, y en estos momentos aún menos. Pero esta era crucial para el plan que Bray rápidamente había formulado en su cabeza.

Tras escalar el desvencijado armazón de madera, Bray pudo sentir la fragilidad de la estructura bajo sus pies, y temía que fuese a derrumbarse en cualquier momento.

Pronto, se encontró a más de quince metros del suelo, agarrado del armazón exterior en la cima de un *looping*. Parte de la madera de la que estaba colgando se desgarró del raíl, y los listones podridos giraron a medida que la gravedad los empujaba hacia abajo. Bray se sentía mareado mientras observaba el trozo de madera precipitarse al suelo, mucho más abajo. Era otro recordatorio, como si le hiciese falta, de que al menor error él también caería al abismo.

Los Caídos miraban hacia arriba, con los ojos salvajes concentrados en Bray.

Belle señaló. Un miembro de la pandilla se apresuró hacia una de las cabinas de control cercanas y tiró de unas palancas.

Para sorpresa de Bray, los vagones comenzaron a moverse. Era evidente que la atracción seguía en funcionamiento, lo que suponía otra amenaza a medida que los vagones aumentaban la velocidad: pronto se chocarían con Bray, que seguía agarrado a las vías.

Bray trepó más y más alto, con la esperanza de que al menos proporcionase una distracción que permitiese escapar a Tiffany, Shannon y Emma.

Los vagones se acercaban más y más.

Unos segundos antes de que lo alcanzase, Bray dio un salto espectacular sobre el tejado del hangar situado al otro lado de la estructura de la montaña rusa. Dio una voltereta sobre un lado al aterrizar para intentar amortiguar la caída.

Luego descendió por el lateral de una cañería.

Belle y los Caídos aparecieron al otro lado del edificio y se reunieron ante él.

Una vez más, Bray estaba cautivo.

CAPÍTULO VEINTITRÉS

Estaba claro que habían retrocedido en el tiempo. O eso, o estaban en el plató de una película.

Debía haber alguna explicación, pensó Jack al tiempo que escudriñaba lo mejor que podía desde la choza de barro en la que Lex y él estaban retenidos. Tenían las manos atadas con gruesas lianas en torno a las muñecas y unidas a postes de madera clavados en el suelo embarrado, que soportaban la mezcla de hierba y hojas que formaba el techo de la choza.

Era muy extraño. Una visión singular, comparada con lo que estaban acostumbrados a ver en su antigua vida en la ciudad.

Jack podía ver a muchos "nativos" deambulando afuera, por el primitivo campamento, junto a muchas otras chozas de distintas formas y tamaños.

Los propios "nativos" (que es como Jack y Lex se referían a ellos) estaban compuestos por hombres y mujeres. Algunos de los mayores y más grandes tenían edades similares a Lex y Jack. Debían ser los guerreros del grupo, dedujo Jack. Ciertamente, eran tipos de un imponente físico, con músculos marcados que mostraban su fuerza, la cual había sido suficiente para someter a Lex y Jack y llevarlos hasta aquella aldea.

Había otros "nativos" sentados en el suelo, chicas que cantaban una melodía inusual en un idioma que Jack no había oído nunca, mientras tejían trozos de lino y plantas. Había niños pequeños, de unos dos años, que corrían y jugaban alrededor del campamento. Algunos se detenían de vez en cuando para echar un vistazo a la choza de Jack y Lex, fascinados por los dos desconocidos que había dentro.

—Es como si estuviéramos en uno de esos documentales que veía de niño —dijo Jack—. Uno de esos cuadernos de viaje. O eso, o estoy soñando.

—Debes soñar cosas rarísimas —respondió Lex mientras tiraba con todas sus fuerzas de las lianas que le ataban las manos a los enormes postes de madera.

—¿Qué crees que harán con nosotros?

—Ni idea. Pero no pienso quedarme para averiguarlo —dijo Lex, que se acercó más hacia Jack, tanto como pudo, y se inclinó para poder ver mejor a través de la abertura de la choza.

—Si pudiese soltarme... Creo que podría contra un par de esos guerreros...

—Y el resto de la aldea para mí —lo interrumpió Jack con escepticismo en el rostro ante la idea de escapar.

Había caído la noche. En el centro de la aldea estaban asando un cerdo sobre una fogata.

—Tío, qué hambre tengo —dijo Lex, el aroma de la comida flotaba—. Puede que su sentido de la hospitalidad no sea muy bueno, ¡pero parece que saben cocinar! —continuó mientras respiraba el aroma del asado con melancolía.

Entonces miró a Jack, preocupado por una idea repentina.

—Espero que nosotros no estemos en el menú. ¿No crees que sean caníbales, verdad?

—Vaya, es algo con lo que comerse el coco —bromeó Jack.

Lex se quedó con cara de póquer.

—Ya lo sé.

—¿No lo pillas, Lex? ¿Comerse el coco?

—Sí, lo pillo. ¡Tan solo espero que no nos pillen ellos a nosotros! —respondió Lex, pero no estaba de humor para las bromas de Jack. Asomó la cabeza hacia la entrada tanto como pudo—. ¡Oye, tú! —gritó Lex a uno de los nativos que pasaba cerca—. ¡Te hablo a ti!

Los aldeanos ignoraron a Lex y continuaron con lo que estaban haciendo.

—¡Contéstame! ¡¿Es que estás sordo?! —voceó Lex, frustrado—. ¡No podéis dejarnos aquí! ¿Qué vais a hacer con nosotros? ¡¿Quién creéis que sois?!

—Esto, Lex... Puede que no contesten porque no hablan nuestro idioma.

—Pues eso es problema suyo, Jack. Por suerte para nosotros, yo hablo un idioma universal.

—¿Que es...? —preguntó Jack, que se preguntaba qué tendría pensado Lex.

Lex lanzó un silbido de admiración a una de las nativas, que estaba arrodillada cerca del fuego y le daba vueltas al espetón del asado.

Se puso a hacer morritos, hasta que el extraño comportamiento y los ruidos de Lex captaron la atención de la chica, que lo miró por el rabillo del ojo.

Tras establecer contacto y confiado de que estaba logrando avances, Lex le guiñó el ojo con picardía y le lanzó un beso al aire.

La chica levantó una ceja con recelo y cambió de posición para quedar de espaldas a Lex.

—Vaya, estoy impresionado. Ha sido muy eficaz —murmuró Jack con sarcasmo.

—Dale tiempo —protestó Lex, con el orgullo herido—. Se está haciendo la difícil. Confío en que mi encanto nos sacará de aquí, ya lo verás.

El estrépito de una flecha al golpear el suelo de la entrada de la choza sobresaltó a Lex y Jack, y ambos retrocedieron hacia el interior de su celda.

Tres enormes guerreros aparecieron en la entrada y contemplaron a los prisioneros mientras blandían sus armas de forma amenazante.

—Está claro que no les gusta que ligues con las mujeres

—susurró Jack.

—¡Dejad que nos vayamos y lo olvidaremos todo! —ordenó Lex mientras miraba fijamente a los guerreros, desafiante.

El guerrero situado en el centro respondió en su lengua nativa. Pero por la mirada despectiva en el rostro, estaba claro que dijese lo que dijese no era amistoso.

—¿Qué te pasa, colega? ¿Todo esto por dos pollos de mierda? ¡¿Qué tienen de especial?! ¡¡¡Si no tenían ni plumas!!! —vociferó Lex.

Jack lanzó una mirada a Lex en reacción a la indirecta, y abrió los ojos de par en par como diciendo "no sigas por ahí".

Entonces contempló con inquietud cómo el guerrero principal, que había estado hablando, tensaba una flecha en el arco y apuntaba directamente a Lex, el cual se quedó petrificado de forma sumisa y guardó finalmente silencio ante la imagen de la flecha que lo apuntaba.

Quedó claro el desdén y hostilidad hacia Jack y Lex mientras los guerreros los contemplaban amenazantes.

Jack tragó saliva, nervioso, horrorizado por lo que podía pasar a continuación.

Pero terminó tan pronto como había empezado.

El jefe de los guerreros retiró el arco mientras miraba a Lex con el ceño fruncido y los guerreros partieron y dejaron a Jack y Lex solos en la choza.

—¡La próxima vez hablaré yo! —insistió Jack para romper el silencio—. ¡Tienes un don de gentes,... pero al revés!

—¡Calla! —insistió Lex, que se desplomó sobre el sucio suelo de barro de la choza y evaluó lo que acababa de suceder—. ¡Es una locura! —continuó—. Es decir, ¿qué hemos hecho mal? ¿Qué les hemos hecho?

—¡Aparte de ofenderlos, querrás decir! —dijo Jack.

Por una vez, Lex se quedó callado, mirando el techo de la choza de barro.

Aquello había estado demasiado cerca.

Sin saber qué podían haber hecho para molestar a los "nativos", Lex estaba seguro de que Jack y él se habían metido en un buen lío.

CAPÍTULO VEINTICUATRO

Jay se sentía con ganas de darle las gracias a Ram y mostrarle su agradecimiento por lo que le había contado la noche anterior, y también con ganas de matarlo.

Volvían sobre sus pasos a través de la jungla. El abrasador sol les quemaba mientras intentaban encontrar el camino de vuelta al Campamento Fénix.

—Estás callado —dijo Ram, con los ojos de aquí para allá para rastrear con nerviosismo el entorno mientras caminaban.

—Después de todo lo que me has contado, Ram... Tengo mucho en qué pensar —respondió Jay con una pizca de desprecio.

—Ahora sabes cómo me sentía... Y por qué he estado un poco "tenso" últimamente...

Jay repasó de nuevo en su cabeza la historia que Ram le había explicado en la aeronave Hércules la noche anterior.

Le había contado que, antes de formar los Tecnos, en los días en que los adultos seguían con vida... Ram fue un friki muy productivo. Algo que no le sorprendía, pensó Jay en ese momento.

Pero sí se sorprendió cuando Ram le reveló que había estado en contacto con una serie de personas de todas las edades y características parecidas, obsesionados con los ordenadores, localizados alrededor del mundo.

Se habían conocido *online*, jugando. Ram había formado equipos que participaban en competiciones profesionales. Presumió ante Jay de los logros de su grupo y del estatus que tenía como jugador de rol. El sueño de Ram era convertirse en ingeniero informático o en jugador profesional. Jay era consciente de que la tecnología era la vida de Ram y de que nunca había sido capaz de relacionarse con la gente. Comprendía la lógica y la estructura de los ordenadores y sentía que él mismo pensaba como uno.

Pero no era consciente de que, además de jugar, Ram y sus amigos de internet mantenían el contacto a través de la red. Y que habían hecho sus pinitos hackeando. Al principio en las redes locales de los colegios. Luego, en sitios más difíciles de hackear. Por último, Ram y sus socios habían entrado en los sistemas informáticos de importantes empresas y los habían desmantelado, perfeccionando así sus habilidades. No les movía ninguna idea filosófica, solo el propio desafío que suponía. Sus siguientes objetivos fueron los organismos gubernamentales. Y finalmente las fuerzas armadas. Sentían que podían hackear cualquier cosa.

Ram le contó todo eso a Jay para decirle que se hizo especialmente íntimo de uno de sus amigos de internet. Alguien que se escondía tras la identidad virtual de "KaMi-1314" (o, como Ram decía de forma cariñosa, "Kami").

Al principio, Ram pensaba que Kami era una chica, pues ambos tonteaban a veces en la red; pero finalmente descubrió que Kami era un chico. No estaba muy seguro de quién era o de dónde vivía; Kami reveló solamente que él y sus amigos estaban situados en alguna parte de la región más al este. Ram utilizaba su propia identidad virtual cuando chateaban, y se llamaba a sí mismo ifinIT-Ram, una alusión a tener infinidad de conocimientos sobre las tecnologías de la información y una memoria sin límites. Ram pensaba que lo describía a la perfección.

Cuando el virus se cernió sobre el mundo, Ram formó la tribu de los Tecnos. Obviamente, Jay conocía esa parte. Lo había reclutado poco después de que los Tecnos comenzasen a existir. Ram había trabajado duro para edificar la tribu bajo su liderazgo, con la ayuda de sus buenos amigos Java, Siva y Mega.

Pero de lo que nadie tenía constancia era de que Ram había hackeado los sistemas automáticos de seguridad de los militares. Y había obtenido información, y armas y hardware avanzados.

Durante los primeros días en que los adultos comenzaron a perecer, Ram seguía manteniendo el contacto con "KaMi-1314" a través de internet, hasta que finalmente se cayó con la expansión de la pandemia.

Entonces recurrió a hackear la UNANET junto a Kami, para continuar su amistad online. UNANET era el sucesor del viejo ARPANET que había existido mucho antes y que había sido desarrollado por los militares por si sucedía un ataque nuclear. UNANET significaba "Red de Agencias de las Naciones Unidas" y estaba diseñado para permitir que las comunicaciones continuasen en todo el mundo en caso de una catástrofe por medio de la transmisión de datos a través de las antiguas líneas telefónicas de cobre (casi como una versión moderna del telegrama del siglo XIX).

Lo que Jay tampoco sabía era que este Kami del que Ram se había hecho amigo en la red se convirtió en el líder de una alianza de tribus que pasó a conocerse como "El Colectivo". Formado principalmente por amigos que estaban en su grupo *online*.

Habían atravesado los mismos problemas que los jóvenes experimentaban en las principales ciudades de todo el mundo al comienzo de la pandemia, cuando se empezaron a formar pequeñas "tribus" con los supervivientes desperdigados. Mientras que las tribus en la ciudad natal de Amber estuvieron en guerra, con Zoot y los Locos como tribu dominante, en la ciudad de Kami las tribus reconocieron que debían cooperar bajo su liderazgo y formaron una poderosa coalición de varias tribus.

Se había inspirado al estudiar la historia de la globalización, en la que los países habían formado alianzas y uniones. Miles de años antes, por supuesto, los estudiantes quedaban fascinados (al igual que Kami) con la estructura de la antigua Roma, que pasó de ser una ciudad-estado a convertirse en un vasto imperio. Y no cabía duda de que Kami compartía ese tipo de ambiciones.

El "Colectivo" era capaz de apropiarse de forma tramposa y violenta de recursos como combustible, vehículos, comida, medicinas y toda la tecnología útil que pudiesen conseguir. Se apoderaron de comunidades vecinas, pues las pequeñas y fragmentadas tribus y vagabundos que vivían en ellas no eran capaces de defenderse ante la superioridad numérica y las fuerzas del Colectivo. No tenían más opción que hacer lo que les dijesen, o acabarían con ellos.

Según Ram, el Colectivo había descubierto archivos clasificados durante la época en que se encontraban hackeando mientras la pandemia estaba en su punto álgido, que revelaban que los gobiernos estaban implementando un programa de repoblado. Y al propio Kami le interesaba utilizar esto como un trampolín con el que saltar a su propia iniciativa de "reproducción", consciente de que necesitaba una población extensa en su cruzada por dominar y finalmente gobernar.

Ram le había contado a Jay que el Colectivo había hackeado también un sistema de las Naciones Unidas, cuyos archivos mostraban que, con la esperanza de sobrevivir al mortal virus y mitigar sus efectos (así como otras posibles amenazas), los gobiernos habían cooperado en un plan secreto en el que establecieron una serie de bases militares esparcidas por puntos estratégicos de todo el mundo.

Cada base tenía unas instalaciones. Un lugar en el que los mejores científicos y los miembros líderes del gobierno, así como mentes de talento de las academias y las artes, podrían cobijarse con la esperanza de sobrevivir a los peligros que asolaban el mundo, y quedarían aislados del mundo exterior hasta que fuese seguro volver a salir. Las bases se recrearon a partir de los primeros diseños de bunkers y refugios antinucleares de la Guerra Fría.

Los adultos asignados a cada base continuarían investigando para combatir la pandemia e intentar encontrar avances, una cura. Gastaron numerosos recursos y fondos en este proyecto secreto, pues era vital para prevenir la posible extinción de la humanidad.

Hubo otras alternativas que se situaron en el mar, donde colocaron flotas de "Arcas de Noé" que transportaban importantes cargamentos. Algunos eran de alto secreto. Ram sospechaba que el *Jzhao Li*, con el que la tribu se había encontrado de forma tan fortuita, formaba probablemente parte de una de esas flotas, bajo el pretexto de ser un barco de asistencia sanitaria. Pero en realidad, había muchos más objetivos que la mayor parte de la tripulación probablemente desconocía.

Puede que hubiese grupos aislados de adultos que seguían con vida, había reflexionado Ram, que viviesen a salvo hasta el día de hoy entre las gruesas paredes de las bases, sellados atmosféricamente de cualquier tipo de apocalipsis, a la espera del día en que pudiesen regresar al mundo exterior.

El Colectivo había descubierto también un programa de propaganda diseñado para dar información poco a poco, cuando los gobiernos considerasen oportuno, para minimizar así el pánico.

Jay sabía bastante sobre historia como para darse cuenta de que, en el pasado, las pandemias anteriores que diezmaron a la humanidad habían mutado y regresado en nuevas oleadas. Ese había sido el caso de la Peste Negra en la edad media, que no ocurrió una vez sino en una serie de brotes, cada uno ligeramente diferente al anterior. Al igual que sucedió con las pandemias de gripe que habían destruido a buena parte de la población de todo el mundo.

Sin embargo, aunque Ram estaba de acuerdo en que existía la posibilidad de que el virus mutase, informó que Kami tenía muchas teorías y comenzaba a sospechar que había más cosas detrás del virus. Vio referencias a guerra bacteriológica en algunos documentos. También a ingeniería genética. Incluso amenazas de gérmenes del espacio exterior, que resultó en la detención del longevo programa de la NASA, en el que el foco principal era la actividad en las estaciones espaciales. Kami se preguntaba si llegarían a evacuar el planeta entero. Y, de ser así, ¿por qué?

Ram había intentado obtener más información, pues sentía que Kami retenía muchas cosas, que era consciente de que el conocimiento es poder y de que no revelaría todo a Ram, y había escogido mantener su propia información confidencial. Del mismo modo, pudo haber estado mandando astutamente señales falsas con su propia propaganda para despistar a alguien como Ram.

Jay sabía de la aversión que sentía Ram por los gérmenes desde que se conocían, y consideró que su fobia pudo agudizarse no solo por la pandemia, si de hecho era aquella la razón por la que los adultos habían desaparecido de la faz de la Tierra. Sin embargo, se preguntaba si Ram estaba siendo totalmente sincero con él o tendría, él también, sus propios "archivos clasificados", como había acusado a Kami de tener, y si se estaría guardando algo él también.

—Jay, mira —señaló Ram al darse cuenta de un claro que se había abierto en la jungla.

Ante ellos había uno de entre muchos vehículos visibles y esparcidos por una senda tallada a través de la jungla.

El viento soplaba por el follaje mientras Ram y Jay se acercaban con cuidado para examinar los restos.

—¿A dónde crees que se dirigían, Ram?

—Eso mejor preguntárselo a la Parca —respondió Ram.

No era la respuesta que Jay esperaba. Ram podía llegar a ser rarísimo.

Ram y Jay advirtieron, al comprobar cada vehículo mientras pasaban, que no había cuerpos en el interior.

Ambos se sentían como si hubiesen entrado en otra dimensión, en un destello del pasado, como si se hubiese detenido el tiempo en aquel momento, y se preguntaron qué habría ocurrido con los ocupantes de los vehículos y la razón de aquella larga fila de tráfico. Y, en especial, por qué habían abandonado los vehículos.

Tras decidir volver al Campamento Fénix, Jay siguió preguntando a Ram sobre su contacto *online*, Kami, y descubrió que Ram había hackeado los ordenadores del Colectivo, furioso porque su enigmático amigo no lo mantuviese informado.

Sin saberlo con anterioridad Jay ni ningún otro miembro de los Tecnos, el líder del Colectivo había intentado reclutar a Ram para que se uniese al equipo de Kami.

Kami propuso que, si Ram y sus Tecnos se unían al Colectivo, podrían ser una fuerza avanzada y utilizar su tecnología para invadir la misma ciudad donde vivían Amber y los Mall Rats, y reclamarla para el Colectivo.

Ram se enteró, tras sus hackeos, de que el Colectivo pensaba que el observatorio de la Montaña del Águila, cercano a la ciudad, era en realidad un emplazamiento militar subterráneo, lleno de posibles secretos y equipamiento escondido.

Jay recordó que Amber le había contado cómo ella y los Mall Rats fueron allí en el pasado, con la esperanza de encontrar un antídoto al virus, así como más pistas que pudiesen revelar qué pasó exactamente para que todos los adultos muriesen. Recordó que Amber le había contado que, en el observatorio, ella y los Mall Rats oyeron "voces" adultas y contactaron con una especie de satélite antes de que ocurriese una explosión que mató a una de los Mall Rats y casi acaba con la vida de Amber en el proceso.

Lo que Jay no sabía era que Ram debía llevar a cabo otras invasiones, pero sentía que no podía seguir confiando en Kami o en el Colectivo, pues comenzaba a darse cuenta de que Kami le estaba ocultando información muy importante.

Ram le contó que estaba nervioso por si lo estaban manipulando y utilizando, y que él tenía sus propias ambiciones para los Tecnos. No estaba satisfecho con el hecho de ser un socio menor si aceptaba la oferta de Kami de formar una alianza y unirse a otras tribus en el Colectivo.

Así que Ram dio una respuesta muy particular. Se le había ocurrido una estrategia: decidió dar el primer paso y movilizar las fuerzas de los Tecnos para la invasión que tuvo lugar el día en que la ciudad cayó bajo el dominio de Ram, que se hizo con todo el botín (y con la Montaña del Águila, con sus supuestas instalaciones militares ocultas).

—¿No estás enfadado conmigo, Jay? —preguntó Ram de repente.

—Tienes que estar de broma —se burló Jay—. Siento todo tipo de cosas, Ram. Y sí, una de ellas es furia. Y también traición, desconfianza. Arrepentimiento. Podría seguir.

—Hice lo que tenía que hacer.

—Debiste contárnoslo antes. Contármelo —dijo Jay.

Él siempre creyó que los Tecnos habían invadido la ciudad para realizar el siguiente paso que haría del mundo un lugar mejor. Ese, según las palabras de Ram, era el motivo de la invasión. Impondrían la paz entre las tribus en guerra que vivían allí, ayudarían a la gente a construir un nuevo mundo a través de la tecnología, con Ram como arquitecto del futuro. Un arquitecto para dirigirlos a todos.

Jay desconocía por completo la lucha de poder con el Colectivo. Ni siquiera sabía que existían.

—No me culpes porque Kami intentase conquistar el mundo

—dijo Ram—. Yo solo me aseguré de que quedase un pedacito para nosotros. Así que deberías darme las gracias, Jay. No criticarme. No es que lo haya tenido fácil sabiendo que mi cabeza tenía un precio.

—No intentes hacerte el simpático conmigo, Ram, ¡porque no funcionará! —dijo Jay.

—Pensaba que eras mi amigo —respondió Ram, herido—. Después de todos los sacrificios que he hecho...

—¡Sacrificios! —se mofó Jay.

—Sí, sacrificios —reiteró Ram—. Pude haber estado en la cima. Tener una posición de poder. Pero rechacé la oferta de unirme al Colectivo por nosotros, Jay. Por ti, por mí y todos los demás miembros de los Tecnos y la gente que quería unirse a nosotros.

Jay se mofó de nuevo, pues sabía con certeza que el desvergonzado acto de Ram de invadir la ciudad había tenido lugar principalmente para convertirla en su reino personal amurallado.

Ram explicó que llegó a pensar que Slade era un cazarrecompensas enviado por Kami para darle caza, y se alivió al encontrar refugio en el pequeño pueblo de Liberty en vez de acabar con la cabeza servida en un plato ante el jefe del Colectivo. Aunque, por supuesto, Slade tuvo sus propias razones para usar a Ram: llegar hasta su hermano, Mega.

Ram comentó que necesitaba mantener en secreto el hecho de que era *persona non grata* entre el Colectivo. Ram se sentía paranoico con cualquiera de los miembros de alto nivel, incluido Jay, y temía que diesen un golpe contra él. Y que lo entregasen.

Kami estaba fascinado con el Imperio Romano. Si consideraba que Ram era una especie de César, le habría encantado que alguien fuese su Bruto. Y que apuñalase al emperador de los Tecnos por la espalda. Pensó que si alguien descubría la existencia del Colectivo (y que Ram era enemigo suyo), se daría lugar un cambio en el liderazgo que provocaría una rebelión en las filas. Al final, fueron Siva y Java, las propias esposas de Ram, las que conspiraron contra él y lo destituyeron de la tribu que él había fundado.

—No me siento a salvo aquí fuera —dijo Ram, que escudriñaba la selva mientras desandaban el camino hacia el Campamento Fénix—. Me estoy arriesgando demasiado. Por lo que sabemos, el Colectivo podría andar cerca.

—¿Cómo, aquí? —preguntó Jay—. Dios, si hay algo más, Ram, será mejor que me lo cuentes. ¡Lo digo en serio!

Ram reveló por qué estaba preocupado de que aquella tierra se encontrase bajo la influencia y control del Colectivo. Cuando hackeó sus ordenadores, Ram vio planes de futuras fases de expansión que incluían una lista de islas. Sospechaba que, en esos momentos, se encontraban en una de ellas.

Al igual que la Montaña del Águila en la ciudad, Ram afirmó que el Colectivo había descubierto instalaciones militares secretas en otras zonas. No sabía las localizaciones exactas, pero estaba seguro de haber visto antes las coordenadas que aparecieron en el navegador del *Jzhao Li*.

Ram comenzaba a sentir pánico, seguro de que él y los Mall Rats iban por accidente directos a territorio enemigo. Y Ram era el que más peligro corría debido a la recompensa que el Colectivo debía haber prometido a quien lo capturase. Así que estaba desesperado por ocultar sus rasgos, proteger su identidad, en caso de que tuviese razón y se encontrasen con miembros del Colectivo que pudiesen, de otro modo, reconocerlo fácilmente.

—¿Sabes? Esto es todo culpa tuya, Ram —lo reprendió Jay—. Si hubieses hecho algo al respecto, quizás te habríamos escuchado y habríamos dado la vuelta en vez de ir a la deriva por el océano. Podríamos haber evitado venir aquí si lo hubieses dicho antes.

—Bueno, no hay nada como volver la vista atrás, ¿eh? —refunfuñó Ram—. Imaginemos por un segundo que estamos en el barco y digo: "escuchad todos, volvamos a la ciudad de la que escapamos porque el Colectivo podría estar escondido en unas islas en mitad del océano. Y son muy malos bichos...". Si lo hubiese dicho, ¿me dices sinceramente que me habríais creído y habríais decidido dar la vuelta e intentar regresar al lugar de donde veníamos?

—Ni siquiera sé si te creo ahora —admitió Jay con sinceridad—. Podrías estar inventándotelo todo.

—Créeme, Jay, por tu bien y el de los demás: digo la verdad. No puedo afirmarlo con seguridad, pero me da que hemos navegado directos a la boca del lobo. No hay centro comercial en el que esconderse. Ahora ya no estamos en la ciudad. ¡Si el Colectivo está de verdad ahí fuera, todos estamos en peligro, no solo yo!

CAPÍTULO VEINTICINCO

El sol continuaba su ascenso por el despejado cielo azul y el calor iba en aumento. Alrededor de las palmeras que revestían la playa, los pájaros e insectos emitían un ruidoso coro matutino.

Amber estaba sentada sobre un enorme tronco que debía haber sido arrastrado hacia la playa hacía mucho. Era el asiento perfecto para lo que necesitaba, pues se encontraba balanceando una enorme nevera portátil que habían recuperado de los restos del *Jzhao Li*, y que reposaba erráticamente sobre su regazo.

Estaba cansada, había tenido dificultades para dormir durante su primera noche en aquella tierra misteriosa. Al avanzar la noche, la imaginación de Amber y los demás se puso a funcionar como loca, en particular la de Trudy. Toda la tribu se sentía vulnerable, inseguros de lo que podía haber ahí fuera, en la selva que tenían al lado.

Amber permaneció despierta la mayor parte de la noche montando guardia, nunca demasiado lejos de la improvisada lanza que había fabricado, vigilando alerta ante cualquier señal de peligro.

Debía haber alguna explicación para la ausencia prolongada de Lex y Jack, y de Ram y Jay. Ninguno había regresado al Campamento Fénix.

Amber había intentado mantener animados a los demás, recordándoles que debían confiar en la capacidad de los desaparecidos. Todos eran hábiles y habían sobrevivido en la peligrosa ciudad que fue su hogar, y estaba segura de que todos estarían a salvo ahí fuera (estuviesen donde estuviesen) y de que pronto regresarían.

Del mismo modo que Ellie echaba de menos a Jack, su amor, Amber sentía punzadas por estar separada de Jay. Esperaba que se encontrase bien teniendo al impredecible y poco fiable de Ram como compañero.

Trudy no ponía las cosas más fáciles. Y comenzaba a ponerse ligeramente histérica por la desaparición de los demás, segura de que estaban muertos. Y de que los demás no tardarían mucho en correr la misma suerte. Amber había conseguido que se mantuviese equilibrada, al menos todo lo equilibrada que podía llegar a estar Trudy. Nunca sobrevivirían si perdían la esperanza.

Zak y Slade seguían en estado crítico. Debían hacer algo por ellos de forma urgente.

—Vamos a ver qué tenemos aquí —se dijo Amber mientras rebuscaba entre los contenidos de la nevera portátil y veía qué material sanitario tenían a su disposición.

Aquella misma mañana, más temprano, había colaborado con Ruby para cambiar las vendas que cubrían la herida de Slade, después de limpiarla con desinfectante de las botellas que Ellie, May y Salene habían traído. Mientras lo trataban, Slade había rugido de dolor, y se doblegaba cada vez que Ruby lo tocaba. Estaba prácticamente inconsciente. Ruby sabía que aquellos esfuerzos eran mejor que nada, y esperaba que al menos ayudasen lo mínimo a Slade. Sentía que debía intentarlo, por lo menos.

Como el día anterior, Amber estaba preocupada porque la infección se estuviese asentando. Recordaba que sus padres habían ido una vez de vacaciones al trópico, y su madre se había hecho un corte en el pie mientras practicaban *snorkel* en aguas poco profundas. La infección que le provocó el arrecife de coral la mantuvo terriblemente enferma durante semanas.

Sin asistencia sanitaria experimentada, habría muerto con seguridad.

Mientras que las heridas de Slade eran visibles, la situación de Zak era mucho más problemática y difícil de discernir. Desde que lo encontraran atrapado entre las rocas, cerca de los restos del *Jzhao Li*, Zak había pasado la mayoría del tiempo inconsciente. Salene, que hizo un esfuerzo por recordar los consejos de primeros auxilios de la escuela, le tomó el pulso cuando hallaron su cuerpo y le practicó el boca a boca, tras lo cual Zak vomitó agua salada desde los pulmones. Pero aquel había sido su momento de mayor actividad desde que lo encontraron.

May continuaba cuidándolo, consternada. Zak estaba descolorido y no sabían qué le pasaba exactamente. Amber sospechaba que podía tratarse de hemorragias internas provocadas cuando el *Jzhao Li* encalló. Había, ciertamente, pocas señales de heridas externas que explicasen por qué Zak permanecía inconsciente. Sin embargo, una cosa estaba clara: parecía que su fuerza vital se desvanecía poco a poco.

Amber se preguntó si, debido a las heridas en la cabeza, habría entrado en coma.

Tratar a Slade y Zak no sería fácil. Ninguno de ellos era médico. No contaban con experiencia ni conocimientos, y mucho menos con un hospital y material sanitario adecuado para proporcionarles a Slade y Zak el tratamiento que claramente necesitaban. Por fortuna, habían recuperado más material sanitario, que Ellie, May y Salene habían llevado al campamento. Al menos, era algo.

—Tenemos 14 pastillas de morfina, unas 40 de paracetamol... y esto de aquí parecen antibióticos —dijo Amber mientras examinaba los botes y repasaba el contenido.

—Puede que siga habiendo cosas esparcidas por ahí que no vimos —respondió Ellie, que se sentía mal porque, tras escudriñar la playa, aquello fuese lo único que habían recuperado. Debía haber otras medicinas, pero la mayoría estaban sumergidas en los restos del barco o, de haber sido arrastradas a la playa, estaban llenas de agua salada que habría disuelto las pastillas y el líquido que contenían los botes.

—Lo hicisteis genial —la animó Amber.

—¿Y ahora qué hacemos? —preguntó Salene.

—Supongo... que las repartimos entre ellos dos —sugirió Amber—. Ambos están sufriendo mucho. Vamos a dividirlo: siete pastillas de morfina para cada uno. Y esperemos que salga bien.

—Será difícil hacer que Zak se trague las pastillas —pensó May en voz alta—. Supongo que podría machacarlas y metérselas a la fuerza hasta que recobre el conocimiento.

—No puedo creer lo que voy a decir, pero... —interrumpió Ruby.

—¿Pero qué? —se preguntó Amber.

—Creo que no deberíamos malgastar medicinas en Zak —explicó Ruby, casi avergonzada de admitir lo que estaba pensando.

—¡¿Pero qué estás diciendo?! —saltó May.

—Sé cuánto te importa Zak, May...

—¿Lo sabes? —respondió esta con cautela mientras miraba a Ruby a la espera de ver a qué se refería.

—Pero... quiero decir, hay que afrontarlo. Él no va a volver. Debemos ser realistas y aceptar los hechos. Es posible que Zak esté en coma. Me gustaría que no fuese así; pero, por lo que parece, no le queda mucho en este mundo. Lo siento, May, sé que te molestará lo que estoy diciendo, pero hemos de darle todas las medicinas a Slade. Él tiene más posibilidades de recuperarse y sobrevivir.

May estaba en shock. Se quedó literalmente sin palabras durante un instante, incapaz de creer lo que acababa de oír.

—¡Serás zorra! —escupió May, que hervía enfurecida—. ¡¿Cómo te atreves a pensar algo así y mucho menos a decirlo?! ¿Lo has olvidado? Estamos en deuda con Zak. Arriesgó su vida, como hizo Slade, para que pudiésemos escapar. Sin Zak, ninguno de nosotros estaría hoy aquí. ¡Nos habríamos quedado atrapados en el barco y habríamos muerto! ¡Puede que, para algunos, eso hubiese sido lo mejor!

May se quedó mirando a Ruby con veneno en los ojos, como si estuviese a punto de atacarla.

—¡Dejadlo las dos! —gritó Amber, que se interpuso entre May y Ruby—. Entiendo lo que dices, Ruby. Pero no estoy de acuerdo.

—Amber —suplicó Ruby—, ¡ya tenemos pocas medicinas de por sí!

—Y por eso tenemos que utilizarlas con cabeza —insistió Amber—. No podemos dejar que Slade o Zak mueran sin más. Y el único modo de ayudarlos a los dos es compartir las medicinas que tenemos al 50%. Esa es la única forma justa de hacerlo, y es lo que haremos.

—¿Por qué es justo malgastar las medicinas con Zak? ¿Y negarle a Slade lo que necesita?

—No vamos a "negarle" nada a Slade —interrumpió Amber—. Ni a nadie que se ponga enfermo. Aparte de morfina para ayudarle con el dolor, le daremos antibióticos a Slade. Estoy segura de que la infección se está asentando.

—Amber, te respeto, ¿pero no ves lo equivocada que estás en esto? —siguió Ruby—. ¡Si no concentramos todo lo que tenemos en Slade, podríamos condenarlo a morir innecesariamente! ¡Zak está acabado, no hay nada más que podamos hacer por él!

—Qué razón tiene, doctora Ruby —soltó May furiosa—. Eres muy imparcial en esto, ¿verdad?

—¡Solo propongo lo más sensato! ¡Centrar lo que tenemos en el que más posibilidades tiene de sobrevivir! ¡Salvar a Slade! Es mejor arriesgar una vida que dos.

—¡Cómo te atreves! —gritó May.

Amber tuvo que sujetar a la fuerza a May, que estaba rabiosa.

—¡May, basta! —rogó Amber, y le dio una bofetada.

La conmoción provocó que May se calmase, pero seguía claramente agitada y contemplaba fijamente a Ruby de forma amenazante.

—¡No daremos prioridad a ninguno de los dos! —insistió Amber—. Vamos a ser completamente justos con esto. Dividiremos las medicinas a partes iguales. ¡¿Entendido?!

Ruby estaba temblando por los nervios, frustrada por no salirse con la suya.

—¿Lo habéis entendido las dos? Compartiremos lo que tenemos. ¡Y no quiero volver a escucharte hablar, Ruby, de que Zak o cualquier otro va a morir! ¡¿De acuerdo?! —Amber enfatizó una vez más sus argumentos.

—¡Entonces idos todos al infierno! —Ruby rompió a llorar y corrió hecha una furia por la playa en dirección a Slade.

—¡Ruby! —la llamó Salene, pero fue inútil.

—Pues ha ido bien la cosa —murmuró Ellie.

—¿Quién se cree que es? —se quejó May mientras contemplaba a Ruby con rencor—. ¡Qué cara más dura!

—Iré a hablar con ella —dijo Amber, preocupada por lo que había pasado—. ¿Puedes echarle un ojo a las medicinas, Sal? ¿Y asegurarte de que no les pase nada?

—¿Me estás echando una indirecta? —saltó May.

—Por Dios, haz el favor de calmarte, ¿vale? ¡Por favor! —dijo Amber—. Lo decía para asegurarnos de que no perdemos nada. Es lo único que tenemos. Y solo nos tenemos los unos a los otros, además. Necesitamos cuidarnos mutuamente.

May intercambió una mirada con Amber y luego asintió.

—Será mejor que vuelva a echarle un vistazo a Zak.

Era el turno de Sammy de ocuparse de Zak, mientras Darryl había relevado a Ruby cuidando de Slade.

Salene cerró la tapa de la nevera portátil para proteger su contenido.

Amber sonrió a Salene con agradecimiento y entonces se dirigió hacia Ruby pasando por delante de Trudy, que estaba cocinando pescado sobre la fogata.

Brady estaba jugando en la arena mientras el bebé de Amber dormía plácidamente bajo la sombra de una hoja de palmera.

—Qué bien huele —dijo Lottie—. Pero para desayunar me gustan más los cereales que el cangrejo.

—Ten cuidado con lo que prepares para comer —advirtió Amber a Trudy—. Asegúrate de que el cangrejo sea fresco. No podemos arriesgarnos a ponernos enfermos con todo el marisco que hay por aquí tirado, y menos con este calor.

—¿Cómo? ¿Crees que podríamos intoxicarnos o algo? —respondió Trudy mientras contemplaba los pinchos de cangrejo situados en la hoguera.

—Tranquila, Trudy —contestó Amber—. No tenemos por qué sufrir una intoxicación alimenticia si vamos con cuidado.

Trudy se quedó mirando el cangrejo que estaba preparando y luego retiró los pinchos y los trozos de pescado y lo enterró todo en la arena.

—No te pongas paranoica —dijo Lottie, a quien le rugía el estómago—. Si no, acabaremos muertos de hambre.

—Bueno, no pienso arriesgarme —respondió Trudy, que arrojó frenéticamente más y más arena sobre la carne de cangrejo enterrada.

* * *

Ruby estaba sentada en la playa, con los hombros agachados. Temblaba por los nervios y tenía la cara enterrada entre las manos.

Amber podía oírla llorar al acercarse.

—Ruby... —dijo Amber, insegura de qué decir—. ¿Qué te ha pasado? Sabes que estoy de tu lado. Todos lo estamos. Es solo que, lo que sugieres puede tener sentido a nivel práctico, pero nosotros no somos nadie para decidir quién debe vivir. O morir.

Ruby se vino abajo entre llantos incontrolables.

—Vamos, intenta no estar tan apenada —dijo Amber.

Situó un brazo alrededor de Ruby para consolarla.

Ruby enterró la cabeza junto a Amber mientras lloraba a gritos. Amber la abrazó para intentar ofrecerle todo el apoyo posible.

—Tú no eres así —dijo Amber, que mecía lentamente a Ruby adelante y atrás mientras la estrechaba—. Normalmente eres tranquila y racional.

—¡Pues ya no lo soy!

—¿Qué te ha pasado? —se preguntó Amber—. Si es por mí, no pretendía molestarte. Créeme, quiero que Slade se recupere, y Zak también. No tengo ningún tipo de favoritismos.

—Lo sé,... y siento haberte gritado —explicó Ruby entre sollozos.

—No pasa nada. Sé cómo debes sentirte —dijo Amber.

—No lo creo —respondió Ruby, que intentaba mantener las emociones en equilibrio—. Antes has dicho algo, Amber, que me ha calado. Sobre decidir quién vive y quién muere.

Amber se quedó mirando a Ruby, consciente de que le preocupaba alguna otra cosa. Le preocupaba mucho.

—¿Quieres... hablar del tema? —preguntó Amber.

Hubo una larga pausa, y al rato Ruby intercambió una mirada con Amber.

—¿Qué se siente al ser madre?

—¿Ser la madre de la tribu, quieres decir? —Amber sonrió—. A veces siento que soy la madre de todos. Y no es fácil, créeme.

La sonrisa de Amber hizo que Ruby esbozase una ligera sonrisa, y se apartó las lágrimas del rostro.

—No. No me refería solamente a la tribu, sino al pequeño Bray.

Amber se quedó pensando durante un instante, sin saber por dónde empezar a explicar cómo era ser madre.

—Es una pregunta interesante, Ruby. Recuerdo que alguien dijo una vez que el amor,... bueno,... se basa en que la felicidad y el bienestar de otro sean cruciales para el tuyo propio. Así que siempre te pones en segundo plano. Especialmente al ser madre.

Ruby volvió a venirse abajo entre temblorosos sollozos, esta vez todo el cuerpo se convulsionaba.

—¿Qué sucede? —interrogó Amber.

—Cuando vivía en la ciudad, me quedé embarazada una vez. Y no quise seguir adelante. El chico no me importaba, era una relación casual. Así que... le puse fin.

—Fue tu decisión —dijo Amber con dulzura—. Toda mujer tiene derecho a decidir.

—No lo entiendes —respondió Ruby, que intentaba contener la emoción—. Esta vez lo quiero, ¡lo quiero con todas mis fuerzas, Amber!

Amber contempló a Ruby. Recordó que en la ciudad, los días antes de embarcar en el bote pesquero, Ruby pensó que estaba embarazada, pero el test de embarazo dio negativo.

—¡¿Estás embarazada?! —preguntó Amber, contenta y sorprendida.

Ruby asintió.

—¿Estás segura esta vez?

—No tengo ninguna duda —dijo Ruby.

—¿De Slade? —preguntó Amber.

Una vez más, Ruby asintió. Bajó la mirada hacia Slade y le acarició la cabeza con delicadeza.

—¿Él... lo sabe?

—Todavía no. Y no quiero que lo sepa nadie más —respondió Ruby—. Pero no podía seguir guardándomelo durante más tiempo. ¡No lo soporto más!

—No te preocupes, no diré nada —dijo Amber con dulzura mientras alargaba un brazo alrededor de Ruby—. No hasta que estés lista para contárselo tú a los demás.

—Slade es muy independiente. No me gustaría atarlo y que sienta que soy una carga. Que tenga que estar conmigo por algún sentido del "deber" o algo así.

Está claro que Slade deberá hablar por él. Pero, por lo que he visto, le importas mucho, Ruby.

Amber miró con compasión mientras Ruby le acariciaba con cuidado el pelo a Slade y se frotaba las lágrimas de los ojos.

—No puedo dejar que se muera. Tiene que vivir. ¡Nuestro bebé lo necesita! ¡Y yo también!

CAPÍTULO VEINTISEIS

Blake rodeó a Ebony con uno de sus enormes brazos mientras ella se apoyaba sobre su pecho, y le recorrió el pelo con los dedos.

Había sido una gran noche. En otro tiempo, en una situación y un lugar distintos, ella podría haberlo conquistado de verdad. Pero esto era solo por supervivencia. La supervivencia de Ebony. Esperaba que Blake hubiese disfrutado y que hubiese hecho lo suficiente como para impresionarlo.

Blake comenzó a salir de la cama y ella tiró de él.

—¿Tienes que irte? —dijo mientras lo besaba—. Sigo hambrienta.

—Tengo "cosas" que hacer —respondió Blake.

—¿Como qué? —preguntó, y de repente se puso a actuar como si estuviese preocupada, con la voz melodramática—. Perdona. Pero a veces es difícil no contestar a una pregunta con otra pregunta.

—Pareces bastante capacitada para saber qué hacer y qué decir

—dijo Blake, que le recorrió con el dedo la mejilla.

Se preguntaba si aquello era un cumplido o si le estaba haciendo saber que sospechaba de ella. Blake era impredecible, capaz de explotar en cualquier momento, y sabía que debía tratarlo con cuidado y confiar en su instinto de supervivencia. Y en su encanto. Entonces, quizás, sería capaz de averiguar información y estar mejor preparada para pensar en un plan. Era esencial saber más acerca de dónde se había metido. Sabía que se encontraba en una situación peligrosa (aunque, teniendo en cuenta lo de anoche, no del todo desagradable), y debía intentar encontrar más información sobre quién eran Blake y su gente. Durante la época en que gobernó la tribu de Zoot, los Locos, en la ciudad, Ebony aprendió que la información es poder. Cuanto más conocimiento tengas, mejor.

Él le dio una palmada en las nalgas y salió de la cama.

—Venga. Tú también tienes "cosas" que hacer. Aún no te han clasificado.

—¿"Clasificado"? —respondió Ebony mientras se recostaba y observaba a Blake ponerse una bata sobre el cuerpo desnudo—. ¿Es que... tienes interés por analizar lo grasiento que tengo el pelo o algo? Es decir, ¿tú y tu gente estáis aquí fuera, en mitad de la nada, para buscar petróleo? ¿O utilizáis la plataforma para otras cosas?

—Ya te enterarás. A su debido tiempo.

—¿Por qué no me cuentas un poco más ahora?

—¿Y a ti qué te incumbe?

Ebony decidió dejarlo estar, pues no deseaba tentar su suerte.

—Te he pillado. Has contestado una pregunta con otra pregunta. Pero no te preocupes, estás perdonado —sonrió para intentar congraciarse mientras salía de la cama y se colocaba también una bata sobre el cuerpo desnudo—. ¿Hay posibilidades de que vuelva más tarde... a por el postre?

—Eres persistente, lo admito. Sí, puede que esta noche haya hueco para el postre. Después de clasificarte.

—Suena divertido. Lo estoy deseando —respondió Ebony con cuidado. Entonces añadió, como una ocurrencia casual:— ¿De qué se trata?

—Digamos que se trata de conocerte un poco mejor —dijo Blake mientras se servía un vaso de zumo de naranja.

—Después de lo de anoche, creo que ya me conoces bastante bien.

—No lo suficiente —dijo Blake, que se giró para mirar a Ebony con frialdad y le ofreció otro zumo de naranja que había servido.

Ebony le dio un beso en la mejilla con timidez.

—Solo soy una pobre y solitaria náufraga. Me preocupa lo que me pueda pasar, eso es todo.

—¿Seguro que no estás jugando... a algún juego? —dijo Blake, que la miraba fijamente para intentar analizar su expresión.

—Podría ser —respondió Ebony con cara de póquer. Decidió cambiar su táctica y probar qué botones podía pulsar para atraer una reacción más favorable, tras comprobar que la carta de la simpatía no funcionaba—. Quizás hasta quería que me capturasen y estoy aquí por elección.

—¿Es eso cierto? Bueno, quizás yo te he estado esperando.

—¿De verdad?

Se dio cuenta de que él jugaba con ella tanto como ella con él, y no le extrañaría que estuviese disfrutando al verla retorcerse de inquietud ante lo que podía esperarle.

Desde luego, era más listo que el hambre. Astuto. Debería ser muy astuta ella misma si esperaba salir de aquella situación con vida.

Por mucho que Ebony tratase de tomar un mínimo control, era dolorosamente consciente de que la única persona totalmente al control de la situación era Blake. Y él no soltaba prenda, lo que la dejaba deliberadamente inquieta ante la incertidumbre de su destino.

Alguien llamó a la puerta.

—¡Adelante! —dijo Blake.

La puerta se abrió. La chica desfigurada entró e inclinó la cabeza en un gesto de respeto hacia Blake, pero también le echó un vistazo rápido lleno de celos y desconfianza a Ebony.

—Te están esperando, Blake. En el helipuerto.

—Estaré allí en una media hora. Después de darme una ducha rápida.

—¿Qué hay de ella? —preguntó la horrenda criatura con desdén.

—¿Por qué no me quedo aquí? A mí también me vendría bien una ducha —se aventuró a decir Ebony.

—Puedes ducharte, pero no quedarte aquí. Eres una prisionera. Necesitamos catalogar a todo el mundo, sin excepciones

—respondió Blake con firmeza.

* * *

En el exterior, las olas se mecían con fuerza y chocaban contra la colosal plataforma, cuyas enormes patas de acero aguantaban firmemente todo lo que la naturaleza le ponía delante.

Sobre el helipuerto, Ebony pudo ver que los esclavos se encontraban en una gran angustia cuando llegó junto a Blake y la criatura horrenda.

No tenían aspecto de haber sido maltratados. Parecía que los habían lavado, y Ebony se preguntó si les habrían dado de comer. Se trataba más de la agonía en sus expresiones, el miedo, la incertidumbre sobre su futuro. Sabía exactamente cómo se sentían, pues eran un reflejo de su propia preocupación. Sentía compasión ante su angustia. Era un espectáculo miserable. Al menos, ella no estaba atada y esposada, al contrario que los demás allí reunidos junto a los guardias de aspecto militar y los matones, que observaban expectantes ante lo que fuese a ocurrir.

No sería capaz de escapar de ninguna de las maneras. De momento no. No podía hacer nada. Excepto esperar pacientemente y ver qué sucedía.

—¡Llegará un barco en un par de días! —gritó Blake dirigiéndose a los esclavos allí reunidos y alzando la voz para que se le oyese sobre los aullidos del viento, que viajaban a través de la cubierta de la plataforma petrolífera.

¿Un barco? Ebony se preguntó de dónde vendría mientras Blake proseguía.

—Todos seréis transportados. Pero ahora mismo hemos de catalogaros. Os dolerá. Pero no os resistáis. ¡O sabréis lo que es el dolor de verdad!

Ebony y los prisioneros se prepararon con un miedo y expectación que iban en aumento.

Uno de los matones se puso un guante y agarró un tenedor de hierro que estaba metido junto a otros en una urna, que burbujeaba por el alquitrán caliente que hervía dentro.

Tenía la forma de la letra “M” en la punta. Otros matones sujetaron a un chico joven y, en un movimiento rápido, apretaron el tenedor humeante contra la cara del chico. La mejilla del joven crepitaba mientras el tenedor le grababa la letra “M”. El chico se desmayó por el insoportable dolor y tuvo que ser arrastrado por otros dos matones que lo sujetaron antes de dejarlo con cuidado en posición lateral sobre la cubierta.

Durante el transcurso de la hora siguiente, marcaron a otros prisioneros con la letra “M”. Ebony se preguntó qué significaría exactamente. Hasta que Blake se dirigió a aquel segmento del grupo; todos se agarraban la mejilla y gemían de dolor.

—Siempre que pasen lista... Recordad que todos tenéis categoría “M”: trabajadores manuales.

Dirigió la mirada hacia otro grupo. Esta vez, todas eran mujeres. Pero habían añadido más, aparte de las seis de la noche anterior. Ebony no sabía decir si habían llegado hacía poco tiempo.

—Vosotras —informó Blake al grupo—. Os asignarán al programa de reproducción y se os catalogará como “R”. Recordad, si alguien pide vuestra identificación, es “R”.

Otro de los matones sacó un tenedor del caldero humeante y se aproximó al grupo de mujeres. Ebony observaba desde cerca, y podía sentir los gritos de dolor penetrar en su propia piel a medida que marcaban a todo el grupo. No podía dejar de mirar, y se preguntó dónde demonios se había metido. La brutalidad de todo aquello la ponía enferma. Pero, de igual modo, sentía admiración por su eficiencia.

En general, sentía rechazo por la espantosa naturaleza de todo aquello. Y estaba metida hasta el cuello. Era también consciente de que Blake la había estado mirando de vez en cuando, así que intentó contener su reacción, pues no quería que él notase cuánto le afectaba.

—Ebony —dijo Blake al acercarse a ella—. Ha llegado tu turno.

—Tengo una sola petición —dijo Ebony en tono casual—. Si vais a marcarme... Preferiría que fuese en el trasero. Siempre he estado orgullosa de mi físico. No me gustaría que me lo estropeaseis.

Blake sonrió ligeramente ante el descaro mostrado por Ebony al solicitar aquello. Pero, de nuevo, Ebony estaba preparando un plan en su cabeza, y decidió que aquel suceso espantoso podía proporcionarle una oportunidad de impresionar a Blake.

—¿Puedo hacérselo yo? —dijo la chica horrenda al colocarse junto a Blake.

—Preferiría que no —dijo Ebony—. Si se lo hizo a ella misma, no me convence el resultado.

La chica desfigurada saltó hacia Ebony y la abofeteó.

Ebony le devolvió el golpe y la tiró al suelo de un puñetazo. La nariz de la chica comenzó a sangrar mientras estaba despatarrada en el suelo.

—¡No te metas conmigo, hermana! ¡Va en serio! —rugió Ebony antes de fingir una ligera sonrisa ante Blake—. Perdón por eso. ¿A ti no te gusta que contesten a preguntas con otras preguntas? Bueno, a mí no me gusta que me toquen la cara. Así que, si me quieres marcar, preferiría que fuese en algún lugar que te resulte más interesante mirar.

Blake contempló a Ebony, claramente intrigado, mientras la chica horrenda se ponía de pie.

—Déjalo, Karin —dijo Blake—. Estoy seguro de que tendrás oportunidad de devolvérsela a nuestra amiga Ebony. En otro momento.

La chica horrenda se quedó mirando a Ebony, quien vio cómo Blake se acercaba al caldero y agarraba un tenedor de hierro con la letra "P".

—¿Qué creéis que significa? —preguntó al resto del grupo.

—¿Pardillo? —propuso Ebony.

Blake se acercó de nuevo a ella.

—¡¿Qué has dicho?! —soltó con tono amenazante.

—Si has creído que me refería a ti, entonces está claro... que sería "Patrón". Pero a mí me parecen todos una panda de pardillos —respondió Ebony para intentar quitarle hierro al asunto.

—¿Y tú qué serías? —preguntó Blake.

—Sólo hay una cosa con la letra "P" para definirme: "pasión".

—Quizás —siguió Blake en un alarde de poder—. Aunque también podría significar peón. O incluso... patrañas.

—Oh, me parece que no —respondió Ebony.

Intercambió una mirada con Blake e intentó enmascarar la tensión cuando él añadió:

—...en cuyo caso, la "P" también podría significar... perjuicio.

—Me veo más como una ventaja —Ebony intentaba tranquilizarlo—. Y más te vale creerlo. Es lo que yo podría suponer para tu equipo y tú, Blake. Si me dejas.

—Demuéstralo —le ordenó Blake a Ebony.

—¿Cómo? —Ebony estaba realmente perpleja.

—No he podido evitar darme cuenta de que, a pesar de toda tu fanfarronería —dijo Blake mientras miraba a Ebony con frialdad—, parece que hasta el momento no has "disfrutado" el proceso de marcado. ¿Qué pasa? ¿Aparte de no gustarte que te toquen la cara, tampoco te gusta ver a gente sufriendo?

—No me molesta —dijo Ebony—. En lo más mínimo.

—¿Entonces quizás te gustaría ayudarnos?

—Encantada.

Blake se quitó el guante de la mano y se lo pasó a Ebony.

Ahora tenía una oportunidad, supuso Ebony al colocarse el guante protector sobre la mano. Estaba tentada a agarrar el tenedor humeante y utilizarlo como arma contra Blake. Quizás pudiese tomarlo como rehén y de algún modo conseguir escapar. Pero decidió no hacerlo, por el momento. La chica desfigurada y el equipo militar eran demasiado eficientes y no dudarían en entrar en acción. Aunque creía poder con algunos de los matones, no podría con los suficientes.

—Muy bien. ¿Quién va primero? —dijo Ebony, que se dio cuenta de que aquello podía ser una especie de iniciación para ella.

Blake guio a Ebony a un grupo de prisioneros que estaban vigilados por Axel y unos cuantos matones.

Ebony echó un vistazo a una esclava que temblaba en la fila. Una chica de unos trece o catorce años que se estremecía de terror esperando a ser marcada. Se quedó mirando a Ebony fijamente, suplicando con los ojos. Le rogaba, como esperando conseguir algún tipo de contacto, suplicarle que lo hiciese rápido para acabar con ello o que la llevase de alguna forma lejos del inevitable destino que se le había presentado.

—Cierra los ojos —dijo Ebony.

La chica así lo hizo.

Ebony presionó el tenedor contra el rostro de la chica, el vapor la chamuscaba, y Ebony por poco vomita al oler la carne humana abrasada. La chica gritó de dolor durante el proceso de marcado, mientras el atizador de color rojo intenso le brillaba en la mejilla. Ebony intentó como pudo enmascarar cualquier reacción de piedad, consciente de que Blake y sus hombres la observaban atentamente.

—Ya está —le dijo Ebony a la chica—. No ha sido para tanto, ¿eh?

—¿Por qué no lo decides... después de probarlo tú? —sugirió Blake.

—No puedo esperar. Ya sabes lo que dicen: no hay victoria sin dolor. Acabemos de una vez.

Se desabrochó los pantalones y los dejó caer al suelo.

Blake sonrió.

—¿Quieres que lo haga yo? —preguntó, acercándose para coger el atizador. Pero Ebony tiró de él.

—No —insistió Ebony—. Puedo hacerlo yo.

Apretó los dientes y presionó el candente atizador sobre una de las nalgas, decidida a no darle a Blake ni a ninguno de sus captores la satisfacción de escucharla gemir o llorar. Y consiguió, con su resuelta determinación, mantener la sonrisa durante el largo y doloroso proceso. Entonces, Ebony arrojó el atizador al interior del caldero, se quitó el guante y se subió los pantalones.

—Eso está mejor. Me gusta. ¿Por qué no lo pruebas tú y lo ves por ti mismo?

Lo miró con intensidad, como si le acabase de ofrecer un desafío.

Él le devolvió una mirada con la misma intensidad.

—No será necesario —dijo finalmente.

Ebony sabía que lo tenía en sus manos. Por fin. Se había echado atrás, no había aceptado su desafío.

Al fin comenzaba a conseguir algo de control. Y se dio cuenta de otra cosa mientras sucedía aquello. Además de pillar desprevenido a Blake con sus acciones, Ebony no tenía dudas de que también lo había impresionado.

CAPÍTULO VEINTISIETE

Jack tiró con todas sus fuerzas para intentar aflojar las apretadas lianas que lo ataban a los postes de madera del interior de la choza de barro. Se había esforzado al máximo y seguía empujando, utilizando cada fibra de su cuerpo.

Exhausto por el esfuerzo, Jack se desplomó sobre el suelo, jadeante.

—No sirve de nada. Parece que estaremos atrapados aquí para siempre. No hay forma de salir —dijo Jack sin aliento.

—Si yo no puedo romper las lianas, y tengo estas preciosidades... —dijo Lex orgulloso, sacando bíceps y mostrando los brazos musculados—, ¿qué te hizo pensar que tú podías romperlas?

—Tenía que intentarlo. Al menos lo intenté —respondió Jack con desánimo.

—Jack, para ser tan listo, a veces puedes llegar a ser muy tonto. ¿Por qué no me lo dejas a mí? Yo nos sacaré de esta. Te lo prometo.

Lex se arrastró por el suelo fangoso tanto como le permitían sus ataduras y observó a los nativos en el exterior, que continuaban con sus actividades y estaban ocupados tejiendo, afilando armas, cocinando... al parecer sin reparar en la existencia de Jack y Lex.

Lex respiró hondo.

—¡Oye, tú!

Un guerrero nativo echó un vistazo a la choza y Lex continuó.

—¡Sí, te hablo a ti! —vociferó Lex furioso—. Si no buscas a alguien que nos libere, te juro que voy a quitarte esa lanza que llevas... ¡y te la meto por donde no te da el sol!

—¡Lex, no creo que eso ayude! —insistió Jack, preocupado por la fanfarronería de Lex.

—¡¡¡Contéstame!!! ¡¿Qué queréis de nosotros?! —gritó Lex a voces, y luego suspiró mientras se retiraba de la puerta—. No sirve de nada.

—Quieren que estéis callados —dijo una voz femenina.

Lex y Jack se sobresaltaron cuando una chica, más o menos de su misma edad, caminó hasta la choza de barro y agachó la cabeza al entrar. Era alta, desgarbada, y llevaba puestas unas gruesas gafas sobre los penetrantes ojos verdes; una de las lentes estaba cubierta de arañazos. Tenía largos bucles de pelo rubio que le ondeaban sobre los hombros, y llevaba un vestido tribal similar al de otras chicas nativas. La única y asombrosa diferencia, sin embargo, era que no tenía el mismo aspecto que el resto de "nativas", aparte del vestido que llevaba puesto. Parecía más una chica de origen europeo.

—¡Cuánto jaleo! Pareces un bebé grande —dijo la chica; Jack reparó en su acento.

—¿Yo? ¿Un bebé? —protestó Lex.

—¿Eres la líder de esta tribu? —preguntó Jack mientras la chica seguía de pie ante Jack y Lex.

—No, para nada —la chica se rio ante una idea que le parecía absurda.

—No eres de por aquí, ¿verdad? —Lex dejó escapar lo evidente.

—Así que tú eres el listo —se burló la chica.

—En realidad sí —respondió Lex con total seriedad, y Jack lo miró extrañado.

—Nací en Alemania, para ser exactos. Pero ahora vivo aquí.

—Vaya, *guten tag* —Jack sonrió e intentó parecer simpático—. Está bien conocer por fin a alguien que nos entiende —continuó—. ¿Qué estás haciendo aquí? ¿Qué sucede?

—Estoy aquí para traducir, para hablar y descubrir eso mismo sobre vosotros. Así que decidme, ¿quiénes sois?

—Estaba a punto de hacerte la misma pregunta —replicó Lex, que activó sus encantos—: ¿qué hace una chica guapa como tú en un sitio como este?

—Me llamo Lia. Es todo lo que necesitáis saber... De momento. No os parecéis a la gente de Blake.

—Porque no lo somos. Sea quien sea ese "Blake" —explicó Jack.

—¿De veras? —replicó Lia, recelosa de Jack y Lex—. Podríais ser espías.

—No somos "espías"... Ni agentes secretos, ni superhéroes. Solo prisioneros. Y no tenemos ni idea de por qué —dijo Lex, que dirigió una mirada de admiración a la figura de Lia.

—Es cierto —insistió Jack—. No hemos hecho nada malo, Lia. De verdad. Tan solo intentábamos conseguir ayuda. Hemos naufragado. Pero aquí mi amigo Lex siempre piensa con el estómago...

—Me ofendes, Jack —lo interrumpió Lex.

—Vio unos pollos y no pudo resistir la idea de obtener comida gratis... Se cayó en un agujero, y cuando nos quisimos dar cuenta apareció esta tribu que nos trajo hasta aquí. No queremos hacerle daño a nadie. Así que, si nos dejáis marchar, podremos regresar con los demás.

—¿Los demás? —preguntó Lia—. ¿Sois más gente?

Lex indicó a Jack con la mirada que permaneciese callado y no dijese nada más. No podían confiar en aquella chica como si nada, fuese quien fuese.

—Sí, todos los demás —clarificó Lex—. Si no nos soltáis, no tardarán en venir a rescatarnos. Van armados y son peligrosos —mintió—. Así que escúchanos, Lia. Si quieres ahorrarte un baño de sangre y salvar unas cuantas vidas, lo último que quieres es que lleguen los demás y arruinen la fiesta.

Destrozarán este sitio. Y a cualquiera lo suficientemente tonto como para hacernos daño a mí o a Jack, o como para tocarnos un pelo siquiera. Así que, ¿por qué no tienes una charla con quienquiera que esté al mando, eh? Deja que Jack y yo nos marchemos, y no diremos nada al respecto.

—¿Eso era una amenaza? —soltó Lia.

—Está claro que no eres tan buena traductora —soltó Lex como respuesta.

—Porque si lo era, no has hecho nada por mejorar vuestra situación, créeme —dijo Lia—. Debo informar de todo lo que escuche. Cada palabra.

Lia se dio la vuelta y se agachó para pasar bajo la choza de barro.

Jack miró a Lex y luego soltó un grito.

—Lia, ¡por favor!

Lia se paró de golpe en la entrada para escuchar.

—Lex estaba intentando "impresionarte". Es un farol. Ninguno de nosotros somos una amenaza. No pretendemos hacer ningún daño. De verdad. La realidad es que tenemos personas heridas y enfermas donde sucedió el naufragio. Estamos muy lejos de casa y necesitamos ayuda.

—Se lo contaré a la Sacerdotisa. No lo decido yo.

—¿Qué debíamos haber hecho? ¿Por qué estamos atados y enjaulados en esta choza? —suplicó Jack—. Estamos aquí por accidente.

—Habéis allanado nuestras tierras. Eso es un hecho. Y, por lo que sabemos, podríais ser espías de Blake por mucho que lo neguéis. La Sacerdotisa sabrá qué hacer.

—¿Qué significa eso? —preguntó Lex, que escogió con cuidado sus palabras. Estaba frustrado, pero se dio cuenta de que no estaba en posición de escapar a base de intimidación—. Y esa Sacerdotisa... ¿Quién demonios es? ¿Cuáles son sus funciones por aquí?

—Si sois culpables de allanamiento, seréis castigados. Os harán pedazos. Habéis mancillado las tierras sagradas de la tribu.

—¿Y luego qué? —Lex no pudo evitar meter baza.

—Créeme: no queréis saberlo.

Lia dio media vuelta y caminó hacia el exterior de la choza de barro abandonando a Jack y Lex, que intercambiaron una mirada de preocupación.

CAPÍTULO VEINTIOCHO

Tras la alegría inicial por haber vuelto sanos y salvos al Campamento Fénix, Jay y Ram no perdieron el tiempo y convocaron a la tribu a una reunión. Ram les contó a Amber y los demás, incitado por Jay, sobre Kami. Y el Colectivo.

—Así que, ¡cuanto antes encontremos un barco y nos larguemos tan lejos de esta isla como podamos, mejor! —concluyó Ram después de revelar toda la información.

La tribu estaba sentada alrededor de la hoguera que encendieron al empezar a caer la noche. Durante un rato, solo se oía el chisporroteo de las brasas y las olas que lamían la arena. Todos se quedaron absortos por lo que Ram les acababa de contar, y estaban intentando asimilarlo.

—¡Estás loco! —Trudy rompió el silencio.

—Bueno, tú de eso entiendes —Ram se lo devolvió.

—¿Qué será lo próximo que nos cuentes? —siguió Trudy—. ¿Que una vez te abdujeron unos hombrecillos verdes? ¿Que te subiste al trineo de Papá Noel? ¡No me creo una palabra, Ram, y no te creo a ti!

—Vaya sorpresa —dijo Ram con sarcasmo.

—Tienes que admitir que suena un poco rebuscado —reflexionó Amber—. Es decir: un líder misterioso... al que nunca has visto. Con el que te comunicabas. ¿Pero solo a través del ordenador?

Estaba claro que Amber no confiaba en Ram más de lo que lo hacía antes. Y los demás parecían compartir la misma opinión, aunque Lottie y Sammy tenían los ojos como platos.

—Ese grupo del "Colectivo"... ¿No creerás que pueden hacer metamorfosis, verdad, Ram? —preguntó Sammy. Lo decía totalmente en serio, y Ram se lo planteó.

—¿Metamorfosis? Qué concepto tan interesante —dijo Ram, que consideró la idea.

—¿Cómo que "metamorfosis", Sammy? —indagó Lottie.

—Bueno, ¿quién sabe? Puede que nos estén mirando ahora, desde los árboles. ¡A lo mejor SON los árboles...!

—Para ya, Sammy. ¡Haz el favor de una vez! —interrumpió Amber.

—Al menos hay alguien que parece creerme —dijo Ram con desdén, pero también claramente herido. Todos los presentes tenían serias dudas sobre lo que había revelado.

—¿Seguro que tú mismo no eres un miembro del Colectivo? —se preguntó Darryl—. Si me pongo a pensarlo, si pueden transformarse, ¡a lo mejor se han infiltrado como cualquiera de nosotros!

Puso un tono una pizca melodramático. Darryl no pudo mantenerse serio y rompió a reír.

—No es momento para bromas, Darryl. Después de haber trabajado con los Tecnos, y en especial con Ram, sé de buena tinta todo de lo que eran capaces. Debemos tomarnos en serio lo que nos diga —dijo Jay—. Si no está siendo sincero, entonces no tenemos nada que perder. Pero si lo es...

—Si todo lo que dices es verdad... ¡Cómo te atreves!

—interrumpió Ellie—. Si esta tierra está bajo el control de ese "Colectivo",... podría explicar por qué Jack no ha vuelto todavía junto a Lex... ¡Podrían estar en peligro!

—Eso también es cierto —Ram estaba de acuerdo.

—¡¿Y no nos dices nada hasta ahora?! ¿Les dejaste marcharse como corderitos para deambular hasta territorio enemigo? —dijo Ellie.

—¿Lex, un corderito? —se mofó Ram.

—¡Eres un egoísta! —gritó Ellie—. ¡¡Si le ha pasado algo a Jack o a Lex, me las pagarás!!

—Por cómo trabaja el Colectivo... Harán que te marchites como si nada. Pero nunca serás libre —Ram tembló ante aquella idea.

—¿Qué pruebas tienes, Ram? —se unió Salene—. Debe haber alguna forma de respaldar lo que afirmas.

—¿Quieres pruebas? ¡Deja que piense!

Ram se puso a dar vueltas por el campamento mientras se recorría el pelo con los dedos. Entonces, comenzó a golpearse la cabeza con las palmas de las manos, mientras los otros intercambiaban miradas de incredulidad.

—¿Pero qué hace? —preguntó Gel.

—Estoy procesando. Dadme unos segundos para que examine todos mis archivos —dijo Ram.

Un rato después, se dio la vuelta y les habló con un destello maníaco en los ojos.

—¡Ya lo tengo! ¿Qué pasa con Paradise y la realidad virtual?

—¿Qué pasa con eso? —dijo Amber mientras miraba a Ram, tan desconcertada como los demás.

—Kami pudo intentar llevarse el mérito por programarlo. Pero fui yo. Yo lo diseñé. Uno de mis mayores logros.

—No sé si los demás estarán de acuerdo contigo —murmuró Trudy, consciente del devastador efecto que el programa de realidad virtual de Ram tuvo en la gente de la ciudad—. ¡No es algo de lo que estar orgulloso!

—Entiendo cómo te sientes, Trudy —dijo Amber—. Pero, ¿por qué no dejamos que Ram se explique? Y más te vale hacerlo, Ram. De verdad. Cuéntanos todo lo que sepas, nos lo debes.

—Después de invadir, examinamos el observatorio de la Montaña del Águila y encontramos el complejo militar que buscaba el Colectivo.

—¿Qué? —dijo Salene—. ¿Estuvisteis en la Montaña del Águila?

—De ahí saqué la tecnología para la realidad virtual —continuó Ram—. Y Kami estaba desesperado por ponerle las manos encima. Pero yo lo adapté, utilicé los protones que necesitaba; de otra forma no hubiese sabido nunca si lo que tenía en mente funcionaría.

—¿Estás diciendo que el Colectivo estuvo involucrado en la invasión? —preguntó Amber.

—No —respondió Ram—. Solo los Tecnos. Uno de nuestros objetivos era examinar la Montaña del Águila para intentar obtener el equipamiento. Sin él, teníamos solo la teoría. Pero Kami sabía... y, sobre todo, yo sabía que necesitábamos la tecnología necesaria para que todo funcionase.

—¿Y por qué iba a estar en la Montaña del Águila? —preguntó Salene, escéptica.

—Está claro, ¿no? —contestó Ram—. Estaba escondida en la base militar. Guardada bajo llave. Para que los adultos pudiesen utilizarla e intentar desarrollarla ellos mismos y, supongo, acabar realizando sus propias simulaciones.

—Olvidas, Ram, que nosotros también fuimos a la Montaña del Águila —dijo Amber—. Y no había rastro de ninguna base militar escondida. Solamente el observatorio.

Aquello le traía a Amber recuerdos dolorosos, y se acordó de la tragedia que sucedió cuando las instalaciones estallaron en una explosión que casi acaba con su propia vida.

—Pero está claro que no fuisteis bajo tierra, ¿verdad? —explicó Ram—. Nosotros sí. Encontramos la entrada y evitamos su seguridad. Y descubrimos las instalaciones subterráneas. Seguían allí, bajo lo que quedaba del observatorio. Era tal cual decía la información que Kami obtuvo cuando hackeó los ordenadores del gobierno. Y pensar que ni siquiera sabíais de su existencia... Estaba justo allí, bajo vuestros pies...

—Pero eso no es ninguna prueba, ¿no? —reclamó Salene.

Los demás murmuraron para mostrar que estaban de acuerdo.

—Háblales de la cámara de hibernación —le dijo Jay a Ram.

—¿Cámara de hibernación? —exclamó Trudy, que intercambió miradas de incredulidad con Amber y los demás.

—Encontré una de muchas. Allí mismo, en el complejo de la Montaña del Águila —continuó Ram—. Así que también adapté las cámaras. Quién sabe, podría haber vivido eternamente.

Ram siempre había sido paranoico respecto a su salud durante toda su vida, pero nunca lo estuvo más que cuando estaba al mando de los Tecnos, obsesionado continuamente por todo tipo de gérmenes tras la pandemia. En particular, por la posibilidad de que el virus pudiese mutar. Pero había planeado sobrevivir a cualquier otra amenaza que se presentase asegurándose estar protegido. "Hibernando", explicó Jay, que recordó la angustia de Ram al ser obligado a volver al mundo real tras mostrar síntomas peligrosos de preferir la realidad virtual, junto al resto de población de la ciudad, a través del programa de realidad virtual de Ram, Paradise. La mayoría se habían vuelto tan adictos como él.

—Deberíais saber otra cosa. Encontramos adultos dentro de las cámaras —continuó Ram—. Bueno, sus cuerpos. ¿No lo veis? Debieron intentar aislarse como último recurso para escapar del virus. Por mucho que me gustaría colgarme la medalla por inventarlo yo, no lo hice. Lo inventaron los militares. Yo tan solo adapté lo que ellos habían fabricado.

—Eso no prueba que hubiese una base escondida allí —declaró Amber.

—Díselo, ¿quieres, Jay? —suspiró Ram, frustrado.

—Sí, ¿por qué no nos lo cuentas, Jay? Todo lo que tú sepas también sobre esto —dijo Amber, que observaba a Jay con desconfianza—. ¿Estás diciendo que tú también fuiste a la Montaña del Águila? Si es así, ¿por qué demonios no dijiste nada al respecto antes?

—Porque yo nunca fui allí —respondió Jay.

—Él no fue, yo fui —clarificó Ram—. Para entonces, Jay ya no era miembro de los Tecnos, se había unido a vosotros. Y os lo digo, Ebony y los rebeldes os hicieron picar el anzuelo.

—Si el Colectivo quería realmente apoderarse de la ciudad y de todos los sectores —preguntó Amber—, y tú y los Tecnos llegasteis allí primero, ¿por qué el Colectivo nunca apareció? ¿Para intentar recuperar lo que querían y vengarse de ti?

—Porque yo los espanté —dijo Ram.

—¡Claro, con tu cara! —sugirió Gel.

—Les envié mensajes a través del ordenador —continuó Ram, que ignoró la burla de Gel—. Le dije a Kami que no era seguro venir a la ciudad. Que el virus había regresado para vengarse. Que si llegaban, había riesgo de que todos muriesen. Así que se mantuvieron alejados. Funcionó... durante un tiempo.

—¿Y...? —interrogó Salene, impaciente por saber más.

—Comenzaron a sospechar. Kami es muy listo, creedme. Sabía que no tardaría demasiado en caer en la cuenta de que era una excusa. En esos momentos, yo estaba tratando de hackear su sistema y soltar un virus de los míos. Para alejarlo de mi rastro. De una vez por todas. Pero él contraatacó. Y he de admitir que fue brillante.

—¿Qué hizo? —preguntó Amber.

—El Colectivo saboteó los ordenadores de los Tecnos. De eso no hay duda.

—¿De qué estás hablando? —indagó Trudy.

—La resurrección de Zoot... ¿Recuerdas? Todo empezó a descontrolarse. Os lo digo, estaba escrito por todas partes que era un trabajo de Kami. Puro genio. Y desde luego os acojonó bien a todos.

—Eso fue cosa de Mega —dijo Trudy.

—¿De veras? —respondió Ram.

Todos estaban consternados por lo que Ram estaba diciendo, y comenzaban a creer que todo aquello podía ser plausible, pues eran conscientes de la alteración y la confusión que provocó el Zoot virtual por toda la ciudad.

Entonces, se quedaron estupefactos cuando Ram sugirió que el Colectivo podía haber sido responsable por el lanzamiento del ataque químico.

—Creo que estás yendo demasiado lejos —dijo Amber—. ¿De verdad esperas que nos creamos eso?

—¿Crees en serio que Mega o yo éramos tan ineptos como para perder el control de nuestros sistemas? Danos un poco de reconocimiento, por favor.

—¿Qué estás diciendo exactamente? —preguntó Amber.

—Creedme, solo hay una persona que pudo haber hecho fallar esos ordenadores: Kami. Y su Colectivo —declaró Ram.

—Pero el Virus 2.0... Mega asumió la responsabilidad —señaló Salene—. Dijo que era cosa suya.

—Quizás creyó que era cosa suya. Y por eso fue tan brillante. No me malentendáis: Mega tenía un gran potencial. Pero él era mi aprendiz. Yo era el maestro. Y no creo ni por un segundo que fuese a hacer desaparecer a todo el mundo a propósito. Incluido él mismo.

—¿Y qué sugieres tú que sucedió? —preguntó Trudy con inquietud.

—No estoy seguro. Solo sé que, tras echarme de los Tecnos, Mega comenzó a jugar en otra liga. Cuando trabajaba con Kami, éramos iguales. Incluso yo era mejor que él en ciertas áreas. Pero podéis apostar a que, cuando perdimos el control del Zoot virtual, Mega debió saber que sucedía algo. Puede que no tuviese habilidad para saber qué era exactamente. Y, ¿sabéis lo que creo? Que sabotearon sus sistemas...

—¿Quién? ¿El Colectivo? —inquirió Amber.

—Pensadlo. Solo pudieron pasar tres cosas. Una: que Mega montase un sistema para soltar todos esos químicos por el aire. Dos: que quisiera que alguien creyese que era obra suya.

—¿Por qué? —preguntó Salene.

—Para que tuviesen la impresión de que la ciudad y la zona estaba contaminada —explicó Ram.

—¿No estarás sugiriendo realmente que fue todo un farol? —exigió saber Amber.

—Pudo ser eso. Al principio. O eso, o si el Colectivo sorteó la seguridad de Mega, la opción tres sería que ellos mismos lo activaron todo. Lo que significa que, o bien era un ataque químico real. O que liberaron un montón de aire caliente a la atmósfera, y no gérmenes.

Ram se refería al lanzamiento de químicos mortales en la ciudad que obligó a la tribu y a todos los demás a marcharse, provocando que Ram y los Mall Rats escapasen en el barco de Zak y comenzasen a navegar mar adentro. Antes de eso, habían perdido el control de los ordenadores de los Tecnos y el Zoot virtual. Los paneles electrónicos iban como locos. Y durante todo el tiempo que duró la supuesta resurrección de Zoot, hubo muchos sucesos sin explicación anteriores al fatídico día en que todos escaparon de la ciudad.

Ram intentó explicar los tecnicismos: que, estando Mega al mando de las operaciones, pudo haber descubierto que los sistemas estaban en peligro. Y pudo haber intentado contraatacar y enviar mensajes falsos. Sin embargo, o bien era un farol. O, si por alguna razón quería liberar los químicos por la región, debió darse cuenta de que le salió el plan por la culata e, irónicamente, era lo equivalente a un suicidio. Estaba claro que pretendía oprimir a la región mediante alguna amenaza. Pero, ¿por qué? Según la lógica de Ram, no tenía sentido que lo hiciese por hacer, sino que estaba mandando una señal clara al Colectivo de que no era seguro para ellos venir a la ciudad ni a ninguno de los sectores. Puede que montase algún mecanismo con el que solo tuviese que pulsar un botón en caso de que alguien lo estuviese amenazando a él y a los Tecnos, en cuyo caso se destruirían a sí mismos en el proceso. Como en los viejos tiempos, cuando los países lanzaban amenazas de ataques nucleares. Así que, si el Colectivo hackeó el sistema de Mega... Ram no podía estar seguro,... pero sospechaba que eran ellos los responsables, y no Mega, de lo que sucedió finalmente.

—Hay una cosa que no entiendo —preguntó Amber mientras miraba a Ram—. Si lo que dices es cierto, si tu teoría es verdad, ¿por qué tenías tantas ganas de volver?

—Como digo: puede que Mega preparase algo, pero llegué a conocerlo muy bien mientras lo entrenaba. Y de ninguna manera habría destruido todo lo que existía, él incluido. Así que nos queda una situación en la que el Colectivo pensaba que la ciudad estaba en peligro. Aunque las probabilidades sean del 50% y los químicos liberados estuviesen activos y supusiesen una amenaza, puede que se limitase a un radio. Quizás había otras áreas que no estaban contaminadas.

—Ese es un riesgo muy grande —dijo Amber—. No me gustan las probabilidades.

—A mí me gustaban más que encontrarnos con el Colectivo en algún lugar como este.

—¿Qué te hace pensar que el Colectivo... podría estar aquí?

—preguntó Trudy nerviosa.

—¿No lo entendéis, verdad? —Ram suspiró, frustrado—. Creed lo que os digo. Durante la época en que los adultos estaban desapareciendo y hackeábamos ordenadores del gobierno, descubrimos varias bases militares. Como la de la Montaña del Águila. En lugares estratégicos. Y no, no puedo decir con seguridad que haya una base aquí. Porque no conozco las coordenadas exactas. Pero cuando acabamos en ese barco de la muerte, no tenía dudas de que fuese lo que fuese lo que la Unidad de Emergencia de las Naciones Unidas estuviese haciendo, eran muy activos en la región. Y ahora hemos acabado aquí.

—Creo que hay mucho que asimilar —habló Jay—. Y Ram ha sido muy valiente al abrirse de este modo...

—¿Valiente? —replicó Amber—. ¡Más bien mentiroso!

Ella y los demás seguían disgustados. Tenían ya muchas cosas de qué preocuparse, como la desaparición de Lex y Jack y la condición crítica de Slade y Zak. Y, estando Slade inconsciente, no podían comprobar si sabía algo de todo el tema. Amber se preguntó si tendría alguna información respecto a para quién trabajaba cuando le siguió la pista a Ram y lo llevó hasta Liberty, y si podría ayudar a arrojar algo de luz sobre el asunto.

Se sentía abrumada. Sobre todo, enfurecida por la razón y la forma que Ram había escogido para revelar todo aquello. Amber no conseguía entender su manera de funcionar, ni por qué no había dicho nada hasta entonces.

—¿Hay algún otro secreto que nos hayas estado ocultando, Ram? —exigió saber Amber con rencor—. ¿Alguna otra cosa que quieras contarnos?

—Sí, sí que hay... —Ram la miró; no le gustaba el tono de Amber—. Odio las espinacas, ¡y tengo un lunar enorme en el trasero! Listo, ¿contenta?

—¡Ahórrate el sarcasmo por una vez, Ram! Es muy típico de ti, ¿no? ¿Seguro que esto no es una especie de juego para ti? ¿Como otro de tus preciados juegos de ordenador a los que jugabas? ¿Es eso lo que estás haciendo, jugar con nosotros? ¿Lo estás disfrutando? ¿Te excita la desgracia y el sufrimiento de los demás? ¡Si no, tienes la cara muy dura para revelar todo esto después de tanto tiempo!

—¡Ya estamos, más dictámenes morales por boca de la señorita santurrona! —saltó Ram—. ¿Es que tú nunca haces nada mal, Amber? Siempre tan limpia. Ojalá el mundo fuese tan perfecto como tú. ¡Qué pena que no todos podamos estar a la altura de tus maravillosos valores!

—¿Valores altos? ¿Dices que ser honesto es tener "valores altos"? ¡Se llama ser decente, Ram! ¿Cómo te atreves a anteponer tu seguridad a la de los demás? Nos pides que creamos lo que cuentas, pero, ¿cómo podemos confiar en ti? Después de todo, ¡has demostrado que no eres más que un mentiroso egoísta!

—Bueno, eso es cosa tuya, Amber —dijo Ram—. Y os digo lo mismo a todos. Podéis creer lo que os he dicho o no. No soy ningún idiota. Fui el líder de los Tecnos. Pudimos haber logrado muchas cosas de no ser por Kami y el Colectivo. Y lo único que he intentado hacer es protegeros a todos. No solo a mí mismo. Después de todo, la mayoría de vosotros... os habéis convertido casi en amigos.

—Con amigos como tú, Ram... —dijo Trudy.

—Yo no soy el enemigo. Solo hay un enemigo del que deberíamos preocuparnos: es Kami. Y el Colectivo.

—Yo ahí tendría mis dudas —dijo Amber, que intentaba contener la rabia—. ¿No te estarás olvidando de ciertas cosas? ¿Como lo que les pasó a Bray y a los demás que desaparecieron cuando vosotros invadisteis nuestra ciudad?

—Yo no tuve nada que ver con la desaparición de nadie. De eso se encargaba Mega. ¡Él estaba al cargo de los prisioneros! ¡Yo tenía cosas más importantes en la cabeza que detalles nimios!

—¿Detalles nimios? ¡Eran seres humanos! —gritó Amber—. ¡No tenías derecho a arruinar vidas inocentes!

Amber y Ram se pusieron de pie, frente a frente, y se escrutaron mutuamente.

Jay se acercó a Amber, que parecía a punto de atacar a Ram.

—¡Amber, cálmate, por favor! Necesitamos escuchar lo que Ram nos está contando. Ahora mismo no estás siendo razonable.

Aquello colmó el vaso.

Amber le propinó una bofetada a Jay en toda la cara y se sorprendió a sí misma, tanto como a Jay y a los demás, por su repentino ataque.

Se sentía completamente abatida y herida por la desconsideración de Ram, y ahora de Jay.

—¿Dices que no estoy siendo "razonable"? —Amber repitió las palabras de Jay con muecas de dolor mientras lo decía.

—¡No quería decir eso! —insistió Jay.

—¿Qué? ¿Es que está mal o algo... que pregunte por la persona a la que una vez amé? ¡¿Por el padre de mi hijo, a quien me arrebataron?! ¿Junto a otras personas que eran especiales para esta tribu?

—Amber... ¡No me refería a eso!

—¿Cómo has podido?

Amber sacudió la cabeza, incrédula, y comenzó a llorar mientras se alejaba a grandes zancadas; Jay la siguió.

—¡Genial! Lo que nos faltaba, que se pelearan ellos dos —dijo Trudy.

—¡Qué gusto tenerte de vuelta, Ram! —añadió Salene con sarcasmo—. ¡Gracias por todo!

La reunión acabó y los demás se dispersaron desde la hoguera situada en el centro del campamento y fueron en distintas direcciones tras la pelea de Amber y Jay.

—¡Pronto desearéis haberme dado las gracias por contaros la verdad si el Colectivo aparece! —vociferó Ram en la noche—.

¡A menos que se nos ocurra algún plan, más os vale creerme, se acabó el juego! ¡Para todos nosotros!

CAPÍTULO VEINTINUEVE

—¡¡Hora de divertirse!! —chilló Belle mientras el resto de los Caídos lanzaban vítores ante la instigación de su líder.

La trastornada tribu se encontraba saltando alrededor de una piscina. Pero Bray no tenía forma de saber eso, tan solo podía escuchar. Cosa que hacía con una mezcla de incredulidad y repugnancia. Sentía que eran un grupo despreciable. Inhumanos, totalmente inestables. Y, lo que era más espantoso, impredecibles.

Poco después de ser capturado en la base, habían golpeado a Bray. La líder, Belle, disfrutó mucho lamiendo la sangre, chupándola como un animal salvaje mientras manaba de sus heridas. Luego se lo habían llevado, con los ojos vendados, y lo habían tirado a la parte trasera de un vehículo militar junto a Tiffany, Shannon y Emma. Por desgracia, no habían conseguido escapar.

Los Caídos preguntaron si había alguien más. Emma les aseguró, en medio del pánico, que aparte de Bray y su hermano y hermana, no había nadie más allí. Durante un momento, Bray se sintió inquieto ante la idea de que no creyesen a Emma y que ella y sus hermanos pequeños se convirtiesen en víctimas de alguna tortura para obtener información.

—No hay nadie más. ¡Lo juro! ¡Os lo prometo! ¡Si hubiese alguien os lo diría! —había suplicado Emma entre lágrimas.

—¿Y tú cómo ibas a saberlo? —se había burlado Belle—. ¡Al menos a ti no hace falta taparte los ojos! —se había mofado mientras colocaban cinta adhesiva alrededor de los ojos de unos petrificados Tiffany y Shannon. Habían hecho lo mismo con Bray anteriormente, poco después de ser capturado y golpeado.

Bray sentía que había fallado a Emma, Tiffany y Shannon. Si no hubiese trepado a la montaña rusa y hubiese corrido hacia otra parte, quizás habría tenido más oportunidades de escapar. Y Emma y sus hermanos podrían haber huido.

Había intentado proporcionar una distracción y atraer a los Caídos más lejos del edificio de alojamiento, hacia el área del parque de atracciones para que Emma, Shannon y Tiffany tuviesen al menos una oportunidad.

Poco después de que lo capturasen, descubrió que no había servido de nada.

Belle no creyó que Bray hubiese atravesado el páramo. Y lo presionó en busca de detalles sobre de dónde venía. Pero, por supuesto, Bray no sabía mucho aparte de que estuvo retenido por las fuerzas de Eloise. Y no pensaba revelar aquello, pues sospechaba que podían haberle puesto precio a su cabeza y prefería arriesgarse. Razonó que, incluso si hubiese entrado en detalles, nada le garantizaba que obtuviese por ello un mejor trato. No tras observar el comportamiento extraordinariamente inhumano que había experimentado hasta el momento por parte de sus nuevos captores.

Durante el viaje que realizaron a continuación, Bray comenzó a apreciar mejor cómo debía haber sido la vida para Emma. Con la visión completamente tapada por la venda, tenía que valerse solamente de su oído para tener idea de lo que estaba sucediendo. Intentó también calcular a dónde se dirigían exactamente y pensó que debieron estar viajando en los vehículos militares durante al menos diez horas. Aunque, de nuevo, no tenía forma de saberlo con seguridad.

Emma susurró que, seguramente, los llevarían al Mirage, un otrora próspero hotel en el sur que ahora era el hogar de los Caídos.

Bray reflexionó sobre por qué debían haber regresado a la base militar para llevarse a los últimos miembros de la tribu de Emma, las Cucarachas. Esperaba que no tuviesen relación con Eloise, que él no fuese responsable en parte de todo aquello por haber escapado y hubiese involucrado sin querer a Emma y sus hermanos.

No había posibilidad de obtener más información. Los miembros de los Caídos acompañaron a Bray, Emma, Tiffany y Shannon de vuelta al vehículo y les dieron instrucciones de permanecer en silencio. Sin embargo, Bray consiguió descifrar, gracias a lo poco que oyó de la conversación de los Caídos, que se estaban quedando sin "carne humana" con la que comerciar, y estaban desesperados por cumplir su cuota.

No lograba comprender a qué se referían, y tembló al pensar en qué estarían metidos Belle y su tribu de los Caídos, sobre todo por lo que tendrían planeado para sus rehenes. ¿Realmente iban a comerciar con ellos? ¿O tenían pesadas cosas más escalofriantes?

Era evidente que tenían una vena sádica, que habría hecho que Sombrero de Copa y la Tribu del Circo, o cualquiera de los otros dementes que Bray había encontrado en la ciudad, se sintiesen orgullosos. Todo de lo que Emma había advertido a Bray sobre los Caídos era cierto. Desde luego eran peligrosos, pero Bray no esperaba que fuesen tan salvajes, casi asilvestrados.

Debía haber alguna escapatoria, pensó. Algo que pudiese hacer. Pero se dio cuenta de que, de momento, Emma, Tiffany, Shannon y él estaban indefensos.

El sentido de la justicia que tan natural le era estaba enfurecido por volver a estar prisionero. Y también inflamado por saber que Emma y sus hermanos sufrían la misma suerte. En especial, cuando escuchó preguntar a uno de los Caídos si podía "jugar" un poco con Emma cuando llegasen a su destino antes de entregarlos.

—Nunca he tomado a una chica ciega —había dicho el miembro de la tribu. Bray pudo escuchar la lucha y los jadeos de Emma, y la frustración y la impotencia que sentía Bray era insoportable. Intentó liberarse, pero tenía las manos atadas y aseguradas con gruesa cinta aislante, tan firme como se la habían puesto sobre la cabeza, cubriéndole los ojos.

Era una experiencia surrealista confiar solamente en lo que podía escuchar en lugar de ver lo que estaba sucediendo. Y no estaba seguro de si era mejor dejarlo todo a la imaginación y no verlo. O verlo, sin que la imaginación distorsionase las cosas.

—¡Me ha mordido la lengua! —maldijo el miembro de la tribu—. ¡Yo la mato!

—Atrás —le había advertido Belle—. Recuerda que los vivos tienen un valor. Y los muertos otro.

Bray no soportaba siquiera imaginarse a qué se referirían.

Por la conversación, sabía que Belle debió empezar a besar al miembro de la tribu. El que había intentado besar a Emma, la cual le había mordido la lengua al asaltante en el proceso.

Lo que Bray halló inquietante fue que, en vez de preocuparse por sus heridas, los Caídos parecían encantados de que hubiese tanta sangre saliendo de la lengua de uno de sus miembros. Belle había pedido ser la afortunada que se diese el gusto antes de que la sangre coagulase, como si estuviese colocada por su sabor. Bray se preguntó si aquellas personas eran realmente infrahumanas o si, a través de sus esfuerzos por sobrevivir en el mundo de después de los adultos, habían reducido su comportamiento al que normalmente exhiben los animales salvajes.

Ahora, era uno de los ocho prisioneros (junto a Emma, Tiffany y Shannon) que permanecían con los ojos tapados en el hotel *Mirage*.

Sin ellos saberlo, los Caídos andaban en círculos alrededor del asustado grupo, gruñían y chillaban, estaban encantados e intimidaban a sus prisioneros a propósito.

Bray podía oír el sonido de lo que parecía ser el océano, con las olas golpeando la playa.

Lo que no sabía él ni los demás rehenes, era que estaban de hecho en un complejo turístico, como Emma había mencionado. Los lujosos edificios de lo que una vez fue un hotel estaban cubiertos de grafitis y habían sido desvencijados y saqueados hacía tiempo.

Había antorchas llameantes que dibujaban sombras amenazantes sobre las paredes. Si hubiesen podido ver, los prisioneros habrían sabido que los Caídos estaban bailando felizmente a su alrededor y aullaban como lobos.

Bray sospechaba que aquello era parte de alguna espantosa ceremonia de iniciación.

—¡Sonreíd! —gritó Belle sobre la cacofonía de sonidos—. ¡No estaréis mucho tiempo aquí, así que sonreíd! ¡Vamos! ¡Que se vea lo bien que lo estáis pasando!

Todo prisionero que no colaboraba recibía una dolorosa bofetada del revés y todos intentaban de algún modo mostrar débiles sonrisas mientras los Caídos seguían aullando y sonreían ahora ellos mismos, disfrutando de las surrealistas reacciones mientras continuaban moviéndose en círculos alrededor de los cautivos que permanecían indefensos en la oscuridad.

De repente, Belle se giró y corrió hacia la piscina. Saltó desde las baldosas agrietadas del borde del patio y se zambulló en el agua, desapareciendo de la superficie. El agua estaba asquerosa, oscurecida por las algas verdes. Belle se perdió de vista y se vieron trazas de sangre diluida entre la densidad de la piscina.

Bray y los demás prisioneros dieron un paso atrás mientras intentaban utilizar sus instintos para hacerse una idea de lo que estaba ocurriendo y escuchaban la salpicadura mientras el agua los rociaba por todas partes.

Y, por primera vez desde que escapó de las instalaciones de Eloise en la montaña, Bray se preguntó si estaría de nuevo participando en un programa de realidad virtual. ¿Había conocido realmente a Emma, Tiffany y Shannon? Estaba seguro de que estaban aterrorizados durante aquellos intimidantes sucesos, pues los escuchaba gimotear y sollozar. Y, por los sonidos que emitían los demás prisioneros, estaba claro que ellos también estaban sufriendo.

Bray intentó concentrar el oído a medida que los aullidos se apagaron. Sin saberlo los prisioneros, los Caídos habían parado su frenético baile ritual y miraban fijamente la piscina, como si estuviesen preocupados por lo que pudiese haberle pasado a su líder.

Pasaron unos segundos.

De repente, Belle emergió a la superficie de la piscina con una alocada mirada de satisfacción en el rostro, para júbilo de su tribu, que comenzó a aclamar su regreso. En la boca llevaba una oreja humana, que arrojó a los pies de los Caídos, quienes a continuación pelearon entre ellos para intentar atraparla.

Bray y los prisioneros se encogieron ante los ruidos histéricos, y se prepararon para lo peor mientras intentaban comprender qué podía estar pasando, a medida que Belle gritaba sobre aquella histeria.

—¡¿A quién le apetece un bañito?! ¡¡¡Es muy refrescante!!!

—Déjame a mí, Belle —respondió uno de los miembros de los Caídos. Entonces, animado por los demás, que retomaron los aullidos, se zambulló en el agua. A través de las algas que se extendían después de su entrada, se podían ver atisbos de cuerpos, algo que habría repugnado a Bray y a los demás rehenes si hubiesen podido verlo. Los Caídos no parecían tener ningún respeto por el valor de la vida humana y todos los seres vivos.

—¿Y bien? —dijo Belle mientras se secaba el pelo con una toalla y examinaba a los prisioneros con los ojos locos, expectante—. ¿Alguien quiere unirse?

—¡Por favor! No sé qué estáis haciendo, pero sea lo que sea, tened piedad con nosotros. ¡Os lo ruego! ¡Sobre todo con los pequeños! —dijo Bray, que esperaba encontrar en ellos algún indicio de la humanidad que tan claramente le faltaba a esta tribu.

—¡Buena idea! —saltó Belle—. ¡No queremos que penséis que somos "poco hospitalarios"! Así que, ¿qué tal tú, Shannon? ¿O tú, Tiffany? ¿Os apetece "refrescaros"?

—¡No! ¡No les hagas daño, por favor! —dijo Emma.

—¿Por qué? —se mofó Belle con desdén.

—¡Yo no sé nadar! —chilló Shannon.

—¡Pues deberías haber aprendido! —Belle soltó una risita—. Encontrarás más gente ahí dentro. Creo recordar... ¡que ellos tampoco sabían nadar! ¿Qué os pasa a las Cucarachas? ¿A ninguno os gusta hacer deporte?

Los demás miembros de los Caídos aullaron, animados por el pánico de los afligidos prisioneros.

Bray estaba desesperado por pensar en un modo de ayudar, y temía que en cualquier momento los Caídos los arrojasen a todos a lo que había llegado a la conclusión debía ser una piscina, y que todos sufriesen una dolorosa muerte ahogándose, incapaces de nadar al tener las manos y las piernas atadas.

Entonces, escuchó los gritos de una voz distinta.

Sintió brusquedad en el tono. Incluso preocupación. Y, desde luego, amenaza.

—¡Ya basta! ¡Apartaos! U os las veréis con nosotros. Y no os lo recomiendo, ¡en especial si nos habéis hecho venir en balde!

Bray y los demás prisioneros no tenían forma de saberlo, pero habían llegado una docena de tipos de aspecto militar vestidos de negro, con boinas enrolladas en las cabezas afeitadas que desfilaban enérgicamente hacia Belle.

Tenían todos edades similares a los Caídos. Pero, al contrario que esa tribu, ellos rezumaban disciplina, eficiencia.

—No pretendo aguar la fiesta —dijo uno—. Pero hemos venido a por la colecta. ¡¿Cuántos nos habéis conseguido?!

—¡Llegáis pronto! —respondió Belle.

—Y menos mal que no llegamos tarde —el militar sonrió ligeramente mientras miraba a su alrededor, y entonces avistó los cuerpos a través de las algas dispersas en la piscina—. Parece que habéis sufrido algunos... "daños colaterales" —añadió.

—¿Eso qué es? —añadió Belle.

Bray, que estaba escuchando, lo sabía. Conocía aquel término desde los viejos tiempos, antes de perecer los adultos.

—¡Los muertos! —respondió el militar—. Y solo nos interesan los vivos. Esta vez nada de partes del cuerpo.

CAPÍTULO TREINTA

A veces la vida era muy extraña, pensó Ebony, que descansaba perezosamente sobre la cama de Blake mientras acariciaba los suaves cojines de seda y disfrutaba de la comodidad de las delicadas sábanas que tenía debajo. Allí estaba, rodeada de lujos, cuando solamente semanas antes había estado atrapada con Amber y los Mall Rats en el barco, muerta de hambre y a la deriva. La vida daba muchas vueltas, reflexionó, y ahora esperaba que le tocase ir hacia arriba.

Estaba sola en la habitación de Blake, con una gran sonrisa en la cara, satisfecha por lo que había conseguido.

Cuando Blake probó a Ebony, ella giró las tornas y lo sorprendió. Y también lo impresionó. Pasó de ser una probable candidata a esclava, en el momento en que la capturaron, a realizar importantes pasos para convertirse en la amante de Blake, y puede que mucho más.

Una noche de pasión desenfrenada y una valiente muestra durante el proceso de catálogo de los esclavos revelaron el carácter de Ebony. Demostró que era dura, inflexible. Como Blake. Y Ebony esperaba que, si podía dar más pasos, él comenzaría a darse cuenta de que ella era mucho más que una cara bonita.

Ebony se estiró, alcanzó una copa de vino e hizo un brindis silencioso por su nuevo admirador ausente antes de dar un sorbo a la copa.

Pensó que podía acostumbrarse a aquello al mirar en torno a la habitación de Blake. Vivía a lo grande, en comparación con las experiencias de Ebony en las calles tras el virus. Blake había acumulado muchos objetos de valor, y su habitación estaba llena de vino, bebidas alcohólicas, e incluso un gimnasio. Le gustaba entrenar. Ella le había dado más que suficiente para desafiar sus capacidades físicas. Y puede que continuase siendo un verdadero placer. Para ella, y también para él.

Su instinto le decía que Blake estaba claramente encaprichado, lo suficiente como para querer saber más cosas de ella. Ebony también se sentía intrigada por él. Se preguntaba quién sería exactamente. Con quién trabajaba. ¿O estaba solamente él al mando? ¿Cuál era la historia de aquella plataforma? Y la de los demás prisioneros, a los que habían catalogado para trabajos manuales, reproducción y Dios sabe qué más cosas.

Esperaba estar atrayendo a Blake hacia ella con sus serviles muestras de afecto, complaciéndolo de todas las formas que se le ocurrían, y que eso haría creer a Blake que podía confiar en ella.

Se podía decir que el día había ido bien. Todo iba en la dirección correcta. Si era capaz de seguir con ello, quizás Ebony podría subir de rango. Después de todo, había hecho prácticamente lo mismo en el pasado con Zoot, en la ciudad. Y sabía que allí ya no había futuro. Debía esculpir una nueva vida. Y, si Blake era el rey, Ebony estaba decidida a que, en poco tiempo, no sería solo su amante,... sino que comenzaba a tener aspiraciones de convertirse en su reina y, quién sabe, quizás con el tiempo gobernar sola.

Cualquier posibilidad era, ciertamente, una opción mejor que estar abandonada en un mundo desconocido. Estaba contenta por su elección de abandonar el *Jzhao Li* y dejar a los Mall Rats atrapados en el navío.

Había conseguido descifrar, durante una comida previa con Blake, que él y su equipo llevaban poco más de un par de meses posicionados en la plataforma petrolífera. Al parecer, eran miembros de una tribu llamada "Legión".

Blake reveló que el nombre representaba aquello que quería conseguir. Una legión de guerreros, que es lo que él mismo se consideraba. Exigía una estricta disciplina a su círculo más cercano, que nunca cuestionaba sus órdenes. Y los matones eran nuevos reclutas en proceso de iniciación. Cuando hubiesen demostrado su valía y adquiriesen las habilidades necesarias, podrían unirse. Pero no hasta merecerlo.

Mencionó que, a medida que la "Legión" se ganaba una reputación, estaba seguro de que los verían como adversarios temibles, con un estatus como el de los mejores guerreros y milicias de una era pasada.

Ebony podía ver que su círculo más cercano era completamente leal a su líder y a sus mandatos. Él se había encogido de hombros, e informó que no esperaba menos de ellos tras las recompensas que recibían por estar a su lado en combate.

Blake hizo referencia a que su difunto padre había sido militar cuando Ebony admiró un largo sable colocado sobre la pared. Para Blake era claramente un tesoro. Y parecía verdaderamente emocionado cuando reveló los detalles: originalmente, había pertenecido a su bisabuelo y había pasado de generación en generación. Todos habían conseguido un alto rango dentro de las fuerzas armadas. Sin duda, el nombre elegido para su tribu reflejaba que, en su interior, era su forma de rendirles homenaje.

Pero parecía reticente a dar más detalles cuando Ebony presionó en busca de más información. Sabía que habían alertado a todos los militares durante el punto álgido de la pandemia.

Cuando Ebony intentó ganarse el favor de Blake y apeló a la vanidad que obviamente poseía diciendo que debía estar muy orgulloso de su padre y que quizás se parecía a él, Blake pareció ofendido. Así que ella cambió rápidamente de tema.

Blake parecía reticente a revelar muchos detalles sobre su madre. Pero consiguió sacarle que había conocido a su círculo más cercano en un campamento militar durante los traslados llevados a cabo por las autoridades durante el punto álgido de las tortuosas evacuaciones, cuando el virus atacó. Descubrió que Blake y su séquito se sometieron a un riguroso curso de supervivencia en aquel momento, y se preguntó si habían adaptado algunos de los métodos, al "catalogar" a los esclavos que retenían como prisioneros.

Blake no era un comerciante como tal. Sino un coordinador. Cuidaba de los transportes y trabajaba para alguien, fuese quien fuese. Llegados a aquel punto, supo que no revelaría más detalles. Era demasiado astuto para eso. Pero ella también, y confiaba en que un día le exprimiría más información. Tan solo tenía que ser paciente, y darle tiempo. Y entonces descubriría más sobre los "superiores" de Blake (pues así se refería a ellos).

Había algo en todo lo que Blake había revelado hasta el momento que molestó a Ebony. Lo suficiente como para dudar de si estaba siendo sincero. Y se preguntó si le estaba dando información falsa para despistarla.

Dijo que estaba preocupado y no confiaba del todo en sus superiores, pues se preguntaba si lo habrían enviado a la plataforma petrolífera como un "conejillo de indias". Parecía casi paranoico con la idea de haber sido desterrado a aquella tierra como nada más que un sujeto de experimentación. Expuesto a un entorno ajeno para que pudiesen ver cómo se adaptaba.

Él también le hizo preguntas, y ella no explicó más que el hecho de que, junto a los miembros de una tribu, había huido de la ciudad en barco mucho después de ocurrir el virus. Y que había subido a bordo del *Jzhao Li*, que iba a la deriva. Todo aquello era cierto.

Pero Ebony lo adornó un poco diciendo que estaban buscando un nuevo sitio donde asentarse. Hubo una tormenta horrible, y ella consiguió escapar en el bote pero no sabía con certeza qué había pasado con los demás miembros de su tribu.

No entró en detalles sobre el "virus 2.0". Eso se lo ahorró. Quería ir paso a paso. Tampoco habló mucho de su vida en la ciudad, aunque supo por la impresión causada que Blake comenzaba a darse cuenta de que ella no era una superviviente normal y corriente en aquel mundo posterior a los adultos. Y de que tenía mucho más que ofrecer. Decidió que solamente revelaría fragmentos de información, cuando desenmascarase quién era Blake realmente. No pensaba poner todas las cartas sobre la mesa y dejar que él la llegase a conocer primero. No cuando él también mantenía las cartas bien ocultas.

Lo que desconcertaba a Ebony era por qué Blake y el resto de la Legión estaban dispuestos a aceptar una misión en aquella plataforma si creían que podía poner en peligro sus vidas. Y que estaban haciendo pruebas con ellos. No conseguía entender a qué tipo de peligro podían enfrentarse. No con el control que tenía Blake, algo que era más que evidente.

—Todo el mundo corre peligro si no obedecen a sus "superiores" —le había dicho Blake a modo de amenaza velada mientras miraba a Ebony, fascinado por cuál sería su reacción. Pero ella no picó el anzuelo, e intentó averiguar más sobre aquella región.

Él no dijo nada aparte de que aquella región les podía ser útil. Cuando Ebony preguntó por qué, fue Blake quien cambió rápidamente de tema. Él sí que podía contestar una pregunta con otra pregunta, pensó Ebony. Ciertamente se le daba bien hacerlo. Estaba segura de que había algo más, y estaba decidida a descubrir los misterios.

Sin embargo, estaba satisfecha por haber logrado exprimir un mínimo de información; como si se tratase del zumo de naranja recién exprimido que tanto le gustaba beber, hecho que también intrigaba a Ebony. Parecía seguir una alimentación estricta, se preocupaba por su salud, estaba pendiente de mantenerse en forma.

Ebony quería, sobre todo, obtener más información sobre los esclavos y el barco que debía llegar en unos días para transportar a los prisioneros que retenían en las instalaciones temporales unos cuantos pisos más abajo.

Sentía lástima por ellos. Sin duda, usarían a muchos para trabajos de agricultura y todo tipo de labores. Pero ellos tendrían suerte, sintió Ebony, en comparación con los esclavos más débiles, a los que utilizarían con fines "médicos". Y esperaba que la marca de su trasero continuase siendo "P" de "pasión" cuando descubrió que, después de todo, la "P" significaba en realidad "pruebas". Blake no le reveló ningún detalle sobre qué destino sufrirían. Y no tenía intención de averiguarlo. Así que decidió dejar de preguntar por el momento.

Ebony trepó fuera de la cama y observó su reflejo en un espejo de pie. Entonces se puso más pintalabios y agitó el pelo de forma seductora. Desde luego, era una hechicera; se sentía afortunada, tenía un aspecto muy atractivo. Y tenía la experiencia y el ingenio suficientes para saber utilizarlo: estaba resuelta a dejar prendado a Blake. Atraerlo y cautivarlo. Sin que se diese ni cuenta. Y, aunque se diese cuenta, Ebony sentía que pronto se volvería adicto y querría más y más.

Tras acercarse al escritorio de Blake, se rellenó la copa de vino y entonces atisbó un ordenador portátil; la luz de "suspensión" parpadeaba.

Se sentó en la gigantesca silla de oficina de cuero y subió la pantalla para sacar al ordenador de su estado de hibernación. Entonces dudó por un momento, preguntándose si debería echar un vistazo. Si Blake volvía de repente, ya tenía una excusa montada, y diría simplemente que estaba buscando algo con lo que entretenerse. Sin embargo, estaría lista para entretenerlo a él con algo mejor de lo que cualquier ordenador pudiese ofrecer jamás.

Reparó en una serie de carpetas con archivos que habían sido divididos en "la pandemia", "instalaciones militares", "órdenes", "estado de los prisioneros"...

Ebony repasó las carpetas cada vez más intrigada, pues sospechaba que la plataforma era algo más que una estación de paso para el transporte de esclavos. Estaba claro que era una fortaleza flotante, el lugar perfecto para situar un puesto de avanzadilla, pues ofrecía una panorámica envolvente del océano a su alrededor. Y aparte de las perforaciones en busca de petróleo, como al parecer se había hecho en otro tiempo según Blake, Ebony tenía intención de descubrir más detalles, segura de que las operaciones actuales no se limitaban al almacenamiento de cargamento humano.

Cuando intentó acceder a los archivos, descubrió que estaban bloqueados.

De repente, se activó una transmisión en directo, y el rostro de Blake apareció en pantalla.

—¿Buscabas algo? —dijo; se notaba el frío en su voz a través del pequeño altavoz.

—No —respondió Ebony, que tragó saliva nerviosa—. Si me oyes... No estaba haciendo nada, Blake. En serio.

—Oh, te oigo muy bien —respondió Blake—. De hecho, te he estado observando. De cerca. Si querías un poco de vino, deberías haberlo pedido. Y si querías acceder a los archivos clasificados, también. Por desgracia, comprobarás que no tienes la contraseña.

La pantalla se puso en blanco.

Ebony se puso de pie y temió lo peor, mientras escuchaba el sonido de los veloces pasos que se aproximaban y que hacían eco en los pasillos exteriores.

Se apartó al darse cuenta de que estaban girando el pomo de la puerta.

Entonces dio un paso atrás cuando la puerta se abrió y Blake apareció, de nuevo con una sonrisa, pero una sonrisa gélida.

—¡Cariño, ya estoy en casa!

Ebony continuó alejándose mientras Blake avanzaba, furioso. Finalmente, incapaz de reprimir la rabia contenida, la agarró por el cuello con una mano, casi levantándola del suelo, y la empotró contra la pared.

Ebony luchaba por respirar, se retorcía e intentaba defenderse clavándole las uñas en el rostro.

—¡Suéltame! —gritó—. ¡Te lo prometo, no hacía nada malo! ¡Tan solo pasaba el rato!

Él también pasó las uñas por el rostro de Ebony y le arañó la mejilla. Lentamente, a propósito, con los dientes apretados. Entonces la soltó y la volvió a dejar en tierra.

—Deberías saber una cosa sobre mí, Ebony —dijo Blake con tranquilidad, pero su voz era intensa—: si alguna vez me atacas, yo te devolveré el golpe. Si alguna vez me traicionas, estarías haciendo una tontería. Cualquiera que lo haya intentado entendió pronto que era algo peligroso. Y si alguna vez intentas desobedecerme o engañarme... Entonces, acabaré contigo.

—Creo que entiendo el quid de la cuestión, Blake. Y yo soy igual. Pórtate bien conmigo y yo me portaré bien contigo —dijo mientras se frotaba las marcas que le había dejado tras agarrarle el cuello.

Él la contempló y no pudo evitar esbozar una ligera sonrisa. Sacudió la cabeza.

—Desde luego, eres de lo que no hay. Como una gata callejera.

—No sé por qué, pero no me parece un cumplido.

—Pues lo es. Odio admitirlo, pero, ¿sabes? Yo seguramente habría hecho lo mismo en tu situación —respondió Blake—. Y, por una parte, lo admiro.

—Me has tendido una trampa, ¿eh?

Asintió, orgulloso.

—Y has mordido el anzuelo. "Tan solo pasaba el rato" —imitó la voz de Ebony.

—No pretendía fisgonear ni nada.

—Me decepcionas —dijo Blake como si nada—. A mí me gustaría conocerlo todo sobre mis adversarios.

—¡No soy tu adversaria! —lo interrumpió Ebony—. Y por eso no me estaba entrometiendo. Y cuanto antes te des cuenta, mejor. Puedo serte muy útil, Blake. Pero no podré hacerlo... si no me dejas.

—En parte —respondió Blake—, puede que tengas razón. Quizás me acabes siendo de utilidad. Y consigas un valor mayor. Un valor más allá de mis más descabelladas expectativas.

—¿Sí? —dijo Ebony, que no sabía muy bien por dónde iba, qué quería decir. Pero, en el fondo, sabía que debía quitarle hierro al asunto, mientras Blake continuaba.

—Así que ya veremos en qué categoría te colocamos al final. Pero he de advertirte, Ebony. Si descubro que no puedo confiar en ti, entonces serás "P" sin dudas, ¡de "pruebas"!

—¿Y eso qué supone?

—Hazme caso. No sigas por ahí.

—No tienes de qué preocuparte —respondió Ebony—. Creo que ya nos conocemos lo bastante bien. ¿Por qué no lo dejamos en "pasión"?

Ella apretó los labios contra los de él y comenzaron a desvestirse apasionadamente el uno al otro, incapaces de contener el deseo.

CAPÍTULO TREINTA Y UNO

La luna brillaba y se reflejaba en la superficie del agua; las delicadas olas se retiraban de la arena al bajar la marea. Aquellos sonidos relajantes consolaban a Ruby. Estaba sola, a varios metros del Campamento Fénix; necesitaba tiempo y espacio lejos de los demás para aclararse las ideas.

—¿Qué voy a hacer contigo? —se dijo Ruby a sí misma, como si le preguntase al bebé que llevaba dentro.

Cuando le confió el secreto a Amber, esta le había preguntado a Ruby si estaba segura de que el padre era Slade, y su respuesta fue categórica. Aparte de unas cuantas relaciones (y un error de una noche de borrachera), no se acostaba con cualquiera.

Era irónico que el test de embarazo que se había hecho en la ciudad estuviese equivocado, reflexionó Ruby. Muy equivocado. Se lo hizo antes de que la tribu se viese obligada a huir del "virus 2.0" liberado por Mega. Al menos, pensaba que había sido Mega. Ella, como los demás, se sentía un poco confundida por las revelaciones de Ram.

Pero no tenía ninguna duda de que estaba embarazada, y de quién era el padre. Durante los primeros días de su viaje en el barco, Ruby pensó que se sentía mareada por el mar. De vez en cuando le venían náuseas. Pero debían estar provocadas por el embarazo, pues descubrió que no le bajaba la regla.

Su vida se había puesto patas arriba tras descubrir que llevaba una vida en su interior. Sabía que los test de embarazo no eran fiables al 100%. Había artículos, recordó, que había leído cuando era más joven en la colección de revistas femeninas de su madre, que revelaban que algunas madres se sorprendían al descubrir que estaban embarazadas después de que el test diese negativo. Y Ruby estaba más que sorprendida de saber que, de hecho, llevaba un bebé. Estaba completamente atónita.

Junto a las hormonas, comenzaron a aparecer nuevas emociones.

Se enfrentaría a momentos difíciles en aquel mundo post-apocalíptico. Eso lo sabía. Pero sabía que Amber y los Mall Rats estarían con ella en cada paso del camino para darle apoyo si lo necesitaba. Amber y Trudy habían sido madres antes, y Ruby sabía que agradecería la ayuda que ellas, y el resto de la tribu, pudiesen proporcionarle.

En estos momentos, tenía la imperiosa necesidad de mantenerlo en secreto. Para que Slade lo supiese antes que nadie. Entonces, Ruby sabría si él estaría a su lado. No quería que se sintiese obligado de ninguna manera. Y, sobre todo, necesitaba saber que Slade compartía los sentimientos que ella sentía hacia él.

Nunca se había enamorado antes. Pero estaba segura de que aquello debía ser real. Nunca se había sentido de aquel modo con nadie, y no soportaba la idea de perder a Slade.

Pobre Amber, reflexionó Ruby al pensar en la discusión que había sucedido horas antes, cuando Ram reveló su propio secreto a todos, sobre el Colectivo. Pero Ruby creía que Jay y Amber harían las paces al final. Eran una pareja muy unida.

Ruby concluyó que se tomaría las cosas paso a paso. Pasase lo que pasase en la isla. El embarazo. Su relación con Slade, que se había complicado por el hecho de que el corazón de Slade había pertenecido a otra persona, pues Ebony era la prueba viviente de ello. Y necesitaba saber lo que sentía Slade por ella sin que existiesen obligaciones paternas que le nublasen el juicio.

Lo más importante para Ruby era que Slade sobreviviese a sus heridas. O no habría ningún futuro para los dos.

Además, Ruby seguía consternada por la confrontación que había tenido con May, cuando sugirió cómo debían utilizar los limitados suministros medicinales.

Se preguntó, tras repasarlo mentalmente, si tenía razón al insistir en darle todas las medicinas que tenían a Slade. O si May tenía razón y ella estaba siendo injusta.

Ruby no pretendía reducir las posibilidades de Zak de sobrevivir negándole ningún medicamento, pero sentía que no había ninguna otra opción. Zak apenas respiraba, y el débil pulso era testimonio de la pésima condición en la que se encontraba. Ruby deseó poder agitar una varita mágica para que él y Slade mejorasen. Pero sabía que no existían los atajos. Sentía que a Zak no le quedaba mucho más tiempo en la tierra. Así que, ¿qué sentido tenía malgastar los preciados y limitados medicamentos en él?

Sí, era mejor concentrarse en Slade, Ruby estaba segura. Darle a él todas las medicinas. Al menos él estaba más o menos consciente, y no en una especie de coma. Y, aunque su herida era grave, tenía muchas más posibilidades de sobrevivir que Zak.

La memoria la llevó a un momento del pasado, cuando estaba sentada en la sala de espera del hospital. Aquello le traía emociones similares. Por entonces debía tener diez años. Y recordaba aquel día como si fuese ayer. Ingresaron a su abuela después de que sufriera un derrame tremendo. Estaba inconsciente, en coma. Ruby lloró más de lo que creía posible. Ellen era la favorita de entre sus abuelos. Los doctores entraron en la sala de espera con mirada solemne y Ruby escuchó a sus padres hablando sobre el problema de la abuela Ellen.

Los doctores les dijeron que no podían hacer nada. La abuela Ellen seguía viva técnicamente, a través de respiración artificial, pero estaba en realidad clínicamente muerta.

La familia de Ruby decidió aceptar lo inevitable y accedieron a regañadientes a la recomendación de los médicos: desconectar la máquina de respiración artificial y dejar que la abuela Ellen se marchase desde este mundo al otro.

Ruby se juró que jamás olvidaría a la abuela Ellen, y tampoco olvidaría la forma en que falleció.

Ese episodio de su infancia le traía recuerdos dolorosos. Estaba claro que Zak seguiría los pasos de la abuela Ellen. Su situación era muy similar. No tenía sentido darle medicamentos a Zak. Era demasiado tarde para él. Pero no para Slade.

A pesar de su postura, Ruby no podía evitar sentir pinchazos de culpa mientras recordaba su discusión previa con May. Y la mirada de May al estar sentada, negándose a comer, con la luz de la hoguera reflejando llamas que parpadeaban y le bailaban en los ojos. Parecía estar muy perdida, deseosa de que volviese a ser su turno de cuidar de Zak. Tan deseosa como estaba Ruby de cuidar a Slade, pues ambos seguían cobijados a cierta distancia del campamento principal, demasiado indispuestos para ser transportados.

Ruby se preguntó si estaría insensibilizada ante la muerte. La había experimentado de cerca durante la pandemia. Primero, con las noticias de cientos, miles, millones de personas que fallecían a medida que el virus se expandía. Poco después, el impacto pareció evaporarse. La muerte se convirtió en rutina, como la lucha por sobrevivir, por vivir y pasar un día más.

Salene se encontraba ahora cuidando de Slade, y Ruby recibió con gusto la oportunidad de intentar aclarar sus ideas a medida que andaba sobre las aguas poco profundas y contemplaba los restos del *Jzhao Li*, cuya silueta se perfilaba a lo lejos en contraste con el cielo oscuro.

Ninguno de ellos había buceado hasta los restos durante la búsqueda de más material sanitario. Ruby sugirió comprobarlo, pero los demás votaron en contra, pues pensaban que era demasiado peligroso.

Pero a ella se le daba bien nadar. Durante las vacaciones escolares, Ruby trabajaba como socorrista, y sacaba del agua a mucha gente que se había metido en problemas de forma innecesaria.

Sabía que el truco estaba en minimizar riesgos y encontrar el lugar exacto, ser sensato.

El océano estaba en calma esa noche, la marea era suave.

Mientras se adentraba más y más en las aguas, una parte de Ruby se preguntó si debía continuar o no. Entonces, cuando tuvo el agua a la altura de la cintura, respiró hondo, se lanzó hacia delante y comenzó a nadar hacia los restos del barco.

Pateó con los pies más y más fuerte y se sumergió. El agua helada le borboteó por las orejas, y continuó en dirección al casco hundido del barco.

Tenía suerte de estar en forma, de no estar en un periodo de gestación avanzado que le impidiese hacer nada. Al contrario, seguía delgada, con la barriga prácticamente plana; el bebé que llevaba dentro no mostraba todavía ningún "bulto", pero sabía que estaba allí, en su interior. Lo sabía.

Más adelante, la torre de alojamiento del *Jzhao Li* se hizo visible, tumbada sobre las aguas iluminadas por la luna, sin movimiento. Ruby recordó ver en una de las cabinas del puente de mando un gigantesco kit de primeros auxilios cuando estaban a bordo, y ahora estaba decidida a intentar recuperarlo y comprobar si había algo salvable.

Las piernas la empujaron hacia la superficie. Inhaló, desesperada por obtener aire, y miró a su alrededor para asegurarse del rumbo. Entonces, respiró hondo, se le hincharon las mejillas por el aire contenido, y se volvió a zambullir bajo la superficie; el rayo de la linterna sumergible que Salene había recuperado iluminaba el camino y la guiaba hacia adelante, hacia las profundidades de los restos del *Jzhao Li*.

CAPÍTULO TREINTA Y DOS

Lia se encorvó bajo el tejado al entrar en la choza de barro con un montón de fruta fresca en los brazos que dejó caer al suelo, frente a Jack y Lex. Los dos se quedaron quietos durante un instante, contemplando la fruta. Llevaban siglos sin comer, y era una visión tentadora.

El sonido de los insectos y la fauna nocturna resonaba por todo el campamento de los nativos y la selva más allá.

—Adelante —los animó Lia—. No está envenenada, si os preocupa eso. ¡Comed!

Agradecidos, Jack y Lex se abalanzaron sobre la comida. Aunque seguían atados con lianas, pudieron sostener aquel ofrecimiento y comenzaron a consumirlo con alegría.

—¿Por qué haces esto? —preguntó Jack entre bocados.

—Pensé que debíais tener hambre. Y sed.

Era cierto que la choza era sofocante, y Jack y Lex comenzaban a sentirse cada vez más deshidratados, y hambrientos.

—Pocas cosas hay mejores en el mundo que una chica que me trae comida —dijo Lex filosóficamente mientras el jugo le caía por la barbilla.

—Lia, ¿por qué nos estás ayudando? —preguntó Jack mientras Lia se arrodillaba junto a ellos.

—Puede que necesite gafas —dijo mientras daba golpecitos sobre las gruesas lentes, observando tras ellas con los ojos verdes—, pero sé que ninguno de los dos podríais ser de la gente de Blake.

—¿Y eso por qué? ¿Porque nosotros somos guapos... y ellos feos? —sugirió Lex.

—Ellos solo traen problemas. Pero, ¿vosotros dos? ¡El conejo que tenía como mascota era más duro que cualquiera de vosotros! No estáis al mismo nivel que la gente de Blake, eso seguro.

—Menudo conejo debía ser ese —replicó Lex, ligeramente ofendido.

Desde que se habían visto por primera vez, Lia había podido conocer mejor a Jack y Lex. Y lo que vio le gustaba, pues creía que eran dos inocentes que no pretendían hacer daño y que decían la verdad, que ambos habían entrado por accidente en el mundo de los nativos.

Estaba decidida a ayudarles. Sentía lástima por ellos y, anteriormente, les había hablado sobre la tribu nativa y el porqué de la hostilidad que mostraban hacia Jack y Lex.

Lia les explicó que los nativos eran supervivientes de la pandemia, como toda persona que siguiese viva y respirase desde la muerte de los adultos.

Como indígenas de aquella tierra, sentían desde tiempos inmemoriales un resentimiento contra la comunidad internacional, que les había traído tantas enfermedades. Su gente había sufrido durante siglos, perdieron su independencia cuando los primeros colonos llegaron y se apoderaron de sus tierras. Pisotearon sus costumbres, deshonraron su cultura y mancillaron el suelo sagrado. Pero la tribu nunca perdió la dignidad o el deseo de continuar viviendo como sus ancestros, y transmitieron sus conocimientos y tradiciones durante generaciones. Y esta generación de supervivientes no era una excepción.

Lia describió cómo el mundo exterior comenzó a entrar a hurtadillas cuando colocaron carreteras en la selva y también un pequeño aeropuerto construido muchos años atrás para acomodar el flujo de turistas que habían descubierto aquellas islas paradisíacas. No había ciudades o pueblos. Tan solo unos cuantos complejos turísticos esparcidos donde los turistas acudían para pasar unos días maravillados con la naturaleza, pescando, explorando los arrecifes, tumbados en las impresionantes playas...

Afortunadamente, la aldea estaba en su propia "dimensión", aislada, lejos de los turistas, por lo que hubo muy poca infiltración que pudiese afectar a su cultura.

De algún modo, el campamento, además de servirles como hogar, se situaba casi como un puente que unía dos mundos. Un puente entre la forma tradicional que los nativos intentaban preservar a la desesperada, y el estilo de vida moderno del exterior.

Así que la tribu sentía resentimiento hacia los forasteros desde mucho antes de que ocurriese el virus. Y, cuando los adultos comenzaron a morir, intentaron recluirse para intentar comenzar a tallar un nuevo futuro y rendir homenaje a sus ancestros y la gente que se había ido.

Durante el punto álgido de la pandemia, les contó Lia a Jack y Lex, había habido una crecida repentina de actividad por parte de los forasteros, y llegaron los militares. Colocaron una enorme plataforma petrolífera lejos de la costa. Llegaron máquinas de construcción en barcos enormes. Reactivaron y desarrollaron una antigua base aérea abandonada de la Segunda Guerra Mundial. Trajeron muchos más vehículos al lugar. Suministros. Equipamiento. Pronto, los soldados y el personal de defensa superaron en número a la población indígena. Y llegó un momento en que, según los nativos, había más aviones en el aire que pájaros.

Parecía que pretendían explotar aquella tierra al máximo, y la tribu de indígenas sentía miedo de que su estilo de vida desapareciese para siempre, como si un tsunami de extranjeros amenazase con tragarlo todo y hacerlo desaparecer.

Pero el peligro era mucho mayor de lo que los nativos anticiparon. Cuando todos los extranjeros comenzaron a morir. Al igual que los miembros adultos de su tribu después. Uno a uno.

Cuando fallecieron, la tribu creyó que se debía al modo en que la comunidad internacional había tratado el planeta. A lo largo de la historia, habían intentado extender sus imperios. Saqueaban con avaricia los recursos de la naturaleza con su contaminación, sus plataformas petrolíferas y sus vertidos. Y quizás, el virus era la forma que la naturaleza o Dios tenían de ejercer justicia divina, purgando el viejo mundo y pagando el precio por todos los males que se habían cometido. Por desgracia, a su parecer, los nativos adultos desaparecieron como víctimas inocentes.

Como supervivientes de la plaga, las respuestas a su futuro residían ahora en el pasado. En la sabiduría de sus ancestros. En la vida que les enseñaron sus antepasados. Así que estaban decididos a regresar al camino tradicional, a su cultura, para poder guiarse a través de tiempos inseguros.

—¿Y qué hay de ese tal Blake? —preguntó Lex.

—No sé mucho sobre él ni sus fuerzas. Excepto que una vez los asaltaron, poco después de llegar. Se llevaron a muchos de los aldeanos.

—¿A dónde? —la interrogó Jack.

—Nadie sabe con certeza dónde terminaron. Pero creo que los venden como esclavos. Y, si sus hombres vuelven algún día, estaremos preparados si intentan poner un pie en tierra sagrada —respondió Lia.

—Entonces, ¿qué pasa con nosotros? —preguntó Jack—. Es decir, si es que hicimos eso según la tribu.

—Eso no es cosa mía —respondió Lia.

—¿Y de quién lo es? —inquirió Lex antes de soltar un enorme y espontáneo eructo de satisfacción al terminarse la fruta; Jack también se frotaba las manos llenas de jugo por el suelo.

—En serio, eres como un bebé grande —se burló Lia de Lex, con brillo en los ojos.

Se sentía claramente atraída hacia él, aunque intentaba no mostrarlo demasiado. Pero Jack podía ver que, como siempre,

Lex parecía saber engatusar a toda mujer que se encontrase. Aquella chica no era una excepción, y cayó víctima de sus encantos de pícaro.

—Deberías ver cómo se pone cuando tiene un día malo. Ahora mismo se está portando mejor que nunca —añadió Jack, que sentía que podía jugar la "carta de Lex", aunque Lia parecía amable y preocupada por su bienestar, y no necesitaba motivación extra. Pero Jack pensó que no estaría de más.

—¿Esto qué es? ¿El día de meterse con Lex, o algo? —protestó él.

—Nos estamos divirtiendo, Lex —respondió Jack. Luego se dio la vuelta y miró a Lia—. Bueno, y si no es cosa tuya, ¿quién decide qué pasa con nosotros, Lia?

—La Sacerdotisa os verá pronto. Entonces se decidirá vuestro destino —respondió.

—¿Crees que nos dejará marchar? —preguntó Jack.

—Ella es quien decide. Pero sabed que por la forma que habéis tratado a todo el mundo: gritando, insultando, amenazando... No ha ayudado. Ya son lo bastante desconfiados con los desconocidos de por sí.

Jack suspiró para sí mismo, y se preguntó si quizás utilizar la "carta de Lex" era tan buena idea después de todo.

—Sigo sin entenderlo —dijo Lex, que se dejó caer sobre el baño como un león después de un festín—. Si esta gente odia tanto a los extranjeros, ¿qué haces tú aquí? ¿Por qué no estás prisionera como Jack y yo?

—Una vez lo estuve —respondió Lia—. Vengo de Frankfurt originariamente.

—Bueno, eso lo explica todo —se mofó Lex con sarcasmo.

Jack lo interrumpió, no quería que las cosas empeorasen si Lex se iba por las ramas.

—¿Cómo terminaste aquí? —preguntó a Lia.

—Mis padres eran médicos los dos. De la Cruz Roja. De pequeña, me enviaron a internados de todo el mundo. Pero, cuando sucedió la pandemia, estaba con mis padres. Iban a formar parte de una misión sanitaria. Con la flota del Pacífico de las Naciones Unidas.

Jack y Lex intercambiaron una mirada discreta y recordaron el diario de la doctora Gideon mientras Lia continuaba.

—Éramos un equipo internacional, supuestamente el último esfuerzo por salvar a la humanidad. Manteniendo a la gente lejos de tierra, en cuarentena y dentro de barcos. La idea era que estarían a salvo. Como el Arca de Noé. Y un día, todos regresarían a tierra para reconstruir la civilización.

—¿Qué le ocurrió a ese barco tuyo? —preguntó Lex a Lia con cautela.

—Que llegó el virus. Se extendió a través de toda la flota. Mis padres me metieron en una balsa salvavidas junto a otros niños y me dejaron a la deriva. Nunca volví a ver a mis padres.

Lia se quedó dudosa. Sus ojos se enturbiaron por el dolor de los recuerdos al revivirlo otra vez.

—Dedicaron sus vidas a salvar a los demás. Y se aseguraron de que yo también tenía una oportunidad de sobrevivir... Después de muchos días sola en el mar, la marea me arrastró hasta esta tierra. No sé qué sucedió con los demás niños. Pero creo que algunos pudieron sobrevivir y se unieron a otras tribus. No tribus indígenas, sino compuestas por extranjeros.

—¿Así que tú también naufragaste? —la interrogó Jack.

Lia asintió.

—Bueno, al menos sabes cómo nos sentimos —dijo Lex.

—Mientras deambulaba por la selva, perdida, me agarraron. Primero como prisionera. Pero la hermana pequeña de la Sacerdotisa estaba enferma. Le salvé la vida con el viejo kit medicinal de mi padre. No era nada serio. Creo que era un resfriado. Pero algunos de los aldeanos pensaron que tenía poderes curativos. Estaban seguros de que la hermana de la Sacerdotisa sufría como resultado de la pandemia. Así que me permitieron quedarme. Lo raro es que, probablemente, ni siquiera se curó gracias a mí. Ellos utilizan sus propias curas, de la tierra. Y probablemente fueron ellos los que salvaron a su hermana. Pero yo me llevé el mérito. Desde entonces, han sido como una nueva familia para mí. Aprendí su lengua, sus costumbres. Y decidí despedirme de las prácticas del viejo mundo que había conocido.

—¿Y eso en qué posición nos deja? —preguntó Jack para intentar tener una mejor idea de qué les esperaba.

—He recomendado a la Sacerdotisa que sea indulgente con vosotros. Pero, como digo, la decisión no es mía. Tan solo debéis recordar todo lo que os he dicho. Mostrad respeto. Si la Sacerdotisa consigue ver la bondad que yo puedo ver en vosotros, es muy posible que no os pase nada.

—¿Y si no lo ve? —preguntó Lex.

Lia se quedó callada durante un momento, sin saber qué decir.

—Por favor... —dijo Jack—. Te agradecemos todo lo que has hecho. Pero necesitamos saberlo. ¿Cuál es nuestra situación?

—A menos que la Sacerdotisa cambie de opinión, puede que hoy sea el último día de vuestra vida.

Jack se puso pálido. Lex miró a Lia y lo asimiló con valentía.

—Bueno, si tanto poder tiene por aquí... Esperemos que esté de buen humor —dijo Lex irónicamente, pero apenas podía disimular su inquietud.

* * *

Guiaron a Jack y Lex por la aldea; chapoteaban el barro con los pies mientras los guerreros de constitución poderosa les agarraban los brazos con fuerza. Había antorchas llameantes que iluminaban el campamento.

Toda la tribu había salido a presenciar el espectáculo y estaban reunidos, gritando a Lex y Jack en su lengua nativa mientras los forasteros pasaban por delante. Era un idioma, por supuesto. Jack y Lex no lo entendían, pero por la clara hostilidad de sus expresiones y su tono, no digamos ya las burlas, estaba claro que no tenían en buena estima a Jack y Lex: los despreciaban.

—¿Qué crees que estarán diciendo? —susurró Jack a Lex inocentemente.

—Ni idea. Pero no creo que estén comentando lo apuesto que soy —murmuró Lex, que intentaba mantener el humor.

Los arrastraron hasta una cabaña enorme en el centro de la aldea, donde una enorme hoguera crujía y escupía brasas calientes, y a su alrededor bailaba en círculo un grupo de chicas jóvenes y guerreros que ululaban salvajemente mientras agitaban los brazos.

Jack se dio cuenta de que debía tratarse de un ritual, una ceremonia. Y Lex y él eran la parte principal.

Miró alrededor en busca de Lia, esperando que ella les pudiese indicar qué estaba sucediendo exactamente, pero reparó en que se había metido en una vivienda gigantesca.

Tras ser empujados al suelo, Jack y Lex permanecieron de rodillas mientras un guerrero enorme se colocaba cerca de la entrada de la choza a la que había entrado Lia, con una caracola entre los fornidos brazos.

De repente, el guerrero sopló por la caracola y un bramido fuerte y primitivo reverberó por toda la aldea. La multitud de nativos que se había reunido a observar se quedaron mudos y a la espera.

—Recuérdame que no vuelva a salir a explorar contigo —le susurró Lex a Jack.

Jack no sonrió. Estaba aterrorizado por la situación y por estar en público. Parecía una especie de juicio falso.

—Si nos pasa algo a alguno de los dos... Ha sido un placer conocerte, Lex —dijo Jack con sinceridad.

Lex asintió.

—Perdona por todas las veces que me metí contigo. No iba en serio. Siempre has sido un buen amigo —Lex parecía querer redimirse de algún modo, también sincero, antes de suspirar—. Aunque no ha sido un placer pasar mis últimos días contigo.

Lex y Jack se prepararon para lo peor cuando una figura emergió de los oscuros confines de la gran choza; salió hacia la noche y provocó suspiros de asombro entre la multitud.

Era más alta que cualquier otro aldeano, y llevaba brillantes plumas multicolor en el pelo oscuro. Se movía de forma regia, elegante. Tenía marcas en la cara, líneas decorativas que mostraban algún mensaje oculto, desconocido para Jack y Lex. Tenía un aura imponente; contempló primero a la multitud ante ella, y luego volvió la atención hacia los dos cautivos arrodillados bajo su mirada.

Lex aspiró una bocanada repentina al contemplar a la Sacerdotisa. Era asombrosamente hermosa. Carismática. Esbelta. Sensual. Poseía un magnetismo extraordinario. Tenía la misma edad que la mayoría de las chicas con las que se había acostado en los Mall Rats. Y, en esos momentos, su último deseo era que, si aquella era su última noche en la tierra, pudiese pasarla con ella. Le quitó el aliento. Por un instante, casi se olvida de que ella tenía el poder de decidir sobre su vida y la de Jack, tras perderse y fascinarse por su presencia.

El enorme guerrero dejó la caracola a un lado y, durante el silencio que hubo a continuación, la Sacerdotisa miró de arriba abajo a Jack y Lex con ojos resueltos.

Lia comenzó a hablar en la lengua nativa, un idioma de sonido gutural con unos cuantos chasquidos aquí y allá. Contrastaba mucho con la voz y acento europeo a los que se habían acostumbrado, pensó Lex, y se preguntó cómo había sido capaz Lia de aprender un idioma así. Parecía muy complicado.

Lex y Jack se preguntaban qué estaría diciendo.

Tras impulsar un brazo hacia delante, la Sacerdotisa silenció a Lia. Había oído suficiente.

La Sacerdotisa se dirigió a la multitud de espectadores y comenzó a hablar. Hablaba con un tono suave y rítmico. No estaba gritando, hablaba como si se tratase de una conversación. Pero sus súbditos estaban tan callados, tan concentrados en cada palabra y cada gesto, con una atmósfera tan silenciosa, que las palabras de la Sacerdotisa volaban por el aire y todos la oían.

Lia comenzó a traducir, susurrando a Jack y Lex.

—Dice que los dos desconocidos entre nosotros son una maldición de los extranjeros. Está segura de que sois dos demonios, enviados para causar destrucción.

—Creo que necesito un abogado —farfulló Lex.

—¡Agacha la cabeza con respeto! —los instó Lia. Lex hizo lo que le sugería mientras Lia seguía traduciendo—. La Sacerdotisa asegura que servís a Blake. Que estáis espiando a la tribu. Para evaluar nuestras fuerzas y debilidades. Antes de capturar a más gente y enviarlos a la esclavitud de por vida. Como los vuestros han hecho anteriormente. Vuestra existencia se basa en saquear y desvalijar. Nada os impedirá saliros con la vuestra, excepto...

La Sacerdotisa fulminó a Jack y Lex con la mirada, con los ojos llenos de veneno y rencor mientras continuaba dirigiéndose a los aldeanos.

—¿Excepto qué? —murmuró Jack a Lia, desesperado por saber qué estaba diciendo.

—La Sacerdotisa piensa que solo hay una forma de deteneros a vosotros y a los de vuestra calaña. Y quiere mandar una advertencia a Blake y a su gente, así como a todo el que se atreva a adentrarse en las tierras sagradas de la tribu sin ser invitado.

De repente, la Sacerdotisa chilló, y el tono agudo perforó el aire. Todos los aldeanos estallaron en ululatos; la energía era palpable, eléctrica.

La Sacerdotisa se dirigió de nuevo a su choza, hizo una reverencia a las estrellas que centelleaban, dijo algo en lengua nativa al cielo nocturno y se esfumó.

—¿Eso es todo? —preguntó Lex a Lia.

—¿Qué? ¿Van a dejar que nos marchemos? —preguntó Jack, esperanzado con la respuesta—. ¿Quieren que enviemos algún tipo de mensaje?

De mala gana, Lia negó con la cabeza. La tristeza en los ojos verdes la delató, habían perdido la chispa que normalmente mostraban.

—Lo siento mucho —Lia comenzó a llorar, aspirando por la nariz entre sollozos—. Mañana por la mañana, al amanecer, seréis sacrificados. Y entregarán vuestros restos a Blake y sus hombres si alguna vez vuelven a pisar la tierra sagrada.

CAPÍTULO TREINTA Y TRES

Amber daba golpecitos a su bebé en la espalda. Se había despertado unos minutos antes, llorando en medio de la noche, y estaba intentando consolarlo. Aunque, de hecho, era él quien le proporcionaba el consuelo que necesitaba en ese momento aún sin ser consciente de ello, pensó Amber al tiempo que abrazaba a su hijo con cariño.

Seguía enfadada con Jay después de que Ram explicase toda la información sobre el Colectivo. Jay era hasta el momento el único de los Mall Rats que parecía creer la historia de Ram. Del todo.

Jay estaba en su derecho de mostrar su opinión, Amber siempre había pensado así. Ese no era el problema.

No le gustaba ser cínica. Pensar lo peor de alguien o de algo. Pero había algo en Ram que no llegaba a comprender. ¿Decía la verdad acerca del Colectivo? ¿O estaba ocultando algo más?

—Amber... —susurró Jay, que se acercaba con cautela hacia ella—. ¿Podemos hablar?

—Tú me dirás. ¿Podemos?

—No quería que te molestases antes.

—Pues lo conseguiste. ¿O estoy exagerando? ¿No soy lo bastante "razonable" para ti?

—Amber, por favor —suplicó Jay—. Se me escapó una palabra. No era lo más adecuado. Tienes todo el derecho a interrogar a Ram sobre qué sucedió con Bray... y con todos los demás miembros de la tribu que desaparecieron. Solo porque yo lo crea a él y su historia, no significa que haga borrón y cuenta nueva y olvide su pasado. Que esté limpio. Ram tiene todavía mucho sobre lo que responder.

Amber miró a Jay, lo escudriñó. No podía creer que comenzase a cuestionarse la integridad de Jay. Pero, después de todo, había sido el "general" de Ram, el que planeó la principal invasión que llevó a los Tecnos a controlar la ciudad. Jay siempre había negado saber qué había pasado con Bray y los demás, o por qué se los habían llevado. Ella siempre lo creyó. Finalmente, Jay le dio la espalda al reino de tiranía de Ram una vez se vio expuesto a la realidad, y ayudó a Amber a liderar a los rebeldes hacia la libertad. Tenían muchas cosas en común, con sus ideales y principios. No era ninguna sorpresa que hubiesen terminado manteniendo una relación.

Aun así, Jay parecía seguir del lado de Ram. Amber esperaba que no fuese el comienzo de una bola de nieve y que Amber acabase perdiéndolo, que sería seguramente el caso si hacía caso a las órdenes de Ram. Si se convertía de nuevo en su "general". Amber no soportaba pensar en eso. Que Jay volviese a reunirse con Ram. Y, de hacerlo alguna vez, sabía que su relación con él habría acabado. Ella nunca podría perdonar a Ram por todo el dolor y sufrimiento que había llevado a la ciudad y a los sectores. Por mucho que manifestase que era inocente. Siempre había sabido juzgar el carácter y podía ver cómo era la gente realmente. O al menos eso pensaba. Pero, ahora, comenzaba a tener serias dudas sobre si Jay estaría involucrado de algún modo. De ser así, le había tomado el pelo. No sería el hombre que ella pensaba que era.

Jay conocía lo suficiente a Amber como para darse cuenta de lo que le pasaba por la cabeza. Y que quizás su imagen se había manchado tras las palabras de Ram.

—Cuando Ram me habló del Colectivo por primera vez, no creí una sola palabra —dijo Jay—. Pensé: "ya está, se ha vuelto loco". Que estaba al borde de la locura, que todo estaba en su cabeza... Pero cuanto más pensaba en ello, y unía las piezas... Todo tiene sentido.

—Pues me alegro que lo tenga. Para ti —respondió Amber.

—Solo digo, Amber, que creo a Ram respecto a la existencia del Colectivo. Ni más, ni menos.

—Y esas "bases subterráneas" de los adultos, como la de la Montaña del Águila —lo interrogó Amber—, ¿seguro que tú no sabías nada de eso? ¿Ni otras cosas?

—Tú sabes lo mismo que yo, Amber. Por favor, créeme. Y, si Ram tiene razón, todos podríamos correr grave peligro aquí. Si el Colectivo está relacionado de algún modo con estas islas.

Amber se quedó mirando a Jay y luego suspiró.

—No quiero dudar de ti, Jay, pero es mucho que procesar.

—Eso está claro —Jay estaba de acuerdo; luego continuó, con tristeza—. Después de lo que le sucedió a Ved, sé lo que se siente al perder a alguien especial.

—Lo sé —dijo Amber mientras le acariciaba el brazo a Jay con cariño.

Entonces señaló al bebé, dormido ya entre sus brazos.

—Pero estoy preocupada por nuestro futuro. El futuro de mi hijo.

—Por eso quería que escuchaseis a Ram. Yo estoy igual de preocupado por tu futuro, el mío, el del bebé: el de todos. No pretendía hacerte callar ni decirte qué hacer. Y no me estaba posicionando del lado de Ram. Salieron las palabras equivocadas de esta boca estúpida en el momento equivocado. Lo siento mucho, Amber.

Jay recorrió el pelo de Amber con los dedos mientras siguió hablando con delicadeza.

—¿No pensarás de verdad que tuve algo que ver con la desaparición de Bray o de los demás?

—Debía asegurarme, Jay.

—¿De qué? ¿De que no sea un mentiroso?

—No. Conociendo todos los hechos, sé que no lo eres. Lo siento, y siento haberte abofeteado.

—Yo también. Menudo gancho derecho. Si el Colectivo está ahí fuera, en alguna parte, se arrepentirán si se meten contigo, Amber.

Amber sonrió, y luego miró a Jay con inquietud.

—¿De verdad crees que podrían estar ahí fuera?

—Ya no sé lo que creo, Amber. Pero hemos de ir con cuidado. Ram puede ser un bala perdida a veces. Pero, pese a sus defectos, tenía sus propios planes para los Tecnos. Ideológicamente.

—Bueno, no estoy de acuerdo con ellos. Nunca lo he estado —respondió Amber con firmeza.

—Es tu opinión y estás en tu derecho. Pero, no ves... que sea quien sea, da igual si tienes razón. O si yo tengo razón. Ram nos podría ser útil. Sabe más sobre el Colectivo y sobre cómo operan que nadie. Porque diga esto no significa que soy su mejor amigo o que vaya a trabajar para él de nuevo. O en su contra. Significa que, si pensamos de forma estratégica, si queremos tener una oportunidad y el Colectivo existe... Es posible que necesitemos a Ram.

—Lo entiendo —Amber estuvo de acuerdo, entendía en qué sentido lo decía Jay—. Pero debemos estar pendientes de él.

—Eso sí que me suena "razonable" —dijo Jay, que le dio un tierno beso a Amber en la mejilla.

Amber sonrió también y le devolvió el beso.

—Estoy muy contenta de que no te haya pasado nada. Ni a Ram, lo creas o no. Y ahora que has vuelto, más nos vale enviar un equipo de búsqueda para Jack y Lex. Hace mucho que se fueron y Ellie está sufriendo mucho.

La expresión de Amber se ensombreció, al igual que la de Jay, al ver a Salene.

—¡Amber! —gritó Salene mientras corría hacia ellos.

—¿Qué ocurre, Sal? —respondió Amber.

—Creo que le ha pasado algo a Ruby. ¡No hay ni rastro de ella en el campamento!

* * *

No había salido como ella esperaba, pensó Ruby, mientras respiraba hondo.

Estaba atrapada entre los restos del *Jzhao Li*. La linterna sumergible que se había llevado para guiarla por las profundidades turbias había dejado de funcionar hacía unos minutos. Seguramente se había quedado sin pilas.

Ahora, a su alrededor, todo estaba oscuro. No podía ver nada. Tan solo la oscuridad vacía que abarcaba toda su visión.

Ruby estaba aterrorizada.

Sentía pánico. Por mucho que intentó apartarlo de su mente, seguía volviendo.

Era su peor pesadilla. Ahogarse allí sola, en el despiadado mar. Tuvo muchos sueños recurrentes al respecto cuando era niña. Por esa razón sus padres la habían apuntado a clases de natación. Y el miedo había desaparecido al convertirse en una nadadora experta, y finalmente en socorrista. Ahora, toda aquella ansiedad había regresado. Era irónico que hubiese salvado tantas vidas en su época como socorrista pero fuese incapaz de ayudarse a sí misma, a su bebé nonato. Y a Slade.

Ruby había nadado al interior del barco por una de las ventanas rotas del puente de mando, y había conseguido encontrar lo que estaba buscando. El kit medicinal seguía allí, agarrado a la sujeción de la pared, y en el interior de la burbuja de aire.

Sin embargo, el *Jzhao Li* estaba en una posición inestable. Mientras Ruby estaba en el interior del área del puente, el casco del barco había seguido chirriando, y los gemidos reverberaban bajo el agua como un canto de ballena, pero Ruby se preguntaba si cada movimiento del navío supondría otro clavo en su ataúd.

La ventana del puente por la que había entrado era ahora inaccesible, pues el barco había ladeado varios grados, así que debería encontrar un sitio diferente por donde salir.

El barco descansaba sobre unos nueve metros de agua, y Ruby sabía que la burbuja de aire no duraría mucho. Estaba flotando en los oscuros confines del puente, con la cara apretada contra el techo; la sensación de claustrofobia y el miedo a ahogarse se combinaban y llenaban a Ruby de un horrible sentimiento de fatalidad.

Pero no se rendiría. Agarró el kit medicinal con la mano y luchó contra los calambres, con las piernas doloridas por el agua fría y salada. Ruby estaba decidida a hacer su mayor esfuerzo. Un profundo chirrido viajó por el casco del *Jzhao Li*, atorado de forma inestable sobre el arrecife, lo que le señaló a Ruby que el barco no había terminado de volcarse del todo. Era un sonido terrorífico, como si las puertas del infierno se abriesen ante ella, un crujido premonitorio de metal retorcido que se extendió por el agua y a través de todo su ser.

Tras tomar una enorme bocanada de aire, consiguió sumergirse justo a tiempo bajo el agua mientras la burbuja de aire desaparecía con el movimiento del barco.

Bajo el agua, en la oscuridad, Ruby rezó para ser capaz de elevarse bajo el puente y encontrar otra burbuja de aire una vez el barco se asentase.

El pánico le recorría cada fibra de su cuerpo; Ruby luchó por mantener la calma. Pero sabía que necesitaba tomar otro preciado aliento. Y pronto. ¿Sería aquel su último aliento? ¿Era así como estaba destinada a acabar? ¿Era culpa suya al haberse aventurado dentro del agua sola, menospreciando los riesgos?

Pasaron segundos. El horrible sonido del movimiento del *Jzhao Li* en las profundidades inestables se apagó.

Hora de volver a la superficie, pensó Ruby, que sentía que los pulmones le iban a estallar. Era ahora o nunca.

Ruby ignoró los calambres que le constreñían los músculos de las piernas y el muslo que le palpitaba de dolor, fuera de control, e hizo su mayor esfuerzo, pataleando, desesperada por encontrar otra burbuja de aire, o incluso una ventana por la que poder escapar para no quedarse atrapada en aquella tumba submarina.

Pero se cumplieron sus peores temores cuando alcanzó lo que antes era una pared y ahora un techo temporal, debido al ángulo lateral del puente de mando del *Jzhao Li*. Esta vez no había burbuja de aire. Solo la fría pared de metal.

Sentía que el pecho le ardía, los pulmones protestaban, quería abrir la boca de forma instintiva y desesperada para respirar, todo su cuerpo se debilitaba, su vida se apagaba.

Estaba aterrorizada ante la idea de que a su bebé le faltase el oxígeno, y a ella también. Pero no podía rendirse, y mantuvo la boca bien cerrada. Aparecieron estrellas ante sus ojos. Se dio cuenta de que se estaba ahogando y de que estaba perdiendo en el proceso la joven vida que llevaba en su interior.

Dos focos de luz aparecieron a través de la turbia oscuridad, como si el cielo hubiese enviado ángeles para darle la bienvenida.

Ruby se concentró vagamente. ¿Quién era? ¿Su madre y su padre? ¿La abuela Ellen? ¿El bebé del que había abortado? ¿Los amigos que murieron en la pandemia apocalíptica?

Los brillantes haces de luz atravesaban la oscuridad y envolvían a Ruby, que estaba perdiendo la conciencia y comenzaba a tragar agua salada.

Pero el pánico fue remplazado por una sensación total de tranquilidad y paz.

Los ángeles existían, después de todo.

Sentía el cuerpo entumecido. Ruby dejó escapar sus pensamientos, y también la pared de metal, y comenzó a flotar hacia la brillante luz, con una ligera sonrisa en el rostro y una extraña sensación de calma.

De algún modo, todo acabaría saliendo bien en el mundo, pensó.

* * *

Ruby abrió los ojos, parpadeando con incertidumbre.

La cálida sonrisa de Amber la miraba desde arriba.

—¡Menos mal! —gritó Amber de alegría—. ¡¿Estás bien?!

Ruby no pudo hablar, y comenzó a escupir agua salada.

—¡Estábamos muy preocupados por ti! —gritó May, emocionada.

—¿Estoy... viva? —preguntó Ruby, dudosa.

—¡Sí, gracias a May! —explicaron Amber y Jay.

Ruby descubrió lentamente, al volver en sí, que estaba colocada de lado en la arena, en posición lateral de seguridad. Estaba tosiendo y farfullando, escupiendo agua, iluminada por las linternas que sujetaban otros miembros de la tribu que miraban preocupados a Ruby, a la que ayudaron a sentarse bajo el círculo de luz que brillaba en la playa.

Le explicaron que, una vez la echaron en falta en el campamento, Amber dividió a todos para que buscasen por la playa y el bosque.

May estaba segura de haber visto a Ruby caminar por el agua y decidió acompañar a Amber y Jay nadando hacia el carguero. Tras zambullirse en las turbias profundidades, se dio cuenta de que Ruby estaba atrapada en el interior del *Jzhao Li*.

—¡Fue una estupidez! —dijo Ruby—. ¿Qué he hecho?

Pero no se refería solamente a la búsqueda de las medicines para sumar a las pocas que tenían. Estaba concentrada en May en particular, que asintió y sonrió ligeramente.

—Es agua pasada —bromeó May.

—¡Amber! —gritó Lottie.

Los demás se giraron en dirección al grito y divisaron a Lottie, que corría hacia ellos desde lejos.

—Dile a Trudy y a los demás que pueden parar. Ya no hace falta que busquemos más, ¡hemos encontrado a Ruby! —le gritó Amber a Lottie.

Sin embargo, Lottie continuó a toda prisa. Los hombros le temblaban por el esfuerzo de la carrera, y lloraba desconsolada.

—¡Se ha muerto! —gritó.

CAPÍTULO TREINTA Y CUATRO

Era una noche preciosa, pensó Jack mientras miraba el cielo. Las estrellas brillaban a través del hueco de la entrada a la choza donde Lex y él estaban prisioneros. Menuda noche. ¿Realmente iba a ser la última noche de su vida?

Echaba mucho de menos a Ellie. A ella le encantaban las estrellas. Los dos solían salir a mirarlas en la ciudad y hablaban de la vida, del significado de la existencia, de sus esperanzas, sueños y futuro juntos en el mundo posterior a la pandemia de los adultos.

Y ahora estaba solo, contemplando el poco tiempo que le quedaba y sabiendo que, en unas horas, Lex y él serían ejecutados.

¿Sería así como se sentían los adultos cuando tenían el virus, como si corriera el reloj hasta que finalmente perecían?

Jack tensó las apretadas lianas, retorcidas en nudos, para intentar liberarse. Pero, cuanto más tiraba, más se le apretaban las lianas a los brazos y las piernas, y más lo constreñían.

—¿Y si las mordemos? —sugirió Lex, que tiraba de las lianas con todas sus fuerzas sin llegar a ninguna parte.

—¿Por qué no? —respondió Jack. Valía la pena intentar cualquier cosa. Estaban en una situación desesperada que requería medidas desesperadas.

Lex mordió las lianas que le ataban los brazos y aulló, pues las púas y espinas que salían de las lianas se le clavaron en la lengua.

Jack divisó una figura borrosa que se acercaba desde fuera y susurró, llevado por el pánico.

—¡Lex! ¡Viene alguien!

Este se quedó quieto y escupió las enrevesadas lianas que lo ataban antes de desplomarse en el suelo, al igual que Jack. Los dos fingieron estar durmiendo para no levantar sospechas en quien se estuviese acercando.

La superficie de piedra pulida de la punta de una lanza relució a la luz de la luna.

Lex echó un vistazo rápido por el rabillo del ojo. Vio que era Lia, e instintivamente se apartó del arma afilada que la chica sujetaba mientras se agachaba.

—¿Qué estás haciendo? —preguntó.

—¡Shhh! —Lia lo mandó callar—. ¿Qué crees que estoy haciendo?

Para alivio de Jack y Lex, Lia comenzó a ocuparse de las enredadas lianas, cortando las ataduras con la afilada lanza.

—¡Es una injusticia! —continuó Lia—. ¡Está mal! ¡Sois inocentes!

—Sabía que yo te gustaba —Lex sonrió.

—Aún no estamos a salvo —susurró Jack, que suspiró de alegría y se frotó las manos, ahora libres, sintiendo de nuevo la circulación en las extremidades.

Era evidente que Lia se encontraba en medio de un conflicto emocional, mientras se acercó a cortar las cuerdas que les ataban las piernas a los postes de madera. Se sentía atrapada entre la lealtad hacia la tribu de nativos (que le habían dado comida, refugio y apoyo durante mucho tiempo) y sus nuevos compañeros, Jack y Lex, que habían sido acusados erróneamente, pues no habían cometido ningún delito.

Se dejó llevar por sus principios y, tras fallar anteriormente su súplica ante la Sacerdotisa de liberar a Jack y Lex, se dio cuenta con hastío de que debía recurrir a métodos más directos, aunque significase ponerse en peligro ella también.

—¡Ya está! —susurró Lia con alegría al liberar a Lex.

—Si salimos de esta, no lo olvidaré —prometió Lex, que se quedó mirando los ojos verdes de Lia mientras la luz de la luna flotaba a través de los agujeros a modo de ventana de la choza y se reflejaba en sus gafas.

Lia se preguntó si Lex se daría cuenta de que se había puesto roja.

—Bueno... ¿Ahora qué? —susurró Jack, que se puso de pie.

—Nos quedaremos aquí a esperar que nos encuentren los aldeanos —se burló Lex, que dirigió una mirada de incredulidad hacia Jack—. Para ser tan listo, te falta mucho por aprender.

Jack le entregó una sonrisa falsa a Lex y luego miro a Lia.

—¿Y bien...?

—Seguidme... ¡Y no hagáis ni un ruido! —los instó en voz baja.

Lia guio a Jack y Lex fuera de la choza, y avanzaron de forma furtiva a través de la aldea de los nativos.

Estaba tranquilo. De manera inquietante. Todos los aldeanos debían estar dormidos.

Lia movió la mano para indicar a Jack y Lex que siguieran adelante.

Jack estaba petrificado. Un movimiento en falso, y acabarían despertando a toda la aldea y los alertarían de su huida. Reparó en unos cuantos guerreros que dormían fuera de las chozas, cuyos fuertes y enormes pectorales subían y bajaban mientras soñaban y, al mismo tiempo, escudriñó la tierra bajo sus pies para asegurarse de que no pisaba nada que hiciese ruido.

Tras avanzar de puntillas en silencio, finalmente llegaron, de milagro, al exterior de la aldea.

Lex sonrió a Lia. Le gustaba, y mucho. Era valiente y se estaba arriesgando por ellos. Y también era elegante por la forma en que se movía, como un gato.

—¿Ahora por dónde? —preguntó Lex.

—No creo que haya señales en dirección a la playa —dijo Jack para vengarse de Lex.

Lia se llevó un dedo a los labios para indicarle a Jack y Lex que callasen y recordarles que estuviesen en silencio, concentrados.

Un ruidoso silbido los sorprendió a los tres al atravesar el aire nocturno, y una enorme lanza se clavó en el suelo; la punta se tambaleaba por el impulso del lanzamiento.

Jack, Lex y Lia se quedaron mirando el arma con los ojos como platos, llenos de miedo.

—Nos acaban de "cortar" el rollo. ¡Es la única señal que necesitamos, Jack! ¡Y tú también, Lia! ¡Corred! —los apremió Lex.

Y salieron disparados a toda velocidad. Lia echó la vista atrás y vio a la Sacerdotisa en las afueras de la aldea, que la contemplaba decepcionada.

Lia se preguntó, por un instante, si la lanza era una advertencia o si habían intentado realmente acertar a alguno de ellos, pues Lia es la que estaba más cerca de donde había aterrizado la lanza. ¿Quería la Sacerdotisa hacerles daño? ¿O solamente mostrar su disgusto?

La Sacerdotisa dejó escapar un ruidoso grito de banshee, como respondiendo a Lia.

Jack, Lex y Lia continuaron corriendo para salvarse y se metieron en la oscura selva, conscientes de la luz procedente de las titilantes antorchas tras de sí al comenzar los aldeanos a perseguirlos y responder a la llamada de la Sacerdotisa.

—¡Separémonos! —gritó Lex con urgencia—. ¡Es nuestra única opción!

Lia y Jack asintieron y se marcharon en distinta dirección, pues se dieron cuenta de que al menos tendrían una oportunidad entre tres de escapar si los aldeanos que los perseguían se distraían.

Mientras corría sola, tan rápido como podía, Lia se sintió una traidora.

Era por la mirada de la Sacerdotisa. La había decepcionado. Había traicionado a toda la tribu.

Lia, Jack y Lex se esforzaron por seguir adelante a través de la densa y oscura selva, horrorizados, mientras sus perseguidores iban cada vez más despacio y miraban alrededor en busca de cualquier signo o sonido para poder decidir en qué dirección seguir.

CAPÍTULO TREINTA Y CINCO

Blake alargó un brazo y le ofreció un muslo de pollo a Ebony.

Al intentar alcanzarlo, Blake lo retiró rápidamente y comenzó a zampárselo él.

Estaban sentados en el escritorio de su cuarto, comiendo. Pero solo comía Blake. Ebony estaba sentada al otro lado, sin saber lo que iba a suceder.

Hacía tiempo que no había ni rastro de la chica desfigurada. Ebony se preguntaba si quizás había respondido a una pregunta con otra pregunta y había ido a "darse un baño". Sospechaba que la chica podía ser una especie de sirvienta. Y ahora Ebony cumplía ese papel.

Escapó por los pelos cuando la descubrió mirando su ordenador, y seguía agitada por el temperamento volcánico de Blake. Esperaba que siguiese lo suficientemente intrigado por ella como para mantenerla como amante durante más tiempo.

Desde luego, habían hecho el amor de forma alocada y apasionada después de su ataque, pero no estaba segura de si sería suficiente para salvarse.

Blake se chupó los dedos y agarró otro muslo.

—¿Tendré oportunidad de comer algo? —preguntó Ebony para intentar ver en qué posición se encontraba. Aunque sospechaba que él seguía lo bastante prendado de ella como para querer compartir la cama, Ebony se vio envuelta por una incertidumbre abrumadora. Desde la situación con el ordenador, era consciente de la frialdad con que se comportaba Blake.

—Debes darte cuenta de una cosa, Ebony —dijo Blake entre mordisco y mordisco—. No estás en posición de pedir nada.

—Si sigues enfadado conmigo por lo del ordenador... Te digo de verdad que no intentaba husmear.

—¿Qué esperabas encontrar?

—Me interesaba saber si estabas conectado a alguna red. Es decir, no hay mucha gente que esté conectada hoy en día. Por favor. Confía en mí, Blake. No era nada más que eso.

—Así que... No era lo que parecía —Blake esbozó una ligera sonrisa.

Ebony sabía que estaba jugando con ella y, al ser tan volátil, se preguntó si estallaría en cualquier momento.

—Tú eres quien decide si al final te soy de utilidad, Blake —dijo Ebony, que cambió de táctica—. Es decir, tú mismo dijiste que habrías hecho lo mismo que yo. Así que, si tú me tendiste una trampa, ¿cómo sabes que yo no lo sabía? Que me estabas poniendo a prueba. Y no soy de las que fallan.

Blake la contempló y sonrió.

—Bien dicho. Me gusta —dijo.

—Intentaba agradarte. Impresionarte. Tú eres el hombre más importante aquí. Solo quiero tener la oportunidad de ser tu mujer.

Ebony volvió a recuperar la esperanza, pues sentía que, si este tío estaba obsesionado con el control, entonces le haría creer que tenía el control. Pero sabía que era importante mantenerlo agarrado al anzuelo, que sintiese que ella era capaz de controlar cualquier asunto. De otro modo, no le sería de ninguna utilidad dentro de su organización.

Necesitaba llegar a entender mejor qué se proponía Blake realmente. Seguía inquieta por el comentario de que quizás la enviaba a las "pruebas" de laboratorio. Ella estaba decidida: el único sitio donde acabaría sería en su cama. Al menos de momento, hasta que se presentase otra oportunidad. Su aspiración máxima era sobrevivir.

—Tu equipo es impresionante, Blake —dijo, en busca de una forma de dirigir la conversación hacia la misión de Blake y sus fuerzas. Se alargó para alcanzar el muslo de pollo que Blake sostenía y, esta vez, él no se lo retiró. Ahora sí que estaba progresando, pensó, y hundió los dientes en la carne como si fuese una presa que acabara de cazar. Blake había elegido jugar con la persona equivocada, pensó Ebony para sí misma, mientras devoraba el pollo y analizaba que el mero hecho de estar comiendo siquiera era un importante paso en el proceso de recuperar el control.

—Me alegra que lo "apruebes" —dijo Blake, que continuó comiendo, pero seguía estudiando a Ebony.

—Ah, claro —respondió—. Y me gustaría formar parte de él. Como ya te he dicho, tengo habilidades. No es que te hagan falta, claro. Es decir, parece que todo te va muy bien. Pero también tengo experiencia en ser una líder.

—Eso he captado —respondió Blake, que miraba fijamente a Ebony—. Los Locos, ¿no es así?

Ebony se quedó pasmada ante la revelación y se preguntó cómo lo sabría. No recordaba haber dicho nada al respecto cuando le preguntó a qué se dedicaba en la ciudad. Quizás lo había dicho y se le había olvidado. Pero si no, estaba claro que sabía más de ella de lo que pensaba. La pregunta era: ¿cómo? Decidió fingir que no le daba importancia hasta averiguar más. No quería entregar información innecesaria. Del mismo modo, las consecuencias podrían ser catastróficas si él sabía que no le estaba revelando todo… lo que sabía.

—Sí, los Locos. Comencé como la amante del jefe de la tribu.

—Zoot, ¿no es así?

La cabeza de Ebony iba a mil. Este tipo era bueno, y tenía realmente el control. Tenía todo el poder con la información que hubiese obtenido. Así que necesitaría mantener la coherencia en su historia.

—Eso es, Zoot. Después de que muriese, yo tomé el mando. Nunca habría sido capaz de hacerlo de seguir Zoot con vida. Y tampoco habría querido —añadió Ebony, que no deseaba que Blake llegase a pensar que podía ser una amenaza, o del tipo de persona que intenta llegar al poder. Aunque, por regla general, ese era en efecto el caso—. ¿Cómo sabes todo eso? —le preguntó a Blake como si nada, intentando disimular su preocupación.

—Lo he adivinado —sonrió. Estaba disfrutando de la situación, a la espera de que Ebony cediese a la presión. Pero estaba decidida a no dejar que eso pasara.

—Seguro que eres un máquina con los exámenes —Ebony también sonrió para quitarle hierro al asunto—. Yo también soy buena. ¿Te imaginas si estuviéramos en el mismo equipo? Seríamos tremendos.

Podía ver, por el destello de sus ojos, que él también se lo había planteado. Ebony le dio otro bocado voraz al pollo y le dedicó una mirada seductora. Él respondió con un mordisco salvaje al muslo de pollo, como para quedar a su altura.

—¿Algo más que quieras saber? —preguntó Ebony—. O quizás deberíamos irnos a la cama. Toda esta comida... me ha dado "hambre". Creo que ya debes saber, Blake, que desde que nos vimos por primera vez... me "abres el apetito".

—¿Por qué no me cuentas más sobre el *Jzhao Li* primero? —continuó interrogando Blake, que ignoró su sugerencia.

—No sé mucho al respecto.

—Yo sí —sonrió.

—Entonces cuéntamelo tú a mí —respondió Ebony, que disfrutaba cada vez más de la ostentación verbal de poder—. Está claro que sabes mucho más que yo.

—Yo no estaría tan seguro —respondió Blake.

—De verdad, Blake. Lo que te dije antes es cierto. Huimos de la ciudad en nuestro barco, encontramos el barco a la deriva, subimos a bordo para intentar sobrevivir. En mitad de la tormenta, abandonamos el barco. Yo me metí en el bote salvavidas. Y quiero que sepas que siempre estaré en deuda contigo y tus chicos por salvarme.

—¿Y los demás? ¿Quién más iba a bordo?

Ebony decidió que era mejor sincerarse. Este tipo tenía una tremenda red de inteligencia. Así que lo más sensato sería proporcionar todos los detalles posibles. Incluido el ataque de Mega, que provocó que abandonasen la ciudad.

—La tribu de los Tecnos, ¿qué más sabes de ellos? —la interrogó Blake.

—No sé de dónde eran originalmente. Invadieron la ciudad. El líder era un tipo llamado Ram.

Ebony se dio cuenta, por la expresión en el rostro de Blake, de que aquel nombre había despertado algo en él, aunque Blake intentaba claramente esconder su reacción y no deseaba que se le notase.

—¿Ram? —dijo como si hablase solo—. Qué nombre más interesante —pero su comportamiento se había vuelto frío. Parecía irritado ante el simple hecho de escuchar el nombre de Ram.

—¿Alguna vez has conocido a alguien... con el mismo nombre?

—¡Haces demasiadas preguntas! —respondió Blake.

Ebony decidió dejarlo estar. Estaba tocando las teclas equivocadas.

—Sin problema. Tú eres quien está al mando. Si algún día te apetece contármelo, será cosa tuya, Blake. Si no, me trae sin cuidado —dijo, para intentar aliviar la tensa situación.

Alguien llamó a la puerta.

—¡Adelante! —gritó Blake.

Axel entró e hizo una reverencia de respeto.

—Lamento molestarte, comandante Blake —dijo mientras miraba a Ebony—, pero pensé que querrías saberlo. Ha llegado el siguiente cargamento.

—Enseguida voy —respondió Blake.

Al entender que lo había despachado, Axel se marchó.

—¿Más gente para catalogar? —preguntó Ebony, que sentía que aquella podía ser una oportunidad para consolidar su posición—. ¿Crees que podría ayudarte? Eso del marcado... Creo que me gusta bastante.

* * *

Sobre el helipuerto, la luna iluminaba una hornada fresca de esclavos a los que estaban colocando en posición. El viento aullaba. Ebony descubrió que era el último lote de esclavos a procesar antes de la llegada del barco, que debía llevarlos a donde fuese que los llevasen.

Era un conjunto de aspecto patético, pensó Ebony al llegar junto a Blake y cruzar el helipuerto en dirección a los allí reunidos. Todos parecían completamente aterrorizados. Temblaban de miedo, y las cadenas de metal que les mordían los tobillos rechinaban al arrastrar los pies para situarse en posición con el objetivo de que Blake los examinara, como si fuesen trozos de carne en un expositor.

De repente, Ebony se quedó quieta y miró sin poder creérselo. De pie, entre el grupo de esclavos, reparó en una figura al lado de una adolescente, y un niño y una niña más pequeños. Todos tenían los ojos vendados. Ebony estaba estupefacta. Él quizás no podía verla a ella, pero ella lo podía ver muy claramente y no tenía ninguna duda de que se trataba de él. Bray.

CAPÍTULO TREINTA Y SEIS

Los náufragos estaban en círculo, agarrados de los brazos mientras rodeaban la tumba, que tenía un montón de piedras apiladas que marcaban la lápida del fallecido, enterrado a gran profundidad bajo la arena de la playa.

May derramaba lágrimas por la pérdida. Se arrodilló junto a la tumba y colocó su brazalete sobre las rocas.

Zak había fallecido la noche anterior, había perdido su lucha por sobrevivir.

Mientras los Mall Rats se habían separado para intentar averiguar qué le había pasado a Ruby, Gel se había quedado en el Campamento Fénix con Lottie y los pequeños. Sammy estaba cuidando de Slade, mientras Zak, que nunca recuperó la consciencia, se marchaba. Trudy, a quien le tocaba el turno de cuidarlo, estaba con él cuando murió. Le había tomado el pulso y no lo sintió. Intentó reanimarlo, golpeando desesperadamente su pecho para despertar la vida que una vez tuvo dentro, intentando resucitarlo. Pero se había ido. Ya no había nada que Trudy o los demás pudiesen hacer por él. Y aquello dejó a Trudy completamente histérica.

May se había resignado. Pasó lo que esperaba, por mucho que hubiese intentado convencerse de lo contrario. May sentía que la ironía era dolorosa. Se había alejado de Zak para ir con

Amber a buscar (y rescatar) a Ruby de las profundidades del *Jzhao Li*, y durante ese momento de la noche, Zak dejó este mundo.

Todos los presentes sabían que estaban en deuda con Zak cuando el *Jzhao Li* encalló. Él pagó el precio más alto, junto a Slade también gravemente herido, para otorgar a los demás una oportunidad en el bote salvavidas de sobrevivir.

Unidos por el dolor, hasta Ram estaba emocionado. La adversidad los aunaba más. Todos habían atravesado muchas cosas durante su largo viaje por mar, primero en el barco de Zak y luego en el *Jzhao Li*.

Los hombros de Ruby se agitaban mientras ella lloraba también. El sentimiento de culpa alimentaba su angustia. En realidad, la muerte de Zak dio la razón a la opinión de Ruby, pero se sentía avergonzada por cómo se había encabezonado en curar las heridas de Slade, y se preguntaba que más podría haber hecho para ayudar a Zak. Pero ahora era tarde. Ya nunca lo sabrían, pensó Ruby entre sollozos.

Amber estaba de pie junto a May, y le ofrecía su apoyo mientras May bajaba la cabeza y la apoyaba en sus hombros, con un torrente de lágrimas en los ojos.

—Alguien debería decir algo —susurró Jay en voz baja por respeto, pues sentía que era importante despedir a Zak como merecía.

—¿May? —dijo Amber con delicadeza, para ver qué quería hacer May, cómo quería proceder.

Pero ya no fue capaz de seguir conteniendo la emoción acumulada, y comenzó a lamentarse.

—¡Es que no lo entiendo! —parloteó May entre lágrimas—. ¡No es... justo! ¡No hizo nada! ¡No le había hecho nada a nadie!

—Debió haber sido Ram —señaló Gel—. Si alguien merece morir, es Ram.

—¿Perdona? Que estoy aquí delante, por si no te has dado cuenta —protestó Ram mientras miraba a Gel—. Eres muy tonta, ¿verdad? ¿Crees que no te escucho?

Gel miró a Ram. Comenzaba a sacarla de quicio. Mientras los demás se habían dividido para buscar a Ruby la noche anterior, ella le había hecho más preguntas sobre el Colectivo durante la cena que cocinaban sobre la fogata que Darryl había encendido en el Campamento Fénix.

—Sigo sin entenderlo —le había dicho Gel—. Ese Colectivo... ¿qué es lo que recolectan?

Sammy se burló.

—¡Si es solo su nombre!

Gel le había sacado la lengua a Sammy antes de que Ram interrumpiese y añadiese:

—Gel no es tan tonta como parece.

—Ah, gracias —había respondido Gel, que no estaba segura de si aquello era un cumplido o un insulto a falta de que Ram lo especificase.

—Sí que hacen una "colecta" de personas. Todas las tribus que trabajan para ellos. Por eso se llaman el Colectivo.

—¿Y nosotros qué somos, artículos de colección? —había considerado Gel.

—Pues tú no sé, ¡pero yo desde luego que no!

Ahora, durante la ceremonia, Ellie intervino, aún muy preocupada por Jack.

—¡Gel tiene razón! Deberías estar tú ahí dentro, Ram, y no Zak. ¡Por todo el daño que has causado a los demás! Y si ese Colectivo le ha hecho algo a Jack, te lo advierto: ¡me las pagarás!

—¡Dejadlo las dos! Ahora no es momento para eso, ¡por favor!

—insistió Amber.

—Déjalo, Amber. Si así es como pensáis todos, ¡yo me largo de aquí! —saltó Ram, que miró furioso a Gel y Ellie—. Presentaré mis respetos a mi manera. Lo siento, May, pero parece que mi presencia aquí solo empeora las cosas.

Ram se marchó hecho una furia de vuelta al Campamento Fénix.

—¡Ram! —lo llamó Jay para animarlo a que volviese. Pero Ram hizo un gesto con la mano ante la protesta de Jay, y continuó.

—Lo que habéis dicho es horrible —sermoneó Amber a Gel y Ellie.

—Solo estoy siendo sincera —respondió Gel de mal humor.

—Y yo estoy preocupada por Jack —dijo Ellie.

—Todos estamos preocupados por Jack, Ellie. Pero, por favor, tratad de tener un poco de consideración —Amber señaló a May con la cabeza, que estaba afligida, con las emociones a punto de desbordar.

—A Zak no le habría gustado esto, ¡todas estas peleas! ¡Él querría que nos mantuviésemos unidos! Que nos ayudemos mutuamente... —dijo May.

—Trudy, ¿querrías...? —le pidió Amber a Trudy, que negó con la cabeza, segura de que era incapaz de encontrar las palabras apropiadas con las que honrar a Zak.

—¿Por qué no lo haces tú, Amber? Lo correcto es que tú digas algo, eres la líder —sugirió Trudy.

Amber se situó en el centro del círculo mientras Salene se movía para ocupar su lugar y darle apoyo y consuelo a May. Los demás se distribuyeron para llenar el hueco que había dejado Ram.

—Ninguno de nosotros elige cómo llega a este mundo. Ni cómo se marcha —comenzó Amber, que buscaba decir las palabras correctas—. Pero sí que elegimos cómo vivir nuestra vida. Y Zak eligió vivir bien su vida. Dio muchísimo a los demás. Sin él, y sin Slade, sin el esfuerzo que hicieron en el barco, puede que ninguno de nosotros estuviésemos hoy aquí. Es gracias a Zak que continuamos. Seguimos con vida como resultado de su heroicidad y su sacrificio. Y estamos en deuda con su memoria, debemos hacer que su legado sea nuestra supervivencia. Que vivamos nuestras vidas lo mejor que podamos. Cualquier cosa inferior a eso... sería como manchar lo que Zak hizo por nosotros. Y deshonraría también a los seres queridos que nos dejaron en el pasado.

Ellie comenzó a llorar, conmovida por el momento y las palabras de Amber. Y todavía terriblemente preocupada por Jack.

Trudy consoló a Ellie mientras Amber contemplaba la tumba. Estaba segura de que todos los presentes reflexionaban en silencio y recordaban a aquellos seres especiales en sus vidas a los que habían perdido cuando la pandemia barrió el planeta.

Las olas lamían la costa a lo lejos, el sol de la mañana ascendía, el zumbido de los insectos y el coro de los pájaros sonaban por las palmeras y la selva más allá.

Tras el dolor, sufrimiento y muerte acarreados por el virus, y la angustia de todos los presentes por honrar a Zak, era como si reforzase la santidad de la vida, reflexionó Amber. Sus palabras daban consuelo a los allí reunidos. Pero, sobre todo, a May y Ruby. La pureza de la vida era algo precioso. Pero también fugaz. Amber solo debía mirar a su hijo para recordar las maravillas de la vida, y estaba decidida a que, fuese cual fuese su propio destino, haría todo lo posible para que él tuviese uno. Para que todos tuviesen un destino. Todos sus amigos. Toda su tribu.

Una vida terminaba con Zak, continuó Amber, y otra había sido salvada: la de Ruby. Y Amber no pudo evitar pensar (aunque no lo dijo) que había otra vida, el bebé nonato de Ruby y Slade, esperando pacientemente el día en que saldría y daría los primeros pasos de su propio viaje en aquel extraño nuevo mundo que los jóvenes habitaban desde que los adultos habían muerto.

—Descansa en paz, Zak. Te echaremos de menos. Pero no te olvidaremos. Vivirás en nuestros corazones, en nuestra memoria. Hiciste de este mundo un lugar mejor. No se le puede pedir nada más a ninguno de nosotros durante nuestra vida. Que Dios te bendiga.

Jay le dedicó una ligera sonrisa a Amber. Había dicho todo lo que hacía falta decir, dedicado a todos en el Campamento Fénix, y había proporcionado mucho consuelo. Y esperanza.

Ni Jay ni los demás se imaginaban que alguien los estaba observando.

* * *

Fascinado por los desconocidos, observaba desde su escondite en la gruesa vegetación de la selva.

Escondido, el vigilante contemplaba al grupo reunido en la playa mientras llevaban a cabo la ceremonia en honor a Zak.

¿Qué hacían en aquella tierra? ¿Quiénes eran?

Tras contarlos, y contar también a los que se habían quedado en el campamento con los pequeños a lo lejos, el vigilante concluyó quc había visto suficiente.

Como una sombra entre los árboles, se apartó rápidamente, en silencio. Mientras el viento soplaba entre las hojas que habían sido segundos antes su escondite, como un susurro entre la brisa, se había marchado.

CAPÍTULO TREINTA Y SIETE

Lex luchó y tensó su cuerpo con todas sus fuerzas. Era fuerte, no cabía duda, y si hubiesen sido dos, o quizás tres, Lex habría tenido posibilidades.

Lo retenían cinco enormes guerreros nativos, que lo tenían levantado por los tobillos y las manos al transportarlo, mientras se retorcía, hasta la choza de la Sacerdotisa.

Jack y Lia ya habían sido capturados cerca de allí por otros nativos, y ambos se habían resistido tanto como era posible.

Lex hizo todo lo posible por escapar, pero no pudo hacer nada cuando los guerreros lo sujetaron entre rugidos.

—¡Y dicen que yo no tengo modales! —vociferó Lex a sus captores.

Sabía, al igual que Jack y Lia, que no tenían ninguna posibilidad, e hizo memoria de la huida fallida de la noche anterior.

Se habían separado, y corrieron rápidamente a través de la oscura selva. Pero los perseguidores los superaban en número y conocían bien la zona, la posición de cada árbol y cada planta. Capturaron a Jack y Lex, abrumados por la fuerza superior de los nativos.

Lia fue la última de los fugitivos en ser capturada. Al vivir durante tanto tiempo con la tribu de los nativos, tenía un mejor conocimiento del terreno de la zona. Al escuchar los gritos de Jack y Lex al ser capturados, había vuelto atrás con ellos en vez de seguir adelante para salvarse. Necesitaban su ayuda. Solo ella sería capaz de hablar con la tribu en su lengua nativa, supuso ella, y esperaba poder hablar y negociar con la Sacerdotisa no solo en nombre de Jack y Lex, sino también para defenderse a sí misma.

Lia vio cómo se rompían todas sus esperanzas, sin embargo, cuando la Sacerdotisa insistió en llevar a cabo la sentencia original.

El intento de huida no había hecho nada por mejorar la causa de Jack y Lex, reconoció Lia a posteriori. Había debilitado la autoridad de la Sacerdotisa al rebelarse contra ella e intentar liberar a Jack y a Lex.

Y ahora obligarían a Lia a ver cómo ejecutaban primero a Lex y luego a Jack. La Sacerdotisa decidiría después qué castigo imponía a Lia por su traición.

Determinada a demostrar su autoridad, a mantener las costumbres y tradiciones de su tribu, y convencida todavía de que Lex y Jack estaban de algún modo conectados a Blake y los suyos, recientemente llegados a los alrededores de su isla, la Sacerdotisa salió de su choza. La piedra pulida y afilada de su daga resplandecía a la luz de la mañana mientras el sol continuaba su ascenso por el horizonte.

—¡¡Dejadnos marchar!! —gritó Lex mientras los guerreros lo tiraban al suelo y lo obligaban a ponerse de rodillas.

La Sacerdotisa dio unos pasos adelante, lentamente, mientras sostenía en alto la daga ceremonial de piedra para que el grupo de aldeanos allí reunido pudiese verla con claridad. Lia explicó que tenía cientos de años, era una conexión con su pasado ancestral.

—¡¿Creen que así me quedo más tranquilo?! ¿Porque me mate con una antigualla? —gritó Lex.

—¡Se acabó! —se dijo Jack, incrédulo—. ¡He de despertar de esta pesadilla! ¡¿No puedes hacer o decir algo?! —imploró a Lia.

Lia se mordió el labio, nerviosa, y se preguntó qué podía hacer exactamente. Entonces gritó de repente en la lengua nativa.

—¡Esto es un terrible error!

Lex y Jack se giraron para mirar a Lia. ¿Qué estaba diciendo? Lo único que podían oír eran los sonidos guturales de la lengua nativa que fluían de sus labios.

Sin ello saberlos, Lia estaba suplicando piedad a la Sacerdotisa. Insistía en que Jack y Lex eran inocentes, náufragos junto a sus amigos. No pretendían hacer daño, no tenían ninguna conexión con el nuevo forastero que había llegado para infundir terror al visitar las islas, en referencia a Blake y los suyos.

La Sacerdotisa le devolvió los gritos, enfurecida ante la falta de respeto de Lia.

Los dos hombres blancos eran delincuentes, gritó la Sacerdotisa a Lia en su antigua lengua con veneno. Toda la tribu sabía que podían salir lastimados si examinaban su historia, y habían visto cómo los extranjeros habían traído enfermedades durante cientos de años, como los militares y la gente que habían traído consigo durante el punto álgido de la pandemia. Incluso sin tener eso en cuenta, la Sacerdotisa sentía que no era ninguna coincidencia que los dos desconocidos estuviesen allí, y era evidente que eran espías que trabajaban para los hombres de Blake, que seguramente preparaban un ataque para recoger más aldeanos que esclavizar. Debía dar ejemplo con Jack y Lex. Y demostrar que su pueblo estaba hecho de guerreros que resistirían cualquier amenaza hasta el mismo final.

Lia intentó dar argumentos a su favor, pero la Sacerdotisa lanzó un grito de repente. Uno de los guerreros que sujetaban a Lia colocó una mano sobre su rostro y le tapó la boca para que no pudiese hablar más, aunque sus gritos incoherentes mostraban que continuaba intentándolo. Se retorcía en un intento de liberarse, desesperada por conseguir la piedad de la Sacerdotisa.

—¡Quítale las malditas manos de encima! —amenazó Lex, que miraba a la Sacerdotisa desafiante mientras los guerreros a su alrededor impedían que hiciese ningún movimiento—. ¡Menuda justicia! —escupió con desdén.

La Sacerdotisa le devolvió la mirada, y era obvio su desprecio hacia todo lo que fuese "extranjero", hacia el mundo occidental, hacia Lex y Jack. Lex pensó que era raro que una chica tan atractiva, la imagen de la perfección, pudiese mostrar tanta hostilidad y odio, y actuar de forma tan violenta contra los demás. Cómo podía ser tan imperfecta, cegada por sus creencias.

Levantó la daga sobre su cabeza y se preparó para atacar. La Sacerdotisa esperó otros pocos segundos mientras el sol se alzaba más alto en el cielo.

Lex se preparó ante la llegada del inevitable golpe. Nunca había sido religioso. Pero se descubrió rezando en silencio de todos modos. A lo mejor estaba equivocado, y sus padres tenían razón sobre Dios y los vería al otro lado. Pronto.

Se encogió cuando la Sacerdotisa apuntó, lista para atacar.

Entonces, de repente, dudó.

Un guerrero nativo corría hacia la aldea a toda velocidad entre gritos, para llamar la atención.

Los aldeanos lanzaron un murmullo de agitación y sorpresa.

—¿Qué está pasando? —preguntó Jack a Lia. Notaba que el ambiente había cambiado. Era muy sutil, pero sintió, al igual que Lex, que la atmósfera era diferente, aunque no entendía una palabra de lo que estaban diciendo a su alrededor.

El guerrero nativo se apresuró hasta la choza de barro, acelerado, sin aliento. Entonces cayó de rodillas e hizo una reverencia ante la Sacerdotisa con respeto, tras lo cual le reveló algún tipo de información.

La Sacerdotisa bajó la daga de piedra y la apartó de Lex, para alivio de este. Miró sorprendida ante lo que el guerrero nativo le estaba contando.

Lia comenzó a llorar.

—¿Tan malo es? —preguntó Lex.

—¡¿De qué se trata, Lia?! —suplicó Jack.

—Es bueno —dijo Lia, encantada—. Es muy bueno —apenas podía creerlo, e intentó de algún modo contener las lágrimas de felicidad.

* * *

El sol estaba muy alto en el cielo, el intenso calor del día resultaba abrasador. Los pájaros piaban, mientras un sinfín de otros animales e insectos murmuraba.

Jack nunca pensó volver a escuchar una cosa igual. Y era un placer verlo y escucharlo. Realmente pensó que iba a morir antes. Ahora, estaba encantado de estar vivo y no podía quitarse la sonrisa de la cara.

Lex estaba extrañamente callado, para ser él. No había dicho mucho desde que la Sacerdotisa acabase la ceremonia y les permitiese vivir a Jack, a Lia y a él.

—Gracias por todo, Lia —susurró Lex, conmovido por la dulce chica que había arriesgado tanto en favor de Jack y de él. Le dio unas palmadas en el hombro como agradecimiento.

Lia pilló a Lex mirándola y se sonrojó un poco.

Los tres habían sido invitados al interior de la choza de la Sacerdotisa, y ahora estaban de pie al entrar esta.

A su alrededor había esculturas ornamentadas de animales del bosque, ídolos del mundo espiritual con los que la Sacerdotisa comulgaba en busca de guía.

Se arrodilló en el suelo y, comparado con la rotunda hostilidad mostrada aquella misma mañana, parecía ahora serena, con un semblante pacífico. Estaba sumergida en sus pensamientos, en busca de respuestas, y comenzó a meditar.

Después de un rato, abrió los ojos y comenzó a hablar en la lengua nativa. Lia traducía con unos segundos de retraso para que Jack y Lex pudiesen entenderlo.

—Todo es distinto ahora —comenzó Lia, que explicaba las palabras de la Sacerdotisa—. Todo ha cambiado. Nuestro explorador, Kalyut, regresó con noticias de que vuestra historia era cierta. Vio a los demás en la playa. A gente como vosotros. Y las ruinas de un poderoso barco cercano. Había un bebé.

Una niña muy pequeña. Había gente enferma y herida. Tal y como describisteis. Sois quienes decís que erais. Vio todo lo que contasteis. Ahora está convencida de que no sois parte de los hombres de Blake y de que no suponéis una amenaza.

La Sacerdotisa esperó un momento para repasar sus pensamientos.

—Esto ya es otra cosa... —dijo Lex en voz baja.

—Kalyut es uno de nuestros guerreros más leales —susurró Lia—. Lo enviamos a explorar pero tardaba en regresar. Así que la Sacerdotisa estaba segura de que los enemigos lo habían atrapado. A él le debéis vuestra vida, pues regresó más rápido que el viento para traer las noticias de vuestra inocencia.

La Sacerdotisa habló una vez más.

—Se os permite marchar, a los dos... Podéis regresar con los vuestros —continuó Lia, contenta por lo que estaba relatando.

—¡Es fantástico! —sonrió Jack.

Sin embargo, la expresión de Lia comenzó a alterarse cuando la Sacerdotisa prosiguió y le contó a Lia lo que los espíritus animales le habían dicho, lo que debía suceder ahora.

Jack y Lex advirtieron un cambio en el comportamiento de Lia. Parecía alarmada, preocupada.

—¿Lia? ¿Por qué has parado? —susurró Jack.

La Sacerdotisa se puso en pie y caminó hacia Lia, con la voz cada vez más alta a medida que se acercaba.

Ahora estaba furiosa. Gritaba a Lia a la cara.

—¡Eh, déjala en paz! —insistió Lex en tono protector.

Lia escuchó atentamente, mostrando respeto hacia la Sacerdotisa, y asumió lo que le estaba contando en tono tan elevado y tan de cerca. Era evidente que no eran buenas noticias.

—¿Qué sucede, Lia? —preguntó Lex.

La Sacerdotisa se quedó mirando a Lia y, de repente, le arrancó de un tirón el collar de conchas que llevaba puesto, el cual había hecho la propia Lia hacía años cuando la aceptaron en la tribu nativa, y se rompió en pedazos al caer al suelo.

La Sacerdotisa liberó un poderoso bofetón en el rostro de Lia. Esta dio un paso atrás, el impulso del golpe le quitó las gafas, que también cayeron al suelo.

Jack estaba patidifuso, pasmado ante aquel giro radical.

Lex se colocó delante de Lia para intentar defenderla.

—¡Si vuelves a tocarla, te...!

—¡No, Lex! —insistió Lia, que lo apartó.

Jack le recogió las gafas del suelo, le sopló el polvo de las lentes y se las pasó a Lia. El cristal que tenía rayado se había hecho añicos.

Lia comenzó a llorar, tenía dificultades para mantener la compostura, alterada obviamente por lo que le hubiese dicho la Sacerdotisa, así como por la bofetada.

La Sacerdotisa chilló y levantó los brazos como si pretendiese atacar de nuevo a Lia, y a todos, si se quedaban.

—Tenemos que irnos, ¡ya! —dijo Lia, que caminó hacia atrás hasta salir de la choza mientras miraba a la Sacerdotisa atentamente. Su expresión demostraba el dolor que sentía no solo por lo que había hecho la Sacerdotisa, al golpearla, sino por lo que había dicho.

—¿De qué iba todo eso? —preguntó Lex cuando salieron afuera, y acarició con delicadeza la mejilla de Lia, donde la había golpeado. Le frotó un chorrito de sangre de la boca y las lágrimas de los ojos, que le caían por una mejilla.

En el exterior, los tres eran completamente ignorados. Los demás aldeanos los evitaban y seguían con sus actividades diarias: tejiendo, cocinando, sin prestar atención deliberadamente a los tres mientras ellos caminaban con cautela por la aldea. La Sacerdotisa había gritado con tanta intensidad desde el interior, que los aldeanos lo habían escuchado todo desde fuera.

Lia mantuvo la dignidad y contuvo las lágrimas. Nadie impidió que se marchasen esta vez.

—¿Qué sucede, Lia? —preguntó Jack, desesperado por saberlo.

—Me han desterrado —admitió Lia, avergonzada—. Me ha dicho que la he traicionado a ella y a todos. Me han expulsado de la tribu por traición. No podré regresar nunca.

—Lo siento —dijo Lex, que consolaba a Lia mientras se tambaleaba, vencida por la emoción. Los tres se dirigieron hacia el interior de la jungla, y la aldea se fue alejando a medida que caminaban. Por fin eran libres.

—¿Y nosotros? ¿Nos dejan marchar, no? —preguntó Jack.

—Debéis llevar un mensaje a vuestros amigos —dijo Lia—. La Sacerdotisa muestra compasión por vuestra situación, pero no permitirá que nadie pise el territorio sagrado. Tendréis que marcharos lejos de este territorio.

—¿Y si no lo hacemos? —preguntó Lex, mientras el fuego lo quemaba por dentro. Sentía que aquello era otra injusticia. Los Mall Rats no pretendían hacer daño a nadie, y no podían remediar el haber naufragado en aquella isla.

—Entonces habréis insultado a la tierra, a los espíritus, con vuestra continua presencia.

—¿Qué significa? ¿Qué pasa si no nos marchamos? —se preguntó Jack.

—La Sacerdotisa tendrá que limpiar la tierra por vuestra intrusión, por haberla mancillado. Si seguís en el campamento mañana al amanecer, o en cualquier lugar cercano a la tierra de los nativos, ella y su tribu irán a por vosotros. Acabarán con vosotros. Con todos y cada uno de vuestros amigos.

Jack y Lex estaban perplejos, y asimilaron la noticia.

—Bueno, ¿y a qué esperamos? ¡Vamos a avisar a los demás! —gritó Jack, que comenzó a andar más rápido a través de la jungla.

—Todo saldrá bien, Lia. Si hay que luchar, lucharemos. Sabemos cómo defendernos —prometió Lex para intentar tranquilizarla.

Lia pensó para sí misma que Lex no sabía a lo que se enfrentaban. La tribu nativa los superaba en número por mucho, por las cifras que le habían dado Jack y Lex. Lia temía que, si los amigos de Jack y Lex intentaban resistirse y luchar, sería una masacre.

CAPÍTULO TREINTA Y OCHO

Ebony descendió por las serpenteantes escaleras metálicas que llevaban a las entrañas de la plataforma petrolífera, donde retenían a los prisioneros a la espera de ser transportados Dios sabe dónde. Y, por primera vez en mucho tiempo, tuvo dificultades para concentrarse en ver por dónde iba.

Se había quedado completamente pasmada al ver a Bray antes, en el helipuerto. No tenía ninguna duda de que era él. Pero, ¿qué hacía él allí, con el nuevo cargamento de esclavos que desfilaban ante Blake y sus dueños?

La desaparición de Bray había resultado un misterio para toda la ciudad. Y no era solamente Amber quien se preocupaba por lo que le habría pasado. Además de los demás miembros de los Mall Rats, claro.

A pesar de los problemas que habían tenido en el pasado, y aunque se habían enfrentado en alguna ocasión, Ebony siempre tenía un hueco para Bray en su corazón. Desde el principio, en el instituto.

Cuando desapareció tras la invasión de los Tecnos, Ebony se temió lo peor y pensó que debía haber muerto.

Pero allí estaba, por alguna razón, entre los demás prisioneros; había regresado a ella como un fantasma del pasado que resucita.

Ahora, milagrosamente, sus caminos se volvían a encontrar.

Se preguntó si aquella sería otra prueba elaborada por Blake, el dejarle interrogar a Bray. No solo era altamente inteligente y un gran estratega: era evidente que contaba con una impresionante red de inteligencia. Ebony estaba segura de que debía tratarse de eso. ¿Cómo si no iba a conocer tantos detalles sobre Zoot y los Locos? ¿Cuánto sabía acerca de Ebony?

Así que le pareció que lo mejor sería decir la verdad y contarle que conocía a uno de los prisioneros de su tierra natal. Por si Blake ya lo sabía. No le extrañaría que estuviese maquinando un plan, con el arsenal de cartas que parecía tener debajo de la manga. Ebony había decidido que debía jugar sus cartas con cuidado y utilizar toda la astucia que tenía en su propio arsenal si tenía esperanzas de sobrevivir, de subir de rango para trabajar junto a Blake. No había más opción que aliarse con él. Al menos eso la mantendría, quizás, lejos de los campos de esclavos.

Blake la había interrogado, le había preguntado detalles sobre su compañero perdido, y sugirió que fuese ella la que lo interrogase. Quería descubrir de dónde venía Bray exactamente antes de ser capturado. Ebony aceptó y le prometió informarle de cada detalle.

Ella, siempre calculadora, decidió que modificaría los hechos si le resultaba conveniente. Y estaba también intrigada por saber qué le había pasado a Bray desde que desapareciera de la ciudad tras la invasión de los Tecnos. Una cosa estaba clara: seleccionaría qué revelar y qué no de entre la información que recibiese. Si se trataba de una prueba, esta era su oportunidad para demostrarle a Blake que podía confiar en ella. Incluso si él sabía más de lo que le hacía saber. Si no, entonces era una situación del todo favorable, pues sentía que podía manipular los hechos para beneficio propio. Con la ventaja de ganar un control mayor sobre aquella región al descubrir qué pintaba Bray en todo aquello.

Ebony se detuvo a la entrada de la celda.

—Vengo a interrogar a uno de los prisioneros —dijo Ebony a los dos fornidos guardias que estaban de pie en el exterior mientras daba un vistazo alrededor con discreción para comprobar si había cámaras (y si Blake estaba mirando, o incluso escuchándola de algún modo). De ser así, era importante hacerle saber que estaba de su parte.

El silencio fue la respuesta; los guardias la miraban con desconfianza.

—¿Y bien? ¿Vais a dejarme entrar?

—Este piso es zona prohibida a menos que tengas autorización —respondió uno de los guardias.

—Si sabes lo que te conviene, ¡no contestes a una pregunta con otra pregunta! —gritó Ebony.

Estaba dando bombo por si la estaban observando, segura de que a Blake le gustaría aquello, halagado porque ella se estuviese moldeando a imagen de sus propias ansias de control.

—¿Qué? ¿He de ir a explicarle a Blake que sus hombres no obedecen órdenes? Soy su chica, ¿entendido? ¡Y él es el hombre que está al mando! Me mandó a hacer un interrogatorio, y no puedo hacerlo estando aquí, ¡¿verdad?! Abrid la puta puerta para que pueda entrar. ¿O me vais a obligar a abrirla con vuestro duro cabezón?

Los guardias intercambiaron una mirada y uno preguntó con cautela.

—¿Te envía el comandante?

—Ya estás otra vez. Se supone que yo soy quien hace las preguntas. Así que, si sabéis lo que os conviene, abrid la puerta, ¿de acuerdo? Luego podré hablar bien de vosotros a Blake cuando lo vea esta noche —continuó Ebony para recordarles su estatus.

Los guardias retiraron el pesado cerrojo y abrieron la puerta de un empujón. Ebony entró, la cerró de una patada y se quedó mirando a Bray. Lo que vio la dejó de piedra.

Lo retenían en una celda de aislamiento.

Al parecer, se había puesto "difícil", rechazó seguir las órdenes y cooperar, y lo habían golpeado por no mostrar respeto.

Ahora, Bray colgaba del centro de una oscura celda, con los brazos estirados sobre la cabeza y atados a vigas del techo.

Estaba entumecido por las cadenas que le habían atado a las manos; los grilletes le mordían las muñecas de forma dolorosa.

Seguía teniendo los ojos vendados. Ebony sintió una oleada de compasión. Estaba hecho un desastre: la cara magullada, hinchada, los labios rotos y manchados de sangre seca.

—Vaya, mira qué nos ha traído la marea. Qué gusto verte por aquí —dijo Ebony, que escudriñó la celda en busca de cámaras, pues seguía sin saber si la estaban observando.

—¿Eloise? —susurró Bray en voz baja, débil, con inquietud en el tono.

—¿Eloise? No, soy yo. Ebony. ¿No me digas que te has olvidado de mí?

Bray se preguntó una vez más si aquello era una simulación. Ebony estaba tan confundida como él mientras este continuó, como si estuviese perdido en otro mundo.

—¿Está Martin aquí?

—A menos que estemos en el cielo, no —respondió Ebony, desconcertada.

—Ebony... ¿Eres tú de verdad?

—La última vez que me miré al espejo sí.

—¿Qué estás haciendo aquí? —dijo Bray, interesado de repente, a medida que la realidad se filtraba en su estado de confusión.

—Iba a preguntarte lo mismo —respondió Ebony, que decidió no utilizar la palabra "interrogar", pues sentía que de esta forma conseguiría más cosas de Bray.

Bray luchaba por mantener la consciencia después de los golpes recibidos, pero Ebony consiguió descubrir que, más que no colaborar porque sí, había intentado proteger a Emma, Tiffany y Shannon, que estaban separados, en otra planta. Parecía muy angustiado, suplicaba conocer alguna noticia, desesperado por saber si estaban bien.

Le prometió que lo averiguaría y le aseguró que estarían bien y que no les harían daño. Siempre que él contestase a sus preguntas.

—No estarás relacionada con esta gente, sean quien sean, ¿verdad? —preguntó Bray débilmente.

—Aún no —respondió Ebony, que volvió a mirar a su alrededor en busca de cámaras. Esperaba que, si Blake estaba escuchando, estuviese satisfecho; continuó—. Pero me encantaría.

—¿Quiénes... son? —preguntó Bray.

—Les interesa más conocer más información... sobre ti, Bray.

Bray empezaba a tener cada vez más dificultades para entenderlo, luchaba en su lamentable estado y reveló que, al intentar pedir que Emma permaneciese con sus hermanos pequeños, señalando que era ciega, había recibido una paliza por hablar fuera de turno, antes de ser llevado a las celdas y encerrado en aislamiento.

Estaba seguro de poder oír en otra planta, más arriba, los lamentos y quejidos distantes de los prisioneros, claramente angustiados, que seguían retenidos en partes distintas de la extensa plataforma. Era un coro horroroso de llanto, súplicas y pánico. Pero no conseguía distinguir las voces de Emma, Shannon o Tiffany, lo que añadía más preocupación. Estaba completamente desorientado, se preguntaba continuamente si estaría en una simulación.

Ebony reiteró que allí no había ningún programa de realidad virtual, y que lo mejor sería que Bray cooperase. Que le contase lo que le había ocurrido. Pero no sacó nada en claro, aparte de que lo habían transportado como esclavo.

Le preguntó si eso significaba que lo habían catalogado. Con anterioridad. Él no respondió. Había agachado la cabeza hacia delante, y Ebony sospechó que debía haberse desmayado.

Ella se acercó, le tocó el cuello para sentirle el pulso y le examinó la piel en busca de marcas. Entonces, tras abrir su camisa, avistó a un lado del hombro la letra “P”.

Agarró un cubo de agua y se lo tiró por encima. El shock lo hizo volver en sí, aunque seguía en un estado de semiconsciencia.

—¿Y los demás? —preguntó Bray débilmente—, ¿Amber...?

Qué típico de Bray, pensó. No había cambiado un ápice desde que lo vio por última vez, tanto tiempo atrás en la ciudad. Siempre anteponiendo los intereses de los demás a los suyos. En especial en lo referente a Amber.

Ebony se enamoró perdidamente de él en los viejos tiempos, antes de que el virus eliminase a todos los adultos. Él era el capitán del equipo de baloncesto del instituto. Y ella competía con Trudy, que había intentado ponerle las garras encima. Era verdad que los polos opuestos se atraen: pues a Ebony le atraían todos los principios que Bray parecía tener y su estricto código moral. A veces le parecía aburrido. Y siempre le habían gustado más los chicos malos. Pero no podía negar que había algo sobre Bray que la embriagaba; no lo encontraba solo físicamente atractivo, sino que admiraba también sus cualidades y atributos, su fuerza de carácter.

Del mismo modo se sentía atraída hacia su hermano, Zoot, y había utilizado sus habilidades para manipular los acontecimientos y trepar rápidamente en las filas de los Locos, para acabar convertida en la líder tras la muerte de Zoot.

Ebony siempre había pensado que era una extraña ironía que se sintiese atraída por ambos hermanos, que se habían distanciado en el oscuro mundo posterior a los adultos. Y se preguntaba cómo podían ser hijos de los mismos padres. Como si uno de ellos fuese guiado por las fuerzas de la luz. ¿Y Zoot? Bueno, Ebony nunca creyó que fuese malvado. Más bien un rebelde. A ella le impresionó su ideología del "Poder y Caos" desde la primera vez que se alzó, en el instituto, y se enfrentó a todo tipo de autoridad. Ebony se sentía identificada. En cierto sentido, Bray también era un rebelde, se resistía a conformarse con nada menos de lo que él consideraba justo, el mejor camino.

Ebony decidió desviar la conversación de los Mall Rats. No quería verse implicada de forma negativa. Asumiendo que Blake conociese su existencia. De ser así, era lo bastante astuto como para no dar detalles innecesarios.

Ebony siguió interrogando acerca de la tal Eloise a la que Bray se había referido. Y la invadió una espantosa sensación de terror al preguntarse si Blake estaría involucrado, al explicar que "P" significaba "pruebas". Parecía que existía una conexión con la pequeña "P" marcada en el hombro de Bray. Ebony sonrió para sí misma, y se preguntó qué pensaría Bray si supiese que ella también llevaba la misma marca sobre una de las nalgas. Quién sabe, puede que algún día llegase a verla.

Bray, en su estado de confusión profunda, reveló que lo habían sometido a tantas dosis de simulación virtual que tenía dificultades para saber qué era real y qué una ilusión. Solamente sabía que había estado retenido en unas instalaciones en las que parecían estar explotando su "linaje" por algún motivo; explicó que había muchas personas en las instalaciones que se llamaban a sí mismos "Zootistas". Todos vestían como su difunto hermano y parecía que les habían adoctrinado su ideología. Ebony se preguntó si Bray estaría alucinando, aunque sus recuerdos de los hechos parecían sinceros. Y captó que esa Eloise, fuese quien fuese, controlaba el lugar donde había estado retenido.

Ebony estaba absorta en el relato de la huida de Bray. Que había terminado en una base militar y salvado por dos niños y una chica ciega, lo que dejó a Ebony sintiendo que quizás Bray sí que estaba acabado, segura de que un guerrero competente como él no necesitaba depender de nadie para sobrevivir.

Bray siguió preguntando por los Mall Rats y por Amber. En un intento de evitar sus preguntas, Ebony se dio el gusto de informarle de que Amber estaba seguramente muerta. Esperaba que eso consiguiese callarlo.

Siempre había aborrecido a Amber. No solo por lo que Ebony percibía como piedad. Le había causado un sinfín de problemas en el pasado durante sus choques y enfrentamientos desde la época de los Locos.

Pero era algo mucho más personal: el hecho de que Amber y Bray se hubiesen enamorado perdidamente. Ebony sintió en aquel momento que Amber le había quitado su sitio. Deseaba a Bray para ella con todas sus fuerzas.

Aunque, en secreto, Ebony no lograba reprimir la sensación de felicidad. No por ver a Bray herido, sino por ver que seguía vivo. Y, en especial, por haberse reunido con él.

Parecía que el destino le había hecho un favor, como sucedía a menudo, al aparecer Bray exactamente en el mismo sitio donde estaba ella. Y se sentía casi orgásmica pensando que podría crear una grieta entre Amber y él. Era una sensación exquisita. La venganza no era solamente dulce: era hermosa.

Y lo mejor de todo es que podía utilizar aquello para elevar su posición.

Nunca había sido afortunada en el amor. Ahora, se preguntaba si el odio le traería más suerte.

—Has sido sensato, Bray —le dijo alzando el tono por si Blake estaba escuchando—, al contarme todo eso. Informaré de todo a mi hombre y puede que vuelva a venir si necesito aclarar algo.

—Esto es real, ¿verdad? —preguntó Bray, aún desorientado—. ¿No estamos en una simulación?

—Oh, es muy real —respondió Ebony, que echó un discreto vistazo a lo que sospechaba que era la lente de una cámara situada bien arriba, en el techo.

—Me alegra volver a verte. ¡Que disfrutes de tu estancia!

Echó el brazo hacia atrás y le propinó un potente puñetazo en la cara a Bray. Le manó sangre de la herida del labio, que se había abierto.

Él dejó caer la cabeza hacia delante; su cuerpo se mecía adelante y atrás lentamente, como si fuese un saco de boxeo humano, mientras Ebony salía hecha una furia y asentía a los guardias, que cerraron con un gran estruendo el pesado cerrojo para asegurar la puerta.

CAPÍTULO TREINTA Y NUEVE

—¡Estoy tan contenta de verte! —dijo Ellie efusivamente mientras rodeaba a Jack con los brazos cariñosamente en un abrazo cercano.

—Si vas a reaccionar de esta manera, puede que desaparezca más a menudo —bromeó Jack, que disfrutaba de la atención de Ellie.

—Ni te atrevas... ¡No tienes ni idea de cuánto te he echado de menos! Estábamos muy preocupados.

Jack y Lex habían regresado hacía unas horas al Campamento Fénix, y su reaparición tras varios días desaparecidos fue la buena noticia que toda la tribu necesitaba para levantar el ánimo tras la trágica muerte de Zak.

Los demás informaron a Jack y Lex de lo que había ocurrido mientras no estaban. Ambos se entristecieron al enterarse de la muerte de Zak. Ya que se habían perdido la ceremonia funeraria de la tribu, ambos visitaron la tumba de Zak para ofrecerle sus respetos.

May se encontraba en un lugar alejado de la playa. Se había separado de los demás para poder pasar el tiempo necesario para el duelo e intentar aceptar la pérdida. Mientras, Amber convocó a los demás a una reunión para hablar de sus opciones después del regreso de Jack y Lex. En especial, de los detalles que revelaron sobre sus captores y el ultimátum de abandonar el Campamento Fénix al amanecer.

Ellos también informaron a Lex y Jack de los hallazgos acerca del Colectivo y de por qué Ram estaba tan intranquilo; aseguraba que quizás estarían acechando en la isla, que podía ser cuestión de tiempo antes de que sus caminos se cruzaran.

—Si todo eso es cierto —había mencionado Lex—, quizás deberíamos envolver a Ram y entregárselo como regalo. Su enemigo es él, no nosotros.

—Te equivocas, pequeño Lexy —había respondido Ram—. Hazme caso. El Colectivo es una amenaza para todos nosotros.

Amber y los demás intentaron comprobar si la tribu nativa estaría de algún modo relacionada con el Colectivo, si tenían alguna conexión.

Lia descartó la posibilidad. Estaba arrodillada sobre la cálida arena junto al fuego, contemplando la distancia, como aturdida, alterada todavía por su pelea con la Sacerdotisa, preocupada por las consecuencias de los acontecimientos que había puesto en marcha al ayudar a Jack y Lex.

Jay preguntó más cosas sobre Blake. Lia explicó lo que había contado a Jack y Lex, que hacía poco que él y sus hombres habían llegado. No sabía muchas cosas sobre ellos, excepto que habían capturado a unos cuantos guerreros que se encontraban cazando, y que parecían ser tratantes de esclavos.

Ram se inquietó ante aquella revelación, hecho que no pasó desapercibido por los demás.

—¿Tú no sabrás nada acerca de ellos, espero? —había preguntado Amber.

Ya nada le sorprendería de Ram. Pero aseguró a todos que nunca había conocido a ningún Blake. Aunque aquello no descartaba que estuviese relacionado con el Colectivo, junto a otras tribus. Lia lo dudaba, e informó que tras la pandemia aparecieron pequeños grupos de supervivientes en las islas de los alrededores que formaron varias tribus. Y, aparte de la conocida como los Caídos, la mayoría intentaba vivir en paz. Como las Cucarachas, que estaban situados al otro lado de la isla, en una antigua base militar de la Segunda Guerra Mundial.

Ram pidió a Lia más detalles sobre la base. Según sonaba, las instalaciones no estaban ocultadas como las de la Montaña del Águila.

Lia mencionó que se hablaba de que, más al norte, había sucesos extraños en la región montañosa. Pero no conocía más detalles. Tan solo rumores de que quien hubiese en esa zona también había llegado recientemente y trataba con esclavos. Ram, desde luego, no se quedó convencido de que aquello significase que no estaban relacionados con el Colectivo.

—Hay que entender una cosa sobre el Colectivo —había explicado Ram—: reúnen a todo tipo de gente. Algunos los usan como esclavos. Pero también buscan líderes, las mejores cabezas...

—Bueno, eso te descarta a ti —interrumpió Lex, seguro de que Ram no era tan inteligente si se había metido en todo aquello.

Ram estuvo de acuerdo. De haber sabido entonces lo que sabía ahora, no se habría relacionado con Kami y su red de ninguna manera. Era consciente por la relación en línea que mantenían cuando Kami era miembro de un grupo de rol, que siempre intentaba expandirse, inspirado por los mejores imperios de la historia. Como los espartanos. Pero no tenía ni idea de que seguiría la misma estrategia tras la pandemia.

—Entiendo que algunos no estuvieseis de acuerdo con lo que intenté conseguir con los Tecnos. Y se trata de lo mismo. Yo no estaba de acuerdo con la forma de proceder de Kami con este Colectivo suyo. Pero, para entonces, no podía marcharme sin más

—dijo Ram.

—Sigo sin entender en qué estaba metido —dijo Gel.

—No querrías saberlo —continuó Ram—, hasta dónde podía llegar. Tenía incluso planes de repoblación. Como pretendían hacer los adultos...

—¿Cómo estás tan seguro? ¿"Repoblación"? —interrumpió Jack.

—¿Y cómo estás tú tan seguro de poder "confiar" en todos los de aquí? —preguntó Ram, que miró discretamente a Lia.

—¿Qué quieres decir con eso? —saltó Lex, furioso con Ram.

—Que quiero tener cuidado con todo lo que digo. Especialmente teniendo "desconocidos" alrededor.

—Si tienes que contarnos algo más, nos lo debes. Se lo debes a todos. Debemos saberlo —insistió Amber.

—Os he contado todo lo que sé. Lo prometo. Es solo que, cuando Kami y su gente hackearon los ordenadores del gobierno, encontraron archivos que hablaban de planes para repoblar. Y creo que eso le dio ideas a Kami. Se estaba planteando incluso crear programas de reproducción. Así que no penséis ni por un segundo que los esclavos estarían solamente trabajando en el campo.

—¿Así que algunos... se pasan todo el día "haciéndolo"? —Darryl sonrió, más interesado, intrigado por aquella idea.

—No, no cualquiera. Solo aquellos con el ADN apropiado. El cerebro adecuado. Habilidades. ¡Y ni siquiera pienses en lo que harían a cualquiera que los traicione! —Ram se puso a temblar al pensar en las consecuencias—. ¡Mi cabeza debe tener un precio muy alto!

—Bueno, esperemos que sea tan grande como tu cabeza —respondió Lex.

—Ahora no —manifestó Amber—. Por favor, Lex. Nuestra prioridad es encargarnos de lo que nos ha contado Lia. Y con la fecha límite que nos ha puesto su tribu, no tenemos mucho tiempo.

Trudy estuvo de acuerdo, y se había puesto casi histérica, preguntándose qué podría suceder.

—Parecen un montón de salvajes, por lo que cuentan Jack y Lex.

—No los llamaría "salvajes" exactamente —dijo Lex.

—Bueno, muy amistosos no parecen al amenazar con sacrificar a Jack y Lex —manifestó May, cada vez más inquieta.

Todos consideraron que aquel no era ningún paraíso desierto, al enterarse de que la isla en la que habían naufragado era considerada tierra sagrada.

Jay se preguntó si sería buena idea intentar viajar a alguna de las islas colindantes de la región. O, incluso, ir a otra parte de la isla, si la Sacerdotisa y la tribu indígena suponían una amenaza. Pero estuvo de acuerdo con los demás en que no conseguirían viajar mucho con Slade. Y todos acordaron que permanecerían juntos y que no había más opción que quedarse.

Aunque Ram pensaba que lo que Ruby sugirió anteriormente respecto a Slade y Zak podría ser una solución sabia para que todos pudiesen irse de allí tan rápido como fuera posible. Mientras podían. May se horrorizó, al igual que Ruby y todos los demás, al ver que Ram podía ser tan cruel de sugerir siquiera que abandonasen a Slade, que lo dejasen morir. Irónicamente, Ruby sentenció que, a partir de aquel momento, aquello no volvería a ser una opción para ella. Nunca más.

Sammy se sentía fatal, pero se asustó al pensar que Ram tenía algo de razón al sugerir aquello, seguro de que las necesidades de muchos pesaban más que las necesidades de unos pocos. A Ram no le gustaba más que a los demás, pero el mundo siempre había sido así, reflexionó. Y más que nunca en aquel mundo posterior a los adultos. Podían escoger seguir adelante. O quedarse y luchar. Pero no le gustaban sus posibilidades. La tribu de Lia parecía tener adversarios muy capacitados.

Todos votaron. La mayoría decidió que debían quedarse. Y, de aparecer la tribu indígena, esperaban que Lia pudiese traducir su petición de darles más tiempo, hasta que Slade se recuperase, para tener oportunidad al menos de encontrar otro lugar donde asentarse. Lejos de la tierra sagrada, que todos respetaban, conscientes de lo territoriales que se sentían acerca del centro comercial que una vez fue su hogar. Así que podían imaginar cómo debía considerar aquella tierra la tribu de Lia, que había sido su hogar durante siglos.

Llevaron a Lia al refugio cercano que los demás habían construido y montado de forma rudimentaria con ramas y hojas de palmera para proporcionar una mínima protección del sol y de los elementos para Slade, en el interior. Permanecía inconsciente desde hacía varios días. Todos estaban muy preocupados por cuánto tiempo duraría, cuánto tiempo seguiría con vida.

Le cambiaban las vendas de la herida de forma regular, y esta mostraba signos de mejoría. Pero Amber y los demás seguían temiendo que sufriese septicemia si la infección le recorría todo el torrente sanguíneo.

Lia sugirió que ella y algunos de los demás podían reunir una serie de plantas nativas al revelarles (como había hecho antes con Jack y Lex) que sus padres habían sido médicos convencionales de la flota de la Fuerza de Emergencia de las Naciones Unidas. Y que la propia Lia había aprendido mucho durante su tiempo con la tribu indígena, que utilizaba la homeopatía para curar todo tipo de males.

Los Mall Rats no necesitaron mucha persuasión, pues recordaban los dones y habilidades de Tai San. Ella también estaba en armonía con el mundo natural y era capaz de elaborar distintos remedios para diferentes afecciones. Lex se quedó afectado al pensar en Tai San y la echó de menos. Al igual que todos sus amigos. Especialmente, en aquella situación.

Como Tai San, Lia parecía saber qué propiedades tenían las plantas y sus jugos. Aunque, personalmente, Amber se preguntaba si Lia podría tratar la septicemia, si era eso de hecho lo que afectaba a Slade. Sentía que, seguramente, necesitaría seguir tomando antibióticos. Pero sus provisiones eran limitadas, y todo lo que Ruby había logrado recuperar de los restos del *Jzhao Li* también se acabaría pronto. Sin embargo, valía la pena intentarlo.

Mientras Ruby y Salene trabajaban con Lia en su intento de ayudar a Slade, los demás estuvieron de acuerdo con Amber en que sería sensato intentar poner en marcha un plan de defensa. Como contingencia en caso de que la Sacerdotisa y la tribu indígena resultasen poco compasivos ante su súplica y se negasen a darles una prórroga a la fecha límite antes de marcharse. O, aún peor, que los atacasen.

Por todo lo que había observado, a Lex no le extrañaría. Pero pensó que aún tenían posibilidades. Los supervivientes eran menos en número que la gente de la aldea, pero la mayoría eran mujeres y niños, al haber capturado Blake a muchos guerreros para venderlos como esclavos.

Lex pensó que había posibilidades de evitar un ataque, en especial cuando Lia informó que la Sacerdotisa nunca dejaría la aldea desprotegida. Si ocurría un ataque, sería por parte de un pequeño grupo y no de todo el contingente de guerreros.

Aquello seguía sin consolar del todo a Trudy, pero Amber parecía más preocupada y ofendida por la referencia machista de Lex acerca de que las mujeres de la tribu indígena se encargaban solamente de temas del hogar.

Lia intentó calmar los ánimos y explicó que en su cultura las mujeres no peleaban. Su tarea consistía en preocuparse por los niños así como preparar comida y cuidar de los hombres.

—Supongo que disfrutaste de lo lindo, ¿eh, Lex? —preguntó Amber, sabiendo perfectamente que era el tipo de estructura en la que él encajaría fácilmente.

—De hecho, así fue. De forma extraña —había respondido Lex—. Y no, no por tener a un puñado de chicas que me cuidasen como sirvientas. Me gustaba su estilo de vida.

Lex se había encontrado con muchas tribus guerrilleras en la jungla de asfalto de la ciudad, oprimida en un principio por los Locos. Al igual que todos los sectores por parte de las tribus guerrilleras.

Pero aquella tribu indígena que había acogido a Lia no parecía ser del tipo que invadían. No como los Tecnos. Ellos querían que los dejasen en paz, seguir sus costumbres. Y Lex lo respetaba. No tenían ambición de conquistar y gobernar, de expandir su imperio. No eran como ese "Colectivo" que Ram había mencionado.

Lex se había encontrado con problemas en callejones muy oscuros. Y, de muchas formas, sentía que toda la gente con la que había tratado durante los días anárquicos que siguieron a la pandemia parecían mucho más primitivos y menos de fiar que la gente que lo había mantenido cautivo.

Jack dio a entender que a Lex parecía gustarle la Sacerdotisa, lo que llevó a todos a sospechar si realmente Lex se había conmovido por el estilo de vida que la tribu indígena luchaba por mantener. O si en realidad la Sacerdotisa representaba una conquista en mente para Lex que estaba alimentando su confusa fantasía de vivir en la naturaleza.

Lex no podía evitar admirar que la Sacerdotisa era escultural y tenía un aire de misterio. Era como una Diosa.

—Con capacidad para matar a personas —añadió Trudy, que recordó lo que Jack y Lex les habían contado, que estuvieron muy cerca de que les cortaran el cuello con la daga ceremonial, hecho que provocó que Ellie se estremeciese de solo pensarlo.

Lia confirmó que no sería sensato subestimar a la Sacerdotisa. O la reacción de la aldea. Siempre estarían listos para luchar y morir por aquello en lo que creían. Y también matarían para proteger su modo de vida.

Amber intentó motivar a los demás tras la reunión, pues sentía que después de haber llegado tan lejos no podían rendirse y tenían que hacer su mejor intento. Seguía con la esperanza de que pudiesen razonar con la gente de Lia. Pero, si no, estaba decidida a que estarían lo mejor preparados posible.

La mayoría del grupo comenzó a fortificar el Campamento Fénix, a fabricar lanzas improvisadas mientras Amber les mostraba lo que había aprendido durante su tiempo con Pride y la tribu de los Ecos. Arrancaron más ramas y afilaron las puntas contra las rocas para hacer lanzas. Los Ecos las utilizaban para pescar o cazar, y Amber se horrorizaba al pensar en tener que usarlas como armas.

Reunieron cocos, pues Jay pensó que serían útiles como otras armas.

Y comenzaron a construir incluso un perímetro de defensa improvisado con grandes ramas que clavaron en lugares que sobresalían sobre barricadas hechas con el metal que había llegado hasta la costa entre los restos flotantes y los desechos esparcidos por la playa, provenientes del casco y los restos del *Jzhao Li*.

—No está mal, ¿no, Lex? —preguntó Gel mientras inspeccionaba los restos acumulados en la arena con Lex a su lado, quien también buscaba cualquier cosa que pudiesen utilizar para construir sus defensas—. ¡Mira! —continuó Gel, que divisó una pila de productos de baño—. Me había quedado sin champú. ¡Debe ser mi día de suerte!

—Fantástico, Gel. Justo lo que necesitamos —dijo Lex con sarcasmo, sonriendo levemente mientras observaba a Gel agarrando las botellitas—. Si los guerreros aparecen y les ofreces un lavado de pelo, o un tratamiento de belleza, seguro que se rinden. De inmediato.

Ella le sacó la lengua y recogió tantos productos de baño como pudo, mientras Lex arrastraba restos gigantescos hacia la barricada.

Si la tribu de Lia buscaba pelea, entonces se asegurarían de estar listos para darlo todo.

CAPÍTULO CUARENTA

El cielo parecía un planetario, lleno de estrellas.

Ruby mantenía su vigilancia constante, tumbada cerca de Slade en el refugio casero.

Los demás intentaban dormir, pero la mayoría en el Campamento Fénix estaban preocupados, y se preguntaban qué sucesos ocurrirían cuando la tribu indígena llegase al amanecer. Aunque Lottie, Sammy, Brady y el bebé estaban profundamente perdidos en sus sueños.

Amber había aceptado tomar el primer turno de la guardia nocturna, y pronto Jay la remplazaría. Tras los sucesos de aquel día, agradecía la oportunidad de estar sola, repasar sus pensamientos y reflexionar sobre lo que había ocurrido. Y lo que quizás ocurriría. Pero ella, como los demás, estaba aliviada al menos de que Jack y Lex hubiesen regresado sanos y salvos, y estaba contenta por Ellie, conociendo de primera mano el sufrimiento por la desaparición de un ser querido.

Amber estaba deseando empezar a dormir. Se sentía especialmente agotada, exhausta. Física y mentalmente. Dormir, al menos, proporcionaba un refugio del mundo que la gente joven habitaba ahora. Al menos podía revivir el pasado a través de los sueños, cuando el mundo era un lugar mejor, antes de que los adultos muriesen durante la pandemia.

A través de los sueños, Amber se había encontrado también con Bray, pero se despertaba siempre de golpe, decepcionada porque no era real. Desde la llegada de Jay a su vida, sus sueños (y recuerdos de Bray) nunca la habían abandonado. Y siempre la dejaban con un sentimiento de culpa. Como si estuviese traicionando a Jay. Pero razonaba que Bray siempre estaría a su lado fuese en sueños o en su recuerdo, y que así era como debía ser dado que él era el padre de su hijo.

De repente, Amber escuchó un ruido y miró a su alrededor, preocupada. No conseguía ver nada. Debía ser un animal o un pájaro que hacía crujir las hojas de los árboles. O quizás estaba sencillamente tensa, en su subconsciente, preguntándose qué les traería el amanecer con la llegada de la tribu de Lia.

Hubo otro ruido. Esta vez, Amber divisó figuras a través de la oscuridad, que se movían rápidamente por el bosque.

Antes de tener oportunidad de golpear el dispositivo de metal para dar la voz de alarma, Amber supo que los estaban atacando, y gritó para advertir a todos.

—¡Jay! ¡Lex! ¡Chicos! —gritó con pánico.

Los demás entraron en acción; Trudy estaba reuniendo a los pequeños para protegerlos entre gritos histéricos cuando Axel y sus hombres aparecieron de entre los árboles y llegaron el campamento.

Lex agarró una de las improvisadas lanzas que habían montado antes e intentó alcanzar a uno de los atacantes. Pero tenía a otro encima que le quitó la lanza de las manos.

Aun así, Lex fue capaz de soltarle una enérgica patada en la entrepierna y doblegarlo antes de propinarle un puñetazo al otro atacante.

—¡Amber! —gritó Salene para alertarla mientras se ponía de pie, al darse cuenta de que otro atacante había tirado a Amber al suelo y tenía situado todo el peso de su enorme antebrazo sobre su garganta para impedir que se moviese.

Tras Salene apareció otro atacante más que la agarró.

Darryl estuvo allí de inmediato y golpeó al atacante con un tronco. Aunque se cayó de rodillas, otros miembros del grupo de atacantes pronto doblegaron a Salene y Darryl, al pillarlos por sorpresa.

Amber se resistía, desesperada por levantarse e ir a por su bebé, para protegerlo.

Inesperadamente, el atacante la soltó tras recibir un golpe en la cabeza con un coco que Jay había lanzado antes de correr a enfrentarse a otros miembros del grupo de atacantes con golpes feroces.

Ram salió espantado y se escondió tras un tronco, como si intentase parecer invisible; su propia seguridad era lo más importante para él.

Jack, Ellie y May resistían bien el ataque; Ellie arrojaba ramas en llamas a los atacantes. Pero en poco tiempo doblegaron a los tres, al igual que a Sammy, al que levantaron por el cuello entre salvajes pataletas.

Ruby, que estaba en el interior del refugio provisional cuidando de Slade, aguardaba en posición cuando llegaron dos atacantes y fue capaz de tirar a uno al suelo de un puñetazo. Pero el otro la apresó. Ruby le mordió el brazo pero, aparte de un quejido, no logró nada. Su atacante la sujetaba con firmeza.

Trudy continuó su llanto mientras se agarraba desesperadamente a Brady, y Lottie corrió a poner al bebé de Amber en brazos de esta.

Pero le arrancaron al bebé de las manos.

Amber no podía creer lo que estaba viendo.

Era Ebony.

A Amber le pareció que el tiempo se había parado. Y que estaba sola, inconsciente del horror que tenía lugar a su alrededor en el punto álgido de la emboscada. Solo podía concentrarse en su hijo, su precioso bebé, que era lo que más le importaba en este mundo. Y allí se encontraba, entre los brazos de Ebony, llorando. Necesitaba a su madre. La estaba llamando. Estaba asustado por verse prisionero de Ebony. Amber no se atrevía a pensar qué sucedería si intentaba llegar hasta él.

Ebony se deleitó en la expresión de dolor de Amber y luego miró a su alrededor, lanzando gritos.

—Si sabéis lo que le conviene al bebé, y a todos vosotros, ¡rendíos todos y haced exactamente lo que os diga!

Parecía a punto de dejar caer al bebé de cabeza, lo que provocó que Amber se quedase completamente quieta, mientras seguía intentando recomponerse de la sorpresa del ataque.

Gel estaba despatarrada por el suelo, pues se había desmayado al avistar al grupo de atacantes.

Todos los demás se dieron cuenta de que eran minoría y que no tenían ninguna posibilidad.

Lia se había puesto las gafas al comenzar la emboscada, y ahora intentaba fijar la mirada a través del cristal bueno mientras llegaban más y más hombres de Axel que rodeaban a los miembros del Campamento Fénix, los cuales contemplaban incrédulos cómo Ebony le daba instrucciones a Axel, lo que dejaba clara la posición de cada uno.

Una lanza se clavó en la arena.

Todos los presentes retrocedieron a medida que llegaban más lanzas por el aire que silbaban como el viento.

De entre la jungla aparecieron guerreros nativos de la tribu indígena, ululando, que provocaron que Trudy gritase más histérica todavía, acompañada de Brady y Lottie. Incluso Sammy luchaba por controlarse y lloraba de miedo.

—Lia, ¡¿qué sucede?! —gritó Amber.

—¡No lo sé! ¡No lo sé! —respondió Lia, muy preocupada, sin estar tampoco segura de qué ocurría, aparte de que los guerreros estaban enzarzados en un combate contra Axel y su grupo, los cuales habían pasado a ser la minoría.

—No sé qué coño está pasando, pero me parece que o bien los nativos se han puesto la alarma temprano, ¡o han venido a ayudarnos! —gritó Lex, que soltó un puñetazo contra uno de los hombres de Axel antes de apresurarse hacia Jay y Amber, que se estaban acercando a Ebony, la cual retrocedía.

—¡Deja en paz al bebé! —suplicó Amber—. ¡Por favor, Ebony! ¡Déjalo!

—¡Claro! Sin problema —dijo Ebony al darse cuenta de que el bando de Axel estaba perdiendo la pelea.

Ram, que miraba sobre el tronco, se puso de pie, inclinó la cabeza a más guerreros que se apresuraban a su lado y les gritó un amistoso saludo.

—¡Ey! ¿Cómo os va, chicos? ¡Me alegro de veros! Me llamo Zak

—añadió por si acaso.

Entonces se agazapó de nuevo e intentó esconderse al darse cuenta de que los guerreros no eran tan simpáticos, y estaban solamente concentrados en la tarea de reprimir toda resistencia que encontrasen.

Poco después, ya no hubo resistencia.

Lex divisó a la Sacerdotisa acercándose, con las plumas ondeando al viento que le mecía la larga melena y una lanza sujeta en una mano.

Tras ella llegaron más guerreros de aspecto feroz, con pinturas de guerra y tatuajes sobre su rostro y su cuerpo fornido, todos ellos armados de forma similar con lanzas.

Al llegar finalmente al Campamento Fénix, la mirada de la Sacerdotisa se quedó fija en Lia.

Inesperadamente, gritó algo en su lengua nativa, una melodiosa corriente de sonidos mezclada con flexiones guturales y chasquidos. Parecía que estuviese llamando a un pájaro de la jungla; su voz se escuchaba sobre el viento y la histeria de los llantos de Lottie, Sammy, Brady y el pequeño Bray. Trudy, sin embargo, parecía recobrar la compostura y estaba de pie, contemplando incrédula lo que sucedía a su alrededor, como todos sus compañeros Mall Rats.

—¿Qué está diciendo? —gritó Lex a Lia, confundido mientras los guerreros seguían reuniendo al grupo de Axel.

—Está diciendo que las acciones de la tribu deberían demostrar lo que significa realmente la lealtad. Puede que yo los haya traicionado, pero esa no es la forma de actuar de la Sacerdotisa y su gente.

Lia continuó traduciendo, e informó de que, aunque el ultimátum de que abandonasen la tierra sagrada seguía en pie, uno de los cazadores había advertido un gran barco acercándose que sabía pertenecía a Blake. Y, a pesar de lo que Lia les había hecho, la Sacerdotisa no permitiría que se la llevasen como esclava, como les había pasado anteriormente a algunos de los guerreros de su tribu.

Ebony se acercó a Lia.

—¡Gracias a Dios! ¡Por fin me encuentro con alguien decente! Díselo, ¿quieres? Vamos, dile que quizás yo pueda ayudar. ¡Lo sé todo sobre Blake!

Axel y el resto de atacantes miraron a Ebony sorprendidos, al igual que los Mall Rats.

Ram volvió a mirar sobre el tronco y tragó saliva nervioso mientras la Sacerdotisa arrojaba la lanza que sostenía, que fue a parar a los pies de Ebony.

—Me parece que no te cree —dijo Amber—. Y no necesitas intérprete para saber que nosotros tampoco.

Ebony, pensando con rapidez, intentó defender su causa. Hizo saber a todos lo que le había sucedido tras abandonar el *Jzhao Li*. Les contó que había ido a la deriva, que la había capturado Blake, un tirano líder tribal, y que había conseguido escapar por los pelos al acompañar a los demás en barco desde la plataforma petrolífera donde Blake y su gente se situaban.

—¡Ese Blake está loco! ¡Tenéis que creerme! ¡Después de todo lo que he pasado, tengo suerte de estar viva!

—Bueno, te lo mereces por haber abandonado el barco, ¿no crees? —rugió Jay.

—No abandoné el barco —suplicó Ebony—. Intentaba preparar el bote salvavidas. No para mí, sino para todos. Pero cuando subí a bordo las cuerdas se aflojaron. No fue culpa mía, me quedé tirada. Y si pensáis que me resultó fácil ir a la deriva durante días antes de que Blake y sus matones me recogiesen, ¡es que estáis tan locos como él!

Lex y los demás se burlaron. No se tragaban la historia de que Ebony era una damisela en apuros, incluso cuando se vino abajo entre sollozos mientras relataba lo sucedido. Era más dura de lo que mostraba y estaba claro que estaba intentando sacar provecho de la situación.

—¿Por qué no me cree nadie? —dijo Ebony.

—Eso se les da muy bien —intervino Ram, que miró con desdén a los demás. Entonces se detuvo de repente y miró con inquietud mientras la Sacerdotisa hablaba en su lengua nativa.

—¿Qué está diciendo, Lia? —preguntó Amber.

—Quiere hablar con vosotros. Con todos.

* * *

Al romper el alba, el cielo brillaba con multitud de colores. Pocos habrían podido adivinar lo que les depararía el día.

Tras prepararse para enfrentarse al ultimátum de la Sacerdotisa y la tribu indígena, los Mall Rats se habían encontrado inesperadamente con Ebony. Ram se preguntaba, inquieto, si sus secuaces formarían parte de su adversario perdido, Kami, y el Colectivo.

Lia tradujo mientras Amber daba detalles sobre los Mall Rats y su pasado.

Lex interrumpía de vez en cuando para presumir de sus hazañas, e informó de que era un guerrero fantástico en la ciudad y de que el grupo de la Sacerdotisa se habría quedado impresionado de haberlo visto en acción, incluso pillándolo desprevenido. Cuando estaba en su terreno, era formidable.

Para decepción de Lex, la Sacerdotisa no le prestó mucha atención, y prefería concentrarse en cómo era la vida para ellos en el mundo "no civilizado", pues seguía recelosa de los extranjeros y tenía dificultades por comprender su cultura, incapaz de entender por qué había tantas tribus guerrilleras en su ciudad natal.

Amber le aseguró que no toda su gente era así. Explicó que, al menos, los Mall Rats eran muy diferentes. Habían tenido la esperanza de construir un mundo mejor de las cenizas del anterior, introdujeron una declaración de derechos, un sistema de educación para los jóvenes e incluso un marco jurídico. Representaban los retazos del viejo mundo, con lo que los adultos que se habían marchado pusieron en práctica. Y explicó que, en muchos sentidos, los Mall Rats no eran diferentes a la

Sacerdotisa y su gente. Honraban el pasado y a sus ancestros en sus intentos por construir un futuro mejor.

La Sacerdotisa se ablandaba con cada palabra de Amber. Animada por su reacción, Lia instó a May, Salene, Trudy, Jay, Ellie y Jack a que contasen cómo se sentían y confirmasen la historia de Amber. Incluso invitaron a Lottie y Sammy a hablar acerca de cómo era la vida con los Mall Rats. Incluso Gel le causó impresión sin pretenderlo, al hacer un cumplido a la Sacerdotisa por su pelo y su maquillaje. La Sacerdotisa se quedó mirando a Gel durante un rato y luego asintió agradecida, mientras Lia traducía lo que se había dicho. Gel lanzó una mirada a Lex, orgullosa de sí misma, y este fingió una débil sonrisa. No esperaba escuchar hablar de pelo y maquillaje mientras oía cómo Lia le contaba a Gel que la Sacerdotisa pensaba que su pelo también era asombroso.

Ram fue el único al que impidieron hablar demasiado, pues Lia no estaba segura de parte de quién estaba dada su historia sobre el Colectivo. Era consciente de que había invadido la ciudad y con aquello no ganaría el favor de la Sacerdotisa o su gente, que había sufrido las invasiones de extranjeros a lo largo de su prolongada historia.

Ebony, Axel y su grupo estaban retenidos en el interior de un contenedor vacío. Ebony había intentado recuperar su posición al defender que la habían tomado prisionera y que no había tenido más opción que hacerles caso. Que había preparado un plan para ayudar a los Mall Rats, a todos. Y que había estado a punto de gritar para advertirles de la emboscada, pero se lo habían impedido.

Mencionó que había visto a Bray, segura de que aquello sería el as con el que se ganaría sobre todo a Amber de vuelta. Pero Amber no quiso creer aquello. No si venía de parte de la misma persona que años antes había torturado a Bray y al resto de Mall Rats con la información falsa de que Amber había muerto durante la explosión en la Montaña del Águila.

Ebony estaba devastada, y continuó suplicando tener una oportunidad hasta que la encerraron a ella, Axel y su grupo en el contenedor mientras Amber y los demás decidían qué hacer con ellos.

Lia tradujo que la Sacerdotisa sentía que debían sacrificarlos por traición. En especial, si Ebony había sido miembro de su tribu y se había vuelto en su contra. Ram creía que tenía algo de razón.

Durante un instante, Lia sintió que la Sacerdotisa podía estar mandando señales de que quizás ella sufriría el mismo destino.

Sin embargo, se relajó finalmente al notar que la Sacerdotisa volvía a parecer amable cuanto más oía a los Mall Rats hablar de quienes eran y lo que pretendían conseguir para su tribu. Una sociedad justa. Libertad e igualdad para todos.

Así había sido el mundo una vez, reiteró Amber. Y aunque la Sacerdotisa y su tribu tenían un océano que los separaba geográficamente y no hablaban el mismo idioma, estaban en un terreno similar filosóficamente.

Amber se aseguró de que Lia hiciese saber a la Sacerdotisa y su gente que estaban agradecidos por su ayuda. Y, de no haber intervenido, temían pensar en lo que habría pasado si Ebony y su grupo de atacantes hubiesen tenido éxito en su misión.

Todos los Mall Rats aseguraron también a la Sacerdotisa que no pretendían ser irrespetuosos al estar en tierra sagrada. Estaban allí por accidente, no por voluntad propia.

Lex quería que Lia enfatizase que quizás había sido cosa del destino. Unirlos a todos allí. Y, si la Sacerdotisa estaba en la misma sintonía espiritual vería que, si su tribu no hubiese capturado a Lex y Jack, tampoco habrían podido ayudar a los Mall Rats. Y que, de ser así, ahora los prisioneros no estarían encerrados en el contenedor. Así que incluso Lia tuvo un papel. Y, mientras el amanecer ascendía por el cielo, si paraba a pensar en todo lo que le estaba contando, se daría cuenta de que aquellos sucesos estaban predestinados.

Jack esbozó una ligera sonrisa mientras escuchaba, seguro de que Tai San había dejado una importante huella durante su tiempo junto a Lex. O eso, o Lex hacía referencia a todo lo que ella le había enseñado para impresionar a la Sacerdotisa.

Hasta Ram se impresionó por la forma en la que hablaba Lex. No hacía falta ser un genio para reparar en la pizca de flirteo de su comportamiento, pero también había sabiduría en sus palabras.

Ram le pidió a Lia que preguntase a la Sacerdotisa si había oído hablar del Colectivo. O si pensaba que el grupo de atacantes podían estar involucrados. Lia no pensaba que aquello fuese buena idea, pues solo podía caldear el asunto.

La Sacerdotisa ya estaba bastante furiosa con los extranjeros que habían invadido y apresado a varios de sus guerreros como esclavos. Aquello le dio una idea a Amber, que sugirió que quizás había una forma de que los Mall Rats devolviesen el favor a la Sacerdotisa y su gente, al mismo tiempo que se aseguraban la posición de ambas tribus.

Lia confirmó que la Sacerdotisa estaba abierta a cualquier proposición. Y los demás estaban igual de ansiosos por descubrir lo que Amber tenía en mente.

CAPÍTULO CUARENTA Y UNO

Blake descendió a pisotones por la serpenteante escalera circular de metal y atravesó un pasillo mientras las pesadas botas resonaban por aquel cavernoso nivel al caminar hacia la celda.

Flanqueado por dos enormes guardias que lo seguían con obediencia, Blake estaba callado, perdido en sus pensamientos, con el rostro en gesto de concentración.

Se arrepentía de haberle asignado la misión a Ebony.

Blake había conocido a suficiente gente durante su vida como para saber si podía confiar en alguien. O eso pensaba. Una gran parte de él todavía dudaba de ella. Pero debía admitir que comenzaba a parecer que estaba diciendo la verdad.

Y, si no, Axel y su grupo de atacantes estaban lo suficientemente preparados como para "hacerse cargo" de ella en caso de que lo traicionase.

Blake no lograba entender qué habría pasado. El grupo de ataque debía haber vuelto hacía mucho. Y estaba furioso con él mismo, pero no podía evitar sentirse atraído hacia la red que Ebony había tejido. Era un animal en la cama. Feroz, independiente, enigmática, brillante. Suponía un verdadero desafío. Y Blake siempre aceptaba los retos.

Al contrario que otras mujeres con las que se había encontrado, Ebony no era fácil de dominar. Podría haber sido una amante valiosa. Una consejera útil. Una mezcla no solo de belleza sino de enorme astucia.

A pesar de la furia que hervía en su interior, una parte de él admiraba incluso que ella hubiese conseguido engañarlo. Si de hecho era eso lo que había pasado.

Blake llegó al exterior de la celda y ordenó a los guardias que abriesen las pesadas puertas. Luego entró y observó con frialdad a Bray, que colgaba de las vigas superiores, con grilletes en los brazos.

Bray seguía negándose a colaborar con la gente de Blake, pero Ebony había conseguido obtener información. Ahora, a Blake le preocupaba que aquella información fuese falsa.

Asintió a los guardias, que retiraron la venda de Bray.

Bray concentró los ojos con debilidad, le costaba ver después de haberlos tenido tapados tanto tiempo.

—¿Estás disfrutando de tu estancia? —preguntó Blake, el desprecio era más que obvio.

—¿Tú qué crees? —contestó Bray débil pero atrevidamente.

—Creo... —respondió Blake mientras examinaba los rasgos de Bray hasta que advirtió la "P" en su hombro—, ¡que ya te habían catalogado! —al menos Ebony había dicho la verdad sobre aquello.

—¡No sé de qué me estás hablando! —respondió Bray.

—¡Me refiero a la marca de tu brazo!

Continuó inspeccionando a Bray como si lo estuviese tasando. Parecía tener la misma altura y peso que él. Y, por el pequeño tatuaje sobre una de las mejillas, parecía encajar con la descripción de los informes que había recibido recientemente.

—Me dijo tu amiga, Ebony, que te llamas Bray. ¿Es eso cierto?

—continuó Blake.

Bray volvió a contemplar a Blake, sin saber quién era ni qué estaba sucediendo.

Blake soltó un suspiro, impaciente ante el silencio de Bray, y, de repente, le propinó un fuerte puñetazo en el abdomen.

Bray gimió de dolor, aunque al estar suspendido por las cadenas sobre su cabeza el impacto se suavizó, y se balanceó lentamente adelante y atrás por el impulso del golpe de Blake.

—Muy bien. Si no quieres hablar sobre Ebony, o sobre ti, ¿por qué no hablamos sobre tu hermano, Zoot? ¿O era Martin?

—¿Quién eres? —preguntó Bray, con una mezcla cada vez mayor de confusión y sospecha.

—La vida. Y la muerte —Blake sonrió—. Y el que hace las preguntas. Así que no juegues. He estudiado tus archivos. Parece que eres de gran valor. Al menos, para Eloise.

—¿Estás relacionado con ese monstruo? —saltó Bray, repugnado—. ¡Debí haberlo sabido! Pareces exactamente de su tipo.

—Y tú no pareces del "tipo" de los que escapan por el páramo. No puedes ser tan bueno. O no habrías terminado aquí —se burló Blake mientras examinaba a Bray de forma fría y calculadora, pensando en su próximo movimiento.

—¿Y dónde es "aquí"?

—Ah, no te preocupes. Pronto te transportaremos. Cuando llegue el barco. Si es que llegas a subirte. De cualquier forma, no estarás con nosotros mucho más tiempo —en el tono de Blake había una amenaza oculta.

—¿Qué quieres de mí? —preguntó Bray.

—Un pago. Eso es todo lo que eres. Un nombre en un manifiesto. Y uno muy buscado. Deberías sentirte orgulloso, Bray. En cierto modo, debería agradecértelo. Me proporcionarás una gran recompensa.

Blake se acercó más a Bray, miró su rostro con malicia, con los dientes apretados, intentando contener la furia que hervía en su temperamento maníaco.

—Si de verdad quieres saberlo, por mí... te mataría. Ahora mismo. Pero, ¿Eloise? No creo que le gustase eso. Por otro lado, siempre puede utilizar a otros miembros del linaje. Como la hijita de tu hermano.

Bray se quedó pasmado al oír aquello. No podía entender por qué aquella persona sabía tantas cosas sobre él.

—Tú... ¿No tendrás a Brady retenida aquí? —preguntó Bray.

—Aún no. Pero estoy trabajando en ello —Blake sonrió, con un destello de emoción en los ojos.

Se abalanzó hacia delante y gritó.

—¡Poder y Caos!

Bray retrocedió, seguro de que se encontraba dentro de otra simulación.

—¿Qué sucede? ¿No te gustan las palabras de... cómo era... Zoot? —Bray intercambió una mirada con Blake, que se burló con una mueca de preocupación fingida—. Lo siento, no pretendía usar el nombre de Zoot en vano.

Blake lo fulminó con una mirada de desprecio y luego se giró y señaló a Bray a los guardias.

—¡Bajadlo! ¡Ahora! —soltó.

Los guardias descendieron a Bray y tiraron de la polea que había atada a las cadenas.

Bray se precipitó al suelo y se frotó las muñecas, atontado tras haber estado tanto tiempo colgando, mientras los guardias le quitaban las esposas de los tobillos.

Blake señaló. Uno de los guardias lanzó el arpón que sostenía y Blake lo agarró. Acarició el afilado contorno de la hoja, que se tiñó de sangre, y lamió el hilo que le caía por el dedo.

—Hay que ser cuidadoso con un arma como esta, Bray. Puede hacerte mucho daño. A menos, claro, que seas tan bueno como crees que eres.

Blake asintió a los guardias, que tiraron de Bray para ponerlo en pie.

—Ahí está. Así mejor, ¿no? Eres... libre.

—No sé por qué, pero creo que no —respondió Bray desafiante.

—Tú eres el único que tiene la culpa de eso. Verás, si juegas conmigo cuando te interrogo, no me dejas más opción... que jugar contigo.

Bray tragó saliva nervioso, preguntándose qué demonios pasaría, y su intranquilidad hizo que Blake rompiese a carcajadas.

—¿Qué sucede? ¿Nunca has probado un juego de disparos? ¿No te gustaban ese tipo de juegos? ¿O es que no te gustaba jugar, en el viejo mundo? Porque a mí sí. Ah, sí. ¡Me encantaba!

Bray no respondió, y continuó mirando intranquilo mientras la risa de Blake se apagaba y su comportamiento se volvía frío.

—Las reglas son sencillas. Yo soy el cazador. Tú eres la presa. Es mucho más divertido con un objetivo que se mueve. Vamos a ver lo bueno que eres realmente. Te doy diez segundos de ventaja.

Bray miró a Blake, repugnado y aturdido mientras veía como este retiraba una pequeña lanza del carcaj y la insertaba sobre el cañón.

—Uno...

Le señaló el pasillo.

—Dos...

Bray se preparó.

—Tres...

Y corrió a toda velocidad, dejando a Blake gritando con intensidad maníaca.

—¡Te has quedado sin tiempo, Bray! ¡Estés listo o no, allá voy!

CAPÍTULO CUARENTA Y DOS

Ruby y Trudy estaban sentadas, contemplando el fuego. Ruby estaba preparando algo para comer, pero no tenía hambre. Trudy tampoco. Estaban demasiado preocupadas por lo que pudiese pasar, lo que traería la noche.

Ruby le dio vueltas a las brochetas de pescado, luego se puso cómoda y miró a Trudy, que acunaba al hijo de Amber.

—¿Puedo sostenerlo? —preguntó Ruby.

—Por supuesto —Trudy hablaba en voz baja, para no despertar al bebé.

Ver al hijo pequeño de Amber le recordaba a Ruby el bebé que llevaba secretamente en su interior. El bebé de Slade. Sentía una conexión. Después de todo, pronto sería madre.

Le dio un fuerte abrazo; el pequeño Bray seguía dormido, ajeno a lo que sucedía a su alrededor. Ruby se imaginó cómo sería sostener un día a su propio hijo. Y esperaba que Slade pudiese disfrutar de aquella felicidad. Parecía que su condición había mejorado por las medicinas que le había dado Lia.

Por primera vez desde que murieran los adultos durante la pandemia, Ruby comenzaba a pensar que quizás tenía un futuro. Eso si conseguían superar lo que se avecinaba.

—Espero que los demás se las arreglen bien —reflexionó Ruby.

—¿No creerás que acabarán capturados?

—Desde luego, espero que no.

Aquel pensamiento le provocó a Trudy un escalofrío involuntario.

—Si es así, ya sabes lo que significa, Ruby. ¡Nos quedaremos aquí tiradas! —Trudy miró con inquietud a Ram, que estaba sentado sobre un tronco cercano, perdido en algún ensueño privado, con la cabeza entre las manos.

Sammy deambulaba por las aguas bajas, intentando obtener algún alivio del abrasador calor de la noche.

Lottie cuidaba de Slade, dentro del refugio improvisado.

Gel intentaba limarse las uñas con una piedra. El sonido rítmico iba casi al unísono con los ruidos de la fauna y los insectos que emanaban de las profundidades de la jungla.

Un contingente de guerreros estaba situado en el exterior de uno de los contenedores que la marea había arrastrado desde el *Jzhao Li*, el cual habían vaciado y retenía ahora a Ebony, Axel y su grupo de atacantes.

Los demás se habían marchado hacía horas. En el yate que había transportado a Ebony, Axel y sus hombres. Y, aunque todos los que se quedaron sabían que era una misión peligrosa, los Mall Rats no tuvieron más opción que acompañar a los guerreros hasta la plataforma en un intento de liberar a los esclavos. Incluidos otros guerreros de la tribu indígena que estuviesen allí cautivos.

Habían conseguido hacerse una idea del tamaño de las fuerzas que había en la plataforma. E incluso si Axel y sus hombres no decían la verdad, sabían que, estratégicamente, había muchas posibilidades de que su asalto nocturno tuviese éxito.

Amber y Jay lo habían planeado todo con cuidado antes de marcharse, y luego informaron a los demás. Repasaron los detalles varias veces. Intentarían infiltrarse en la plataforma, llegar hasta las celdas para poder ser más numerosos al liberar a los esclavos y guerreros cautivos, que los podrían ayudar a plantar cara a cualquier tipo de resistencia.

Había suficiente espacio en el yate para transportar a bastante gente y llevar a cabo la operación, y sabían que había otros barcos, incluido el bote abandonado por Ebony, para facilitar su regreso.

Escogieron de forma cuidadosa quién participaría en la misión. Y, especialmente, quién se quedaría en tierra. Trudy era una buena guerrera. Lo había demostrado durante los enfrentamientos que los Mall Rats tuvieron con otras tribus en la ciudad. Pero se le daba mejor cuidar a los pequeños. Era especialmente importante para Amber saber que su bebé estaba bien cuidado en caso de que algo saliese mal. Trudy podía resultar melodramática a veces, pero no había ninguna duda de que era una madre cariñosa y protectora.

Ruby se ofreció voluntaria para ir. Pero Amber pensó, dado que también se convertiría pronto en madre, que podía ser arriesgado. Además, necesitaría mantenerse cerca de Slade, así como echarle un ojo a Ram. Aunque estuviese embarazada, seguía tan luchadora y racional como siempre, y podía cuidarse sola, como les había enseñado muchas veces a los que se propasaban en la cantina que regentaba en Liberty.

Necesitaban a Lia para poder traducir las órdenes durante la misión, y les habían dado órdenes precisas a los guerreros que se habían quedado atrás de echarle también un ojo a Ram.

El propio Ram no tenía muchas ganas de ir. Lex lo acusó de ser un cobarde. Pero Ram pronto coincidió con Jay en que sería sensato que se quedase por si se encontraban con algo inesperado y las fuerzas de Blake estaban conectadas con el Colectivo. Al ser Ram un hombre buscado, en lo más alto de la lista de su líder, Kami, no estaban muy seguros de con qué o con quién estaban tratando. Su presencia podía resultar una carga.

En aquel momento, Ebony comenzó a golpear sonoramente desde el interior del contenedor, pidiendo comida y algo para beber.

—Vamos, ¡no seáis así! —chilló desde el interior del contenedor—. ¡Esto es sofocante! ¡Nunca pensé que los Mall Rats se quedarían quietos mientras uno de los suyos se muere! No he hecho nada malo. ¡Soy inocente! ¿Es que no me cree nadie?

Ruby se rio.

—No piensa rendirse, ¿verdad? ¿Por quién nos ha tomado?

—¿No crees que haya posibilidad de que sea inocente, verdad?

—reflexionó Trudy.

—¿Quién, Ebony? Estarás de coña.

Trudy suspiró, claramente indecisa. Por una parte, Ruby tenía razón. Siempre era difícil saber las intenciones de Ebony. Había demostrado que era capaz de cambiar de bando según le convenía. Pero, antes del incidente con el bote salvavidas, parecía que se estaba amoldando y que tenía ganas de ser una Mall Rat.

Ebony volvió a golpear el contenedor.

—¡Apenas puedo respirar! ¡No hay aire! Tened piedad, ¡por favor!

—Cállate ya, ¡¿vale?! —chilló Ram, irritado por los gritos y golpes constantes—. ¡No puedo ni pensar!

—Quizás deberíamos darles a todos algo de beber —sugirió Trudy con indecisión.

—Yo no lo haría.

—¿Y si se mueren todos ahí dentro? —preguntó Gel.

Ruby dirigió una mirada al contenedor y suspiró, pues compartía la misma preocupación. Había resuelto no volver a jugar a ser Dios, a decidir el destino de los demás y si debían vivir o morir.

—Aún les debería quedar más que suficiente para beber

—concluyó Ruby—. Ebony sería capaz de apuñalarse a sí misma por la espalda si con ello consiguiese beneficio. Así que no dejéis que os manipule. Porque yo, desde luego, no pienso dejar que lo haga.

—¡Ruby! —gritó Lottie a lo lejos—. ¡Rápido!

Ruby se puso en pie de un salto y corrió a toda velocidad hacia el refugio casero donde Lottie se encontraba de pie, con una enorme sonrisa en el rostro.

En el Campamento Fénix, dentro del contenedor, Ebony guiñó un ojo a Axel y los demás y luego volvió a dar golpes.

—¡Tened piedad! ¡Por favor! —comenzó a fingir que se ahogaba de forma melodramática.

Trudy y Gel intercambiaron miradas de preocupación y luego contemplaron el contenedor.

—¿Va todo bien... ahí dentro? —preguntó Trudy.

No hubo respuesta. Solo Ebony ahogándose.

Ajena a todo aquello, Ruby llegó al refugio y pensó que se estaba imaginando lo que escuchaba.

—¿Ruby...? —la llamó Slade, con la voz todavía débil.

—¡Dios mío! —dijo Ruby. Se le llenaron los ojos de lágrimas al agacharse junto a él, emocionada, al igual que Lottie, porque Slade hubiese recuperado el conocimiento. Llevaba inconsciente bastante tiempo y Ruby estaba ansiosa, pues creía que Slade podría haber entrado en coma, como le pasó a Zak antes de morir.

Tumbado boca arriba, Slade miró intentando concentrarse en Ruby, que lo contemplaba de cerca.

—¡Tranquilo! ¡No hace falta que hables! ¡Te pondrás bien!

Pero la que parecía necesitar relajarse era Ruby, incapaz de contener su emoción y felicidad, que las lágrimas evidenciaban. Miró a Lottie.

—¿Qué ha sucedido?

—Un segundo parece que sigue durmiendo profundamente, y al siguiente... ha abierto los ojos con un quejido —Lottie se encogió de hombros.

Ruby se giró de nuevo y acarició con delicadeza el pelo de Slade.

—No puedo creerlo. Pensé que te habíamos perdido. Que te había perdido.

—Tengo que... decirte una cosa —dijo Slade, encogido de dolor.

Ruby se agachó más cerca y colocó una oreja cerca de la boca de Slade para poder escucharlo y ponérselo fácil.

—Te quiero —declaró Slade con una ligera sonrisa, lo que hizo que Ruby sonriese entre lágrimas de felicidad. Entonces se preocupó al ver que Slade intentaba apoyarse sobre un brazo—. ¡¿Qué sucede?! —dijo débilmente mientras contemplaba desorientado el Campamento Fénix.

Lottie y Ruby se dieron la vuelta y siguieron la débil mirada de Slade.

Entonces, Ruby se puso en pie de un salto al escuchar el interminable e histérico grito de Trudy. Brady y el hijo de Amber comenzaron a llorar también por el escándalo.

Sammy se quedó mirando desde las aguas bajas, congelado por el miedo.

Ram daba pasos hacia atrás.

Ebony y el grupo de Axel intercambiaban golpes con los guerreros que montaban guardia. Estaba claro que había un error en las instrucciones que habían recibido: Lia tradujo a los guerreros que debían mantener a Ram bien vigilado, pero se olvidaron de Trudy.

Trudy había llevado algo de fruta al contenedor. Ram la había seguido, preocupado por las acciones de Trudy. Los guerreros caminaron hacia él, ignorando a Trudy, que abrió la puerta de metal lo suficiente para dejar pasar la fruta al interior. Ebony, Axel y su grupo aprovecharon la oportunidad y golpearon la puerta, que se abrió de par en par, echando abajo los troncos que habían dispuesto para asegurarla.

Ahora, tras derribar a los guerreros, se encontraban arrastrando hacia la selva a Ram, que pedía ayuda a gritos, cada vez más asustado.

Otro miembro del grupo de Axel agarró a Brady y a Trudy, pero Gel le echó una ráfaga de laca a los ojos. Salió corriendo y siguió a los demás miembros del grupo de Axel, al darse cuenta de que los guerreros de la tribu indígena volvían a ponerse en pie.

Ruby señaló a Slade y miró a Lottie.

—¡Quédate con él! —dijo, para después comenzar a correr hacia una desconsolada Trudy, que seguía gritando histéricamente.

—¡Ay, Dios! ¡Si solo quería darles un poco de fruta! ¡Algo para beber! ¡No tenía ni idea de que pasaría esto! ¡¿Qué he hecho?!

Se quedó mirando con impotencia, pero no había ni rastro de Ebony, Axel y el grupo de ataque. Ni de Ram, que había desaparecido en las profundidades de la selva.

CAPÍTULO CUARENTA Y TRES

Bray corrió a toda prisa por el pasillo metálico en las entrañas de la plataforma petrolífera. Arriba, en las plantas superiores, los lamentos y lloriqueos de los esclavos resonaban por las catacumbas de la gigantesca infraestructura. Aquellos sonidos desesperados hacían más surrealista la situación en la que Bray se encontraba.

Llegó al final del pasillo y se detuvo durante un instante, mirando a izquierda y derecha mientras se preguntaba hacia dónde ir. Podía oír los pisotones rítmicos de Blake tras él. Entonces salió disparado y giró hacia el lado derecho, por otro pasillo.

Blake, el cazador, contaba con varias ventajas sobre su presa. Bray se daba cuenta ahora de que era una presa. Aunque no podía entender el por qué. Al contrario que Bray, Blake conocía la distribución de la plataforma petrolífera, mientras que él no tenía ni idea de hacia dónde lo llevaría cada uno de los pasillos por los que corría.

Quizás debería detenerse y luchar, pensó al tiempo que se apresuraba por otra esquina y entraba en otro extenso pasillo metálico poco iluminado.

La cabeza le daba vueltas, confiaba en sus instintos y sentidos para asimilar rápidamente todo lo que podía sobre su entorno, esperando encontrar lo más mínimo que pudiese utilizar a su favor.

Bray avanzó a tropezones mientras se quitaba las botas y los calcetines. Esperaba que continuar con los pies descalzos disminuyese el sonido de sus zancadas.

Funcionó.

Blake, en otro pasillo, se detuvo. Escuchó. La acústica tomó una nueva dimensión.

Más arriba, Bray sentía como su piel se rasgaba sobre el acero de la cubierta.

Tras descansar durante un instante para recobrar el aliento, con los hombros agitados por el cansancio, Bray consideró que cuanto más tiempo permaneciese a la vista, en los pasillos, menor oportunidad tendría de mantener ventaja sobre Blake. Debía cambiar de terreno.

—¡No puedes correr para siempre, Bray! —la voz de Blake resonó de forma espeluznante, amenazante, y sus pisadas eran cada vez más fuertes a medida que se acercaba más y más.

Bray miró a su alrededor, divisó unas escaleras, y se apresuró tan rápido como pudo hacia ellas. Subió a saltos cada peldaño, que lo llevaron a otro de los pisos. Y a otro pasillo metálico.

Continuó hasta el final, giró por otra esquina y pasó unas puertas, que intentó abrir. La primera estaba cerrada. Al igual que la segunda. La tercera chirrió y se abrió. En el interior, pudo ver estanterías con comida enlatada, agua embotellada, alcohol. Aquellas habitaciones eran obviamente donde la tripulación mantenía sus provisiones.

Blake escuchó el eco provocado por la gruesa puerta de acero al cerrarse y sonrió para sí mismo. Aquello era demasiado fácil.

Siempre había sido alguien competitivo, desde que lo evacuaron durante el punto álgido de la pandemia. Lo habían identificado como un candidato adecuado para el campamento de entrenamiento en supervivencia. Lugar en el que sobresalió, se convirtió rápidamente en líder y conoció a Axel y a los demás miembros de su círculo más cercano. Aquel fue el nacimiento de su tribu, y Blake tenía grandes ambiciones: transformarla en una fuerza a tener en cuenta en el mundo post-apocalíptico. Expandirse, extender su poder, y construir un imperio.

Y, quién sabe, quizás sería mejor de lo que consiguió su padre antes del ataque de la pandemia.

Blake nunca tuvo una relación cercana con él. Su madre murió durante el parto, y él siempre se había preguntado si habría tenido la culpa. Sospechaba que así lo creía su padre.

Al estar con los militares, el padre de Blake siempre había utilizado una dura disciplina. Blake había opuesto resistencia. Se había rebelado, para disgusto de su padre. Al menos fue capaz de causarle alguna impresión, tener éxito en algo. Pero a ojos de su padre, era un fracaso total.

Blake siempre había sentido que su padre no pudiese ver hasta dónde habría podido llegar de haberle dado una oportunidad. Hasta cuando su padre se acercaba a su muerte durante la cumbre del virus, criticaba a Blake. Por no presentarse antes en el hospital. Aquellas habían sido sus últimas palabras. Y no pudo evitar tener una sensación de alivio, incluso de placer, al ver como se apagaba su vida.

Se quedó mirando fríamente mientras cubrían el rostro de su padre con la sábana. Y le resultó incluso difícil consolar a su hermana mayor, que lloraba de forma incontrolable, afectada por cada último y debilitado aliento que su padre intentaba tomar.

En cierta manera, Blake disfrutó de aquello. Había esperado que pudiesen reconciliar sus diferencias. Con algún tipo de revelación en el lecho de muerte. Pero se dio cuenta con dolor de que había demasiadas cicatrices que no curarían jamás.

Su padre había sido un general de cuatro estrellas de los militares, lo que alimentó la determinación de Blake de que llegaría a ser algo más en la vida. No le interesaba convertirse simplemente en general. Quería tener su propio ejército.

Tras conocer a su amigo Kami por internet poco antes de que el virus se esparciese, sus instintos le dijeron que este podía ser la clave. Kami no era solamente un jugador hábil. Había creado un grupo de rol impresionante, con miembros de casi todos los países. Cuando la oscuridad se cernió sobre el mundo posterior a los adultos, Kami volvió a reunir a sus amigos de internet y se puso en contacto con Blake. Y Blake estaba decidido a demostrar lo que valía.

Cosa que hasta el momento había hecho, con todas las misiones que le habían asignado antes. Y estaba subiendo de rango rápidamente. Tan solo le quedaban un par de meses para acabar aquella misión, y luego debía viajar a la región este para reunirse finalmente con Kami. Y conocer más detalles sobre lo que planeaba hacer con el Colectivo.

Sin importar cómo, el plan de Blake era asegurarse de que era un candidato a entrar en el círculo más cercano de Kami. Lo que le proporcionaría la puerta de entrada al poder a través de su imperio en expansión. Y, un día, Blake estaba decidido a que, en vez de Kami, él mismo sería el número uno.

Ahora, mientras corría hacia la puerta tras la que se ocultaba su última presa, Blake suspiró, algo decepcionado. Había esperado que Bray le hubiese hecho ejercitarse un poco más. Pero parece que no estaba a la altura. Y decidió que acabaría con él e informaría de que habían matado al prisionero mientras intentaba escapar.

Sabía que Bray tenía algo de valor, para Eloise. Y probablemente, a través de ella, debía tener valor para Kami también. Aunque no estaba seguro de qué era, Blake sospechaba por sus anteriores encuentros con Ebony, que había algún enlace con los experimentos que había estado realizando Eloise. Sobre todo, un enlace con el adversario número uno de Kami: Ram. Blake seguía sin saber lo que había ocurrido. Pero la cabeza de Ram tenía un precio. Como la de Bray, que compartía el linaje de su hermano, Zoot. "Poder y Caos" quizás era una ideología interesante para que Kami la nutriese y difundiese "la palabra". Sin embargo, Blake pensaba que el camino del guerrero superaba con creces cualquier cosa que pudiese ofrecer la religión. Se podía adoctrinar a los fanáticos a través de la fe, pero se podía dominar a todo el mundo a través del miedo.

Blake abrió la puerta de par en par, se metió y avanzó sigilosamente por cada una de las estanterías.

De repente apareció Bray. Le lanzó un golpe a Blake que lo dejó tumbado antes de salir a toda prisa.

Blake se secó un delgado hilo de sangre que le manaba de la boca. Estaba más emocionado que furioso. Quizás Bray le podía proporcionar algún desafío, después de todo. Tenía habilidades si había conseguido cruzar el páramo. Pero Blake también tenía habilidades y sabía que era solo cuestión de tiempo antes de que superase al "cabecilla".

Inspiró hondo y salió corriendo en busca de Bray.

Bray giró por un pasillo, subió a saltos más escaleras que llevaron a otra planta. Y corrió por otro pasillo, pasó por delante de celdas en las que los prisioneros intentaban alcanzarlo entre las barras, agarrarlo, con los ojos salvajes y desorientados mientras pedían ayuda a gritos. Vivían en el más puro infierno. Una auténtica visión del inframundo.

Bray no tenía claro dónde se encontraba, ni qué sucedía, mientras seguía avanzando.

De nuevo, sospechó que podía estar atrapado en una simulación, especialmente cuando los guardias al final del pasillo no se molestaron en intentar atraparlo, algo que lo sorprendió. Esperaba que opusiesen resistencia. Pero simplemente se apartaron, se apoyaron contra las celdas, y lo dejaron pasar.

Poco sabía Bray que los guardias tenían claro que nunca debían interrumpir a Blake cuando se estaba dando el capricho con una de sus "cacerías". Y estaba claro que Blake lo estaba persiguiendo.

Bray llegó a otro pasillo metálico más, miró a su alrededor sin saber hacia dónde ir, pero se presionó para seguir adelante, mientras miraba de vez en cuando atrás y volvía luego la mirada hacia delante. Había llegado a un punto muerto.

Divisó una fila de interruptores y comenzó a pulsarlos.

De repente, las tenues luces fluorescentes se apagaron. Bray se quedó parado, rígido.

Se apoyó contra la pared, sin atreverse siquiera a respirar mientras escuchó cómo resonaban los pasos de Blake, señalando que se acercaba más y más.

—¡Venga ya! ¡Esto es muy fácil! ¡Empiezas a aburrirme! —Blake se rio, burlón.

Bray dio una embestida hacia delante al darse cuenta de que tenía a Blake prácticamente encima, lo arrojó a un lado y salió disparado, volviendo sobre sus pasos y mirando atrás de vez en cuando mientras las luces fluorescentes volvían a encenderse.

Blake se dio la vuelta desde la pared de enchufes, alzó el arpón y chilló de forma maníaca.

—¡¿Últimas palabras, Bray?!

Bray divisó fugazmente la sombra de Blake, que se movía por la pared mientras perseguía a su presa.

Pero Blake no estaba corriendo. Había aminorado la marcha mientras elevaba el arpón, con un ojo cerrado, y apuntaba cuidadosamente a Bray, visible más adelante a través del punto de mira.

Blake disparó.

El arpón salió disparado desde el cañón del arma, cortó el aire con un potente silbido y se clavó en uno de los brazos de Bray.

Bray hizo un gesto de dolor y se tambaleó ligeramente. Se quitó el arpón de un estirón y continuó corriendo a toda prisa.

* * *

La silueta en el horizonte era inconfundible.

Los Mall Rats y los guerreros a bordo del yate observaban nerviosos y con expectación ante lo que podrían encontrarse mientras el navío avanzaba y botaba sobre las olas.

Jack estaba al timón, agarrando el volante para intentar mantenerse estable ante el balanceo.

En la cubierta, Amber y Jay daban las últimas instrucciones y repasaban por última vez lo que ya habían planeado. May, Ellie, Darryl, Salene y Lex asintieron para dejar constancia de que lo habían entendido, mientras Lia traducía a los guerreros de la tribu indígena, que informaron también que estaban preparados.

—No lo olvidéis: la prioridad es liberar a tantos prisioneros como sea posible —dijo Amber—. De ese modo podrán ayudarnos, si lo necesitamos.

—Darryl y Salene, es importante que vosotros dos os quedéis en el muelle. Por si necesitamos abortar la misión y salir de aquí —les recordó Jay.

—Lia, quizás quieras volver a repasar lo que deben hacer tus guerreros —instruyó Amber—. Asegúrate de que cada grupo sepa con cuál de nosotros está asignado. Y cuál es nuestra idea. No podemos tener fallos en la comunicación con nadie que no esté en tu grupo.

Lia asintió y comenzó a traducir.

Entonces, todos contemplaron con tensión en aumento cómo la gigantesca estructura a lo lejos parecía tornarse más y más grande a medida que se acercaban. Era un retazo del viejo mundo, una monstruosidad tecnológica que una vez extrajo el líquido más importante del planeta después del agua: petróleo. Pero donde se traficaba ahora con gente. Una materia prima importante en el mundo sin adultos.

—Casi es la hora —susurró Amber—. ¡¿Todos sabéis qué hay que hacer?!

De nuevo, todos los pasajeros asintieron. Luego, contemplaron la plataforma que se alzaba ante ellos y se prepararon para lo que estaba por llegar. Se dieron cuenta de que, si hubo algún momento en que necesitaban tener éxito, era aquel.

Estaban a punto de escribir su destino. El resultado de todo su futuro y las esperanzas de sobrevivir estaban en juego.

CAPÍTULO CUARENTA Y CUATRO

Blake subió a saltos las escaleras metálicas, ascendiendo por los peldaños de dos en dos, de tres en tres, siguiendo el rastro de sangre que goteaba del hombro herido de Bray.

Al llegar a la cima de la escalera, divisó a un guardia que se apresuraba hacia él.

—¡Comandante! Axel y su equipo se acerca.

Blake se sintió satisfecho, aunque ligeramente sorprendido, de que Ebony hubiese demostrado ser de fiar. Se preguntaba si realmente habría estado a la altura. De no haber sido así, estaba seguro de que Axel sí. Blake siempre podía confiar en él. Y le traería a Ram. Blake recibiría una valiosa recompensa. Pero aquello era menos importante que la impresión que causaría ante Kami y el Colectivo.

—Dile a Axel que estaré con él en cuanto pueda. Esta cacería no debería durar mucho más —dijo Blake mientras acariciaba el arpón con cuidado, emocionado por la perspectiva de lo que estaba por llegar.

—¿Y la señorita Ebony? —preguntó el guardia con indecisión, consciente de que Blake estaba listo para marcharse.

—Dile que espere en mi habitación. Y que estaré con ella en un rato. Estoy algo "ocupado" ahora mismo.

El guardia asintió, comprendió que lo había despachado, y salió corriendo.

En un piso superior, Bray estaba rasgando la camisa para intentar hacer un torniquete que ocultase el rastro de sangre mientras corría. Se sentía exhausto y no estaba seguro de cuánto tiempo podría seguir. Desorientado tras todo lo que había sufrido, los ojos de Bray se llenaron de confusión y terror al escuchar a Blake a lo lejos.

—¡Ya estoy cerca! Pero no te preocupes, Bray. ¡Tus amigos pronto estarán aquí! ¡Una pena que no vayas a verlos!

Bray miró con horror a su espalda y se giró de nuevo para subir por otra escalera, desesperado por mantener la ventaja sobre su demente perseguidor.

* * *

Hasta al propio Blake le habría impresionado la ironía de aquella extraña advertencia profética. Estaba seguro de que Ram estaría subiendo a la plataforma. Junto a Ebony. Puede que incluso la hija de Zoot, así como su madre. Pero él, y en especial Bray, no tenían forma de saber que Jack se encontraba dirigiendo con cuidado el yate hacia el extenso muelle que rodeaba los puntales de la plataforma.

Jay saltó al muelle, seguido de los Mall Rats y los guerreros de la tribu indígena.

Salene y Darryl se quedaron en el barco, con el motor en reposo mientras ellos se mantenían alerta y los atacantes se movían con rapidez y sigilo por el muelle y trepaban finalmente las escaleras de metal que llevaban a las entrañas de la poderosa infraestructura que se alzaba sobre ellos.

* * *

Bray se presionó para seguir adelante, subió otra escalera metálica, la piel de los pies desnudos se rasgaba con cada paso de pánico. Sentía que su única esperanza era intentar escapar del laberinto de pasillos y buscar una ventana, una entrada, un portal que lo llevase al mundo exterior, donde fuera que estuviese.

Blake ganaba terreno, tenía los ojos fijos mientras avanzaba sin descanso. Él también se presionaba más y más, con los dientes apretados. Tenía un destello de triunfo por lo que estaba a punto de suceder.

Bray le había hecho ejercitarse bastante. Ahora tenía cosas más importantes de las que hacerse cargo. Era momento de entrar a matar.

* * *

Los Mall Rats y los guerreros entraron en la gigantesca infraestructura, iluminada por tenues luces fluorescentes sobre las paredes.

Amber avistó enormes diagramas de salidas de emergencia que delineaban cinco pisos de almacenamiento, la zona de alojamiento, la zona de máquinas y la cubierta del helipuerto.

Señaló a Ellie y Jack, en voz baja y con urgencia.

—Id con vuestro grupo al nivel 1. Lia, ve con ellos. Dile a los del grupo de Lex y May que necesitarán comprobar el nivel 2, mientras Jay y yo nos dirigimos al 3.

—Entendido —Lex asintió mientras Lia susurraba la traducción a los guerreros.

El grupo de Ellie y Jack se marchó.

El contingente de Lex y May fue en dirección a otra escalera.

De repente, Jay divisó un guardia al final del largo pasillo que los había visto y que corrió hasta un panel de control, bajó una palanca y activó una alarma, cuyo sonido palpitaba al ritmo de las tenues luces fluorescentes.

Amber, Jay y los guerreros ascendieron rápidamente las escaleras mientras otros guardias aparecían al final del pasillo y los perseguían a toda prisa.

* * *

Fuera, en el muelle, Salene y Darryl contemplaron desde el yate mientras oían la estridente alarma. Las luces palpitantes en el interior de la cavernosa infraestructura parpadeaban y proyectaban sombras alargadas sobre la superficie del agua.

—¡Parece que la cosa ha empezado! —gritó Darryl a Salene, agarrada a la barandilla del yate, que se mecía arriba y abajo sobre las olas mientras Darryl estabilizaba la aceleración del motor en marcha.

—¡Espero que estén bien! —respondió Salene, que estiró el cuello para intentar ver mejor.

Le entraron ganas de trepar por las escaleras que rodeaban el muelle para unirse a los demás, pero resistió su instinto natural y se ciñó al plan. Darryl y ella debían mantenerse alerta para cuando los Mall Rats regresasen con los esclavos. Al menos, eso esperaban Darryl y Salene. Pero, si debían abortar la operación por algún motivo, estarían listos para transportar al grupo de asalto en una rápida huida.

Salene temía pensar en cualquier otra opción, mientras continuaba contemplando la plataforma en busca de señales.

—Vamos... Vamos... —animó.

* * *

En la cima de la plataforma, Bray apareció tras las puertas y contempló el helipuerto a su alrededor. Durante un instante, le pareció estar de vuelta en la ciudad, en uno de los rascacielos a los que subía regularmente para echar un vistazo a las tribus y a la actividad, especialmente durante el mandato de los Locos.

Se detuvo durante unos segundos, temblando, intentando recuperar el aliento mientras se apretaba el torniquete. Los pitidos de la alarma y las luces fluorescentes lo desorientaban más.

De repente, vio aparecer a Blake por la puerta.

La expresión de Blake denotaba una pizca de incertidumbre. Decidió que sería mejor terminar la caza y dirigirse abajo para comprobar qué sucedía, seguro de que la alarma debía haber saltado de forma accidental. Sin embargo, una parte de él sabía por instinto que no se trataba de eso, aunque no conseguía averiguar el motivo. Era imposible que los estuviesen atacando.

Los guardias habrían visto con antelación cualquier barco que se acercara. Quizás había un incendio. Pero, de ser así, Blake pensó que sus hombres estaban capacitados para hacerse cargo.

Bray vio cómo Blake cargaba otra flecha. Y aprovechó su momento, entró en acción, arremetió contra él y le propinó un poderoso golpe que lo doblegó.

Bray intentó alcanzar el arpón y arrebatárselo a Blake.

Blake se giró, le dio una patada al arpón, que salió disparado de manos de Bray y se deslizó por el suelo de la cubierta.

Bray intentó correr de nuevo, escapar.

Blake se abalanzó y saltó sobre él como un animal salvaje, tirándolo al suelo.

Tras agarrarlo por el pelo, Blake aplastó la cabeza de Bray contra la cubierta. Una vez. Dos veces. Estaba frenético, con los dientes apretados, los ojos sádicos concentrados en Bray, como si mirase las profundidades de su propia alma, como la encarnación del demonio.

Bray aunó las fuerzas que le quedaban, levantó una pierna y golpeó la rodilla con todas sus fuerzas contra la entrepierna de Blake. Entonces, le dio un codazo en la garganta y lo apartó.

Se puso en pie de un salto, corrió hacia una grúa pórtico y comenzó a trepar por los puntales. Los pies desnudos parecían estar hechos trizas, tenía la cara magullada, amoratada, la sangre manaba de sus heridas y el torniquete era incapaz de cortar el chorro que le salía del brazo.

Sabía que no le quedaba mucho tiempo.

Blake también lo sabía. Al ponerse lentamente de pie y mirar a Bray con expectación, Blake decidió que había llegado el momento de terminar la caza... con sus propias manos.

* * *

Jack y Ellie, seguidos de Lia y los guerreros de la tribu indígena, corrieron por las escaleras hasta llegar a la cima y escudriñaron el laberinto de pasillos metálicos.

—¿Ahora por dónde? —gritó Ellie, cargada de adrenalina.

—Probemos por aquí —respondió Jack, que se esforzaba por concentrarse y escuchar atentamente otro de los ruidos que el grupo escuchaba en medio del sonido de la alarma.

Siguieron el ruido, que se hizo más y más fuerte con cada paso. Y producía un efecto espeluznante hasta para los guerreros, normalmente tan valientes.

Aunque eran gritos, llantos, súplicas de ayuda... todo se mezclaba en una cacofonía, como si un coro fantasmal los estuviese llamando desde el otro lado.

Al llegar a una entrada enorme, el grupo abrió la puerta con cuidado de un empujón y pasaron adentro.

Y todos se quedaron perturbados al ver a los prisioneros atrapados en las celdas, atormentados, lloriqueando. Algunos sacaban los brazos entre los barrotes y se aferraban a Ellie, Jack, Lia y los guerreros. Otros estaban sentados en el suelo distraídamente, con la mirada perdida.

Del otro lado del pasillo aparecieron guardias que superaban en número al grupo de Jack y Ellie.

—¡¿Cómo se dice en su idioma que hay que hacer algo y rápido?! —preguntó Jack a Lia en voz baja. No le gustaban sus posibilidades dada la cantidad de guardias que se acercaba.

De repente Ellie, para sorpresa de Jack, los guerreros y Lia, dio unos pasos adelante y sonrió educadamente.

—¡Hola! —dijo como si nada.

Los guardias se quedaron confusos mientras se contoneaba hacia ellos moviendo las caderas y mascando chicle imaginario.

—¿Y bien? —preguntó de forma seductora—. ¿A dónde vamos? Estamos aquí para... complaceros.

Los guardias intercambiaron miradas de incredulidad.

Una mujer guardia se rio y señaló a Jack.

—¿Él nos va a complacer?

A pesar del peligro, Jack se sintió muy ofendido.

—¡Siento decepcionaros! —murmuró con el ego herido.

La mujer guardia no formaba parte de la milicia, sino de los matones, y llevaba un cinturón que parecía hecho de trozos de pelo humano.

—¿Complacernos, eh? Me parece que no —dijo en tono amenazante.

Entonces, al acercarse los guardias, y para asombro de Jack, los guerreros nativos y Lia, Ellie se abalanzó sobre uno de los guardias y lo besó agresivamente en la boca antes de alcanzar su cinturón y quitar con cuidado un juego de llaves que arrojó tras ella.

Jack las agarró y comenzó a abrir las celdas mientras Lia indicaba y chillaba en la lengua nativa para que los guerreros atacasen. Cosa que hicieron, mientras Jack a sus espaldas abría puerta tras puerta.

—¡Si sabéis qué es una revuelta, esta es vuestra oportunidad! —gritó Jack—. ¡Vamos! No podemos ayudaros a menos que os ayudéis a vosotros mismos, ¡y a nosotros! ¡Venga, venga!

Los esclavos salieron de entre las puertas abiertas y se apresuraron a ayudar a los guerreros y a Ellie, que intercambiaban golpes con sus adversarios.

La mujer guardia se sacó un puñal del cinturón y agarró a Ellie. Entonces sostuvo el pelo de Ellie y lo deslizó. Se quedó con una mata de su larga melena en la mano, con el brazo alrededor de Ellie mientras la hacía retroceder con la punta del puñal sobre la garganta.

—¡Atrás, todos vosotros! ¡Va en serio! —chilló la mujer guardia, al darse cuenta de que estaban venciendo a su grupo.

Ellie bajó la nerviosa mirada hacia el puñal. Jack se giró tras abrir una de las puertas y contempló, horrorizado, mientras Ellie comenzaba a llorar.

No era solamente el peligro en el que se encontraba. Además, de un modo extraño, podía ver la mata de su pelo por el rabillo del ojo. Se lo había estado dejando largo desde que el virus atacase y, aparte de Jack, solo dejaba acercarse a él a su hermana, Alice. Y ahora aquel lazo especial, tan simbólico en relación a su pasado y a su hermana desaparecida, también se lo habían arrebatado brutalmente.

Sin embargo, lo que nadie podía llegar a comprender en aquel momento era que lo que había presenciado en las celdas le traía dolorosos recuerdos sobre Alice. No soportaba pensar en que estuviese encerrada de aquella manera. La idea le repugnaba. Y todo aquello quedaba expresado en la mata de pelo.

Al mismo tiempo que la angustió, también la puso furiosa, y propinó un codazo feroz sobre el estómago de la guardia, lo que provocó que la soltase. Entonces Ellie se giró, echó un brazo atrás y lanzó un salvaje puñetazo con toda la angustia, el odio y el miedo que sentía hirviendo en su interior. La mujer guardia giró cuando el golpe entró en contacto con su mandíbula y cayó de bruces al suelo.

Los guerreros y esclavos no tardaron mucho en derrotar a los guardias, a los que metieron en las celdas tan rápido como estas se vaciaban a medida que los prisioneros eran liberados.

Jack se apresuró hacia Ellie, que alzó su mata de pelo y la contempló con tristeza.

—Recuérdame que nunca me reúna contigo en un callejón oscuro —bromeó Jack, que rodeó a Ellie con sus brazos para consolarla.

Entonces, Jack se echó atrás y la miró. Entre sollozos, Ellie se colocó aquella mata de su preciado pelo en su propio cinturón.

—¡Ey, pues te queda bien! ¡En serio! —dijo Jack.

Desde luego que no. Tenía el pelo desigual, irregular. Ella lo sabía y, abrumada por lo que había presenciado, continuó llorando con la cabeza apoyada en el hombro de Jack, mientras él la abrazaba.

—Saldrá bien. Todo saldrá bien, Ellie. Te lo prometo —dijo con cariño.

CAPÍTULO CUARENTA Y CINCO

En el segundo nivel, Lex, May y los guerreros corrían por un laberinto de pasillos de metal y llegaron a una puerta que, tras abrirse, reveló más celdas llenas de esclavos.

Lex, May y los guerreros se sintieron muy afectados por aquel espectáculo, abrumados por la lástima. Por fortuna, no había rastro de ningún guardia. Al menos de momento.

—¡Llaves! ¡Tiene que haber llaves! —dijo May mientras abría un armario, hasta que encontró unas que arrojó a Lex.

Ambos fueron de celda en celda, probando las llaves, mientras los guerreros ayudaban a Lex y May a abrir las puertas y asegurar a los prisioneros que ahora eran libres.

Los prisioneros pudieron escuchar los ruidos provenientes de los pisos inferiores que indicaban la revuelta, y comenzaron también a gritar con júbilo. En la última celda, Lex reparó en dos niños pequeños que estaban llorando, agarrados a una chica mayor. Todos estaban de pie, rígidos por el miedo.

—¿Qué pasa con vosotros? —dijo Lex—. Vamos, sois libres. ¿No lo veis?

—¡No! —respondió Emma, que estiró el brazo para tocar a su hermano y hermana y asegurarse de que seguían allí. Los acercó más a ella, bajo el cuidado protector de sus brazos.

May intercambió una mirada con Lex, que contemplaba ensimismado, no solo por la belleza natural de Emma y la opacidad de sus extrañamente seductores ojos, sino por su elegancia y dignidad.

—Ven, deja que te ayude —dijo con delicadeza, y agarró la mano de Emma mientras May consolaba a Tiffany y Shannon.

—Venga, cariño, todo saldrá bien. No tengas miedo. No tengáis miedo ninguno. Hemos venido a ayudar.

* * *

Amber y Jay, con su contingente de guerreros, se encontraban inspeccionando la zona de alojamiento tras asegurar los niveles inferiores y liberar a más esclavos, a los que instruyeron reunirse en la entrada del muelle con los demás, que ya habían sido liberados.

Podían escuchar el sonido de los vítores resonando por toda la infraestructura de la plataforma. Todos los guardias con los que se encontraban se rendían, sin ofrecer prácticamente resistencia.

Amber y Jay llegaron finalmente a la habitación de Blake. Tras entrar en su interior, se quedaron pasmados ante tal opulencia en comparación a las condiciones degradantes en las que mantenían a los cautivos.

—Esto sí que es vivir en la cuna del lujo —dijo Amber mientras miraba a su alrededor.

Jay estaba igualmente paralizado por la diferencia.

—Me preguntó quién será ese Blake. Y lo más importante, ¡dónde está!

—Aquí no hay ni rastro de él —respondió Amber mientras inspeccionaba su cuarto.

—Intentemos llevarnos todo lo que pueda ser importante —dijo Jay.

Amber se unió a él en la búsqueda por los cajones, armarios y cómodas y extrajeron documentos, archivos, discos y un ordenador portátil que les entregaron a Jack y Ellie cuando estos llegaron con más guerreros.

—¿Qué demonios te ha pasado? —dijo Amber al ver el pelo irregular de Ellie.

—Es una larga historia —interrumpió Jack—. Deberías haberla visto, estarías orgullosa.

—¿Se sabe algo de Lex y May? —preguntó Amber.

—Ambos están bien. Todos están bien. No hemos perdido a nadie, ni hay heridos —dijo Jack.

—Gracias a Dios —suspiró Amber, aliviada.

—Por suerte parece que todos han salido bien parados, salvo quizás el orgullo de Ellie —dijo él con lástima, y echó una mirada a Ellie antes de girarse hacia Amber—. Pero, una cosa: hay más prisioneros de los que pensábamos. Espero que haya suficiente espacio en los barcos.

—Compruébalo tú, ¿vale, Jack? —sugirió Amber—. Nosotros intentaremos terminar aquí arriba. Venga, moveos. ¡Salgamos de aquí mientras podamos!

* * *

Bray trepaba lentamente, con cuidado, por los enormes puntales de metal, esperando que no acabase con el mismo resultado que tuvo cuando subió por la montaña rusa.

Pero tenía pocas opciones. Era su única esperanza para intentar deshacerse de Blake, que continuaba persiguiéndolo sin descanso.

Bray echó un débil vistazo atrás y pudo ver que Blake se le acercaba, listo para atacar.

Blake, a su vez, miraba fijamente a Bray con una expectación y entusiasmo maníacos. Sabía que su presa estaba perdiendo su esencia vital y que sucumbiría pronto, si no por un último ataque, por las horribles heridas que había sufrido.

Bray se volvió a girar mientras buscaba en su corazón y en su propia alma la voluntad para continuar. Era todo lo que le quedaba. Su voluntad. Ahora apenas tenía fuerzas para seguir moviéndose.

El sonido palpitante de la alarma, que se mezclaba ahora con una avalancha de ruidos entre el viento sibilante, un coro ajetreado y disonante de gritos de júbilo, desorientaban aún más a Bray, que desconocía por completo lo que representaba. Seguía sin tener ni idea de dónde estaba. Ni de qué estaba ocurriendo.

Pero Blake lo sabía, y se preguntaba qué estaría pasando para que su cargamento de esclavos hubiese quedado libre. Pues no tenía ninguna duda de que el cántico de gritos eléctricos, vivos, debía ser el sonido de la libertad.

De repente, Bray se resbaló y se aferró tan fuerte como pudo a una viga, seguro de que no le quedaban fuerzas, con las piernas suspendidas en el aire.

Blake esbozó una ligera sonrisa y aceleró el paso para pisotear las manos de Bray con las pesadas botas, lo que provocó que soltase una de ellas.

Mientras buscaba cada fibra de voluntad y determinación, Bray se aferró desesperadamente, sabiendo que tenía poco o nada para dar. No le quedaba nada. Pero debía intentarlo.

Agarrado con un solo brazo, contoneó las piernas para intentar ganar algo de impulso, que resultó suficiente para situar el pie sobre otra viga. Entonces alargó el brazo libre y tiró de los tobillos de Blake, que también se resbaló, aunque consiguió agarrarse. Mientras, Bray consiguió alzarse más y se impulsó con más puntos de apoyo que consiguió encontrar en los puntales de metal.

Blake y Bray estaban a pocos metros de distancia, y se miraban el uno al otro con cansancio.

—¡Te he subestimado! —dijo Blake, que encontró apoyo, se elevó sobre una viga y se puso lentamente de pie.

Bray miró hacia arriba con debilidad, se preparó para lo que estaba por llegar y luchó por permanecer consciente.

—Desearía que nos hubiésemos conocido en otro tiempo, en otro lugar. ¡Eres un auténtico guerrero! ¡Y yo también! —dijo Blake, con una mezcla de admiración y orgullo—. Pero ahora es demasiado tarde. ¡Los dos vamos a morir!

Bray contempló débilmente mientras Blake seguía de pie, alzaba los brazos y comenzaba a gritar al cielo. Su silueta se dibujaba contra las llamas que ardían sobre el cielo nocturno.

—¡¿Has oído eso?! ¡Soy yo, Blake! ¡No importa lo que pensases! ¡Yo era un guerrero! ¡Y nunca fallé!

Comenzó a llorar, para confusión de Bray, que se sintió aún más desconcertado.

Blake intentó recuperar la compostura y cerró los ojos, con los brazos aún abiertos, en lo alto.

Aún en la derrota, hallaría una victoria. Sería una muerte de guerrero. Se llevaría a su enemigo con él, pues sabía que Bray también moriría pronto.

Blake había decidido que no caería bajo las garras de simples esclavos en busca de venganza. O del poderoso e implacable Colectivo, si Kami conseguía atraparlo alguna vez.

Siempre había sido el dueño de su propio destino. Y decidiría cómo terminar.

Por un instante, Blake voló.

Bray miró hacia abajo mientras Blake desaparecía rápidamente a lo lejos y caía hacia el agitado océano, que estaba listo para tragárselo.

Tras chocar contra la superficie del agua, Blake desapareció bajo las olas, que pasaron por encima del lugar del impacto.

Blake ya no estaba.

* * *

Amber apareció por la entrada y salió al helipuerto desierto seguida de Jay. Ambos echaron un rápido vistazo a su alrededor.

—Parece que no hay nadie aquí arriba —dijo Amber.

Jay asintió.

—¡Vamos! Será mejor que alcancemos a los demás —respondió él.

Amber se quedó mirando a Jay, que había avistado un movimiento repentino en las vigas más bajas sobre ellos.

—¡Un momento, mira! —señaló Jay.

Amber miró a través de la cubierta, siguiendo la mirada asombrada de Jay.

Adelante, a través de la oscuridad, podían entrever la silueta de una figura que descendía lentamente por las vigas antes de perder la sujeción y desplomarse sobre el suelo.

Amber y Jay contemplaron cómo la figura distante se ponía de pie con paso vacilante.

Bray intentó fijar sus ojos al reparar en las figuras distantes situadas a la entrada.

No puede ser.

Lo descartó de inmediato, más seguro que nunca de que estaba en otra simulación.

Pero no era ninguna simulación.

Un indicio de reconocimiento incrédulo era también evidente en la expresión de Amber, algo de lo que Jay se dio cuenta.

Amber se quedó mirando. En silencio. Sin palabras. Una parte de ella se preguntaba si lo que había dicho Ebony antes sería cierto, y otra parte mayor era incapaz de llegar a pensar que pudiese ser verdad.

—¡¿Bray?! —susurró para sí misma.

Al otro lado del enorme helipuerto, Bray estaba también quieto, con absoluta incredulidad. ¿Se trataba de un sueño?

Pero no tenía dudas respecto a aquella voz, y a quién pertenecía.

No era ningún sueño.

Y, al mismo tiempo, era un sueño al que ambos se habían aferrado durante mucho tiempo.

—¡B-R-A-Y! —gritó Amber, su voz y todo su ser estaban cargados de emoción.

Corrió a toda velocidad hacia Bray y rompió en un llanto desesperado y agitado que le provocaba espasmos por todo el cuerpo.

—¡Eres tú! ¡Eres tú! ¡Dios mío! ¡¡¡B-R-A-Y!!!

Bray luchó por contener su propia emoción. Tenía la ropa rasgada, la sangre manaba de sus heridas, los ojos hinchados por las heridas se le llenaban de lágrimas y se derramaban sobre su rostro magullado y amoratado.

Un torrente de adrenalina le recorrió todo el cuerpo. Y él, también, comenzó a correr a tropezones, todavía débil.

Jay se quedó quieto en la entrada, y observó cómo Bray y Amber entraban finalmente en contacto y se echaban a los brazos del otro.

Ninguno podía hablar. Estaban vencidos por la emoción, y se aferraban el uno al otro.

Era tan conmovedor que hasta Jay sintió dificultades para contener su propia emoción mientras veía a Bray y Amber unidos en un firme y férreo abrazo. Como si, ahora que se habían reunido allí, de todos los lugares posibles, nunca fuesen a dejarse marchar.

* * *

Salene y Darryl estaban situados a ambos lados de la entrada y ayudaban al corriente interminable de esclavos a subir al yate. En otra parte del muelle, Jack asistía a Lex y May en la misma tarea, apiñando a tantos prisioneros como podían en el bote salvavidas del *Jzhao Li*.

Un calibrador automático que elevó la temperatura en el interior de la plataforma disparó más alarmas.

Todos miraron a su alrededor, sin saber qué estaba sucediendo exactamente al tiempo que comenzaron a ver llamas que salían disparadas desde un lado de uno los niveles superiores.

Los Mall Rats observaron con la boca abierta cómo Amber y Jay llevaban a Bray entre los dos, que se tropezaba al bajar por los escalones del muelle desde una de las entradas principales.

En algún lugar de la infraestructura hubo una explosión que provocó aún más pánico a los presentes tras su alivio inicial al estar a pocos minutos de completar su huida.

—¡Bray! —gritó Salene, mientras Amber y Jay se acercaban por el muelle, arrastrando prácticamente a Bray. Estaba apenas consciente, y Amber pudo ver que, además de sorprendida, Salene estaba muy afectada por el lamentable estado de Bray.

—¡No hay tiempo para explicaciones, Sal! —dijo Amber, que echó un vistazo al humo que ascendía por la plataforma sobre ellos.

—Ayúdanos, ¿vale? Con cuidado, ¡eso es! —continuó Amber mientras Salene estabilizaba a Bray, al que tumbaron con cuidado sobre la cubierta del yate.

Jay y Amber subieron a bordo.

Luego subió Darryl, que extendió una pértiga sobre el lateral del muelle para dar impulsó al navío.

En el bote salvavidas, May y Lex hacían lo mismo mientras Jack arrancaba el contacto y ponía el motor en marcha. Giró el timón y aceleró al máximo, como hizo Darryl con el yate.

Las hélices de la parte trasera de ambos barcos cortaron las olas y echaron espuma mientras los motores liberaban toda su potencia.

Ambos navíos se alejaron y ganaron velocidad mientras, tras ellos, la plataforma quedaba consumida por el cataclismo que entraba en erupción en su interior, con una serie de pequeñas explosiones.

En mitad de la batalla habían derramado un caldero ardiente que provocó un pequeño incendio, que en sí mismo no era peligroso. Algunos guardias de Blake habían extinguido las llamas rápidamente. Pero las brasas que se derramaron por un túnel de ventilación precipitaron lo que estaba a punto de suceder.

Los restos llameantes habían incendiado unos tanques de gasolina en los niveles inferiores de la plataforma. Las llamas se esparcieron hasta un enorme tanque contenedor que los adultos habían remolcado hasta la reconvertida plataforma petrolífera durante los últimos meses del virus.

La plataforma tenía combustible suficiente para abastecer a los barcos visitantes que transportaban esclavos desde que Blake y sus fuerzas comenzaran a usar aquel sitio como base. Sin embargo, algunas de las cañerías sumergidas llevaban hasta miles de toneladas de gas natural almacenado en el interior, previsto para abastecer de energía de por vida a los adultos que se habían desplazado hasta la isla en su esfuerzo por sobrevivir a la pandemia que estaba barriendo el mundo.

Ahora, aquella energía era consumida por el fuego que rugía fuera de control y prendía los gases inflamables.

A medida que los barcos se alejaban a toda velocidad, los ocupantes se aferraron para intentar mantener el equilibrio mientras los barcos saltaban por las olas. Mientras, tras ellos, la superestructura de la plataforma se caía a pedazos por la reacción en cadena de explosiones, con enormes llamas que salían disparadas desde todas partes de la plataforma y alimentaban aquel infierno.

El cielo nocturno quedó iluminado por toda aquella devastación, y plasmó un brillo extraño sobre el agua.

Se escuchó un sonido chirriante cuando dos enormes grúas comenzaron a venirse abajo, con las bases rodeadas de llamas.

De repente surgió una explosión enorme, y la onda sísmica llegó hasta los aterrorizados ocupantes de ambos barcos que estaban observando e, instintivamente, se agacharon cuando una enorme columna de llamas salió disparada hacia el cielo nocturno desde el propio corazón de la plataforma petrolífera, mientras el humo oscuro la rodeaba.

El cuartel general de la operación de Blake estaba agonizando.

Tras perder el equilibrio y comenzar a ceder bajo su propio peso, la plataforma petrolífera comenzó a inclinarse a medida que una de sus patas caía poco a poco y se derretía por el abrasador calor.

El océano reclamaba ahora la desafortunada plataforma al tiempo que tenía lugar otra explosión cataclísmica. La plataforma se deslizó lentamente bajo la superficie del agua, que parecía estar hirviendo, mientras estallaban más erupciones submarinas y la plataforma se hundía más y más hacia las turbias profundidades; la superficie del agua brillaba.

EPÍLOGO

Las estrellas brillaban. La luna estaba radiante y bañaba la aldea de los nativos. Era una noche mágica.

Los aldeanos cantaban en armonía, daban palmadas y pisotones, golpeaban sus tambores caseros con palos.

Gel ayudaba a unas chicas nativas a tejer plantas cerosas en forma de extensiones de pelo para unirlas a los restos de la melena rubia de Ellie. Jack estaba sentado cerca, evaluando cada paso. Y le gustaba lo que veía.

—Ellie, creo que te queda bien. De verdad. Puede que me lo haga hasta yo —dijo Jack.

—Ahora me toca a mí —se quejó Gel.

—Tranquila, solo bromeaba —respondió Jack; luego añadió, para no ofender a Ellie—: Lo de tu nuevo peinado no era broma, sino lo del mío.

—Tú quédate exactamente como estás, ¡eres perfecto! —Ellie alargó su brazo para tomar la mano de Jack y se la besó.

Lottie, Sammy, Tiffany y Shannon jugaban con los niños nativos y se tiraban cocos unos a otros.

Lex se estaba dando un banquete de jabalí salvaje, que giraba en un espetón sobre una fogata. Lia estaba junto a él, y traducía el relato de sus viejas batallas en la ciudad a los guerreros, que estaban comiendo mientras escuchaban atentamente. Sin embargo, Lia se preguntó si los alardes de Lex tendrían la intención de impresionarla a ella (o a la Sacerdotisa, que observaba de pie a Lex, escuchando atentamente). Aunque Lia no era una experta en los rituales entre hombre y mujer y nunca había tenido una relación seria, sus instintos le decían que Lex parecía estar siempre muy cerca de ella.

Jay llegó. Lex le ofreció un coco lleno de líquido.

—Toma, prueba esto. Y será mejor que te sujetes a algo bien fuerte. No sé qué le han metido, pero pega que no veas.

Jay tomó un trago.

—Ya veo lo que dices —dijo con voz ronca, después de tragar—. Me arde toda la garganta.

Lex sonrió; él mismo se estaba embriagando con la bebida, y esperaba que todos los allí reunidos también se embriagasen con sus relatos. Le pidió a Lia que hiciese saber a los guerreros que Jay una vez había sido su adversario, al invadir la ciudad natal de Lex, pero que ahora era un amigo. Y Lex esperaba que sucediese lo mismo con todos los guerreros y aldeanos, a los que realmente respetaba y admiraba.

Le echó una mirada a la silueta de la Sacerdotisa y le guiñó un ojo.

—No tientes a la suerte —dijo Jay.

Entonces Lex se relajó y sonrió para sí mismo, al darse cuenta de que la Sacerdotisa le devolvía el guiño. Lia informó que el respeto era mutuo.

—La Sacerdotisa dice que está deseosa de saber más sobre ti y tu cultura —explicó Lia.

—Yo también —respondió Lex, que se acabó la bebida—. ¿Por qué no os ponéis algo un poco más cómodo? —sugirió Lex—. Y, quién sabe, os enseñaré cómo bailamos en mi tierra. Mientras que me enseñéis cómo bailáis vosotros. Vuelvo enseguida —añadió mientras sonreía a la Sacerdotisa y a Lia, luego se llevó a Jay a un lado.

—¿Qué sucede? —preguntó Jay, que notó que algo preocupaba a Lex.

—No sé si será que el aguardiente que he bebido comienza a jugarme malas pasadas, pero... He estado pensando algo.

Cuando estabas con los Tecnos... ¿Nunca te encontraste con el Guardián, verdad?

—No que yo sepa. Sabía de él y los Elegidos, claro... Pero no, nunca lo vi.

—No me refiero a después de la invasión. Me refiero a antes de la invasión —insistió Lex.

Jay se quedó pensando y le dio otro trago al embriagador líquido del interior del coco.

—No sé a dónde quieres llegar.

Lex explicó que había estado pensando en lo que les había contado Bray. En especial, del tiempo que pasó retenido en las instalaciones de Eloise. Y todas las referencias a los "Zootistas" confundieron a Lex (y a los demás), cuando Bray repasó los horribles sucesos que había sufrido durante los programas de realidad virtual.

—Es solo que, recuerdo que el Guardián dijo algo, antes de que llegasen los Tecnos. Y nunca he sido capaz de comprenderlo —continuó, entre hipos y eructos.

—¿Comprender el qué? —interrogó Jay mientras miraba a Lex, intrigado, y sonrió ligeramente ante su comportamiento de borracho.

—Cuando el Guardián estaba prisionero en el Centro, me hizo una advertencia. Recuerdo las palabras exactas: "Ya vienen, Lex. Los verdaderos portadores del Poder y Caos". Si no se refería a vosotros, y no tenía nada que ver con los Tecnos, ¿entonces de quién hablaba? Es decir, los Tecnos nunca estuvieron relacionados para nada con Zoot y los Locos, ¿verdad?

—Ya veo por dónde vas —dijo Jay, igual de confundido y preocupado.

Sugirió que, una vez repasasen toda la información que habían conseguido de la plataforma petrolífera, quizás obtuviesen más hallazgos. Jack había comenzado a analizarlo en profundidad, y de momento no había nada. Excepto algunos comunicados que enlazaban a Blake con Eloise. Pero podía ver por qué Lex estaba tan preocupado acerca de la advertencia del Guardián.

—Era más que una advertencia —respondió Lex—. Parecía una profecía.

Darryl y Salene estaban bailando, los acontecimientos recientes los habían unido más. Salene se rio cuando Darryl comenzó a participar en un baile indígena con los aldeanos. Lanzaron gritos de alegría y rodearon a Darryl y Salene, divertidos mientras Darryl entretenía al público y exageraba sus movimientos y expresiones faciales. Salene se unió al baile, emocionada por las animadas reacciones.

Sin tener en cuenta su opinión sobre Darryl, no podía negar que siempre sacaba una sonrisa a todo el mundo y ayudaba a animar el día. Desde luego, animaba el día de Salene. Y ella se sentía más fascinada por él, decidida a hurgar bajo aquella fachada cómica para descubrir qué más había.

May estaba sentada cerca de Trudy, intentando consolarla. Seguía culpándose por dejar escapar sin querer a Ebony, Axel y el grupo de atacantes.

—Vamos, Trudy. Es tiempo de celebración, no te culpes. Nadie tiene la culpa —dijo May.

—Me siento fatal. Sobre todo por Ram. Espero que esté bien —respondió Trudy, llena de culpabilidad.

May compartía su preocupación, al igual que todos los Mall Rats. Todos se sentían mal por no haber creído la historia de Ram. Y se sorprendieron al ver que Ebony había sido capaz de involucrarse con la gente de Blake, y al saber que ellos estaban quizás relacionados con el Colectivo.

Trudy tembló al pensar en qué podría haber sucedido de no intervenir Gel y haberla salvado. A ella y a Brady. Estaba preocupada por los motivos que tendrían para querer capturarlas a ellas, así como a Ram.

May le aseguró con delicadeza que no debía dejar volar su imaginación. Debió ser porque Brady y ella estaban cerca cuando se llevaron a Ram.

Trudy suspiró, esperando que ese fuese el caso. Sin embargo, seguía teniendo sus dudas.

Ruby había contado a todo el mundo, cuando regresaron, lo que había sucedido. Y que, desde luego, Ram no se había marchado por voluntad propia, sino entre protestas.

Todos habían especulado qué le depararía el destino ahora que estaba cautivo, y estaban decididos a intentar averiguarlo.

La Sacerdotisa decretó que el lugar de enterramiento de Zak sería sagrado. Y May se sintió consolada cuando Lia tradujo que, un día, Zak se convertiría en ancestro de futuras generaciones. Y que la historia de todo lo que había ocurrido se transmitiría a través de los siglos.

Slade se recuperaba bien. Y estaba absolutamente encantado por la noticia de Ruby de que estaban esperando un hijo. Ambos decidieron que harían todo lo posible por asegurar un buen futuro para su hijo nonato. Así como para ellos mismos. Y todos sus amigos. No solamente los Mall Rats, sino los nuevos amigos que habían encontrado en la tribu indígena.

Tras el asalto en la fortaleza petrolífera de Blake, Bray también se había recuperado bien de las espantosas heridas que había sufrido. Pero seguía sensible. Nadie se sorprendió tras escuchar lo ocurrido, pues se dieron cuenta de que necesitaría tiempo para acostumbrarse a algo parecido a una vida "normal", tras haber estado encarcelado durante tanto tiempo y sujeto a tantas torturas físicas y sobre todo mentales.

El simple hecho de que Bray y los Mall Rats se hubiesen reunido alimentó la especulación y esperanza de que algún día encontrarían al resto de desaparecidos. Bray relató que había oído hablar a muchos prisioneros, y aludió a que KC y Alice estaban retenidos en alguna parte. Como esclavos. Dada la terrorífica historia de Bray, Ellie se preocupó por qué le habría pasado a Alice. Al igual que a KC. A Tai San. Y a todos los demás. Pero, al menos, los Mall Rats tenían la esperanza de que un día sus amigos y seres queridos regresarían a sus vidas. Como había ocurrido con Bray.

Pusieron a Bray al día sobre todo lo que había ocurrido desde su desaparición. Le hablaron de la invasión de los Tecnos hasta culminar en la necesidad de los Mall Rats de huir de la ciudad. Todos desearían haber tenido a Bray a su lado durante aquellos tiempos de dificultad. Todos lo echaban de menos. En especial Lex. Por mucho que Lex y Bray hubiesen sido adversarios ocasionalmente, en el fondo eran buenos compañeros. Y todos los Mall Rats sabían, como Lex, que cuando alguien estaba en una encrucijada, no había nadie mejor que Bray para enfrentarse al peligro.

Fue un momento emotivo cuando Bray conoció a su hijo. Pensó que tenía los ojos de Amber, pero ella no estaba de acuerdo, pues sentía que el pequeño Bray se parecía más a su padre. Amber estaba muy sensible por todos los sentimientos que Bray debía estar sintiendo, y pidió a todos que se marcharan para que pudiese quedarse solo, acunando al pequeño en sus brazos.

A Bray lo sobrepasó la emoción, mientras besaba cariñosamente al bebé en la mejilla. Era un día que había soñado desde hacía mucho tiempo.

Y aunque nunca se imaginó que sería bajo aquellas circunstancias, todavía sentía una gran sensación de alegría, y era incapaz de contener las lágrimas.

Así como ver a su hijo, también se había aferrado a la esperanza de reunirse con Amber algún día. Durante los días más oscuros, los momentos difíciles, nunca se había rendido. Por muy difícil que hubiese sido, sin importar lo que la vida colocase en su camino, él nunca perdió la fe. Sabía que el destino los reuniría de nuevo.

Había confiado en aquella esperanza, aquella fe, para concentrarse y seguir adelante. Como si fuese su fuerza vital. Y sin ella, dudaba que hubiese conseguido atravesar todos aquellos días.

A pesar de haber estado lejos durante tanto tiempo, Bray sentía que nunca habían estado separados. Siempre estarían juntos, unidos por el amor especial que compartían. Una conexión y unión especial que había sido tan evidente desde la primera vez que cruzaron su camino.

Pero podía entender a Amber y sentía compasión por cómo debió sentirse al no saber si estaba vivo, o si había muerto. Y no esperaba que retomasen su relación desde donde lo habían dejado. Eso es lo que él había esperado. Sin embargo, era realista y se daba cuenta de que las "cosas" habían cambiado. Ahora que ella tenía a Jay en su vida.

Y estaba feliz por ella, porque hubiese encontrado a alguien. Se sintió realmente a gusto con Jay. Le cayó bien de inmediato, al ver su naturaleza tranquila y segura. Y lo conmovió especialmente que Jay tuviese una conversación en privado con él, durante la cual le aseguró a Bray que, si Amber y él querían volver a estar juntos, Jay no se interpondría en su camino.

Bray le dijo a Jay lo mismo de su parte.

Pero se resistió a mencionarle que, aunque el magullado cuerpo aún le dolía por las muchas heridas y el estrés al que lo sometió Eloise y luego Blake, no había dolor que superase la alegría que sintió, sencillamente, al volver a ver a Amber.

Nunca le infligirían una herida que fuese mayor que el amor que Bray sentía por ella. Y, tan solo estando en su presencia y siendo un hombre libre otra vez, era una demostración de que todo era posible. Hecho que enfatizó su fuerte determinación durante el tiempo que estuvo prisionero desde la invasión de los Tecnos: nunca debía rendirse. Debía dejar las dudas a un lado. Debía creer.

Jay estaba encantado de ver a Amber tan feliz y aliviada, al igual que el resto de Mall Rats, de haber salvado a Bray. Y de que estuviese vivo. Le reiteró a ella los mismos sentimientos que había expresado ante Bray. Que, a pesar de que Jay la amaba, se apartaría a un lado. Si eso era lo que quería ella. Lo que realmente quería.

Amber no podía soportar pensar en aquello, y menos hablarlo con Jay. Ni, desde luego, con Bray. No durante un tiempo. Aunque sabía que necesitaría enfrentarse a aquella situación, sugirió que Bray necesitaba tiempo para recuperarse. Y entonces ya lo aclararían, junto a otros temas que los Mall Rats debían considerar respecto a qué les tenía reservado el futuro.

Amber era dolorosamente consciente de que ella misma necesitaba tiempo y espacio para repasarlo todo. Había demasiado en qué pensar.

La Sacerdotisa los había invitado a permanecer en la tierra sagrada. A Lex le apetecía. Y Amber comprendía por qué. Vivir una vida sencilla en la naturaleza también fue algo que Amber deseó una vez, durante su tiempo con Pride y la tribu de los Ecos. Aunque Amber, como los demás, se preguntaba si Lex estaría más bien enamorado de Lia, o de la Sacerdotisa; lo que alimentaba la fantasía de vivir en una isla paradisíaca. No obstante, tenía sentido transformar el Campamento Fénix en una base más estable.

Otros, como Ruby y Slade, consideraron si debían incluso regresar a la ciudad.

A Trudy le parecía razonable. Temía que aquellas islas no fuesen seguras. No solo para Brady, sino para nadie. Estaba segura de que ella y su hija eran también objetivo de Axel y sus hombres.

May se preguntó también si Ram tenía razón. Si su ciudad natal estaría libre de cualquier virus.

Jack y Ellie estaban de acuerdo en que podría ser el caso. Pero nadie, al menos de momento, podía enfrentarse a la idea de otro prolongado viaje marítimo. E, incluso de hacerlo, todos compartían la visión de Jack respecto a la difícil tarea de navegar un barco de vuelta por el vasto océano. Aunque no era imposible. Los acontecimientos recientes habían animado a los Mall Rats a pensar que nada era imposible.

Las emociones de Amber eran un flujo constante. Se sentía arrastrada por una parte por su amor pasado, Bray. Y empujada hacia otro por su amor presente, Jay. Y era demasiado abrumador como para pensar en ningún futuro posterior a las celebraciones de aquella noche.

Era dolorosamente consciente, sin embargo, de que se encontraba enzarzada en un eterno triángulo amoroso, que a tantos había atormentado desde el comienzo de los tiempos.

Su corazón perteneció a Bray hasta que el destino se lo arrebató cruelmente. Era el padre de su hijo, y nunca esperó volver a verlo. Milagrosamente había ocurrido, como deseaba que así fuese. Aunque siempre había dudado que volviese a verlo realmente, motivo por el cual comenzó una relación con Jay.

Jay y Amber habían tenido muchas experiencias juntos. Ella confiaba en su consejo, en la fuerza de sus convicciones; los dos compartían muchas creencias. Ella pensaba, ante la ausencia de Bray, que Jay sería muy importante para la vida de ella y de su bebé, para su futuro. Pero ahora había demasiadas cosas a tener en cuenta. Y necesitaba tiempo.

Así que, aquella noche, estaba decidida a quitárselo todo de la cabeza y concentrarse en el presente. En vez de en el futuro.

Amber echó un vistazo al pequeño Bray, que dormía profundamente junto a Brady en la choza de invitados. Reflexionó sobre lo que había ocurrido desde que abandonasen la ciudad. Y disfrutó al ver que todos estaban pasando un buen rato.

—¿Estás bien? —preguntó Jay, que llegó desde la barbacoa. Le dio un cariñoso beso a Amber en la mejilla.

Ella asintió mientras Jay la rodeaba con los brazos.

—Todos parecen estar divirtiéndose. Menos tú —dijo Jay en voz baja.

—Estoy bien. De verdad —respondió Amber—. Deberíamos sentirnos orgullosos, Jay —continuó—. Hemos llegado muy lejos. Pero aún nos queda mucho camino. Y estoy decidida a llegar hasta el final.

—Brindaré por ello —dijo Jay—. Y tú también. Quédate aquí y te traeré uno de estos. Pero, te lo advierto: es mortal —dijo señalando el coco, y dio un trago al zumo mientras regresaba a la zona de la barbacoa.

Amber se apoyó contra el lateral de la entrada para contemplar las celebraciones y esbozó una ligera sonrisa al ver a Bray bailando con Emma. Aunque no pudo evitar los pinchazos de celos en su interior.

Bray era muy protector con los hermanitos de Emma, y también le había prestado mucha atención a Emma desde que llegasen todos. Amber sabía que era normal que estuviesen unidos. Después de todo lo que habían pasado. Se estremeció al recordar la historia de Bray sobre su tiempo con los Caídos.

Y era típico de él intentar ayudar a Emma y a sus hermanos pequeños. Siempre había mostrado una gran compasión e inclinación por ayudar a los necesitados. En especial a los que tenían necesidades especiales.

Sin embargo, Amber no podía negar que Emma rezumaba algo muy especial. Una belleza y dignidad encantadoras, un aplomo y modales que pocos podrían resistir. Se ganaba el cariño de todos los que la conocían. Y, desde luego, causó efecto en Amber, que admiraba la fuerza innata y el valor que Emma había demostrado, sencillamente al atravesar cada día, sin contar la forma en que había cuidado de sus hermanos. Y de todos los demás.

Tenía un carácter dulce, parecido al de Bray. Amber recordó que, una vez, alguien dijo que los opuestos no se atraen realmente. Sino que aquellos que muestran características parecidas parecen atraerse inevitablemente. El propio Bray poseía maravillosas cualidades, estándares e ideales.

Amber continuó observando, y sintió que se le rompía el corazón al echar un vistazo a Jay, en la zona de la barbacoa, que le estaba consiguiendo una bebida de coco, antes de volver a mirar a Bray. Emma reía, estaba disfrutando de las celebraciones y, en especial, de estar junto a Bray, el cual la guio con delicadeza para unirse a Darryl y Salene, rodeados por los aldeanos que daban palmas y cantaban.

Emma y Bray se unieron al baile, y Amber pensó que era maravilloso que Emma participase. Sin duda, Bray se sintió también inspirado por ello. Cualquiera lo habría estado.

El mundo se había sumido en la oscuridad desde que los adultos muriesen. Pero Emma parecía estar guiada por una fuerza invisible de luz que alimentaba su voluntad de sobrevivir. Sin importar qué debía sufrir o soportar. Bray había sido igual, a través de las cosas horrendas que tuvo que sufrir.

Amber, por supuesto, no era consciente de que ella había sido la luz de Bray. Y se preguntaba si ella misma estaría ciega. Bray era especial. Y siempre ocuparía un lugar especial en su corazón.

Pero también Jay, que ahora la estaba arrastrando para unirse a los bailes y compartir las celebraciones por todo lo que habían conseguido.

Animaron a Trudy a que se uniese también. Para que se olvidase de Ram, Ebony, Axel y sus hombres.

Amber se había sentido tan mal como los demás por dudar de Ram, y estaba decidida a intentar rescatarlo. Y hacer que Axel y sus hombres lo pagaran. Así como la gente de Eloise y los Caídos. Como habían conseguido con Blakc y sus fuerzas.

Bray sentía especial determinación por hacérselas pagar a la gente de Eloise y a los Caídos. Nunca había sentido sed de venganza, pero tenía deudas que saldar.

En adelante habría muchos más desafíos. Y necesitarían tomar decisiones que los involucraban a todos.

¿Y en cuanto a Ebony? Todos estaban seguros de que volvería a cruzarse en su camino y de que, al final, recibiría su merecido por no ser más que una rata, al abandonar el *Jzhao Li* cuando pensaba que todo estaba perdido.

Pero los Mall Rats eran diferentes.

Cuidaban los unos de los otros. Se mantenían unidos. Sin importar las adversidades. Y trabajarían juntos para construir un mundo mejor, de algún modo, en algún lugar.

Puede que ya no viviesen en un centro comercial, pero eso no les impedía vivir juntos como tribu, fuese donde fuese. Y mantener el sueño vivo. Seguían siendo Mall Rats, después de todo...

TAMBIÉN DISPONIBLES

Keeping The Dream Alive

de

Raymond Thompson

La fascinante historia personal acerca de cómo se hizo la serie de televisión de culto, La Tribu.

Unas intrigantes memorias que narran la vida de una persona que creció en el lugar equivocado, en un entorno de clase trabajadora muy pobre en la Gran Bretaña posterior a la Guerra, y la historia de cómo se aventuró hacia la deslumbrante arena de combate de Hollywood (que le proporcionó revelaciones inspiradoras sobre por qué fracasó en el colegio, debido a una necesidad especial ante la que luchó y ganó contra todo pronóstico), para después viajar por el mundo hasta fundar y gestionar una prolífica compañía de producción de televisión independiente.

Con datos humorísticos que nos acercan a la fértil imaginación de la mente de un escritor, el libro explora la vida más allá de la alfombra roja del mundo de las películas y la televisión, y revela la peculiar historia de cómo llegó a gestarse la serie de culto "La Tribu". Además de la misión personal para existir y sobrevivir entre los altibajos y las presiones de una larga y exitosa carrera como escritor y productor, que culminaron en un nombramiento como profesor adjunto y una aparición en la "New Years Honours List", la lista de honores de año nuevo reconocida por su Majestad la Reina Isabel II por los servicios a la televisión.

La Tribu: Un Nuevo Amanecer

de

A.J. Penn

La continuación de la historia basada en la serie de televisión de culto, "La Tribu".

Después de los muchos desafíos presentados en el bestseller, "La Tribu: Un nuevo mundo", los Mall Rats se enfrentan a un desafío aún mayor, mientras intentan desentrañar los muchos misterios inexplicables que ahora encuentran.

¿Cuál fue la verdadera misión de la flota de supervivencia de las Naciones Unidas? ¿Quién es el enigmático líder del Colectivo? ¿Qué ocurrió realmente en la Base Aérea Arthurs? ¿Hay algo más siniestro tras los secretos revelados en la isla paradisíaca donde han quedado varados?

Obligados a resolver los angustiosos conflictos de sus vidas personales, los Mall Rats deberán también decidir qué camino tomar, y si enfrentarse o no a los fantasmas de su pasado en la batalla por sobrevivir contra un adversario siniestro.

Con la extinción de la humanidad siendo una amenaza muy real, ¿podrán resistir contra viento y marea para asegurarse un futuro, y la promesa de un mejor mañana? ¿O sufrirán la misma suerte que los adultos que perecieron antes que ellos?

La tribu deberá no solo luchar por sus vidas, sino también enfrentar sus mayores temores para evitar que el nuevo mundo se sumerja aún más en la oscuridad, y garantizar que la esperanza prevalezca en un nuevo amanecer.

Y que mantienen el sueño vivo…

The Tribe: Birth Of The Mall Rats

de

Harry Duffin

El Nacimiento de los Mall Rats es la primera historia en una apasionante serie de novelizaciones del fenómeno televisivo de culto global, La Tribu.

El mundo comenzó sin la raza humana. Ahora, después de que una misteriosa pandemia haya diezmado a toda la población adulta, parece que todo acabará exactamente del mismo modo. A menos que los jóvenes supervivientes (unidos en tribus guerrilleras) superen las luchas de poder, los peligros y desafíos inesperados de una sociedad distópica y sin ley, para unirse y construir un nuevo mundo de las cenizas del antiguo.

Creando un nuevo mundo a su propia imagen, sea esta como sea…

Audiobooks Also Available

Featuring original cast members from The Tribe TV Series, guest roles,music & sound effects - avaible on The Tribe's official website and all major audiobook platforms

The Tribe: A New World - *the equivalent of Season 6*

The Tribe: A New Dawn - *the equivalent of Season 7*

The Tribe: (R)Evolution - *the equivalent of Season 8*

PARA MÁS INFORMACIÓN

Visita la página web oficial

www.tribeworld.com

Dale a “me gusta”

en

facebook.com/thetribeofficial

twitter.com/thetribeseries

instagram.com/thetribetvseries

youtube.com/thetribetvseries

vimeo.com/cloud9screenent/vod_pages

La Tribu:

Un nuevo mundo

A.J. PENN

CUMULUS PUBLISHING LIMITED

www.ingramcontent.com/pod-product-compliance
Ingram Content Group UK Ltd.
Pitfield, Milton Keynes, MK11 3LW, UK
UKHW021100290826
14628UKWH00014B/19

9 780473 321819